本书由人文在线出版基金资助出版

汉代经学与文学

（修订本）

边家珍 ◎著

中国文联出版社
http://www.clapnet.cn

图书在版编目（CIP）数据

汉代经学与文学 / 边家珍著 . -- 修订本 . — 北京：
中国文联出版社，2017. 7
ISBN 978-7-5190-2926-5

Ⅰ. ①汉… Ⅱ. ①边… Ⅲ. ①经学—研究—中国—汉代②古典文学—文学研究—中国—汉代 Ⅳ.
① Z126.273.4 ② I206.2

中国版本图书馆 CIP 数据核字（2017）第 190700 号

汉代经学与文学（修订本）

作　　者：边家珍

出 版 人：朱　庆
终 审 人：朱彦玲　　复 审 人：王　军
责任编辑：刘　旭　　责任校对：傅泉泽
封面设计：人文在线　　责任印制：陈　晨

出版发行：中国文联出版社
地　　址：北京市朝阳区农展馆南里 10 号，100125
电　　话：010-85923043（咨询）85923000（编务）85923020（邮购）
传　　真：010-85923000（总编室），010-85923020（发行部）
网　　址：http://www.clapnet.cn　　http://www.claplus.cn
E-mail：clap@clapnet.cn　　liux@clapnet.cn

印　　刷：北京市金星印务有限公司
装　　订：北京市金星印务有限公司
法律顾问：北京天驰君泰律师事务所徐波律师
本书如有破损、缺页、装订错误，请与本社联系调换

开　　本：710 × 1000　　1/16
字　　数：262 千字　　印　　张：20.25
版　　次：2017 年 7 月第 1 版　　印　　次：2017 年 7 月第 1 次印刷
书　　号：ISBN 978-7-5190-2926-5
定　　价：62. 00 元

目　录

中 编 经学与汉代作家及创作

序

边家珍研究先秦两汉学术有年，继出版《汉代经学发展史论》之后完成的这本《汉代经学与文学》，标志着他的研究又向前迈出了新的一步。

在汉代思想文化体系中，经和经学无疑居于核心地位，是统治思想的重要组成部分，“经”的称谓本身就标示了其至高无上的地位。就汉代的文学而言，它确有区别于其他时代文学的特点，这一特点集中表现在这一时期经学对作家思想（包括文学观念）及其创作的广泛而深入的渗透、影响上。从经学入手来研讨汉代文学，从思想方法上讲应当说是合乎历史唯物主义基本原理的，是科学的。大家都能认识到经学对汉代文学的重大影响，但真正能从理论上予以梳理、论析的专门著述，目前尚不多见。

家珍的这本《汉代经学与文学》，对汉代经学与文学之关联做了全面而详细的考察与分析，视角新颖，书中提出了不少独到的见解，可以说于汉代文学研究有某种开拓性的意义，具有重要的学术价值。全书分“汉代经学及其思想文化影响”“经学与汉代作家及创作”“经学与汉代文学观念”三编，结构合理，安排得当。

可以这样认为，汉代及其以后的文学发展，都与经学有着这样或那样的联系，而汉代的经学与汉代文学的这种联系，就更直接也更复杂。因此，研究汉代经学与文学之间的联系，还有一些属于理论层面的问题需要探讨，也还有一些更复杂的现象值得思考和解释。相信家珍的这部专著的出版，对于该问题研究的进一步深化，有所裨益。

家珍为人沉静多思，志专而力勤，他学术研究的特点是注重文、史、哲的汇通。（当然，这也是由先秦两汉学术文化本身“文史哲不分”的特点所决定的。）文学研究是他的本行，而近年来在经学研究上又取得了可观的成绩，正因为这两方面他都具有很好的学养与研究基础，所以才能比较得心应手地驾驭、把握、完成这一课题。

古人有云：“从善如登”，学术研究上亦是如此。祝愿家珍在学术研究的道路上继续保持刻苦钻研、勇于攀登的精神，为古代学术文化的传承与发展做出更大的贡献来。

王洲明

2005年11月于山东大学

绪　论

经学滥觞于先秦而形成于汉，也兴盛于汉。刘汉立国以后，《易》《书》《诗》《礼》《春秋》等由儒家的一门之“经”，一变而成为汉王朝之“经”，天下之“经”。于是，以诸“经”传授、评说、笺注、阐释为基本内容的治“经”之学遂应运而生并且备受推重。两汉约四百年间，经学成为意识形态建构的一个极为突出的组成部分，对包括文学在内的思想文化的诸多领域产生了重大而深刻的影响。本书的主要内容，在于考察、分析汉代经学与文学的内在关联，力图以经学视角来观照汉代作家的创作思想与文学观念，理解作品的含蕴，阐明相关的文学现象，从而更加准确地把握汉代文学的特质以及其发展流变的某种内在规律性。

一、汉人的崇经、尊圣、明道

经学，是作为汉代主流思想形态而存在的，崇经、尊圣、明道“三位一体”，直接影响了一个时代的人（尤其是经生、文学家）的认知模式与心理结构。

何谓“经”？许慎《说文解字》说是“织从（纵）丝也”，段玉裁注谓：“织之从丝谓之经。必先有经，而后有纬。”东汉班固编撰的《白虎通义·五经》对“经”的解释，大约可以代表汉儒的普遍观念：“经，常也，有五常之道，故曰‘五经’。《乐》仁，《书》义，《礼》礼，《易》智，《诗》信也。”经，被视为恒常不变的至道，它可以覆盖一切、统摄一切、权衡一切，正如荀子称道圣人和经皆“备道全美者也，是县（悬）天下之权称也”（《荀子·正论》）。后来，刘勰发挥这一认识，说：“三极彝训，其书言‘经’。‘经’也者，恒久之至道，不刊之鸿教也。故象天地，效鬼神，参物序，制人纪，洞性灵之奥区，极文章之骨髓者也。”（《文心雕龙·宗经》）经，因为是“三极彝训”，便合于自然之道；是“不刊之鸿教”，便与政治相应，并能极文章之精髓。刘勰这一看法，也不妨视为对汉儒对“经”的理解的一个总结。

汉儒把五经看得甚高，并将其作为官方教育的核心内容[①]。在汉儒眼里，经典具有全能的特性，可以经天纬地，包罗万象，无所不能，无所不有，其功能简直是无限的。司马迁《太史公自序》云：“《易》著天地阴阳四时五行，故长于变；《礼》经纪人伦，故长于行；《书》记先王之事，故长于政；《诗》记山川谿谷禽兽草木牝牡雌雄，故长于风；《乐》乐所以立，故长于和；《春秋》辩是非，故长于治人。是故《礼》以节人，《乐》以发和，《书》以道事，《诗》以达意，《易》以道化，《春秋》以道义。拨乱世返之正，莫近于《春秋》。”[②]两汉之际的扬雄甚至说“舍

① 汉文帝时，开始为经学设立博士，至汉武帝大兴太学，于建元五年（前136年）设《书》《易》《礼》《诗》《春秋》五经博士。西汉宣帝时，五经博士扩大为十二家。到东汉光武帝时，五经博士扩大为十四家：《易》有施雠、孟喜、梁丘贺、京房四家；《书》有欧阳生、夏侯胜、夏侯建三家；《诗》有齐、鲁、韩三家；《礼》有戴德、戴圣二家；《春秋》有严彭祖、颜安乐二家。官方的经学教育在武帝时期经公孙弘倡导后蓬勃发展起来，朝廷立太学，郡国置五经率史。成帝时太学弟子三千人，东汉后期太学生多达三万人。除官办学校外，遍布于各地的私学也大量招收生员。

② 较早表达此种认识的是荀子，他说：“圣人也者，道之管也。天下之道管是矣，百王之道一是矣。故《诗》《书》《礼》《乐》之归是矣。《诗》言是其志也，《书》言是其事也，《礼》言是其行也，《乐》言是其和也，《春秋》言是其微也。……天下之道毕是矣。”（《荀子·儒效》）

五经而济乎道者，末矣”（《法言·吾子》）。因此，在汉代，人们普遍笃信经典包容有关于人类生活的全部知识，可以从中找到解决任何具体问题的现成答案，正如清代经学家皮锡瑞《经学历史》中总结的：“武、宣之间，经学大昌，家数未分，纯正不杂，故其学极精而有用。以《禹贡》治河，以《洪范》察变，以《春秋》决狱，以《三百五篇》当谏书，治一经得一经之益也。”① 今人张伯伟先生也说：“汉儒治经的方法是借古讽今。换言之，他们是完全站在现实的立场上去把握经学、理解经学，并运用经学的。……在他们眼中，经学的意义在很大程度上就是对统治者的讽谏，具有浓厚的政治色彩。所以汉儒中就有以《诗》为谏书者。”②

为什么汉儒会把“经”抬得这么高？我们说这是与其尊圣意识相关联的，或者说是汉儒尊圣意识的必然结果。儒者所信奉的经典，不过是一些古典文献，它们被奉为经典，除了某种特定的历史机缘之外，盖与古人的“圣人”意识有关。“圣”字的原意是耳目聪明，只具有认识或知识的含义，随着儒家“圣人”意识的强化，圣人就成了传统思想权威的象征，被升华、抽象为一种理想、规范、准则、榜样，借用三浦国雄的话来说，“所谓‘圣人’，可以说是应该具有的理念、理想的具体化和人格化。因此，正如‘道’一样，各学派所理解的‘圣人’其内涵是不同的。儒家固然如此，墨家有墨家的、道家有道家的，它们各家具有独自的‘圣人’形象。而道家－道教的情况是，更多使用‘真人’一词，而不是‘圣人’；中国佛教则称‘佛’。不过总之它们都把自己的理想变得有血有肉了，在这点上并无区别。”③“圣人”人格主要有以下几个方面的规定性：

一是道德圆满。孟子说：“规矩，方圆之至也；圣人，人伦之至也。”

---

① 皮锡瑞：《经学历史》，中华书局 1959 年版，第 90 页。

② 张伯伟：《中国古代文学批评方法研究》，中华书局 2002 年版，第 27 页。

③ 三浦国雄：《〈中国圣人论〉序》，见王文亮：《中国圣人论》，中国社会科学出版社 1995 年版，第 1—2 页。

(《孟子·离娄上》)圣人在道德上是圆满无缺的，其行为自然合乎仁义。圣人被赋予精粹完美的品格，所谓“积善而全尽，谓之圣人”(《荀子·儒效》)。

二是明哲绝伦，无所不知。圣人被认为是天下的最高智慧者，圣人能够通达绝对真理——“道”，所谓“圣人者，道之管也”(《荀子·儒效》)。当人们遇到问题时，往往把圣人之言当作裁决是非的最高标准。扬雄谓：“万物纷错则悬诸天，众言淆乱则折诸圣。”(《法言·吾子》)

三是功业博大，普济万民。孔子认为能“博施于民而能济众”(《论语·雍也》)者，入乎圣域。《易大传》说，圣人能“裁成天地之道，辅相天地之宜，以左右民”。后来的儒者通常用“参天地”“赞化育”“裁成天地之道，辅相天地之宜”等语来概括圣人的伟大作用和功业。

要之，“圣人”既是道德的范本，又是最高智慧的化身，同时又是真理的代表。只有他们才有资格、有能力创制出经典来[①]。在儒者“师”的观念层面上，圣人作为道德、智慧、真理的象征获得了统一，成为经生士大夫立身、行事的最高典范，正如董仲舒所说：“圣人之所命，天下以为正，正朝夕者视北辰，正嫌疑者视圣人。”(《春秋繁露·深察名号》)

崇经、尊圣，其目的都在于明道。某个人能否获得圣人的称号，不是取决于他的主观愿望，而是以他对道的体认、觉解、践履为尺度的。如果不是为了明道，圣人和经典及其权威则不得其传，就只能属于过去而成为历史的陈迹了。刘勰指出：“道沿圣以垂文，圣因文以明道。”(《文心雕龙·原道》)概括了“道”“圣”“经”的基本关系。圣人所垂之“文”就是“经”，不仅五经含文，而且文附五经，“圣贤书辞，总称文章，非采而何？夫水性虚而沦漪结，木体实而花萼振，文附质也”(《文

---

① 《左传·昭公六年》中说：“圣作则。”《荀子·性恶》具体论述说：“古者圣王以人之性恶，以为偏险而不正，悖乱而不治，是以为之起礼义，制法度……礼义者，圣人之所生也……礼义法度者，是圣人之所生也。”《周易·观卦·彖传》中所说的“圣人以神道设教而天下服”，也提供了这方面的信息。

心雕龙·情采》)。圣人之道，须借助经典而得传，道因圣人之传而更加彰明。可以说，圣人的权威就是经典的权威，经典的权威也就是圣人的权威。因此，随着圣人权威的确立，相关的文献便上升为经典。六经传说为孔子手订，故儒者把它们视为圣人沟通天人、整饬人伦、平治天下的工具，所谓“六艺[①]者，王教之典籍，先圣所以明天道、正人伦、致至治之成法也”(《汉书·儒林传》)。经典、圣人与道统意识在功能上相互配合，使儒家思想文化作为意识形态的正统而绵延不绝，获得了一种永恒的权威形式。

在汉儒看来，人人都可能通过学习经典，继圣道之传，立言立德立功名于世。需要说明的是，儒家虽然将一批上古帝王推崇为圣人，但他们崇拜的中心则是处于“先师”地位的孔子，从某种意义上讲，崇经、尊圣本质上是经生士大夫们的自我肯定与彰显，同时成为他们的某种思想武器以及文学创作的指南。也就是说，他们可以在圣人及其经书的旗帜下，“格君心之非”(《孟子·离娄上》)，为政治服务，为现实服务，实现学以致用、学以明道的人生理想，这一点在司马迁、扬雄、班固、王充等汉代作家身上表现得相当突出。

二、经学、文学关系的宏观把握

汉代经学与文学的关系，最好借用西方文论中的“召唤 – 应答”(call and response)模式来表述，即它们既不是从属关系，也不是平行关系，而是在特定历史语境中的“召唤 – 应答”关系。这种应答既可以是认同性的，也可能是对抗性的，还可以是偏离、逃避、漠视、超逸等姿态。正如我们对“对话”概念的界定：对话就是同意、反对、争论、驳斥，

① “六艺”，此指六经。

对话的前提是对对方存在独立性的确认。从经学与文学的关系来看，一方面，经学是一种最重要、最广泛、最有影响、最具有覆盖性和渗透性的因素，总是要对包括文学在内的一切社会意识形态发出认同性召唤，将它们纳入自己的世界；另一方面，文学总是会自觉不自觉地对经学的召唤以自己的方式做出应答——或者认同，或者抵制，或者逃逸，或者漠视，等等。由于文学是一种个人化、多样化的世界，对经学召唤的应答必定是多样指向的，正是这种多样指向的应答，使它与经学构成了一种立体性的张力关系。

首先，经学作用于作为文学创作及认识主体的作家自身。“人始终是主体”[①]，这是马克思在《1844年经济学—哲学手稿》中提出的一个关于人的命题。这一命题的深刻性在于，它从实践上阐明了人、人的活动是人类文化活动的前提和起点。汉代，特别是汉武帝“独尊儒术”、儒家学说一统天下之后，儒家经典通过各地的学校教育，尤其是通过以经取士的入仕途径，灌输于士人的脑海中。在这种文化接受过程中，儒家学说成了人们安身立命的方式，从而铸造了士人的国民性、个性，自然对其时的文学创作及其风貌会产生很大的影响。汉代作家面对个体生命的有限和短暂，渴望通过“立德”“立功”和“立言”实现不朽，追求一种永恒的价值。

汉代可称为文豪者，无不深受经学之濡染与影响。如司马迁以继承孔子事业为己任，他的《史记》开创了我国的传记文学，其人物传记表现出极高的文学价值。司马迁创作《史记》，旨在“究天人之际，通古今之变，成一家之言”(《太史公自序》)。“究天人之际”，就是研究上天与人事之间的关系，因而其中有不少关于天人感应、阴阳五行的内容。如司马迁认为秦始皇及项羽时的战乱、汉王朝的兴起、平城之围、诸吕作乱、吴楚叛逆、武帝时的征讨夷狄等人间的事件，上天都预先表现了各

---

① 见《马克思恩格斯全集》第42卷，人民出版社1974年版，第130页。

种天变和怪异，并且认为这是荦荦大者，至于委曲小变则不可胜道，由是观之，未有不先形见而应随之者。但是在天象人事的这种联系中，司马迁所强调的是人事对于天变的影响，即认为天象是人事的反映，而不是人事变化的根本和决定因素；是人间的事变引起了天象的变化，而不是天象的变化决定着人世的变化。显然，这与董仲舒的天人感应思想本质上是相通的。再如司马相如，《史记》本传未记他的学经、治经的事，但是据《汉书·地理志》"景武间，文翁为蜀守，教民读书法令……文翁倡其教，相如为之师"，再据《三国志·蜀书·秦宓传》"蜀本无学士，文翁遣相如东受七经，还教吏民，于是蜀学比于齐鲁"，可以看出他是娴习经学的。扬雄从小就喜好经书，后又仿《易》作《太玄》，仿《论语》作《法言》，自称写作宗旨是"文之以五行，拟之以道德仁义礼知（智）。无主无名，要合五经，苟非其事，文不虚生"（《汉书·扬雄传》）。在班固《两都赋》序里举出的辞赋家中，除东方朔、枚皋是被"俳优畜之"（《汉书·严助传》），不见治经业绩外，倪宽是《尚书》博士；孔臧"代以经学为家"；董仲舒是公羊《春秋》大师，今文经学开创者；萧望之被称为"五经名儒"；刘向也是著名的今文经学家。（以上引文均见《汉书》本传或《儒林列传》）班固本人也是深通经学的，曾编辑白虎观会议讲论五经经义同异的内容为《白虎通义》。这些经学家进行文学创作，必然会游于六经之中，留意圣人之旨。因此，我们只有抓住了经学这把"钥匙"，才能较深刻地理解汉代作家的创作思想及其变化。

其次，与上述经学与作家创作思想之关系相联系，经学亦是我们理解把握既成作品样式、内涵乃至于表现手法的重要视角。因为，所谓纯粹的、绝对的"纯文学"实际上是不存在的，文学是人学，从某种意义上讲也是政治学、社会学，它总是会或多或少、或隐或显地打上时代主流意识形态的痕迹、呈现出那个时代的特色。

经学里蕴含的积极入世精神及修齐治平的人文理想，对汉代作家创作影响很大，从董仲舒开始，不少士大夫在奏议文中常联系经典发表政论，“在这些奏议中，气象博大刚正，为人民作了沉痛的呼号，对弊政作了深切的抨击，这都是由经学教养中所鼓铸而出，为以后各朝代所难企及。……没有经学，便不能出现这些掷地有声的奏议”[①]。

汉代不少文体在来源上都与经籍有一定关联。刘勰《文心雕龙·序志》篇说：“惟文章之用，实经典枝条，五礼资之以成，六典因之致用，君臣所以炳焕，军国所以昭明，详其本源，莫非经典。”《宗经》篇更谓：“故论说辞序，则《易》统其首；诏策章奏，则《书》发其源；赋颂歌赞，则《诗》立其本；铭诔箴祝，则《礼》总其端；纪传盟檄，则《春秋》为根。并穷高以树表，极远以启疆，所以百家腾跃，终入环内者也。”刘勰将各体文章逐一比附经书，固不免有牵强之嫌，但揆之汉代文学创作实际，大体上是不错的。

汉人作品在思想内涵上多有经学的背景或曰底色。就汉赋而言，仔细分析，我们便不难发现，经义几乎成了汉大赋的思想核心，并常常是直接地宣讲。如司马相如《上林赋》：“游于六艺之囿，驰骛乎仁义之涂（途），览观《春秋》之林。”班固《两都赋》云：“且夫建武之元，天地革命，四海之内，更造夫妇，肇有父子，君臣初建，人伦实始……案六经而校德，眇古昔而论功，仁圣之事既该，而帝王之道备矣。”汉赋中的情感表达亦往往受到经学的制约，如作为经学大师的董仲舒，因受公孙弘嫉谗、深惟恐惧而作《士不遇赋》，其前半部分用四言，典重少文；后半部分虽用骚体，思想感情却被压抑在典则的套子内，极其克制隐忍，读之令人心郁。

汉代经学每每张扬王权，如《春秋公羊传》谓：“京师者，天子之居也。京者何？大也；师者何？众也。天子之居，必以众大之辞言也。”董仲舒《春秋繁露·离合根》说：“天高其位而下其施，藏其形而见其光。”“为人主者，法天之行。”明乎此，再来看汉儒之京都赋、狩猎赋之

---

① 徐复观：《徐复观论经学史二种》，上海书店出版社 2002 年版，第 176 页。

类，就明白为什么如此的张扬、渲染皇家气派了。

由于经学的影响，汉代文学作品中总有浓厚的尚古色彩。周予同先生指出：孔子的“道统”说及三代的“盛世”说，始终左右着中国的知识分子，从而使他们以为世愈古而治愈盛[①]。因此，汉代文学中这种尚古色彩几乎是不可避免的了。汉人拟古创作之荦荦大者，如王褒之作《九怀》、刘向之作《九叹》、王逸之作《九思》等，便是对屈原作品的模拟。扬雄“作书，往往摭《离骚》文……名曰《反离骚》，又旁（傍）《离骚》作重一篇，名曰《广骚》，又旁《惜诵》以下至《怀沙》一卷，名曰《畔牢愁》”（《汉书·扬雄传》）。他们总喜欢在模拟中寄寓自己的思想感情。与尚古意识相联系，汉人行文中多引经据典，而且多引逸经之词：

> 汉武元朔诏曰“九变复贯，知言之选”，元鼎诏曰“《诗》云‘四牡翼翼，以征不服’”，杨终曰“《诗》云‘皎皎练丝，在所染之’”，张衡曰“立功立事，式昭德音”，注：《逸诗》曰“祈招之愔愔，式昭德音”。引《逸诗》者如此。《晁错赞》“《书》曰‘毋为权首，将受其咎’”，《王商传》：《周书》曰“以左道事君者诛”，师古注，《逸书》之词。《萧何传》：《周书》曰“天予不取，反受其咎。”《律历志》：《书》曰“先其算命”，《萧望之传》：《书》曰“戎狄荒服”，《陈汤传》：《周书》曰“记人之功，忘人之过”，《主父偃传》：《周书》曰“安危在出令，存亡在所用”，师古注，此《周书》者，本《尚书》之余。引《逸书》者如此。（王楙《野客丛书》卷一四《汉人多引逸经之词》）

再次，经学与汉人的文学思想有着密切的关系。英国著名马克思主义文学理论家、批评家特雷·伊格尔顿说：“文学理论一直就与种种政治

① 朱维铮编：《周予同经学史论著选集》，上海人民出版社 1983 年版，第 524 页。

信念和意识形态价值标准密不可分。的确，与其说文学理论本身有权作为知识探究的对象，不如说它是观察我们时代历史的一个特殊角度。……因为，与人的意义、价值、语言、情感经验有关的任何一种理论，都必然与更深广的信念密切相关。"[①] 就汉代而言，经学无疑是其时文学思想的理论基础与基本资源。

汉代经学的发展，自觉不自觉地促成了文学思想的形成与发展。比如对于"为儒者宗"（《汉书·五行志》）的董仲舒来说，由于言语传达关系到国家政治方面的诸多问题，为此他提出了"《诗》无达诂"的论点："所闻《诗》无达诂，《易》无达占，《春秋》无达辞。从变从义，而一以奉天。"因为语言文字是共有的表达、交流的工具，借之以了解、认识、获取公共的知识和观念，而理论的表达，尤其是饱含命意的政治理论的建设与表达，又显然是属于言说者个体的，"辞不能及，皆在于指，非精心达思者，其孰能知之？"（《春秋繁露·竹林》）

儒家经学极为重视人的社会属性，相应的，在文学领域中则强调文学须反映社会生活。重视社会功用，教化至上便成了一个时代的普遍观念，汉儒诗论所谓经夫妇、成孝敬、厚人伦、美教化、移风俗，就是教化至上的文学理想。在《毛诗序》中，汉儒高度赞扬诗歌的巨大社会功能，认为《诗》的社会政治作用，在于通过"美刺"能够对朝廷的政治、伦理纲常，以及社会风俗产生重大影响，达到维护宗法关系的目的："风"是"上以风化下，下以风刺上。主文而谲谏，言之者无罪，闻之者足以戒，故曰风"。"雅者，正也，言王政之所由废兴也。政有小大，故有小雅焉，有大雅焉。""颂者，美盛德之形容，以其成功告于神明者也。"这里的"成功"，指的也是王政事功。这样阐释"风""雅""颂"，实质上等于把诗三百篇的内容完全纳入"美刺"之中。

---

① ［英］特雷·伊格尔顿著，伍晓明译：《二十世纪西方文学理论》，陕西师范大学出版社 1987 年版，第 214 页。

汉人对于屈原及其作品的评价存在着分歧，论争主要在人格精神这个层面上进行，但总体看来，他们都是从经学的基点上立论，是在依经论屈骚。尽管他们依经立义的角度有异，各家的褒贬毁誉不同，但实际上其争论本质上并不构成“绝对的矛盾”。

总之，经学在政治思想上处于支配地位，它对于汉代文学领域具有决定性的影响，几乎处处都能看到已成为普遍性法则的经学的影子。经学对汉代文学的渗透，是非常广泛而有力的，同时，经学之进入文学又并不限于一种方式一个渠道一个层面，而是多种方式多种渠道多个层面，这就构成了经学与文学关系的丰富景观。

上编

汉代经学及其思想文化影响

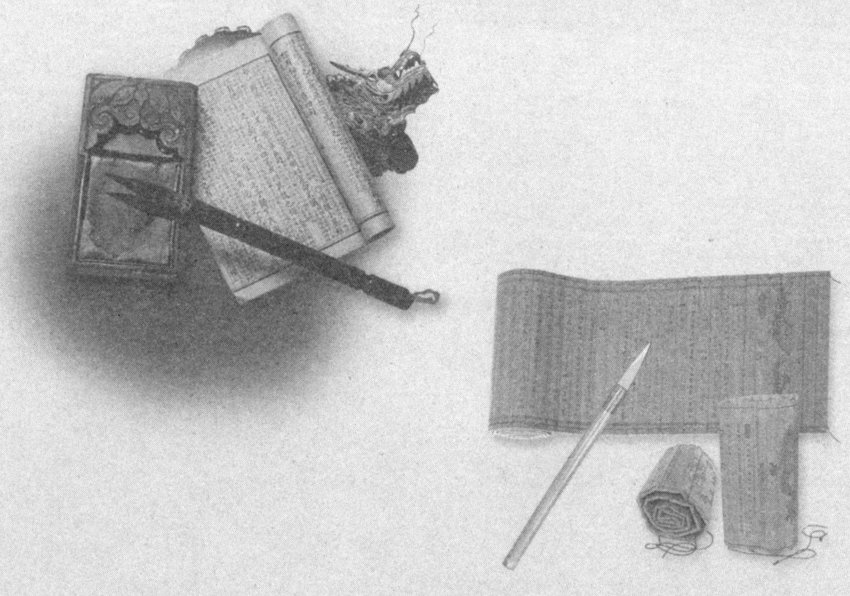

第一章　汉代经学发展概说

经学，要而言之，是对经书的阐释之学，是通过对经义的阐释来体现、发挥某种观念、思想的学问。从这个意义上讲，经学并不始于汉代，应当说自从有了对经书的讲解阐发就有了经学，然而到了汉代，特别是汉武帝时经学被立为官方学术之后，它在政治及社会生活的许多方面发挥了相当显著的作用，成了一个时代文化学术的表征，对包括文学在内的诸多文化形态产生了很大的影响。

一、孔子与“五经”

司马迁说：“孔子布衣，传十余世，学者宗之。自天子王侯，中国言六艺者，折中于夫子。”（《史记·孔子世家》）孔子与“五经”之关系[①]，不可不明。

关于《诗经》的编订，司马迁《史记·孔子世家》说“古者《诗》三千余篇，及至孔子，去其重，取可施于礼义，上采契、后稷，中述殷、周之盛，至幽、厉之缺，始于衽席……三百五篇，孔子皆弦歌之”[②]，这就

---

① 一般认为，《乐》无经文，寓乎《诗》《礼》之中，故此处只论“五经”。

② 司马迁：《史记》，中华书局 1982 年版，第 1936 页。

是孔子“删诗说”。班固《汉书·艺文志》中也说“孔子纯取周诗，上采殷，下取鲁，凡三百五篇”[①]，认同孔子删诗说。至唐孔颖达撰《毛诗正义》，在《诗谱》疏文中始对删诗说提出异议：“如《史记》之言，则孔子之前，诗篇多矣。案书传所引之诗，现在者多，亡逸者少，则孔子所录，不容十分去九，马迁言古诗三千余篇，未可信也。”由宋至清，更形成肯定与否定删诗说的两派，争辩不休。否定删诗说者多引《左传·襄公二十九年》所载吴公子季札到鲁国观周乐，乐工为他演奏的风、雅、颂与今本《诗经》的编次相同，十五国风的排列次序也和现在看到的《诗经》差不多，而当时孔子才八岁，他不可能删诗。而且孔子本人一开口就说“《诗》三百”，这种语气多次重复。《墨子·公孟》也说：“诵诗三百，弦诗三百，歌诗三百，舞诗三百”，“三百篇”似已为习称。现在一般认为，“删诗说的一方论据较为薄弱，但亦非一无是处；非删诗说一方的论据，亦不是条条都确实”[②]。

当代学者华钟彦先生撰写的《诗经十论》里提出：“采诗既然很多，如何变成了三百零五篇？必然有人做过简化的工作，做此工作的应该不止一人，不止一次。这个工作从消极的方面言之，谓之删诗，从积极的方面言之，谓之选诗。……《左传》襄公二十九年，吴公子季札聘鲁，请观周乐时，乐工为他歌唱诗篇，已具有今本《诗经》的基本规模。不过当时只说‘自郐以下无讥焉’，到底自郐以下除了曹风及鲁、商二颂未提外，还有多少诗篇未曾提到，谁也不得而知。当时孔子只有八岁，后九年便开始授徒，生徒逐渐加多（见《史记·孔子世家》），教以诗、书、礼、乐。其教《诗》是否采用选本，不可臆断。”[③]华先生又说：“《论语·子罕》孔子曰：‘吾自卫反鲁，然后乐正，雅颂各得其所。’乐是乐

---

① 班固:《汉书》，中华书局1962年版，第1708页。

② 夏传才:《二十世纪诗经学》，学苑出版社2005年版，第300页。

③ 华钟彦:《诗经十论》，见《华钟彦文集》下，河南大学出版社2009年版，第1122—1123页。

曲、诗是乐章，二者相辅而行，乐曲有增删，乐章自然随之。故谓孔子删诗，是完全有可能的。”他还提到《论语·八佾》所载子夏曰“巧笑倩兮，美目盼兮，素以为绚兮”，认为末一句“经孔子删是可能的，孔子以后的人删，也是有可能的”[①]。

现存先秦文献未记载孔子编订过《尚书》，但《论语》《左传》中曾记述孔子引用《尚书》及讨论问题时提及《尚书》的事。《论语·述而》篇说：“子所雅言，《诗》《书》、执礼皆雅言也。”“雅言”就是中国最早的古代通用语，大体上相当于现在的普通话。孔子在讲授《诗》《书》以及指导学生进行礼仪实践时，均使用“雅言”。至汉代，司马迁在《史记·孔子世家》中说：“孔子之时，周室微而礼乐废，《诗》《书》缺，追迹三代之礼，序《书传》，上纪唐虞之际，下至秦缪，编次其事……故《书传》《礼记》自孔氏。”《汉书·艺文志》里也说：“《书》之所起远矣，至孔子纂焉，上断于尧，下讫于秦，凡百篇，而为之序，言其作意。”“下断于秦”的“秦”，指秦缪（穆）公之时。司马迁、班固都认为《尚书》经过孔子的编纂，并且认为现存今文《尚书》各篇前面的《小序》是孔子所作[②]。不同意这种说法的人认为，孔子之前，《尚书》已经流行，且有了不同的本子，《论语》中所引《尚书》文字，不见于今文《尚书》。赞同者认为，孔子编订的《尚书》，可能是不同于汉代通行本的“百篇本”，《小序》可能是孔子为了便于弟子理解而写的。晚清康有为撰《孔子改制考》，提出伏生所传今文《尚书》二十八篇皆孔子所作，这种说法是没有文献依据的。

孔子十分重视“礼”，《论语》中孔子提到“礼”处，达七十余次。孔子说：“夏礼，吾能言之，杞不足征也；殷礼，吾能言之，宋不足征

---

① 上引均见华钟彦：《诗经十论》，见《华钟彦文集》下，河南大学出版社 2009 年版，第 1123 页。

② 如《甘誓》篇，《小序》说：“启与有扈战于甘之野，作甘誓。”

也。文献不足故也。足，则吾能征之矣。”（《论语·八佾》）又说：“殷因于夏礼，所损益可知也；周因于殷礼，所损益可知也。其或继周者，虽百世可知也。”（《论语·为政》）司马迁在《史记·儒林列传》中说孔子“修起《礼》《乐》”。汉代流传的“三礼”中，孔子未提到过《周礼》。《礼记》是一部礼学杂著汇编，其中有些篇目可能是孔子亲传，但大多数应当是孔子弟子及后学所记。司马迁所说的“修起《礼》《乐》”中的《礼》，一般认为是指《仪礼》十七篇。《汉书·艺文志》著录“《礼古经》五十六篇，《经》十七篇”，后者就是指《仪礼》十七篇。《仪礼》的作者，唐孔颖达《礼记正义·序》、贾公彦《仪礼注疏》认为是周公所作，晚清皮锡瑞认为是孔子依周公所制之礼编订而成，康有为则认为是孔子所作。皮锡瑞的说法，大概近于司马迁所说的“修起”。《礼记·杂记下》云：“恤由之丧，哀公使孺悲之孔子学士丧礼，《士丧礼》于是乎书。”（《士丧礼》是讲士人从去世到埋葬这段时间内的一系列礼节的。）这说明《仪礼》中至少有部分的“礼”是经过孔子整理才著录成书的。学者们一般认为，至少现存《仪礼》十七篇以及大、小戴《礼记》，都与孔子正定《礼》经有关系。

《周易》原是一部卜筮之书，在先秦一般只称《易》，《左传》称《周易》。《汉书·艺文志》著录“《易经》十二篇”，颜师古注云：“上下经及十翼，故十二篇。”“上下经”通常称《易经》，“十翼”即《易传》部分，包括《彖传》上下、《象传》上下、《系辞》上下、《文言》《说卦》《序传》《杂卦》共十篇。翼者羽翼，有辅助之意，盖谓“十翼”旨在辅助阐明《易》理。汉儒认为《易传》为孔子所作。司马迁《史记·孔子世家》说：“孔子晚而喜《易》，序《彖》《系》《象》《说卦》《文言》。读《易》，韦编三绝。曰：‘假我数年，若是，我于《易》则彬彬矣。’”《汉书·艺文志》谓“《易》道深矣，人更三圣，世历三古”，说伏羲画八卦，周文王演为六十四卦并作卦爻辞，孔子作《易传》以解经。

从文献记载来看，孔子非常重视《周易》。《论语·述而》篇记孔子之言曰："加我数年，五十以学《易》，可以无大过矣。"长沙马王堆汉墓出土的帛书《要》篇中记载："夫子老而好《易》，居则在席，行则在橐。（子曰）'有古之遗言焉。予非安其用，而乐其辞。后世之士疑丘者，或以《易》乎？'（子贡问）'夫子亦信其筮乎？'（子曰）'我观其义耳，吾与史巫同途而殊归。'"其中"夫子老而好《易》，居则在席，行则在橐"的话，可与《史记》"读《易》韦编三绝"的说法相印证。孔子对《易》有不少解说、评论，这些解说、评论，直接影响了后世的《易》学思想。如《论语·子路》载："子曰：南人有言曰：'人而无恒，不可以作巫医。'善夫！'不恒其德，或承之羞。'子曰：不占而已矣。"从孔子顺口引用《易》经恒卦九三爻辞"不恒其德，或承之羞"来看，他对《易》经不仅精熟，而且十分注重其义理，尤其是孔子提出"不占而已"的话来，对于后世经学对《易》之注重义理的探讨，当有开启方向的作用。自宋欧阳修作《易童子问》，始有人怀疑孔子作《易传》，其后崔东壁、钱玄同、郭沫若、张岱年诸学人，全部或部分否认《易传》同孔子的关系。尽管如此，还有不少学者仍然相信《易传》与孔子有关。如当代学者丁鼎认为："《易传》的文字构成的确很复杂，但其主体思想无疑当是出于孔子，其主体部分当是孔子所自作，还有一些内容是其弟子所记录（如"子曰"之类），也有一些是辑录前人旧说（如"元者善之长"之类），也有的是后世学者所窜入。今本《易传》的最后成书虽然可能确实不是出自孔子一人之手，也非一时而成，但不能因此而否定孔子对《易传》的创作之功，也不能否认孔子对《易传》的原初著作权。至于其中所掺杂的一些战国秦汉间诸学派的思想成分，则当是后人在辗转传抄过程中，或增益，或发挥，或加工润色所致。"[①] 言之有理。

孔子说自己"述而不作"，但孟子中说孔子"作《春秋》"。孔子为什么要作《春秋》？孟子讲："世衰道微，邪说暴行有作，臣弑其君者有之，

---

① 丁鼎：《孔子与六经》，山东文艺出版社2004年版，第98页。

子弑其父者有之。孔子惧，作《春秋》。《春秋》，天子之事也。是故孔子曰：‘知我者其惟《春秋》乎！罪我者其惟《春秋》乎！’”（《孟子·滕文公下》）从《论语》的记载中不难看出，孔子对周室东迁后的社会变化，确是忧心忡忡。孟子还说过“王者之迹熄而《诗》亡，《诗》亡然后《春秋》作”的话，所表达的也是同样的意思。孟子认为，孔子正是出于对君臣纲常紊乱现实的巨大深沉的忧患而作《春秋》的，换句话说，《春秋》实非孔子偶然所为，孔子是抱着一定的政治用意而作《春秋》的，这用意不是别的，就是要正名，就是要恢复西周盛世之礼制，以达于“王道”之理想。孟子得出结论说：“《春秋》，天子之事也。”《春秋》所写的是关于天子之事，孔子是以布衣平民的身份在《春秋》中代替天子行使赏罚褒贬威权。

孔子重视“五经”，绝不是偶然的。史载：“孔子为儿嬉戏，常陈俎豆，设礼容。”他还曾“适周问礼”（《史记·孔子世家》）。鲁哀公曾派孺悲向孔子学士丧礼，鲁国贵族孟僖子在临终前特命其子师事孔子“而学礼焉”。（《左传·昭公七年》）孔子在谈到自己时说：“俎豆之事，则尝闻之矣；军旅之事，未之学也。”（《论语·卫灵公》）这也说明孔子是以精通礼作为自己的专长的。孔子重礼，绝不是仅仅停留在陈俎豆、设礼容的外部形式上，他注重的是礼的实质，他对那些不理解礼的真正内涵的人说：“礼云礼云，玉帛云乎哉？乐云乐云，钟鼓云乎哉？”（《论语·阳货》）孔子希望恢复周礼，恢复当时西周盛世的社会秩序与道德风尚。他说：“郁郁乎文哉，吾从周。”他把礼看成安邦定国的根本，强调“为国以礼”（《论语·先进》），“君君，臣臣，父父，子子”，君要像君，臣要像臣，父要像父，子要像子，才能使社会处于正常的状态。“定公问：‘君使臣，臣事君，如之何？’孔子对曰：‘君使臣以礼，臣事君以忠。’”（《论语·八佾》）即使是君主的言行也要符合礼的要求。

首先，从巩固社会秩序的角度而言，《诗》《书》《礼》《易》《春秋》等本身就包含着丰富的“礼”教的内容。如在《诗经》中，我们可以读到大量反映和宣传周人礼法思想的篇章，如：

> 溥天之下，莫非王土；率土之滨，莫非王臣。（《小雅·北山》）
>
> 明明天子，令闻不已。矢其文德，洽此四国。（《大雅·江汉》）
>
> 大邦维屏，大宗维翰。怀德维宁，宗子维城。无俾城坏，无独斯畏。（《大雅·板》）
>
> 骍骍角弓，翩其反矣。兄弟婚姻，无胥远矣。尔之远矣，民胥然矣。尔之教矣，民胥效矣。（《小雅·角弓》）

可见，从天子，到诸侯、公卿以至于庶民，相应的礼的内容都在《诗》中有所体现，从某种意义上说，习《诗》即是习礼。孔子明确地讲“兴于《诗》，立于礼，成于乐”（《论语·泰伯》），可见通过学《诗》是可以达到学礼的目的的。

其次，“五经”中的有关于前代典章制度、文献诰命的记载，以及政治成败的经验教训，可以为当时的政治提供借鉴。正如翼奉讲的：“圣人见道，然后知王治之象，故画州土，建君臣，立律历，陈成败，以视贤者，名之曰经。贤者见经，然后知人道之务，则《诗》《书》《易》《春秋》《礼》《乐》是也。”（《汉书·眭两夏侯京翼李传》）

再次，“五经”虽各有术，但在基本的伦理道德观念方面，有其相贯通的共同内涵在焉，对于社会的“德教”有着重要的意义，正如后来《汉书·艺文志》中所总结的：“六艺之文：《乐》以和神，仁之表也；《诗》以正言，义之用也；《礼》以明体，明者著见，故无训也；《书》以广听，知之术也；《春秋》以断事，信之符也。”而且五经文中多道德教训式格言名句。如《诗经》中的“君子如祉，乱庶遄已”“人而无礼，胡不遄死”“乐只君子，邦家之基”等，都近于格言，如果再加上引诗者对诗句的断章取义、引譬连类，其道德教训意味更显浓厚。《左传·僖公二十七年》谓“《诗》《书》，义之府也”，所言不虚。可见，学习“五经”

是进行道德意识培养的重要手段，使人们读圣贤之书，习圣贤之行。

孔子通过对“五经”的搜集、鉴别、取舍、编订、作序、说解，把学术与政治密切联系起来，突显了经典的政治上的功用，正如《史记·滑稽列传》引孔子说：“六艺之于治，一也。”

相比较而言，道家倡“绝圣弃智”（《老子》第十九章），其学重体悟而少有所凭；墨家以为“吾言足用”（《墨子·贵义》）而不注意对典献的运用；法家主张无书简之文而以法为教；而孔子整理的“五经”为人们提供了可以了解先王之道的具有可操作性的依据与媒介，从而产生了广泛的社会影响。“孔子以诗书礼乐教，弟子盖三千焉，身通六艺者七十有二人”（《史记·孔子世家》），孔子去世后，他的学生子夏在经籍研究和传授方面做出了很大成就。“孔子既殁，子夏居西河教授，为魏文侯师”，“田子方、段干木、吴起、禽滑厘之属，皆受业于子夏之伦”（《史记·儒林列传》）①。

二、战国时期的经学

孔子之后，儒分为八，学者星散，战国中后期的孟子、荀子对经学的进一步发展做出了突出贡献，对汉代经学产生了很大的影响。

孟子曾“受业于子思之门人”（《史记·孟子荀卿列传》），孟子自己曾说：“予未得为孔子徒也，予私淑诸人也”（《孟子·离娄下》），他把自

① 南宋洪迈更具体地说：“孔子弟子，惟子夏于诸经独有书。虽传记杂言未可尽信，然要为与他人不同矣。于《易》则有传。于《诗》则有序。而《毛诗》之学，一云子夏授高行子，四传而至小毛公；一云子夏传曾申，五传而至大毛公。于《礼》则有《仪礼·丧服》一篇，马融、王肃诸儒多为之训说。于《春秋》所云不能赞一辞，盖亦尝从事于斯矣。公羊高实受之于子夏。穀梁赤者，《风俗通》亦云子夏门人。于《论语》，则郑康成以为仲弓、子夏等所撰定也。后汉徐防上疏曰：‘《诗》《书》《礼》《乐》，定自孔子；发明章句，始于子夏。’斯其证云。”（《容斋续笔》卷十四）

已视为孔子的“私淑”弟子。《史记·孟子荀卿列传》载，孟子“退而与万章之徒序《诗》《书》，述仲尼之意，作《孟子》七篇”。赵岐《孟子题辞》说他“通五经，尤长于《诗》《书》”。从现存《孟子》七篇看来，孟子何止长于《诗》《书》，他对于《春秋》之学更有不少精辟的见解，甚至可以说，孟子的《春秋》学对汉代“今文经学”的形成有某种奠基之功。孟子说：“晋之《乘》，楚之《梼杌》，鲁之《春秋》，一也。其事则齐桓、晋文，其文则史。孔子曰：‘其义则丘窃取之矣。’”这里清楚地说明了孔子“作《春秋》”的“作”字的含义。孔子作《春秋》，是指在“鲁之《春秋》”的基础上加以修订改造，不是说原先什么也没有，孔子无中生有地硬造出一部《春秋》来。就内容来说，孔子“作”的《春秋》所讲依然是齐桓、晋文之类的霸业，其文体也与“鲁之《春秋》”旧文一样，是一部史书。不同之处就在于孔子作《春秋》时把“义”——政治思想加进去了，所谓“其义则丘窃取之矣”。按照儒家后学的说法，孔子在《春秋》中寄寓了许多微言大义，由于害怕受到当时诸侯贵族的迫害，所以这些微言大义没有明确写出来，而是由孔子口头授给弟子，再由弟子口口相传，最后在汉代才著于竹帛，《春秋公羊传》和《春秋穀梁传》就是以阐释《春秋》微言大义为名义而出现的。这就使得“鲁之《春秋》”与孔子所“作”之《春秋》有了本质的区别——一个是与晋之《乘》、楚之《梼杌》无甚区别的一般史书，一个是借助历史材料来讲政治的著作，孟子的见解无疑是敏锐而准确的[①]。至《公羊传》，便将未经

① 这里需要略做说明的是，从某种程度上说，《左传》作者已点出了孔子“作”《春秋》的事实。如《左传·僖公二十八年》：“是会也，晋侯召王，以诸侯见，且使王狩。仲尼曰：‘以臣召君，不可以训。’故书曰：‘天王狩于河阳’，言非其地也，且明德也。”《史记·晋世家》据此云：“孔子读史记至文公，曰：‘诸侯无召王。’‘王狩河阳’者，《春秋》讳之也。”《周本纪》《孔子世家》也有类似的话。互相比勘，足见孔子所“书”即今所传《春秋》，这是孔子修改鲁史的实例。《左传·成公十四年》又记载：“君子曰：‘《春秋》之称微而显，志而晦，婉而成章，尽而不汙，惩恶而劝善，非圣人谁能修之？’”

孔子加工的鲁《春秋》叫作“不修《春秋》”，以表明经孔子修过的《春秋》与“不修《春秋》”有本质的不同。《公羊传·庄公七年》记载：“不修《春秋》曰：‘雨星不及地尺而复。’君子修之曰：‘星陨如雨。’何以书，记异也。”此“君子”，也当指孔子。何休《公羊解诂》说：“不修《春秋》，谓史记也。”说明“雨星不及地尺而复”，乃是旧史的原文，是孔子修订为“星陨如雨”的。关于孔子“作”《春秋》的意义，《孟子·滕文公下》载孟子曰：“昔者禹抑洪水而天下平，周公兼夷狄驱猛兽而百姓宁，孔子成《春秋》而乱臣贼子惧。”孟子将孔子作《春秋》的意义，与大禹治洪水、周公“兼夷狄驱猛兽”相提并论，或者也可以说是把孔子的作《春秋》，比作大禹的治水、周公的“兼夷狄驱猛兽”，足见其意义之重大。为什么能够这样说呢？因为这三者都是关系到人民生死存亡的大事件。大禹治水，使人民得到了最基本的生存环境；周公赶走猛兽般的夷狄，保证中原先进文化不被落后野蛮的夷狄文化所代替；而孔子作《春秋》，则为社会树立了合乎西周礼制的王道理想，使“乱臣贼子”无所逃于诛责。

孟子对《春秋》的认识直接影响了《公羊传》和董仲舒。《公羊传》承袭孟子关于《春秋》讲天子之事的论述，说“君子曷为为《春秋》？拨乱世，反诸正，莫近诸《春秋》”，又称孔子“制《春秋》之义，以俟后圣”。《公羊传·昭公十二年》有云：“《春秋》之信史也，其序则齐桓、晋文，其会则主会者为之也，其词则丘存罪焉耳。”这些话显然从孟子那里脱胎而来。司马迁《史记·自序》引董仲舒的话说：“孔子知言之不用，道之不行也，是非二百四十二年之中，以为天下仪表，贬天子，退诸侯，讨大夫，以达王事而已矣。”正是对孟子“《春秋》，天子之事也”的发挥。

荀子是儒家在战国末期最重要的代表人物，据刘向《孙卿书录》说：“孙卿善为《诗》《礼》《易》《春秋》。”又，《风俗通义·穷通》谓：“孙卿善为《诗》《礼》《易》《春秋》……守礼义，贵术籍。”“术籍”，指经术之典籍。在由战国而至秦汉的经学的传习上，荀子的功绩甚大。汪中说："盖自七十子之徒既殁，汉诸儒未兴，中更战国暴秦之乱，六艺之传赖以不绝者，荀卿也。周公作之，孔子述之，荀卿子传之，其揆一也。"(《荀卿子通论》）据汪中的研究，汉初三家《诗》《春秋》左氏、穀梁二传，皆经由荀子而传。《毛诗》由子夏传曾申，曾申传魏人李克，李克传鲁人孟仲子，孟仲子传根牟子，根牟子传赵人孙卿，孙卿传鲁人毛亨，毛公作诗诂训传，授赵国毛苌，遂有《毛诗》之学。《鲁诗》由荀子传给门人浮丘伯，浮丘伯传给鲁人申公，申公传瑕丘江公。《韩诗》失传，现存《韩诗外传》为汉初韩婴所作，其中称引荀子之书以说《诗》者凡四十四条，亦当属荀子所传。《春秋》的传授，左丘明作《左传》，授曾申，曾申传卫人吴起，吴起传其子吴期，吴期传楚人铎椒，铎椒传赵人虞卿，虞卿传同乡荀况，荀况传武威张苍，张苍传洛阳贾谊。《穀梁传》为穀梁俶（一名赤）所作，传荀卿，荀子传浮丘伯，浮丘伯传申公，申公传瑕丘江公[①]。《礼》的传授方面，据《汉书·儒林传》载："东海兰陵卿事萧奋，以礼受后苍。苍说礼数万言，号曰《曲台记》，授戴德、戴胜。"刘向谓："兰陵人善为学，盖以孙卿也。又兰陵人喜字卿，盖以法孙卿也。"胡元仪据这两条材料推断："孟卿兰陵人，善为礼，又字卿，必得荀子之传也。孟卿传士礼十七篇于后苍，后苍传二戴，由是言之，仪礼盖亦荀卿之传。"(《荀卿别传考异》）荀子的礼论确实影响很大，正如谢墉所说："小戴所传《三年问》全出《礼论》篇，《乐记》《乡饮酒义》所引俱出《乐论》篇，《聘义》'子贡问贵玉贱珉'亦与《德行》篇大同；大戴所传《礼三本》篇亦出《礼论》篇，《劝学》篇即《荀子》首篇，而以《宥坐》篇末'见大水'一则附之，'哀公问五义'出《哀公》

---

① 徐复观先生对汪中所言《春秋》传授提出异议，以为《荀子》书中，涉及《春秋》者仅为《公羊传》(《大略》篇"《春秋》贤穆公，以为能变也"，见《公羊》文十二年传；又"故《春秋》善胥命"，见《公羊》桓三年传），不能谓荀子曾传授《穀梁》与《左氏传》。（参见徐复观：《徐复观论经学史二种》，上海书店出版神社 2002 年版，第 39 页。）

篇之首，则知荀子所著，载在二《戴记》者尚多。”（《〈荀子笺经〉序》）

荀子对六经极为推崇，认为天地间万事万物无不毕载于六经。《荀子·儒效》说：“圣人也者，道之管也。天下之道管是矣，百王之道一是矣。故《诗》《书》《礼》《乐》之归是矣。《诗》言是其志也，《书》言是其事也，《礼》言是其行也，《乐》言是其和也，《春秋》言是其微也……天下之道毕是矣。”同时，他对六经的体用多所论述。《劝学》篇说：“故《书》者，政事之纪也；《诗》者，中声之所止也；《礼》者，法之大分，类之纲纪也。故学至乎《礼》而止矣，夫是之谓道德之极。《礼》之敬文也，《乐》之中和也，《诗》《书》之博也，《春秋》之微也，在天地之间者毕矣。”然而从总的学术倾向上说，荀子最重“礼”。所谓礼，就是指西周宗法社会的政治制度，是各种等级、伦理和礼节仪式规范的总称。从直接的政治目的来看，荀子说“礼者，节之准也”（《致士》），要按礼所确定的等级身份来进行物质分配，调节关系，防止争端，维护统治秩序。所以他说：“礼者，贵贱有等，长幼有差，贫富轻重皆有称也。”（《富民》）从思想认识上，实际上荀子是把“礼”当作可以统摄“六经”之旨的总纲大法来看的。他说：“将原先王，本仁义，则礼正其经纬蹊径也。若挈裘领，诎五指而顿之，顺者不可胜数也。不道礼宪，以《诗》《书》为之，譬之犹以指测河也，以戈舂黍也，以锥飡壶也，不可以得之矣。”这一学术思想的形成，与荀子的政治理想及人生理想有直接的关系。《王制》篇说：“天地者，生之始也；礼义者，治之始也；君子者，礼义之始也。为之，贯之，积重之，致好之者，君子之始也。故天地生君子，君子理天地。君子者，天地之参也，万物之总也，民之父母也。无君子，则天地不理，礼义无统，上无君师，下无父子，夫是之谓至乱。”君子的政治理想是“理天地”，统“礼义”，君子以充当君师为最高理想人格。荀子反对治学止于治经书，要求以实践儒家学说为治学目的，即主张以礼义来经国理民，平治天下，为治学之最高意义。

荀子对诸子进行了广泛的批判，独肯定了“大儒”，这对董仲舒提出独尊儒术思想当有直接的启发作用。在《非十二子》《不苟》《儒效》《富国》《王霸》《天论》《正论》《解蔽》等篇中，都有对于诸子的批评，在批评中突出了他的儒家思想。《非十二子》篇指斥墨翟、宋钘、慎到、惠施等皆为邪说奸言，欺愚惑众，扰乱天下，“使天下混然不知是非治乱之所存”，他主张“上则法舜、禹之制，下则法仲尼、子弓之义。”汉武帝之时，董仲舒在他著名的《天人三策》中提出：“《春秋》大一统者，天地之常经，古今之通谊也。今师异道，人异论，百家殊方，指意不同，是以上亡以持一统；法制数变，下不知所守。臣愚以为，诸不在六艺之科、孔子之术者，皆绝其道，勿使并进。邪辟之说灭息，然后统纪可一，而法度可明，民知所从矣。”（《汉书·董仲舒传》）与荀子一样，董仲舒也视百家之学为邪辟之说，认为这些学说干扰统纪，淆乱法度，有碍治道，主张息灭百家之说，独尊孔子之术，一统纪而明法度，便民知所从。

荀子“以类度类”的思想方法，对董仲舒的《春秋》学有明显的影响。荀子接受了道家的自然天道观念，提出了“天人之分”思想，然而，荀子并没有否认天人之间的相互联系和相互作用，他说：“故善言古者必有节于今，善言天者必有征于人。”（《荀子·性恶》）“人”何以能验证“天”呢？荀子认为，天与人是同类，人与万物一样，是天地阴阳的产物，人的形体和精神都具有自然属性，好恶、喜怒、哀乐叫作“天情”，耳、目、鼻、口、形叫作“天官”，心叫作“天君”，“财非其类，以养其类，夫是之谓天养；顺其类者谓之福，逆其类者谓之祸，夫是之谓天政”（《荀子·天论》）。天人既是同一类存在，也就有相同的道理，“类不悖，虽久同理”（《荀子·非相》）。有了这样的思想前提，再运用“以人度人，以情度情，以类度类，以说度功”《荀子·天论》）的思想方法，提出“善言天者必有征于人”（《荀子·性恶》）的观念就不足为怪了。董仲舒的“以类合之，天人一也”（《春秋繁露·阴阳义》）的思想大约就是从荀子那里脱胎而来的。可以说，荀子“以类度类”的思想方法，无疑对董仲舒《春秋》学中大量的天人比附是有影响的。

荀子重视师法，影响亦及于汉代经学。《荀子·修身》篇说："师云而云，则是知若师也……不是师法而好自用，譬之是犹以盲辨色也，以聋辨声也，舍乱妄无为也。"《大略》篇说："言而不称师，谓之畔（叛）；教而不称师，谓之倍（背）。"这是从尊重知识的角度论尊师之重要的，因为在知识的传习方面，老师有如知识的代表，故对老师的尊重有绝对的意义，汉儒讲论经学极重师法、家法，同荀子重师法的精神一脉相承。

三、今文经学的兴起

今文经学是"原始经学"[①]吸纳阴阳五行说的结果，它继承、调整和扩充了原始儒家的思想基础和理论模式，适应了汉代重建天道信仰的需要，受到汉统治者的重视与利用。汉武帝所立五经博士，均为今文经，亦即所谓"今文十四博士"之学。"今文经学"登上了官方意识形态的宝座，并得到迅速的发展，对两汉之际的学术发展产生了深广的影响。

（一）今文经学的重要特质在于经学的阴阳五行化

今文经学与政治有密切的联系，是与上层建筑相适应的意识形态。从思想史的视角来看，今文经学与秦汉之际重建天道信仰、王权信仰的需要有着重要的联系，其理论特点可以说是经学与阴阳家学说的结合，或者说是经学的阴阳五行化。实际上，这并不是一个新提法，东汉班固就明确地提出了这方面的见解。他在《汉书·五行志》中说："汉兴，承

---

① 此借用徐复观语。《两汉思想史》（第二卷）（华东师大出版社 2001 年版）第 52 页注之 32 云："我把未大量掺入阴阳五行思想的经学，方便成为'原始经学'。"

秦灭学之后，景武之世，董仲舒治《公羊春秋》，始推阴阳，为儒者宗。”

从经学发展史的角度说，班固的“始推阴阳”之说不是很准确，因为经学与阴阳五行说的自觉结合，从秦汉之际的伏生就开始了。伏生是汉初今文《尚书》学的开创者，他比董仲舒大七八十岁，从事经学活动的时间也要比董仲舒早几十年。不过，班固说董仲舒糅合《春秋》学与阴阳五行说，“以《春秋》灾异之变，推阴阳所以错行”（《汉书·董仲舒传》），构建公羊《春秋》学思想体系，为儒家经生们所推重、效法，完全是合乎实际的。董仲舒之后，汉代经学加速了阴阳五行化，今文经学家对“五经”的阐释与运用，与阴阳五行说有了更为密切的联系。如翼奉进一步发挥《齐诗》的“五际”说，《礼》学则大讲“明堂阴阳”等皆是。

有学者提出今文经学属于“墨学遗流”，这是仅从董仲舒“天志”的用语做出的判断，虽与经学的阴阳五行化有一定的关联，但是，显然这一判断忽略了今文经学的儒学特性。如果仔细辨析起来，墨家讲“天志”的天，近于殷商人格神的天帝；而董仲舒讲的天，更接近于周人所讲的天。二者是不同的。

（二）经学的阴阳五行化是基于重建天道信仰、王权信仰的需要

今文经学的发生发展，与寻求统治的合法性有重要关联。合法性问题是统治者必须面对并要从理论上做出回答的问题。

大家知道，汉景帝时曾经发生过辕固生与黄生的争论，争论的焦点是汤武革命的正当性问题。清河王太傅辕固生与黄生争论于景帝前。黄生曰：“汤武非受命，乃弑也。”辕固生曰：“不然。夫桀纣虐乱，天下之心皆归汤武，汤武与天下之心而诛桀纣，桀纣之民不为之使而归汤武，汤武不得已而立，非受命为何？”黄生曰：“冠虽敝，必加于首；履虽新，必关于足。何者？上下之分也。今桀纣虽失道，然君上也；汤武虽

圣，臣下也。夫主有失行，臣下不能正言匡过以尊天子，反因过而诛之，代立践南面，非弑而何也？”辕固生曰：“必若所云，是高帝代秦即天子之位，非邪？”黄生以冠履之喻来强调君权绝对独尊，说汤放桀、武王伐纣为以下犯上，不具有正当性，显然近于法家的论调。《韩非子·外储说左下》引费仲曰：“冠虽穿弊，必戴于头；履虽五采，必践之于地。”韩非子本人曾明确地说：“舜偪尧，禹偪舜，汤放桀，武王伐纣，此四王者，人臣弑其君者也。”（《韩非子·说疑》）

辕固生所持为儒家的观点，认为君权虽尊，但有一个前提，那就是君王必须是有道之君，否则的话，受民众拥护之人可取而代之。二人的争论，最终还是要指向刘汉政权的合法性问题。在中国上古时期，政权的合法性问题，或者说王权信仰问题，一直是与天道信仰密切联系在一起的，是对王权予以神化的形式体现出来的。这里我们有必要对秦汉之前历史上的基于天道观念的王权信仰做一个简单的回顾：

《礼记·表记》上说：“殷人尊神，率民以事神，先鬼而后礼。”殷人的主神就是高高在上的“帝”。殷墟卜辞中说，帝能“令风”“令雨”“降祸”“降馑”。帝能应诺、佑护人事，所谓“帝若（诺）”“帝又（佑）”，对祖灵、战争、农事、生死有着绝对的权力。因此，商人对“帝”极其崇拜，几乎是每事必通过卜筮以询问“帝”之旨意。在殷人那里，没有出现下界人的行为可以感动“帝”的观念，天人之间不发生“互动”关系。另外，“帝”在商代还兼有祖先神的意义在里面。“帝”字在甲骨文中的形象，像花蒂，用以表示祖先神、老祖宗之义。

到了周人那里，不再崇拜“帝”，而更多的是以“天”作为崇拜的核心。周人喜欢给天加上“皇”“昊”“旻”等修饰语，以形容其伟大。《尚书·多士》说：“昊天大降丧于殷。”在周人那里，“天”是带有自然的特性而同时兼具有人格神的某些特征，而不再像殷人的“帝”是个具体的人格神。同时，周人把祖先神从至上神“天”那里分离出来，成为周代生活中的政治偶像。当然，这些先公先王是承受了天命的。《大雅·大明》说：“有命自天，命此文王。”重要的是，周人用“德”充实了“天命”的内涵，“敬德”成了保持“天命”的关键。周公告诫成王说：“惟王其疾敬德，王其德之用，祈天永命。”“不敬厥德，乃早坠厥命。”（《尚书·召诰》）意思是说君王无德，就不再葆有天命。而“德”的重要内涵是“保民”。要之，周人用“自然之天”“道德之天”这个至上神，取代了殷人的“帝”这个喜怒无常、不可捉摸的人格神。这是宗教文化史上划时代的大事，具有重大的意义，用今天的学术话语来说，就是周人开始了由神本向人本的思想转移，是意识形态上的巨大进步。王国维说“中国政治与文化之变革，莫剧于殷周之际”，他主要是从社会结构“嫡长子继承制”的意义上讲这句话的，我们也完全可以从宗教文化的进展的意义上来理解这句话。

春秋时，孔子信从周文化，他说“郁郁乎文哉，吾从周”。他言“天”不多，但从现存的相关话语中，也可以看出周文化的鲜明特征。他说“大哉尧之为君也！巍巍乎，唯天为大，唯尧则之”（《论语·泰伯》），说尧能效法大的德行。又说“君子有三畏：畏天命，畏大人，畏圣人之言”（《论语·季氏》），体现出对“天”的权威性的认同。战国是“争于气力”的时代，礼坏乐崩，诸侯争雄之时，“天”的权威性隐而不彰。战国晚期，荀子更讲天人相分，认为“治乱非天”（《荀子·天论》）

从战国到汉初，社会处于分裂、动荡的状态，人心所向是天下一统，用孟子的话说是“定于一”，上上下下都希望出现一个稳固的、长治久安的政治局面。那么，显然，在意识形态领域如何重建天道信仰、王权信仰就成为必须考虑的、具有紧迫性的问题了。这个问题秦代没有解决，到了汉初仍悬而未决，汉武帝策贤良文学诏中问道：“三代受命，其符安在？灾异之变，何缘而起？”（《汉书·董仲舒传》）在这种情况下，今文经学家恰逢其时，他们基于周代“天”这个范畴，借助于阴阳五行理论，力图重新把天道人道再次联系起来，为重建天道—王权信仰服务。

或许有人会问：周代的“天”不是在春秋战国时代受到了怀疑、质疑、甚至否定了吗？《诗经》中不是有怨天、恨天的话吗？荀子不是提出了“从天而颂之，孰与制天命而用之”的话吗？为什么今文经学家们还能利用“天”这个范畴呢？周代“天”的含义主要有三，一是人格神，或者叫主宰之天，二是自然之天，三是义理之天。随着春秋战国时代生产力的发展，自然科学上的进步，天的“人格神”含义在一定程度上被否定了。但是，有一点需要明确，就是周代以降，“自然之天”和“义理之天”的含义仍然交织在一起，区别不开。“义理之天”也可以理解为“道德之天”。借用董仲舒的话说“天意难见也，其道难理”（《春秋繁露·天地阴阳》），而今文经学家巧妙地以当时被普遍接受的阴阳五行理论“见之”“理之”。因为，阴阳五行说既有自然方面的意义，也有义理方面的意义，“五行”相克相生乃是自然现象，具有某种自然主义的性质，用我们今天的话说就是带有“科学”的特点，这对当时的人来说是很有说服力的。比如说今文经学家们可以这么说：我们所讲的天人感应，不是说天上坐着一个老天爷，我们一烧香叩头他就知道了，不能那么讲，那是迷信；我们要讲的是阴阳五行感应论，天是大宇宙，人是小宇宙，天人同构，人副天数，天之阴阳五行与人之阴阳五行是相通的，这是“科学”的感应论。这样，他们就能够重新把天道与人道联系起来，从而为重建天道信仰、王权信仰服务。

（三）经学的阴阳五行化的过程

战国之时，传统的天命观开始动摇，以前做天子的要“受命”，后来者则要“革命”。战国时周天子衰微，用不着“革命”了；而群雄角逐，究竟哪位国王可做天子还没定，所以“受命”说正有其需要。呼应这种政治需要，邹衍提出了其著名的“五德终始”理论。所谓“五德”，即指金、木、水、火、土五行。这一学说的意思是，五行按相克或者说相胜的顺序，不停地变换运转。根据《吕氏春秋·应同》篇的记载：“凡帝王之将兴也，天必先见祥乎下民。”某一德当令时，天就会显示一些祥瑞。应此德者即可为天子。此一德衰了，就会被下一个德所取代，也就是改朝换代了。说黄帝之时，天显现了大蚯蚓、大蝼蛄之祥（“天见大螾大蝼”），黄帝应土德而做了王。他的颜色是尚黄的，制度是尚土德的。其后土德衰弱了，五行中木克土，所以天现木德之祥，“草木秋冬不杀”，禹应木德，取代土德而做了王。此后商汤以金德（“见金刃生于水”）而克夏禹之木德，周文王又以火德（“天先见火，赤乌衔丹书”）而克殷商之金德。邹衍以五行相胜讲王朝更替，是受战国时社会思潮的影响的，因为当时可以预见以征战杀伐的手段统一天下，乃是不可逆转的趋势。

教科书上通常把邹衍视为阴阳家的创始人，实际上他带有鲜明的儒家色彩，或者说就是“准儒家”吧。桓宽《盐铁论·论儒》篇中说：“邹子以儒术干世主，不用，即以变化终始之论，卒以显名。”司马迁在《史记》中把邹衍的传附在孟子、荀子之后，大概也是看出了他与儒家的内在联系。他说邹衍造五德终始说，是因为“睹有国者益淫侈，不能尚德，若《大雅》整之于身，施及黎庶矣”，“然其要归，必止乎仁义节俭，君臣上下六亲之施”（《史记·孟子荀卿列传》）。

汉初，今文经学家伏胜著《尚书大传》中讲《洪范》，自觉地、创造性地运用了五行说。《尚书·洪范》九畴，初一曰五行：“一曰水，二曰火，三曰木，四曰金，五曰土。水曰润下，火曰炎上，木曰曲直，金曰从革，土爰稼穑。润下作咸，炎上作苦，曲直作酸，从革作辛，稼穑作甘。”大体上讲，这里作者说的都是水火木金土的自然属性。“金曰从革。”革本指皮革，后引申为变革之意。从直观经验上说，金与皮革的坚韧耐用、难以改变等特点容易联系在一起。钱钟书《管锥篇·周易正义》解释说：“盖以牛革象事物之牢固不易变更，以见积重难返，习俗难移，革故鼎新，其事殊艰也。”[①] 润下作咸，大概是从海水得出来的观念。炎

① 钱钟书：《管锥编》（一），中华书局 1986 年版，第 29 页。

上作苦，大概是因食物被火烧焦则味变苦。而伏胜在《尚书大传》中却说出了另外一番道理："田猎不宿，饮食不享，出入不节，夺民农时及有奸谋，则木不曲直。"也就是说：木性的变异，主要是与农政方面的过失有关。"弃法律，逐功臣，杀太子，以妾为妻，则火不炎上。"也就是说，火性的变异与法制、礼制方面的过失有关。"治宫室，饰台榭，内淫乱，犯亲戚，侮父兄，则稼穑不成。"也就是说，土性的变异与宫室、宗亲方面的过失有关。"好攻战，轻百姓，饰城郭，侵边境，则金不从革。"也就是说，金性的变异与军政的过失有关。"简宗庙，不祷祠，废祭祀，逆天时，则水不润下。"也就是说，水性的变异与祭祀方面的过失有关。这样，通过五行变异，就把国家经济、官制、宗亲、军政、祭祀等各方面的失误所引起的天人感应情况做了全面的说明。伏生开启了依据五行变异来论灾异的先例。对后来的《五行志》有直接的影响。汉武帝时，董仲舒在秦汉之际今文经学的基础上，更自觉与更系统地将经学与阴阳家学说相融合，把阴阳五行提高到天道神学的体系上来，因而受到了最高统治者的赏识和儒生们的追随。今文经学也因此迅速上升为汉代官方意识形态。这是大家都熟悉的事了。

需要说明的一点是，董仲舒的这种理论，从某种意义上讲，是周代天命一王权信仰在新的历史时期的复现，借用列宁的话说，是在高级阶段上重复低级阶段的某些特征。例如，董仲舒的"天谴"说，明显的是从周代脱胎而来。周公曾说："天不可信，我道惟宁（文）王德延，天不庸释于文王受命。"（《尚书·君奭》）天会改易其命的。董仲舒则说："国家将有失道之败，而天乃先出灾害以谴告之。不知自省，又出怪异以警惧之。尚不知变，而伤败乃至。"（《汉书·董仲舒传》）在某些地方，董仲舒甚至是借助阴阳五行之说向天的"人格神"含义的回归。例如他说："天者，万物之祖"（《春秋繁露·顺命》）；"天者，百神之大君也。"（《春秋繁露·郊祭》）

（四）今文经学的文化意义

今文经学的文化意义，我们可以从三个方面来理解。首先，经学的阴阳五行化，在重建天道信仰、王权信仰的同时，也使得原始儒学的一些重要内容落实到实践层面。正如李泽厚先生指出的："孔子继承远古所提出的仁学结构主要便是通过汉代一系列的行政规定如尊儒学、倡孝道、重宗法，同时也通过以董仲舒儒学为代表的'天人感应'的宇宙图式，才真正具体地落实下来。尽管董仲舒的儒学和五行图式与孔子学说已有很大的不同，但孔子提出的原始儒学的基本精神——血缘基础、心理原则、治平理想、实用理性、中庸观念等等，却都是通过这个阴阳五行的系统图式而保存和扩大了。"① 这一见解应当说是有道理的。董仲舒以阴阳五行说为体，以原始儒家思想为用，来论证礼乐仁义的来源和合理性及必要性，在那个时代，对于处于当时认识水平的人们，应当说是很有说服力的。特别是在维护王权和宗法伦理制度方面，较之原典更为实用和有效。

其次，伏生的五行感应说、董仲舒的灾异谴告说，对封建统治者有警示与制约作用。在汉代"大一统"专制集权体制之下，经生干政，常在"屈君而伸天"上做文章，把现实问题转化为经学的问题，假借上天谴告的形式来批判现实，促使统治者见天戒而悔过自新，建立良好的政治。宗主今文经学的皮锡瑞在《经学历史》中就此议论说："汉有一种天人之学，而齐学尤盛。……当时儒者以为人主至尊，无所畏惮，借天象以示儆，庶使其君有失德者，犹知恐惧修省。此《春秋》以元统天、以天统君之义，亦《易》神道设教之旨。汉儒藉此以匡正其主。其时人主方崇经术，重儒臣，故遇日食地震，必下诏罪己，或责免三公。……后世不明此义，谓汉儒不应言灾异，引谶纬……言非一端，义各有当，不

① 李泽厚：《中国古代思想史论》，北京：人民出版社 1986 年，第 174 页。

得以今人之所见轻议古人也。”[①] 正因儒生们的傅经义言灾异，才使得宣、元、成、哀诸帝诏书多有惧辞，面对“天”的威力能够比较诚恳地做些检讨，也确实采取了一些救灾济民的措施。

再次，五德终始说、三统说、齐《诗》五际说等，都包含着社会变革与革命的思想内涵。“五德终始”说包含着革命论的因素。也就是说，统治者的行为必须合乎德行的要求，否则便会被其他的有德者所取代。两汉之际，如果没有刘歆的“新五德终始”理论，王莽的代汉也不可能那么顺利。刘歆在《世经》中按五行相生而不是相克之说排定历代帝王谱系，推定汉为尧后，为火德。尧禅让给舜，刘氏亦可禅让给王氏。实际上是为王莽代汉制造舆论。后来王莽的“新”朝即定为土德。新朝的“新”字，实际上也是更受命意识的一种具体体现。董仲舒的“三统”说也包含着变革、更化的思想。“三统”说，谓历史朝代按照黑统、白统和赤统三统依次循环更替。黑统以寅月为正月，色尚黑；白统以丑月（夏十二月）为正月，色尚白；赤统以子月（夏历十一月）为正月，色尚赤。根据三统说，夏商周三代的统属分别是黑统、白统与赤统。董仲舒承袭了孔子的三代损益观，认为夏商周的治道分别为忠、敬、文。司马迁《春秋》学本董仲舒，《史记·高祖本纪》太史公曰：“周秦之间，可谓文敝矣。秦政不改，反酷刑法，岂不缪乎？故汉兴，承敝易变，使人不倦，得天统矣。”孔子为“素王”的说法，从学理上讲也是从“五德终始”说、“三统”说中引申出来的。据今文学家们讲，孔子看周道既衰，想成立一个“新统”，不幸他有其德而无其位，仅成一个“素王”，所以他只得托王于鲁，作《春秋》以垂其空文。《春秋》虽只是一部书，却抵得上一统，它所表现的是属于黑统的制度。董仲舒在《天人三策》中说：“孔子作《春秋》，先正王而系万事，见素王之文焉。”又说：“故《春秋》受命所先制者，改正朔，易服色，所以应天也。”（《汉书·董仲舒传》）董

① 皮锡瑞：《经学历史》，北京：中华书局 1959 年版，第 106 页。

仲舒还试图用“五行相克”的关系来阐释儒家的政治伦理，并将“革命”的正当性奉为神圣。在董仲舒看来，民属木，君属土，民之“革命”犹以木克土，即所谓“君大奢侈、过度失礼，民叛矣。其民叛，其君穷矣，故曰木胜土”（《春秋繁露·五行相胜》）。《齐诗》学的“五际”之说也包含着改制、革命的思想。《汉书·翼奉本传》说“《诗》有五际”，又云：“奉窃学《齐诗》，闻五际之要。”所谓“五际”，指“卯、酉、午、戌、亥也，阴阳终始际会之岁，于此则有变改之政也”（《诗三家义集疏》）。《齐诗》学的“五际”说主要是通过诗与阴阳五行、历法的相配，说明政治的兴衰的“天学”依据，客观上肯定了“革命”是不以人的意志为转移的，是社会兴衰变化中的一种必然现象。

尽管今文经学家讲革命显得不如原始儒家如孟子讲得更直接、更本质，往往借天人关系立论，但我们不能因此而抹杀他们在专制时代倡言改革与革命的进步意义。总的说来，汉代的今文经学在新的层面上，以新的话语形式，继承与发扬了西周以降的人文传统，贯穿着儒家长期积淀的忧患意识与人文理想[①]。

四、元帝成帝时期的经学

元帝、成帝时期，统治者进一步重视经学。汉元帝为太子时，宣帝令大儒萧望之、周堪分别为太子太傅、少傅，教太子读儒家经典，习古

① 徐复观先生指出：“忧患意识，不同于作为原始宗教动机的恐怖、绝望。……忧患心理的形成，乃是从当事者对吉凶成败的深思熟虑而来的远见；在这种远见中，主要发现了吉凶成败与当事者行为的密切关系，及当事者在行为上所应负的责任。忧患正是由这种责任感来的要求以己之力突破困难而尚未突破时的心理状态。所以忧患意识，乃人类精神开始直接对事物发生责任感的表现，也即是精神上开始有了人的自觉的表现。”（徐复观：《中国人性论史》（先秦篇），台北：商务印书馆1987年版，第20—21页。）

代礼仪，影响日深。元帝继位后，派使者去请王吉、贡禹入朝做官。王吉年迈，病逝于途中。拜贡禹为谏议大夫。王吉之子王骏，跟梁丘贺学《易》，颇有成就，被元帝任为谏议大夫。韦玄成少年好学，成年有名，元帝继位，拜为少府，迁太子少傅，至御史大夫。京房精通《易》，元帝初以孝廉为郎。东海下邳人翼奉与萧望之、匡衡同师，经术皆精，善律历阴阳卜筮之术，隐而不仕，元帝诏征于宦者署，数议事宴见，十分敬重，拜为中郎。匡衡精通《诗》，元帝任他为郎中，迁博士，给事中。丞相于定国，精通《春秋》。于定国之后，元帝任博士、御史大夫薛广德为丞相。成帝为太子时，“好经书，宽博谨慎”（《汉书·成帝纪》），他继位后，继续崇尚经学，重用经术士。由于此期政治日趋腐败，经学之士发扬经世致用的传统，常以“灾异”论来进谏、议政，代表人物如刘向、京房等。

刘向，字子政，初名更生，成帝建始元年（前32年）改名为刘向，他是楚元王刘交的四世孙，贵为宗室且有着较多经学文化素养。刘向十二岁为辇郎，二十岁擢为谏大夫。宣帝曾征他受《穀梁》学，并参与了平《公羊》《穀梁》同异之事[①]。元帝之时，弘恭、石显等宦官干政，刘向以灾异警戒天子。成帝继位，石显等伏诛，刘向乃以“故九卿召拜为中郎，使领护三辅都水。数奏封事，迁光禄大夫”，并诏刘向领校中“五经”秘书。刘向“为人简易无威仪，廉靖乐道，不交接世俗，专积思于经术，昼诵书传，夜观星宿，或不寐达旦”。他曾“集合上古以来历春秋六国至秦汉符瑞灾异之记，推迹行事，连传祸福，著其占验，比类相从，各有条目，凡十一篇，号曰《洪范五行传论》”；又以世俗奢淫，乃“采取《诗》《书》所载贤妃贞妇，兴国显家可法则，及孽嬖乱亡者，序次为《列女传》”（以上引文均见《汉书·楚元王传》）；又采传记行事，著《新序》《说苑》等。

---

① “平《公羊》《穀梁》同异”，语出《汉书·瑕丘江公传》。“平”通“评”，评论之意。

刘向是元、成之时经学家中宣讲“灾异”的代表人物之一。《汉书》中说他习《穀梁传》，可是他的著述引经，并不拘守《穀梁》一家。清人唐晏说：“今考《说苑》所引《春秋》说，多同于《公羊》，其用《穀梁》者无几。”[①]郑玄《六艺论》提到，治《公羊》者董仲舒，董仲舒弟子嬴公，嬴公弟子眭孟，眭孟弟子严彭祖及颜安乐，而刘向又是颜安乐的弟子。可以说，刘向是董仲舒的三传弟子，学术上应当是有一定的渊源关系的。在奏疏之中，刘向还曾盛赞董仲舒“为灾异书”一事，说“仲舒为世儒宗，定议有益天下”（《汉书·楚元王传》）。刘向的《洪范五行传论》[②]在许多方面以天意来解释历史，甚至比董仲舒走得更远。

刘向的《洪范五行传论》虽未完整地保存下来，但其基本内容载于《汉书·五行志》中，主要是将自上古至西汉中期的符瑞灾异与各朝代社会政治得失，加以一一对应和比附，以木、火、土、金、水五行以及星孛、日食、地震、怪异等统类，对天人感应做了细致的描述，是西汉以天人感应解释历史的集大成者，故有学者把它视作“灾异大全”，“汉朝‘天人感应’的思想的百科全书”。[③]《汉书·五行志》中，凡标有“刘向以为”字眼的，均是该书的内容。刘向列举的灾异与对应的人事现象，举其要者，如木类：“木冰”是贵臣御大夫有害之象；火类：“御廪灾”是夫人不可以奉宗庙之告；土类：“大亡麦禾”是土气不养，稼穑不成而致，原因在于统治者奢侈荒淫；金类：“石言”属白色吉祥之应；水类：“桓公元年秋，大水”是桓公弑兄隐公，民臣痛隐而贱桓所致。另外，还有“星孛”是君臣乱于朝，政令亏于外所造成；“马生角”预示吴王刘濞兴兵作乱，等等。值得强调的一点是，刘向在论灾异时特别注重人事的作用。作为符瑞灾异，或显于人事之前作为预告，或显于人事之后作

---

① 唐晏：《两汉三国学案》，中华书局1986年版，第411页。

② 《汉书·艺文志》著录称《洪范五行传记》十一卷，归入《六艺略》。

③ 冯友兰：《中国哲学史新编》（中卷），人民出版社1998年版，第239页。

为惩劝，在大多数情况下，刘向将这两方面同时并提，比如，刘向解释《春秋》成公二十年夏“齐大灾”，“以为齐桓好色听女口，以妾为妻，适庶数更，故致大灾”，天既然以大灾预告，就应及时补救，改过自新，但“桓公不寤，及死，適（嫡）庶分争，九月不得葬”（上引见《汉书·五行志》），所以刘向认定，灾异不可怕，关键是见灾异而知天意，因天意而行事[①]。

刘向以“灾异”论讲时政，试图引起皇帝的觉悟而改善政治。他在给元帝的《条灾异封事》中，说当时“灾异并起，天地失常”，“阴阳不调”，因而要“推《春秋》灾异，以救今事一二”。他依据上古唐尧虞舜及夏商周三代之事，断言“众贤和于朝，则万物和于野”；“诸侯和于下，天应报于上”；“祥多者其国安，异众者其国危”。他建议元帝“考祥应之福，省灾异之祸，以揆当世之变，放远佞邪之党，坏散险诐之聚，杜闭群枉之门，广开众正之路，决断狐疑，分别犹豫，使是非炳然可知”，通过用贤任贤，远奸佞，退不肖，辨明是非，使“百异消灭，而众祥并至，太平之基，万世之利也”。文中杂引《诗》十四条、《易》四条、《论语》一条及《春秋》所言灾异，结合当时的自然异象反复论证，揭露时弊，发人深醒。

京房字君明[②]，东郡顿丘（治所在今河南清丰县）人。据《汉书》本传，京房本姓李，好钟律，知音声，推律自定为京氏。专治易学，师事焦延寿，尽得其学，而推衍灾祥，尤为精审。延寿为之叹道：“得我道以亡身者，必京生也。”汉元帝初元四年（前45年），京房举孝廉为郎，走上仕途。永光、建昭年间，以明灾异得幸，立为《易》经博士，成为汉元帝的近臣。京房颇想在政治上做一番事业，于是他打着“明灾异”的

① 参见张秋升：《刘向历史哲学分析》，载《北京邮电大学学报》2000年第7期。

② 西汉有两位京房，都讲《易》学，一位是杨何的弟子、梁丘贺的老师；一位是本篇所讲的京房、焦延寿的弟子。

旗号，屡次上疏，无所顾忌地品评朝政，斥责佞臣，还提出考核官吏的新措施"考功课吏法"，但遭到大臣的阻挠，无法推行。后遭贬，任魏郡太守，不久为权臣石显及其同党五鹿充宗所诬，下狱死，终年四十一岁。京房著述，《汉书·艺文志》著录有《灾异孟氏京房》六十六篇；流传至今的，有《京氏易传》三卷。京房死后，其弟子殷嘉（又作段嘉）、姚平、乘宏仍传其学，号"京氏《易》学"，民间犹自奉行之。

从学理上讲，京房《易》学继承和发展了"卦气说"①，把阴阳五行理论全面地纳入《易》学中，从而使其《易》学推演模式更为复杂，更为系统，更为具体，其言灾异的功能也就大大增强了。京房认为，治《易》的目的，就是要借助代表天象的卦象考察人间的灾祥祸福。他论述人事与灾异之理说："生吉凶之义，始于五行，终于八卦。从无入有，见灾于星辰也；从有入无，见象于阴阳也。阴阳之义岁月分也，岁月既分，吉凶定矣。故曰八卦成列，象在其中矣。六爻上下，天地阴阳，运转有无之象，配乎人事。八卦仰观俯察在乎人，隐显灾祥在乎天，考天时、察人事在乎卦。"（《京氏易传》）他认为天有意志能主宰人事，天通过天象表现意志（"从无入有"），又把天象变化预先隐藏在易卦中（"从有入无"），而人的作用是通过易卦推知天意。这个思路应当说是和董仲舒的天人感应说一脉相承的，当然，董仲舒之言灾异主要是以《春秋》为本，以历史比附的方式进行；董仲舒通过《春秋》体认天意，京房则通过《易》来体认天意，如辽东高庙灾及高园便殿火，董仲舒便以定公、哀公时火灾相比附，认为宜"退乱臣而用圣人"，而京房说灾异则以《易》为本，以六十四卦编排一年四季十二月三十日，进行比附推论，大政小事都可以《易》说之。《京氏易传》说："阴阳运行，一寒一暑，五行互用，

---

① "卦气说"的主要内容，是以《易》卦与四时气候相配，故称"卦气"。坎、离、震、兑为四正卦，主四时，其爻主二十四气。余六十卦，主六日七分，其爻主三百六十五又四分之一日。内自"复"至"乾"、自"姤"至"坤"另为十二月消息卦，主十二辰，其爻主七十二候。

一吉一凶。以通神明之德，以类万物之情。故《易》所以断天下之理，定之以人伦而明王道。”这与董仲舒的经学思想也是相通的。

京房继承齐学制约君权的“革命”精神，利用卦气图式和灾异理论来评析时政，力求去奸用良，实现政治清明，成为汉代经学发展史上的亮点之一。《汉书》京房本传中说：“永光、建昭间，西羌反，日蚀，又久青亡光，阴雾不精。房数上疏，先言其将然，近数月，远一岁，所言屡中，天子说之。”他给元帝的三封奏折，都突出了改善政治的内容。如第一封奏折说：“辛酉已来，蒙气衰去，太阳精明，臣独欣然，以为陛下有所定也。然少阴倍力而乘消息。臣疑陛下虽行此道，犹不得如意，臣窃悼惧。……乃辛巳，蒙气复乘卦，太阳侵色，此上大夫覆阳而上意疑也。”（《汉书·眭两夏侯京翼李传》）京房多次借助于《易》学言灾异，劝诫元帝改革弊政，远离奸佞之人，并表明自己忠心为国。然而，他以经学改善政治的活动最终还是失败了，并以“诽谤政治，归恶天子”的罪名被诛。

五、刘歆争立古文经

哀帝时，发生了刘歆争立古文经这个在汉代经学史上颇有影响的事件。今文经与古文经，最初是指以今文（汉隶）、古文（籀书）两种不同的字体写成的经书。我国古代文字从殷代的甲骨文和殷周金文发展到战国时代，字体屡经变迁。战国时秦国境内，基本上通用“籀书”，亦称“大篆”；后来秦始皇统一中国，在“籀书”的基础上加以简化成为“小篆”，或称“篆书”。秦代的“书同文”即以这种篆书来作为标准的字体。至于六国境内的文字，与籀书、篆书不完全一样。现在我们尚能见到的六国文字，如战国古钱币、青铜器、近几十年出土的楚简上的文字以及《说文解字》中所载“古文”，均属此类，有的学者统称之为“晚周古文”。这种古文字由于地区及时代早晚不同，差别较大，但它们都是秦始皇统一中国以前的古文字，所以习惯上统而言之曰“古文”。战国后期，除了大篆和这些“古文”外，还出现了一种字体，就是“隶书”。在秦代，通行的正式字体是小篆，如秦刻石及秦权（秦官府批准的标准砝码）铭文都是小篆，但在官府中的公文及民间流行的字体则主要是隶书。到了汉代隶书已取代小篆成了最通行的字体。所以在汉代人看来，隶书是当代的字体，因此名之曰“今文”。经典若是用战国古字写的，就是“古文经”，用隶书写的就是“今文经”。《史记・儒林列传》云：“孔氏有古文《尚书》，而安国以今文读之，因以起其家。”这里所说的“古文”“今文”，就是以《尚书》传本之古、今文字而言的。今、古文经的字，难免会有所不同，这种不同有时今文经正确，有时古文经正确，不能一概而论。因为，古文经虽以六国时的古文字缮写，但从西周或春秋时代传到战国，中间也难免有抄错或记错的地方。今文经虽大多是汉人写的，但有时因为依据的底本好，也可能反比某些古文经为胜。今、古文经的异字的成因，大致有四种情况：假借字，异体字，误字，误句。其中，假借字数量最多，如《仪礼・士相见礼》中的“一”与“壹”“终”与“众”“甫”与“父”“毋”与“无”“伸”与“信”“早”与“蚤”等即是。

“今文经”是经秦代焚书之后，由西汉学者口头传授、记录的儒经，均以西汉通行的文字“隶书”撰写，故称“今文经”。汉武帝以后，民间以及孔子住宅壁中又发现了以先秦文字“籀书”撰写的儒经，称之为“古文经”。清人皮锡瑞说：“孔氏与伏生所藏以授生徒，必改为通行之今文，乃便学者诵习。故汉立博士十四，皆今文家。而当古文未兴之前，示尝别立今文之名。《史记》儒林传云：‘孔氏有《古文尚书》，而安国以今文读之’，乃就《尚书》之古今文字而言。而鲁、齐、韩《诗》，《公羊春秋》，《史记》不云今文家也。至刘歆始增置《古文尚书》《毛诗》《周官》《左氏春秋》。既立学官，必创说解。后汉卫宏、贾逵、马融又迭为增补，以行于世，遂与今文分道扬镳。许慎《五经异义》有《古尚书》说、《今尚书》夏侯欧阳说，《古毛诗》说、《今诗》韩鲁说，《古周礼》说、《今礼》戴说，《古春秋》左氏说、《今春秋》公羊说，《古孝经》说、《今孝经》说，皆分别言之，非惟文字不同，而说解亦异矣。”[①] 这话大体是不错的。“今文经学”和“古文经学”不仅指所持底本字体、篇章多少的不同，而且对经学内容的阐释有很大差异。一般说来，“今文经学”指西汉董仲舒以后吸纳了齐学阴阳五行说的儒家经学，其特点是关注现实政治，讲阴阳五行、灾异谴告之论，致力于发掘、发挥经文背后的微言大义，从某种意义上说有些类似于西欧中世纪的“神学”；“古文经学”则多讲文字训诂，留意典章制度，注重历史事实的展示与清理，具有浓厚的实证色彩。“今文经学”家尊崇孔子，认为他是托古改制的“素王”，重《春秋公羊》之学，如董仲舒就说：“有非力之所能致而致者，西狩获麟，受命之符是也，然后托乎《春秋》正不正之间，而明改制之义。”（《春秋繁露·符瑞》）“古文经学”家则尊崇周公，把六经当作信史，重《周礼》之学。从经学史上看，“今文经学”出现较早，董仲舒以治《春秋》公羊学得到汉武帝赏识，“今文经学”如《诗》之齐、鲁、韩三家，《书》之欧阳、大小夏侯，《易》之施、孟、梁丘，《春秋》之公羊等都先后被立为官学，今文经学家可以任博士，带弟子。“古文经学”一开始主要在民间，并遭到今文经学家们的排斥，长期未得立为官学。

武帝时所立五经博士，传经所用的本子均为今文经，古文经传或在民间流传，或藏于秘府，一直未列于学官。河间献王刘德曾立《毛诗》《左氏春秋》博士，但仅限于其封国之内，影响不是很大。

刘氏父子在校理中秘藏书时，发现了一些古文经书，无疑为经学的学习与研究增添了新的材料。这些经书中，有的文字与今文经有增有

---

① 皮锡瑞：《经学历史》，中华书局1959年版，第88页。

异，如《古文易经》比施、孟、梁丘之经增“无咎”“悔亡”等。有的篇章比今文经增多，如《古文尚书》为鲁恭王坏孔子宅于壁中得之，孔安国所献，共五十八篇，比今文经多十六篇，即使与今文同者，亦有比其全者，欧阳、大小夏侯之经文的《酒诰》有脱简一，《召诰》有脱简二，字异者七百有余，脱字数十。再如《逸礼》，亦为鲁恭王坏孔子宅时发现，其中与今文经同者十七篇，其他三十九篇皆为逸篇，是关于仪礼的古文篇章。还有的全经为今文博士所未见，如《周官经》(《周礼》)，此书在文帝、武帝时陆续发现，仍缺《冬官》一篇，河间献王用千金求购，仍不得，遂取《考工记》以补其处，合成六篇，奏上。因为是讲周代官制的，故称《周官》，刘歆改称之为《周礼》。《春秋左氏传》，汉初为张苍所献，司马迁曾据之写《史记》中的有关篇章，河间献王曾在其封国立《左氏春秋》博士，但因为当时该书经、传别行，又由于武帝崇《公羊》之学，故《左传》不仅不能立于学官，且不为一般博士官所知。又有的虽与今文经无多异，但因传授师说不同而与今文经有别，如《毛诗》。《毛诗》出自赵人毛亨，其释诗兼诂、训、传三体，自谓系子夏所传，河间献王颇好之，以毛公传人毛苌为博士，但却不得立于学官。在这些古文经中，刘歆特别喜好《左传》。据《汉书·楚元王传》载：

> ……及歆校秘书，见古文《春秋左氏传》，歆大好之。时丞相史尹咸以能治《左氏》，与歆共校经传。歆略从咸及丞相翟方进受，质问大义。初，《左氏传》多古字古言，学者传训故而已，及歆治《左氏》，引传文以解经，转相发明，由是章句义理备焉。歆亦湛靖（沉静）有谋，父子俱好古，博见强志，过绝于人。歆以为左丘明好恶与圣人同，亲见夫子，而《公羊》《穀梁》在七十子后，传闻之与亲见之，其详略不同。

刘歆认为，《左传》传解《春秋》经，应胜于《公》《穀》二传，因为其作者左丘明亲见孔夫子，自然比后来者更能得其本义。所以，到了哀帝建平元年（前6年），"（刘）歆亲近，欲建立《左氏春秋》及《毛诗》《逸礼》《古文尚书》皆列于学官"（《汉书·楚元王传》）。哀帝令刘歆与今文博士讲论其义，诸博士以《尚书》为备，又谓《左氏》不传《春秋》，莫肯置对，用沉默表示蔑视，刘歆于是写了一篇措辞激烈的《移让太常博士书》，在这封公开信中，刘歆阐述了经学产生、发展的曲折过程，指出了古文经传所具有的优点和合理性，一方面批评了今文经师"因陋就寡，分文析字，烦言碎辞"，"信口说而背传记，是末师而非往古"的偏狭与浅陋；另一方面又反复说明古文经传的出处和它的可靠性，说："此数家之事，皆先帝所亲论，今上所考视，其古文旧书皆有征验，外内相应，岂苟而已哉！"主张"与其过而废之，宁过而立之"。全文言辞激切，刚健有力，且信而有征，入情入理。然而，由于绝大多数今文经师对古文经的缺乏了解，再加上师法、家法上的门户之见，故起而极力反对。师丹奏刘歆"改乱旧章，非毁先帝所立"，哀帝虽然理解刘歆"欲广道术"，但由于反对势力太大，他也便没有批准刘歆立古文经的要求，此事以刘歆的被迫外放而作结。

六、两汉之际的谶纬

从本质上说，谶纬是以天人感应为理论基础、以阴阳五行为诠释手段、以经学与神学合一为根本理念的一种独特的学术现象，是今文经学制约君权、指导政治的内容的自然延伸。

《说文》云："谶，验也。"吕思勉先生说："谶纬相附，始于西京之末。若徒论谶，则其所由来者旧矣。《说文·言部》：'谶，验也。有征验之书。'《竹部》：'籤（签），验也。'二字音义皆同，即今所谓豫言也。……今俗所谓求签，实即求谶，乃古之遗言也。特世莫知籤（签）谶同字，遂昧其本义尔。"①"谶"的含义是"验"，引申为能够灵验的预言预兆，通常指预言吉凶祸福的隐语、符、图、物等。吕思勉先生认为谶与签音义皆同，谓今俗所谓求签实即求谶，颇有道理。用语言形式表达称为谶语、谶言、谶谣或省称为谶；用符号、图画的形式来表达的叫图谶。从发生学的意义上说，谶的起源甚古，《墨子·非攻》载，商纣失德，于是"赤乌衔珪，降周之岐社，曰：天命周文王伐殷有国"。又据《史记·赵世家》，秦缪（穆）公曾到过上帝之宫，上帝告诉他晋国将大乱，五世不安，其后将霸云云，"公孙支书而藏之，秦谶于是出矣"。《史记·秦始皇本纪》载，燕人卢生从出海使者那里得到谶言说："亡秦者胡也。"又，秦始皇末年，"有坠星下东郡，至地为石，黔首或刻其石曰：'始皇帝死而地分。'"凡此，都是谶语早出、古多有之的例子。

"谶书"，是指附会《河图》《洛书》一类的书。桓谭说："谶书出《河图》《洛书》，但有兆朕而不可知，后人妄复加增"（《后汉书·桓冯列传》），《后汉书·光武帝纪》记宛人李通等以图谶说光武帝，颜师古注云："图，《河图》也。谶，符命之书。"《文选·思玄赋》李善注："《苍颉》篇：谶书，河洛书也。"从文献上看，关于《河图》《洛书》的神话传说很早就有了。《论语·子罕》中有"凤鸟不至，河不出《图》，吾已矣夫"的话。《史记·孔子世家》中亦记"鲁哀公十四年春，狩大野，叔孙氏车子鉏商获兽，以为不祥。仲尼视之曰：'麟也。'取之。曰：'河不出《图》，洛不出《书》，吾已矣夫！'"《管子·小匡》篇云："昔人之受命者，龙龟假，河出图洛出书，地出乘黄，今之祥未见有者，虽曰有命，无乃失诸乎？"汉戴圣删编的《礼记·礼运》也记有："天不爱其道，地不爱其宝，人不爱其情，故天降膏露，地出醴泉，山出器车，河出马

① 吕思勉：《吕思勉读史札记》，上海古籍出版社1982年版，第740—741页。

图，凤凰麒麟皆在郊陬。”郑注“河出马图”为“龙马负图而出也”。所谓《河图》《洛书》，实可视为一种“符瑞”，是古圣王新受命的象征，是“天意”的表露。谶书附会《河图》《洛书》，以言符命妖祥、王朝兴替等。

“纬书”是与“经书”相对而言的。《说文》云：“纬，织衡丝也。”“衡丝”即横丝。段玉裁注：“引申为凡交会之称。汉人左右六经之书，谓之秘纬。”苏舆《释名疏证补》说：“‘纬’之为书，比傅于‘经’，辗转牵合，以成其谊，今所传《易纬》《诗纬》诸书，可得其大概。”纬书一般托为孔子所作，常把经义的解释与阴阳五行、天人感应之论及各种方术迷信相掺合，以言吉凶祸福、治乱废兴。纬书中杂有相当多的谶语。如《易纬·是类谋》曰：“斗怡（太平）之世，卯金刀（“劉”字）用治，谟修六史，宗术孔书。”《春秋纬·演孔图》记录了一则孔子感黑帝而生的神话，接下来便是一连串的谶语：“孔子之胸有文曰：‘制作定，世符运’”，“得麟之后，天下血书鲁端门，曰：‘趋作法，孔圣没，周姬亡，慧东出，秦政起，胡术破，书纪散，孔不绝’”；“孔子奉以告天，赤爵书上，化为黄玉。刻曰：‘孔提命作，应法为制，赤雀集。’”纬书中多谶语，与其以天人感应言吉凶祸福的创作意图是有直接关系的。

“谶纬”则是“谶书”和“纬书”的合称或总称，《后汉书》或谓之“经谶”，如《后汉书·律历志》就有“章帝复发圣思，考之经谶……”的话。因为纬书中实杂有大量谶语，《河图》《洛书》类谶书在产生时间、主旨等方面又与纬书大体相同，所以习惯上也称“谶书”或“纬书”为“谶纬”。关于“谶书”与“纬书”比合连称为“谶纬”的原因及过程，《四库全书总目提要》卷六《易类》末附案语有一段概括性的话：“儒者多称谶纬，其实谶自谶，纬自纬，非一类也。谶者诡为隐语，预决吉凶；纬者经之支流，衍及旁义。盖秦汉以来，去圣日远，儒者推阐论说，各自成书，与经原不相比附。如伏生《尚书大传》、董仲舒《春秋阴阳》，核其文体，即是纬书，特以显有主名，故不能托诸孔子。其他私相撰述，渐杂以术数之言，既不知作者为谁，因附会以神其说，迨弥传弥失，又益以妖妄之词，遂与谶合而为一。”《提要》以为纬书为“经之支流”，为秦汉以来儒者推阐经典至于“衍及旁义”之作，并逐渐“与谶合而为一”，殆合乎实际。《四库全书总目提要》不仅指出了经与纬的源流关系，而且更重要的是，它指出纬是对儒家经义的某种引申、演绎与诠释，但是这种诠释是以阴阳灾变、符瑞谶说为之主干的，这对于我们把握“谶纬”的本质很有启发意义。可以说，“谶纬”的成立，应是以天人感应的学术观念成为一种社会意识形态为其先行条件的。

尽管谶作为一种巫术性活动的结果出现很早，民间方术之士也早有将谶语编辑成书者[①]，它在汉以前即有流传，但它尚未介入于经学，未介入作为统治思想的意识形态，且流布不广。张衡有云：“自汉取秦，用兵力战，功成业遂，可谓大事，当此之时，莫或称谶”（《后汉书·张衡列传》），表明当时谶尚未与政治活动相结合，尚未介入于政治统治意识，其流布不广，同时也说明谶纬之作为一种普遍的文化现象，必有其特殊的思想文化背景，而汉初其条件尚未成熟。又据《史记·文帝纪》载，文帝十七年（前163），“得玉杯，刻曰‘人主延寿’。于是天子始更为元年，令天下大酺”。裴骃《史记集解》引应劭曰：“新垣平诈令人献之。”按寻其义，盖新垣平刻四字于玉杯，称是天之所赐，令人献之，这一行为显然已与制造谶纬无异，唯文帝似还没有利用谶纬以强化其统治的主观意识，故及新垣平事觉，夷三族。我们认为，就“谶纬”的本质而言，它基本上是西汉经学吸纳邹衍阴阳五行说之后开始形成的、以天人感应之说为核心、与经学相联系的宗教化学说，它比附经传或依托孔子，是渗透着阴阳五行的经学与谶语等神学迷信合流的结果，是汉代

① 《淮南子·说山》谓“六畜生多耳目者不详（祥），谶书著之”；贾谊《鹏鸟赋》谓“异物来崒，私怪其故；发书占之，谶言其度”，说明武帝以前即有谶书。

经学宗教化的产物。

我们可以说谶纬本质上是属于今文经学的一般形态的，与“今文经学”一样，谶纬书的核心思想中亦包含两个向度，即维护王权与制约王权。在谶纬中，帝王原太素，通天地，立“五始”，修德成化，统调阴阳。要之，天人合一，帝王为枢纽。在谶纬中，帝王的功能有时又被神化为最原始的创造者：“黄帝受命有（又作“立”）五始。元者，气之始；春者，四时之始；王者，受命之始；正月，政教之始。”（《春秋纬·元命苞》）在谶纬的作者看来，帝王理所当然地成为人间秩序的起点和准则，所谓“诸侯不上奉王之正则不得其位，正不由王出不得为正”（《春秋纬·元命苞》）。另一方面，谶纬中认为灾异都反映国君政治上的失误，是对国君的警告，如《春秋纬·潜潭巴》说：“疾风拔木，谗臣恣，忠臣辱。”又云：“天赤有大风发屋折木，兵大起，行千里。”《春秋纬·感精符》认为后妃党羽恣肆，邪臣在侧，大臣擅权，宗室党羽威权害国，都会发生日食。《易·乾凿度》在论述“易”的含义时，甚至讲到“革命”的必要性，说：“君臣不变不能成朝，纣行残虐天地反，文王下吕（尚）九尾见，夫妇不变不能成家，妲己擅宠殷以之破。大任顺季享国七百，此其变易也。”凡此，皆限制君权之意。

就汉代的一般情形而言，武帝前诸帝时期之学术文化的一般发展，固然是酝酿了那种我们可称之神学化经学的意识形态，而武帝时期则使这种意识形态得到了全面的实现；经过汉武帝的尊崇，今文经学位望日尊并成为利禄之途，故一时士人奔走竞趋，靡然向风；以阴阳五行学说牵合于经义对现政权的合理性与权威性予以说明的一面，更是作为今文经学一项至关重要的现实功能而受到统治者的肯定，今文家的天道信仰因之获得强化，进一步促成了今文经学在学术上的实用化与神学化，谶纬作为今文经学的一般形态也就随之形成并不断发展了。

董仲舒将先儒理论与阴阳五行相配置系统化为经学学说，被推为“儒者宗”，他特别强调用“符命”“灾异”说来印证天人感应——一方面是天意欲“使之王者，必有非人力所能致而自至者，此受命之符也。……故天瑞应诚而至”；另一方面天若不满人事，“乃出灾害以谴告之，不知自省，乃出怪异以警惧之。”（《汉书·董仲舒传》）这就从正反两方面沟通了天人之间的感应关系，使得经学家们的“假经设谊，依托象类”成为可能，而这种“假经设谊”实为谶纬之滥觞。例如，夏侯始昌“通《五经》，以《齐诗》《尚书》教授”，又“明于阴阳”，武帝时即甚受尊重，又为昌邑王太傅。夏侯胜“从始昌受《尚书》及《洪范五行传》，说灾异”，官至太子太傅。昭帝元凤三年（前78年），泰山有大石自立，上林苑中有倒伏之大柳树亦自立起，眭孟“遂推《春秋》之意”，以为“当有匹夫为天子者”。齐人甘忠可于成帝时造《天官历包元太平经》十二卷，言“汉家逢天地之大终，当更受命于天，天帝使真人赤精子下教我此道”。京房治《易》受自于焦延寿，而京房“用之尤精”，“其说长于灾变”，元帝时以明灾异得幸（上引均见《汉书·眭两夏侯京翼李传》）。费直、高相之治《易》，亦根本抛弃章句，“专说阴阳灾异”（《汉书·儒林传》）。李寻本治《尚书》之学，为张山拊弟子，夏侯建再传弟子，“独好《洪范》灾异，又学天文月令阴阳事”，“寻见汉家有中衰厄会之象，其意以为且有洪水为灾……”（《汉书·眭两夏侯京翼李传》）刘向在成帝时“领校中五经秘书……集合上古以来历春秋六国至秦汉符瑞灾异之记，推迹行事，连传祸福，著其占验，比类相从，各有条目，凡十一篇，号曰《洪范五行传论》，奏之”。凡此，都带有谶纬的性质。

实际上，至成帝时就有了被称作“六纬”的大量谶纬书出现，史载：“……（李寻）乃说根曰：‘《书》云天聪明，盖言紫宫极枢，通位帝纪，太微四门，广开大道，《五经》《六纬》，尊术显士。翼张舒布，烛临四海。少微处士，为比为辅，故次帝廷，女宫在后。圣人承天，贤贤易色，取法于此。……’”（《汉书·眭两夏侯京翼李传》）李学勤先生就此段对先贤注释进行了讨论，并得出结论说：“五经六纬在李寻心目中已经是儒学的基本内容。这也就是说，在成帝时诸纬书已大备。”[①]此后，随着社会危机的不断加深，谶纬作为以天道信仰为工具干预现实的功能更被激活，不过有所变化的是，今文家鉴于不少“前贤”都为了他们的政治理想付出了沉重的代价。《汉书·眭两夏侯京翼李传》赞曰：“……汉兴，推阴阳言灾异者，孝武时有董仲舒、夏侯始昌；昭、宣则眭孟、夏侯胜；元、成则京房、翼奉、刘向、谷永；哀、平则李寻、田终术。此其纳说时君著明者也。察其所言，仿佛一端。假经设谊，依托象类，或不免乎億（臆）则屡中。仲舒下吏，夏侯囚执，眭孟诛戮，李寻流放，此学者之大戒也。京房区区，不量浅深，危言刺讥，构怨强臣，罪辜不旋踵，亦不密以失身，悲夫！”且灾异天谴之说对于最高统治者日渐“失效”，于是便不得不再创造了一个“天”的替代物——神化了的通天教主孔子及其“为汉制法”的圣经《春秋》，以重新获得思想上对于统治者的威慑力与监控力。正如任继愈先生指出的，灾异论“是以经学家个人的名义作出的，并不直接体现孔子或神的意旨，容易被当权者罗织罪名，在斗争中处于不利地位。……于是进行造神运动，把预言附会到孔子或神的名下，这就可以提高预言的神圣性质，增加被当权者采纳的机会。即令预言不被采纳，达不到政治目的，也可以减少无端获罪的可能”[②]。

在这些“新型”谶纬中，孔子与上古一些传说中的帝王一样是“感生”的，从形象上说他几乎就是一尊“天神”：孔母梦交黑帝，“生丘于空桑之中，故曰玄圣”（《春秋纬·演孔图》），其形象不同凡人，头顶中央凹下，象“德泽所兴，藏元通流”（《礼纬·含文嘉》），“长十尺，大九围，坐如蹲龙，立如牵牛，就之如昂，望之如斗”，又“斗唇，舌

---

① 李学勤：《〈汉书·李寻传〉与纬学的兴起》，载《杭州师范学院学报》1996年第2期。

② 任继愈：《中国哲学发展史》，人民出版社1985年版，第420页。

里七重”，“虎掌”“龟脊”“辅喉骈齿”“海口，言若含泽”，甚至胸口还有“制作定世符运”(《春秋纬・演孔图》)的字样。孔子虽为圣人，可惜生不逢时，不得称王[①]，但“圣人不空生，必有所制，以显天心”(《孝经纬・钩命决》)，《春秋纬・握诚图》又具体说“孔子作《春秋》，陈天人之际，记异考符”。总而言之，“天”降生孔子并且赋予他以特殊的任务和使命，就是孔子为汉制法，说到底，今文家们就是希望通过对孔子的神化，而使《春秋》天人之学重放光芒，以起到济世之穷的作用。

谶纬本是今文经学制约君权、指导政治的内容的自然延伸，但其在特定政治背景下，被一些人所利用，成为王权争夺的赤裸裸的工具，王莽、刘秀都有得力于谶纬之处。如光武帝刘秀初起兵时，以谶纬为号召。《后汉书・光武帝纪》谓“地皇三年，南阳饥荒，诸家宾客多为小盗。光武避吏新野，因卖谷于宛。宛人李通等以图谶说光武云：‘刘氏复起，李氏为辅。’……天下方乱，遂与定谋，于是乃市兵弩。”又谓“光武先在长安时同舍生强华自关中奉《赤伏符》，曰‘刘秀发兵捕不道，四夷云集龙斗野，四七之际火为主’”。正因为谶纬已成了人人可以打出的旗帜，所以刘秀登上帝位后，就命尹敏、薛汉等人校定图谶，以免让那些不利于自己的内容继续传播。为了固化君权，刘秀还诏令虎贲中郎将梁松搜集谶纬中有关“九世受命”的话[②]，并在封禅泰山时刻石勒铭。谶纬在东汉被定为官学，而且被视为“内学”，是与其有极强的政治性分不开的。

---

① 以孔子为黑龙（水之精），根据五德相生顺序，不合乎代周之木德，而必须由赤帝之火德继承，于是才有刘邦斩蛇起义的故事。这种五德相生顺序后来也被王莽所利用，提出以土德代汉，为其篡权造舆论。

② “九世”指从刘邦至刘秀共九代。

七、东汉经学与白虎观会议

“及光武中兴，爱好经术，未及下车，而先访儒雅，采求阙文，补缀漏逸。”（《后汉书·儒林列传》）刘秀建立东汉政权后，由于他的重视与倡导，经学在战乱之后得以较快地繁荣起来。光武帝还将经术讨论引入朝廷，使之成为大臣们经常的功课，在磋商理国治民之策的同时，又以极大的精力共同进行理论上的学习和探讨，“每旦视朝，日仄乃罢。数引公卿、郎、将讲论经理，夜分乃寐”（《后汉书·光武帝纪》）。汉武帝设五经博士，并开始在京城设立太学，传授经学。

光武帝重视与提倡经学的行为，直接影响了其后的明帝、章帝。明帝刘庄亲自参加、主持讲论经义的学术活动，史家不无夸张、赞美地记述了他在朝廷中讲论经学的盛况说：“飨射礼毕，帝正坐而讲，诸儒执经问难于前，冠带缙绅之人，圜桥门而观听者盖亿万计。”（《后汉书·儒林列传》）明帝还编写了《五家要说章句》，令其师桓荣之子桓郁为之校订。《东观记》载：“上亲于辟雍，自讲所制《五行章句》已，复令郁说一篇。上谓郁曰：‘我为孔子，卿为子夏，起予者商也。’”他不仅亲自至讲经之所讲论经义，而且还参加讨论，并以效法孔子师徒的讲学论道为满足。明帝对经学的崇尚，带动了整个上层习经讲经的风气。

汉章帝刘炟，亦好儒术，重视经学。建初元年，章帝诏令古文经师贾逵入讲北宫白虎观、南宫云台。贾逵发《左氏传》大义长于《公羊》《穀梁》二传者三十七事，章帝嘉之。又诏令贾逵撰《欧阳》《大小夏侯尚书古文》同异，又令撰《齐》《鲁》《韩诗》与《毛氏》异同，并作《周官解故》。建初四年，章帝召集诸儒于白虎观，讲论五经同异，亲称制临决（详后）。建初八年，章帝在诏书中说：“五经剖判，去圣弥远，章句遗辞，乖疑难正，恐先师微言将遂废绝，非所以重稽古、求道真也。”（《后汉书·章帝纪》）并令诸儒各选高才生，学习《左氏》《穀梁春秋》《古文尚书》《毛诗》，四家古文经遂在社会上普及开来。

章帝时召开的白虎观会议及《白虎通义》的成书，是汉代经学发展史上的重要事件。白虎观会议的召开及《白虎通义》[①]的成书，其实质也是以君权直接干预学术，目的是使经书成为钦定的封建教科书。《白虎通义》概括了各家经学尤其是今文经学的成果，杂论经传，把董仲舒的思想中宣扬君臣父子之纲纪、固化君权、加强专制方面，向前大大推进了，而且在这方面的论证上，其宗教神学色彩比董仲舒更为浓厚。它是统治者意志的最集中、最突出、最直截的反映。

章帝之时，本是所谓“太平盛世”的时候，但是随着大贵族、大地主大量兼并土地，出现了相当严重的阶级矛盾。大权贵们获得的政治权力越大，土地兼并就越猛烈，而且越不把王权放在眼里。面对权豪大族日渐坐大、流民日多而危及统治基础的形势，最高统治者一方面采取一些限制措施[②]，一方面寄希望于儒家经学的思想权威，企图使之宗教化，以强化思想统治。史载，建初四年（79年）十一月壬戌，汉章帝“诏曰：‘盖三代导人，教学为本。汉承暴秦，褒显儒术，建立五经，为置

① 关于《白虎通义》的题名问题，需要略加说明。由于《白虎议奏》早佚，所以唐代李贤和清人朱彝尊均把《白虎议奏》与《白虎通义》混为一谈。清人庄述祖《白虎通义考》首先指出它们是不同的二书（庄述祖：《白虎通义考》，见陈立《白虎通疏证》附录，中华书局1994年版，第604页），近人刘师培进一步认为《通义》是在《议奏》的基础上“撰集”而成的，“嗣则《议奏》泯湮，唯存《通义》，而歧名孳生。”《白虎通》则为《白虎通义》“文从省约”，去“义”而存“通”。至于《后汉书》班固本传所见《白虎通德论》一名，他认为是《白虎通》和《功德论》二书，“德论”之上，脱“功”字（刘师培：《白虎通义源流考》，见陈立《白虎通疏证》附录，中华书局1994年版，第785页）。后来钟肇鹏先生《白虎通义的哲学和神学思想》（载《中国史研究》1990年第4期）一文中又进一步指出《白虎通义》才是正式名称，《白虎通》是简称，并举应劭的《风俗通义》又称《风俗通》为证；又认为《白虎通德论》可能是《白虎功德论》之误，《功德论》也是班固所写的赞颂“白虎观会议”的一篇颂词，古代“论”“赞”可以通称，所以《白虎功德论》就是《白虎功德赞》。

② 如建武二十四年（48年），刘秀下诏重申“阿附蕃王法”，凡附益诸侯王者都要受到严厉处罚。以后又曾下诏逮捕王侯宾客，牵连致死者八千人。

博士。其后学者精进，虽曰承师，亦别名家。孝宣皇帝以为去圣久远，学不厌博，故遂立大、小夏侯尚书，后又立京氏易。至建武中，复置颜氏、严氏春秋，大、小戴礼博士。此皆所以扶进微学，尊广道艺也。中元元年诏书，五经章句烦多，议欲减省。至永平元年，长水校尉儵奏言，先帝大业，当以时施行。欲使诸儒共正经义，颇令学者得以自助。孔子曰："学之不讲，是吾忧也"，又曰："博学而笃志，切问而近思，仁在其中矣。"於戏，其勉之哉！'于是下太常，将、大夫、博士、议郎、郎官及诸生、诸儒会白虎观，讲议五经同异，使五官中郎将魏应承制问[①]，侍中淳于恭奏，帝亲称制临决，如孝宣甘露石渠故事，作《白虎议奏》。"（《后汉书·章帝纪》）

自武帝时独尊儒术、表章六经，吸纳了阴阳五行说的今文经学得到快速发展并有逐渐宗教化的趋势。到白虎观会议召开，《白虎通义》的作者们发挥《易传》"神道设教"的意思说："王者设三教者何？承衰救弊，欲民反正道也。"（《白虎通义·三教》）杨向奎先生指出："《白虎通义》的全部内容是使儒家更进一步宗教化，他们把已经宗教化的儒家理论结集起来，凝固起来，更把这些结集起来的条文公布于天下，成为天下共同遵守的条文，在本质上这也是一种宗教教义。"[②]白虎观会议召开的目的，是要从总体上、从根本上重新建构统治思想，因为虽然东汉的建立从实践上既已再一次证明了大一统政权在当时的生命力，但它还必然要顺势廓清群雄逐鹿时人们思想上的"疑惑"，利用董仲舒以来的"今文经学"、谶纬以及古文经学，重构封建统治思想，牢固树立天人合一宇宙体系中的封建秩序永恒合理观念，以更好地为巩固君权服务。

《白虎通义》的核心问题，就是要树立君权。《白虎通义》宣称，天子之所以拥有最高权力，还因为他是"有土之君"，"普天之下，莫非王

① "承制问"，承制问难之意。

② 杨向奎：《绎史斋学术文集》，上海人民出版社 1983 年版，第 155 页。

土；率土之滨，莫非王臣。海内之众，已尽得使之”(《封公侯》)。一切财货归天子，一切权力归天子，故天下臣民当唯命是从，唯言是听，如子之事父母者。东汉沿袭先汉实行分封，但“有分土，无分民”。其实分土，仅仅是以土代禄，最后的所有权仍归独一的皇帝。对“土”与“民”,《白虎通义》更强调君主对民的占有，“君有众民，何法？法天有众星也。”(《五行》)进而,《白虎通义》对君臣之间的人身依附关系做了理论性的规定：“君之与臣，无适无莫（义同慕），义之与比。为赏一善而众臣劝，罚一恶而众臣惧”(《谏诤》)；“君之威命所加，莫敢不从。”(《瑞贽》)军、政、刑、赏、礼、乐等最高权力，自然也全归皇帝一人。

《白虎通义》宣扬君权神授，天君一体。君主每当从事征伐、巡狩等重大活动时，要向天报告：“告天何？示不敢自专也。”(《三军》)“巡狩必祭天何？本巡狩为天，祭天，所以告至也。”(《巡狩》)“王者易姓而起，必升封泰山何？报告之义也。始受命之日，改制应天。天下太平，功成封禅，以告太平也。”(《封禅》)按照《白虎通义》的理论，君主的职责是“承天统理，调和阴阳”(《封禅》)，当好天神的助理，所有政治上的措施都要秉承天神的意旨。为了使政治上的措施取得神学的依据，应该有体察天意、感通神灵的专门场所，所谓辟雍、明堂、灵台就是这种专门场所。《白虎通义》说：“天子所以有灵台者何？所以考天人之心，察阴阳之会，揆星辰之证验，为万物获福无方之元。”(《辟雍》)“天子立明堂者，所以通神灵，感天地，正四时，出教化，宗有德，重有道，显有能，褒有行者也。”(《辟雍》)由于天神是包括自然和社会在内的最高主宰，所以天子作为天神的助理，不仅要从事政治活动整顿社会秩序，而且也要协助天神整顿自然界的秩序。

《白虎通义》对于天子至于公卿、大夫、士等统治阶层内部，十分强调等级，反对任何形式上的僭越。《五祀》篇引《礼记》云：“天子祭天地，诸侯祭山川，卿大夫祭五祀，士祭其祖”;《礼乐》篇引《春秋公羊传》曰："天子八佾，诸公六佾，诸侯四佾。"《乡射》篇引《礼纬·含文嘉》曰："天子射熊，诸侯射麋，大夫射豹，士射鹿豕。"《三军》篇引《穀梁传》曰："天子有六军，诸侯上国三军，次国二军，下国一军。"《蓍龟》篇引《礼三正记》曰："天子龟长一尺二寸，诸侯一尺，大夫八寸，士六寸。龟阴，故数偶也。天子蓍长九尺，诸侯七尺，大夫五尺，士三尺。蓍阳，故数奇也。"《瑞贽》篇谓："《礼·王度记》曰：'玉者，有象君子之德，燥不轻，湿不重，薄不桡，廉不伤，疵不掩。是以人君宝之。'天子之纯玉，尺有二寸。公侯九寸，四玉一石也。伯、子、男俱三玉二石也。"《崩薨》篇曰："天子称崩何？别尊卑，异死生也。天子曰崩，大尊像……诸侯曰薨，薨之言奄也，奄然亡也。大夫曰卒，精耀终也，卒之为言终于国也。士曰不禄，不终君之禄，禄之言消也，身消名彰。"《白虎通义》大量引用儒经中关于等级制度的论述，其目的就是为了明尊卑、分贵贱，使皇亲国戚、文武大臣各守其职，各安其位[①]。

在《白虎通义》中，今文经学特别是《春秋》公羊学理论所具有的一些积极因素被淡化了。具体说来，是"阉割"灾异谴告说，曲解"五德终始"说，使得"今文经学"限制君权的民本性因素大为退化。今文经学讲天人感应之说，具体说来是讲"天君感应"，即上天与君主的感应关系，并且着重点以讲灾异谴告为主，讲祥瑞为辅。在董仲舒那里，灾异是"天"谴告人君的，促其改制更化，否则便生灾变，直至"更受命"。《白虎通义》中讲祥瑞，如说："天下太平，符瑞所以来至者，以为王者承天统理，调和阴阳，阴阳和，万物序，体气充塞，故符瑞并臻，皆应德而至。"(《封禅》)《白虎通义》虽然也言及"灾异"，但是已经与董仲舒《春秋繁露》在思想倾向上有很大的不同，如《白虎通义·灾变》

① 参见汤其领：《白虎观会议与东汉政权的苟延》，载《徐州师范学院学报》1996年第6期。

谓:“天所以有灾变何?所以谴告人君，觉悟其行，欲令悔过修德，深思虑也。《援神契》曰:‘行有点缺，气逆干天，情(疑“精”之误)感变出，以戒人也。’”在这里，仅仅是轻描淡写地说是灾异对于人君的意义是“觉悟其行”，而“谴告之而不知变，乃见怪异以惊骇之;惊骇之尚不知畏恐，其殃咎乃至”(《春秋繁露·必仁且智》)等董仲舒式的一层紧一层的警告已经不见，更看不出有“更受命”的暗示。遇着日食月蚀这样的大“灾异”，皇帝也不必下罪己诏。对于日食，援救的办法是击鼓攻社，因为社是众阴之主。不过在击鼓攻社时要用牲祭祀，因为社是地之“别神”，应该尊敬，“不敢虚责”。月食也要救，办法是“夫人击镜，孺人击杖，庶人之妻楔搔”。水灾，也要“鼓，用牲用社”;大旱，则“雩祭求雨”。(《白虎通义·灾变》)经学中灾异谴告说的功能显然是弱化了，因为不论灾变如何，君主的地位是不可动摇的。

针对“今文经学”的“更受命”理论，《白虎通义》提出“继体为君”，只要改变了年号就意味着继承了君统，所谓“王者改元，即事天地。”(《爵》)所以，君主也就用不着对现实中的臣下和人民负责，只要能“承天统理，调和阴阳”(《封禅》)，就可天下太平了。更重要的是，《白虎通义》还有意将“今文经学”“五德终始”说，从一个意在说明王朝更替的学说，改造为论证封建统治秩序的理论。在今文学家“五德终始”体系中，五德的地位总体上是平等的，而在《白虎通义》中，“五德终始”系统特别强调、突显土德的作用——以土德配人君，构成以皇帝为中心的次序分明的政治秩序。《白虎通义·五行》说:“中央者土，土主吐含万物，土之为言‘吐’也”;又说木火金水与春夏秋冬四时相配，“土所以不明时者，地，土之别名也，比于五行最尊，故不自居部职也。《元命苞》曰:‘土无位而道在，故大一不兴化，人主不任部职’”，“土所以王四季何?木非土不生，火非土不荣，金非土不成，水非土不高。”这里，“人主不任部职”，与土德同，土“王四季”，就成了五德理所当然的主宰与核心。在《白虎通义》中，历史只不过是帝王受命于天的传授史,《爵》篇谓:“……故《援神契》曰:‘天复地载,谓之天子,上法斗极。’《钩命决》曰:‘天子,爵称也。’……帝王之德有优劣,所以俱称天子者,以其俱命于天。”这里传达出这样一个理念:帝王是不受臣民的任何影响的,是可以万世不移的。看来《白虎通义》对“五德终始”的改造,必然会导致一个根本性的结果,就是“今文经学”潜在的民本性在被弱化,民在封建政治中的地位下降,“天”不再是民的实际象征物,无论君主多么荒淫无道,无论民的处境多么悲惨,君仍然是君,不再受任何限制,也不再有改朝换代之虞了。要之,《白虎通义》将封建纲常的原则,注入到五行说内,且在“五行”中划分出尊卑高下,突出“土德”而将君权视作可以永固永存的,这显然是打着今文家的旗帜来修正今文家的要义。要之,较之董仲舒所建立的“今文经学”,《白虎通义》在两个层面发生变化:一是宣扬君权天授、维护君主专制的内容大大加强,二是其意在限制君权的、具有民本性的积极因素被“阉割”而退化,这是“钦定”经学的结果,是政治对于学术改造利用的结果。

统观汉代经学发展过程,可以看出它始终与政治紧密地联系着,表现出关注现实,批判现实,干预现实,学以致用的特点。经学家继承孔子作《春秋》之“上明三王之道,下辨人事之纪”、旨在“存亡继绝”“拨乱反正”的传统,不徒为空言而注重于“行事之深切著明”(《史记·太史公自序》),具有强烈的现实性和时代性。《史记·儒林列传》谓董仲舒“为中大夫,居舍,著《灾异之记》……有刺讥”。“刺讥”就是一种批判。在以往的经学研究中,人们往往过多地注意了它对统治者的依附性,而对其相对的独立性与批判性的学术品格注意不够。当然,批判现实的目的还是为了改造现实、改善政治。从这个意义上讲,汉代经学的主流是在致用,其意义也在致用。在这种学术心态支配下,经学在两个向度上得到最大的发挥:一是维护君权,二是制约君权。可以说,汉代经学是先秦儒学在新的历史条件下的表现,它借用了新的话语——

天人感应、阴阳五行，但其思想实质，与原始儒学是一脉相承的。汉代经学家们充分表现出学者的主体性，作为对经典的阐释之学，它是“六经注我”式的，实际上它更多的表现出一种理性意识与人文精神。汉代经学之影响当时整体思想文化者，主要在此。

第二章 《诗经》学及其在汉代的文化影响

一、《诗》学与礼乐文化观念的传播

“礼”“乐”的原始含义本是祭礼活动中相辅相成、或分而行之、或合二为一的两个部分，而祭礼活动，则是伴随着原始宗教信仰的产生就出现了的人类最初的精神文化现象。与殷人不同，周人“敬鬼神而远之”，同时以他们固有的父权制家族公社为基础，以殷亡为鉴戒，以屏藩周室、维系广大区域为旨归，通过大举分封，建立起了一个以血缘关系为纽带的完整的宗法政治体系。而周公制礼作乐，对礼、乐进行了系统的改造，形成了富于周文化特色的礼乐体系。周公制礼作乐，不同于前代的根本之点乃是将事神之礼仪式化、等级化，对祭祀的不同对象、规模都做出种种规定，使之成为体现和加强宗法等级关系的有力表现形式，从而凸显了祭祀仪式对人的示范教化意义。

周人大兴礼乐文化，必然会在与之紧密相关的文学作品中有所表现，可以说，《诗经》本身就是礼乐文化的载体。《孔子世家》中称“诗三百，孔子皆弦歌之”，说明了《诗经》当年全部合乐的音乐属性。《左传》记载吴公子季札在鲁国观乐，工为之歌《周南》《召南》《邶》《鄘》《卫》《王》《郑》《齐》《豳》《秦》《魏》《唐》《陈》《郐》《小雅》《大雅》《颂》。《诗经》中这三百多篇诗，其中相当一部分本身就是制礼作乐的直接产物，或者说就是礼仪用乐的歌乐作品。《诗经》比较充分地体现了周人的礼乐文化精神，就总体情况看，《诗经》特别在《雅》《颂》中，体现出作者对周礼的重视与自觉遵从的态度。下面结合具体诗章说明之。

我们先来看周初籍田礼和一部分西周农事诗的关系。西周初年，盛行一种籍田礼的规定，到开始春耕的季节，由周王带领群臣百官到田中参加一点象征性的劳动，以示对农业生产的重视，同时又是全国重农始耕的动员令。《尚书·无逸》篇说“文王卑服，即康功田功”，是讲周文王曾便服到田间从事农业劳动。周康王时代的《令鼎》：“王大籍农于諆田。……王归自諆田。”《国语·周语上》中载“宣王不藉千亩”，藉田即籍田。《诗经·周颂·噫嘻》就是与籍田礼有关的诗篇：“噫嘻成王，既昭假尔。率时农夫，播厥百谷。骏发尔私，终三十里。亦服尔耕，十千维耦。”“噫嘻”是神职人员祝祷的词，由太祝高喊一声：“噫——嘻——”成王是康王的父亲，行礼的时候要有所祭祀的。诗写得很简朴，但是很有一股周人特具的实干精神。诗意是说，成王，我们已经向您敬献了礼仪，现在我们就要率领农夫去播种百谷。祝神祭神不过是一个开头的仪式，诗篇的精神在周王亲率农夫下地劳动这一点，它显示着对农业的高度重视。农夫在上千亩的大田上“十千维耦”，“耦”是两人合用一个播种的工具，“十千”就是一万，“十千维耦”就有两万人在一块广阔的大田上春播，景象十分壮观。“既昭假尔，率时农夫”这两句很有意思，向神灵献祭后，拿起农具就开始劳作，这具有某种象征意味，它还从一个侧面告诉我们，周人的礼乐文明是以什么为基础达到一个新的阶段的。

《周颂》除《噫嘻》外，尚有几首农事诗，可同籍田之礼联系起来进行考察。如《载芟》篇就是行籍田之礼时唱的乐歌：“载芟载柞，其耕泽泽。千耦其耘，徂隰徂畛，侯主侯伯，侯亚侯旅，侯强侯以。有嗿其馌，思媚其妇。有依其士，有略其耜，俶载南亩，播厥百谷，实函斯活。驿驿其达，有厌其杰，厌厌其苗，绵绵其麃。载获济济，有实其积，万亿及秭。为酒为醴，烝畀祖妣，以洽百礼。有飶其香，邦家之光。有椒其馨，胡考之宁。匪且有且，匪今斯今，振古如兹。”诗中点明了周王（“主”）和诸侯群臣（“伯”）率领子弟前往田地耕作除草，这正是行籍田礼时的情景。“有嗿其馌，思媚其妇”，说明不仅只是王、王孙贵族，同时还有贵族妇人参加这隆重的仪式。和《噫嘻》不同的是，《载芟》还写到了播种、收成、祭祀、歌颂丰收等活动，因此，小序说“《载芟》，春籍田而祈社稷也”，把籍田之礼和祈社稷之礼连在一起。

《臣工》也是与籍田礼有关的一首诗：“嗟嗟臣工，敬尔在公。王釐尔成，来咨来茹。嗟嗟保介，维莫之春，亦又何求？明昭上帝，迄用康年。命我众人，庤乃钱镈，奄观铚艾。”周王派他的使臣说，臣工们，你们要把事情做好了，现在王要来检查了。又对管田的保介说，到了暮春的时候，我们还有什么其他的追求呢？把你们的除草和松土的工具收起来，现在要看镰刀了。诗篇充满了浓郁的生活气息。朱熹《诗集传》曰“此戒农官之诗”，只说出了一部分。他又说：“保介，见《月令》《吕览》，其说不同，然皆为籍田而言，盖农官之副也。”朱熹的提示非常重要，他将诗和籍田礼联系起来，释“保介”为农官也可谓有据。魏源《诗古微》申述朱说，认为此诗写周成王率领群臣百官亲耕籍田之后，回住处举行了一次宴会，以示慰劳，这首诗正是周成王举行此礼时在宴会上所唱的乐歌，其大意是告戒公卿贵族大夫以及百吏庶民百姓，各自勉力行事，上帝会保佑取得大丰收。周代为农业之社会，农事乃关系国计民生，周王如此祷告农业大丰收，是完全可以理解的。

《颂》诗中还有一些诗章与祭礼有关。《天作》诗云：“天作高山，大王荒之。彼徂矣，文王康之。彼徂矣，岐有夷之行。子孙保之！”小序说它是“祀先王先公也”，不确。王洲明先生认为，它实际是祭祀高山——岐山的乐歌①。联系周部族史诗，我们知道，由太王王季率领族人

① 参见王洲明先生：《先秦两汉文化与文学》，山东大学出版社 1996 年版，第 33—34 页。

从豳迁岐，从此在岐山脚下，周部族才真正地兴旺发达起来，因此周人对岐山的敬仰是可以想象到的。周人祭祀岐山，于《周易》中曾两见：《随》卦上六爻辞："拘系之，乃从维之。王用亨于西山。"这是指周文王被纣囚系，后又放归于周的故事。《竹书纪年》："帝辛二十二年囚西伯于羑里，二十九年释西伯。"西伯囚而又获释归周，以为得到神灵的保佑，所以大祭西山。这里的西山，当是岐山。另一处，《升》卦六四爻辞："王用亨于岐山。"这也是记的周初的故事，周王祭祀过岐山，可以肯定无疑。

《时迈》诗云："时迈其邦，昊天其子之，实右序有周。薄言震之，莫不震叠。怀柔百神，及河乔岳，允王维后。明昭有周，式序在位。载戢干戈，载櫜弓矢。我求懿德，肆于时夏，允王保之。"《毛序》曰："巡守告祭柴望也。"此说不误。诗供天子巡行天下祭祀名山大川乐歌之用。《郑笺》："巡守告祭者，天子巡行邦国，至于方岳之下而封禅也。《书》曰：'岁二月，东巡守至于岱宗，柴望秩于山川，遍于群神。'"《孔疏》："武王既定天下，而巡行其守土诸侯，至于方岳之下，乃作告至之祭，为柴望之礼。周公述其事而为此歌焉。""宣十二年《左传》云，昔武王克商作颂曰载戢干戈，明此篇武王事也。《国语》称周文公之颂曰载戢干戈，明此诗周公作也。"由《书》《左》《国》为证，说明《时迈》确为周武王巡行邦中，由周公作颂以祭山川神灵。秦汉以后，封禅为历代帝王最重要的祭典，且不是每一位君王都能去做的，非得功德圆满方可行封禅大典。《时迈》是目前所见最早的举行祭祀山川神灵大典时的乐章。

《雅》诗中有相当一部分与祭礼的关系至为密切，如《小雅·斯干》为宗庙宫室落成祭祖先之乐歌；《小雅·楚茨》为周王秋冬祭祀先祖，祭后宴同姓诸侯之乐歌；《小雅·信南山》为周王冬祭之乐歌。

周礼中的宴享、仪射、婚嫁等礼俗也是《诗》中非常重要的内容，《诗》正是这些礼俗的产物。《小雅·湛露》云："湛湛露斯，匪阳不晞。厌厌夜饮，不醉无归。湛湛露斯，在彼丰草。厌厌夜饮，在宗载考。”“湛湛露斯，在彼杞棘。显允君子，莫不令德。其桐其椅，其实离离。岂弟君子，莫不令仪。”这首诗写夜间饮酒宴会是无疑问的。《毛序》：“天于燕诸侯也”，其说可从。“在宗载考”非常关键。《毛传》：“夜饮必于宗室”，胡承珙说：“经言宗者，古人谓同姓为宗……在宗，犹言于同姓也。”《郑笺》：“丰草，喻同姓诸侯也。载之言则也。考，成也。夜饮之礼，在宗室同姓诸侯则成之，于庶姓其让之则止。”天子燕诸侯，于《左传》有记载，《左传·文公四年》：“昔诸侯朝正于王，王宴乐之，于是乎赋《湛露》。”亦可证明《湛露》确为天子燕诸侯之乐章。

周天子对有功诸侯的赏踢，自然要举行典礼，《诗经》中有的诗，正是为这种典礼服务的。《小雅·彤弓》首章云：“彤弓弨兮，受言藏之。我有嘉宾，中心贶之。钟鼓既设，一朝飨之。”讲的就是天子赐有功诸侯弓矢而又燕享的情景。小序“天子锡（赐）有功诸侯也”的说法是正确的。

《国风》婚姻诗中有不少涉及当时的婚俗礼仪。《礼记·月令》：“仲春之月，令会男女，奔者不禁。”有人认为是群婚制时代的遗俗；但起码可以看出周代特别是前期男女婚姻自由的一面。这给我们理解《国风》中那一部分相当开放自由的婚姻爱情的诗篇提供了帮助。《诗经·豳风·伐柯》云：“伐柯如何？匪斧不克。取妻如何？匪媒不得。”这是娶妻由媒的最早记载。“豳风”是周人旧地的民歌，略见古公亶父之后，周人已形成婚姻由媒的风俗。与此同时，经夏、商之后的中原婚俗，仍处在比较原始的自由对偶婚或专偶婚阶段。俟周人入主中原后，周公将这一婚俗加以程序化，演成一整套“周礼”体系，其根本是夫妇之礼，而夫妇之礼的头一步“男女非有行媒，不相知名”（《礼记·曲礼》）。

关于“郑声淫”与“郑诗淫”的问题，这里有必要略加辨析。《论语·卫灵公》记孔子之言曰：“放郑声，远佞人。郑声淫，佞人殆。”后世不少学者指出“郑声”与“郑诗”是有区别的，如孙希旦《礼记集解》卷三十八《乐记》注云：“先儒皆以郑诗为郑声，然此言‘溺音’，有郑、宋、齐、卫四者，而宋初未尝有《诗》，则郑、卫之声，固不系于其《诗》矣。"[①] 又如戴震《戴东原集》卷一《书郑风后》云："凡所谓'声'、所谓'音'，非言其诗也。如靡靡之乐、涤滥之音，其始作也，实自郑、卫、桑间、濮上耳。然则郑、卫之音非郑诗、卫诗，桑间、濮上之音非《桑中》诗，其义甚明。"[②] 针对戴震之言，钱锺书先生提出："厥词辨矣，然于诗乐配合之理即所谓'准诗'者，概乎未识，盖经生之不通艺事也。……声之准言，亦犹舞之准声。夫洋洋雄杰之词不宜'咏'以靡靡涤滥之声，而度以桑、濮之音者，其诗必情词佚荡，方相得而益彰。不然，合之两伤，如武夫上阵而施粉黛，新妇入厨而披甲胄，物乖攸宜，用违其器。"[③] 这意味着，在钱先生看来郑诗必然是"情词佚荡"的，等于认同了郑诗淫的说法。钱先生强调声调风格与歌诗题材的内在联系，当然是不错的，但也应当看到，声音的轻重刚柔之分，并不完全关乎歌词内容的正邪与贞淫——因为中正和平之音也可以是和婉轻柔的。《论语·阳货》篇载，孔子曾对其子孔鲤（伯鱼）说："女（汝）为《周南》《召南》矣乎？人而不为《周南》《召南》，其犹面墙而立也与？"二南中的《葛覃》《螽斯》《甘棠》《采蘩》等诗多为中正和平之诗，汉儒、宋儒皆以为是被文王之化的结果，孔子还曾称赞《关雎》"乐而不淫，哀而不伤"（《论语·八佾》），而《郑风》中的《缁衣》《清人》《羔裘》《女曰鸡鸣》诸篇，内容及格调上均与二南相似，与钱先生所谓"靡靡涤滥""情词佚荡"者实有显著的不同。

《诗经》深深烙上礼的烙印，对诗人们的人格精神、心理结构都产生了很大的影响，如所谓"各敬尔仪，天命不又"（《小雅·小宛》）；"烝衎烈祖，以洽百礼"（《小雅·宾之初筵》）；"不愆不忘，率由旧章"，"威仪

① ［清］孙希旦撰，沈啸寰、王星贤点校：《礼记集解》，中华书局1989年版，第1017页。

② 钱锺书：《管锥编》（一），三联书店2008年版，第106页。

③ 钱锺书：《管锥编》（一），三联书店2008年版，第106页。

抑抑，德音秩秩”（《大雅·假乐》）；“慎尔出话，敬尔威仪，无不柔嘉”（《大雅·抑》）等，凡符合礼仪的，诗人就歌颂赞扬之；凡不符合礼仪规定的，诗人就讽刺遣责之。礼仪是人们行事的标准，同时也是评判是非的标准，《诗经》对此做出了形象的反映。

《诗经》所固有的礼乐文化精神对后世产生了直接而深远的影响。《左传·隐公三年》记君子引《诗·商颂·玄鸟》“殷受命咸宜，百禄是荷”，以说明宋穆公舍子立侄出之以义。僖公二十二年富辰引《诗·小雅·正月》“协比其邻，昏姻孔云”，劝说周王为政应先协和近亲，然后才能使兄弟和睦。文公二年引《诗·鲁颂·闷宫》“春秋匪解，享祀不忒，皇皇后帝，皇祖后稷”，强调尊礼的重要性等，都可以看到这种直接影响。在《论语》中，孔子多次谈《诗》并把它和“礼”联系起来。孔子在谈《诗》时，总是《诗》、礼并提：“兴于《诗》，立于礼，成于乐。”（《论语·泰伯》）《论语·阳货》又记：“子曰：小子何莫学夫诗？诗可以兴，可以观，可以群，可以怨。迩之事父，远之事君，多识于鸟兽草木之名。”孔子把学《诗》的目的指向“事父”“事君”。正如董治安先生指出的：“孔子十分强调《诗》的道德伦理功能和政治作用。这是孔子论《诗》的一个非常突出的特征。他把三百篇视为体现仁、礼原则的载体，看成指导人们修身、从政的读本。这就很大程度上把《诗》道德伦理化和政治化了。事实上也就把三百篇推向了经典的地位。”①

二、孔子、孟子的《诗经》学

春秋战国之际，由于社会生产关系的变化，新的社会势力兴起，贵

---

① 参见董治安先生：《关于战国时期“诗三百”的流传》，载《河北师院学报》1993年第4期。

族对学术文化的垄断局面被打破。儒家学派的创始人孔子首开私人讲学的风气，其后出现了墨家、道家、法家、名家等新的政治、思想学派，形成了百家争鸣的繁荣局面。孔子在创立自己的思想学说的同时，积极从事于古代文献的整理工作。据《史记·孔子世家》等材料记载，儒家的主要经典《诗》《书》《礼》《乐》《易》《春秋》，均出自他的删定、注解或制作。这些说法有的不足信，有的有所夸饰，但一些重要典籍经过他的整理编订当是事实。

孔子自谓“述而不作，信而好古”（《论语·述而》），反映了他对文献阐释的基本态度。“述，循也”（《说文解字》），在《论语》中的基本用法是指讲述、述说。在这里，与“信而好古”相联，后人解释为“述其故事也”，指对故事、古典的阐述。与述相对的“作”，即制作、创作之义。针对精神产品而言的“作”，在孔子之前已有人使用，如《诗》中的“君子作歌”“家父作诵”“作为此诗”等。孔子在这里将“述”与“作”明确区分开来，并表示要以“述”而不是“作”作为自己的职责，可见孔子已明确意识到并提出文献阐述或阐释的任务。在此之前，《左传》《国语》中人们引诗、赋诗所注重的是表达和建议，并没有将阐释的任务明确提出来。对文学作品的欣赏评价也只注重于“观”，没有意识到欣赏过程中实际包含的阐释性质。孔子能够意识到这一点，乃是由于他正在从事对文献的全面整理工作。

孔子将自己的任务规定为“述而不作”，并非偶然。这是由他所处时代的文化状况以及他本人的哲学、政治、教育思想所决定的。首先，孔子所面对的是在文化长期积累中形成的一批带有神圣性的宗教政治文献，这些文献往往被传说为某位圣人或先王的制作。所谓“述而不作”，不是就某件具体作品而言，而是指对待由这些文献所保存的整个文化传统的态度。在这些准天地、通神明的文献面前，人们当然只能以继承阐发为己任。孔子为自己提出这项任务，应当说是相当有气魄的。其次，孔子所整理的主要文献是周代礼乐制度的具体体现，他崇尚周礼，并且认为，礼是在因沿损益中延续的："殷因于夏礼，所损益可知也。周因于殷礼，所损益可知也。其或继周者，虽百世可知也。"（《为政》）既然将历史文化和政治制度视为一个延续的整体而着眼于去取损益，与此相应，在文献整理中当然也应采取"述"的态度，也就是将"循"、继承摆在首位。但从另一方面来看，由于因沿包含了损益，因而所谓"述"并不是指纯粹被动的因循重复，而是也包含了能动的解释、发挥和改创。再有，孔子整理文献的一个直接目的是用于教育。"子以四教：文，行，忠，信。"（《述而》）其中"文"即指文献。另外，孔子还说过："不学《诗》，无以言"；"不学《礼》，无以立"（《季氏》）；"兴于《诗》，立于礼，成于乐"（《泰伯》）。孔子认为，人的行为准则、道德意识乃至人际交往应对的能力，都要通过文献教育来培养；人的内在的"仁"的情感，需要由外在的、体现在文献中的礼乐制度来启发、培养。从学习的角度来说，为了陶冶人格的需要，对文献的基本态度当然也应当是学习。最后，在孔子当时，私人著述的风气还没有真正形成。史官之职仍是"记"而不是"作"，《论语》也是由孔门弟子后来编纂而成的。孔子的"述而不作"是合于时代风习的行为。然而，谁也无法否认，孔子既是一位卓越的文献整理者，同时又是一位思想文化各个领域内的伟大的开创者、创造者，"述"与"作"在他身上是完全统一的。"述而不作"对后代的著述观也产生了很大影响，以述代作成为许多人的目标。但总的来看，这个口号不只是一个因循保守的托词。在很多情况下，"述"只是"作"的谦辞，"述而不作"实际是以述为作。就实际含义而言，述而不作从一个侧面反映了文化的继承与发展的辩证运动过程，成为阐释与创作相互转化的形式之一。

孔子曾用当时的"雅言"对文献做过语言规范化的工作："子所雅言，《诗》《书》、执礼，皆雅言也。"（《述而》）孔子还对诗乐做过整理编排的工作："子曰：吾自卫还鲁，然后乐正，《雅》《颂》各得其所。"（《子罕》）对待文献整理，孔子一方面坚持据实考征、疑者存疑的态度："夏礼，吾能言之，杞不足征也；殷礼，吾能言之，宋不足征也。文献不足故也。足，则吾能征之矣。"（《八佾》）但另一方面，又并非抱残守缺，盲目迷信，而是以理性判断为根据，对"史之阙文"大胆提出质疑："吾犹及史之阙文也。有马者借人乘之，今亡矣夫。"（《卫灵公》）这段话后两句的具体所指不太清楚，但前一句的含意还是很明确的，意思是我能看到史书存疑的地方。《子张》篇所载子贡之言："纣之不善，不如是之甚也。是以君子恶居下流，天下之恶皆归焉"，也许可以作为"犹及史之阙文"的一个例证。"子绝四：毋意、毋必、毋固、毋我"（《子罕》），也可以用来说明他对文献理解的态度。孟子提出的"以意逆志"以及他对《尚书》"血流漂杵"的解释，可以视为对孔子思想的继承。

在《论语》一书中涉及最多的前代文献仍是《诗》。孔子对《诗》的各种评论，集中反映了他的阐释观念。他所提出的一些观点，不仅仅是他个人的发明，而均与这以前的文学理解和应用活动的性质有关，他显然对这些活动进行了一次全面的总结。他所总结出的"《诗》可以兴，可以观，可以群，可以怨"（《阳货》），正是对春秋时代卿大夫赋诗引诗传统进一步的理论概括和说明。

"兴"，后人一般解释为"引譬连类"（何晏《论语集解》）、"感发志意"（朱熹《论语集注》）。它的直接来源，如我们在孔子与子夏讨论"巧笑倩兮"（这是孔子对"兴"的具体应用）中所看到的，正是卿大夫赋诗引诗的方法。此处所说的"兴"，还应与孔子在其他地方所说的"兴于《诗》，立于礼"，"不学《诗》，无以言"，"不学礼，无以立"联系起来，与孔子所讲的"诵《诗》三百，授之以政，不达；使于四方，不能专对，虽多，亦奚以为"（《子路》）联系起来。"引譬连类"是赋诗的具体方法，而正如赋诗可以用于言志，人"兴于《诗》"，正是指人在《诗》中获得感发启迪，得以"起"，得以"立"。"兴，起也"（《说文解字》），"兴"与"立"对举，亦互文见义。针对《诗》而言的"兴"，正是由通过

《诗》学习“专对”等政治才能发展而来，由单纯的言语技巧的培养，提升而为对人的知识和志意情感的全面的教育陶冶。《左传》《国语》在言及诗的运用时仅有“献诗”“赋诗”“讽诵”等说法，并没有提到“兴”。赋的本义仅仅是指朗诵（或合乐的演唱），“兴”无疑与赋诗有关，但却特指赋诗中引譬连类的言志因素，并将单纯的赋诗应对改变为对人的感发教育。这是孔子对赋诗言志活动所做的新的概括，也是对《诗》的教育作用所做的新的阐发。这样引申出的“兴”义，与后来《毛传》《郑笺》依据引诗赋诗方法对《诗》本身所做的“比兴”解释，应当说是取向不同但又互有关联。

“观”显然是《左传》中记载的“观乐”“观志”活动的总结，郑玄注为“观风俗之盛衰”，但在孔子显然还有“观个人志意”这一方面。“兴”是就引诗、赋诗者而言，就自身的教育而言；“观”是就接受者而言，就运用此种能力观察判断政务人事而言。这样，便将诗歌应用活动中两方面参与者的能动作用均概括进去了，也将对于《诗》的学习和运用两个环节联结起来了。这两方面和两个环节，都是就赋诗活动的原有形态而言的。

“群”与赋诗引诗活动似乎没有直接关联，但却涉及诗歌的更为古老久远并一直存在的社会功能，即在社会群体中所发挥的凝结协调作用。孔子的“仁学”十分强调社会伦理秩序与人的内在情感需要的一致，自然注意到诗歌在联系群体感情中的重要作用。诗在远古的氏族宗教政治活动中，正是传达氏族集体感情的最有效方式，那时这种感情自然统一在诗乐舞一体的集体表演活动中。孔子之时去古未远，对远古诗歌的这种魅力当是记忆犹新并心向往之，因而基于仁学的政治主张和这种回忆，在学诗中提出了这一要求。

“怨”，孔安国注曰：“怨刺上政也。”孔子提出“怨”，将以诗为讽谏的传统固定为诗教的基本原则，从而使诗与政治生活密切联系的原始形态延伸到后代的政教生活中，并使诗在这种政教生活中继续保持一种神圣地位。就诗本身的发展而言，这种观点的影响既有积极方面，也有消极方面。

由于兴、观、群、怨说是自上古以来诗的应用和创作活动的第一次全面总结，因而其意蕴十分丰富，几乎涉及文学活动的各个方面和环节，可以表达多种形态下的多项文学因素的联系。对后人来说，它指示了切入文学活动的不同角度（“兴”与“观”两方面），也指出了文学理解的多层次内容（社会教育的、政治的、认知的、个体情感的），乃至文学理解的多种形式（直观的、功利的、譬喻的、象征的）。

除了总结概括诗的具体作用外，孔子还开始超出直接应用，对《诗》本身的意义和价值加以评价，在文学社会功用的基础上趋向于建立起一种鉴赏式的阅读态度。《论语》中多次描述孔子欣赏音乐时的入神状态：“子在齐闻《韶》，三月不知肉味，曰：‘不图为乐之至于斯也。’”（《论语·述而》）与乐相比，孔子对《诗》的评价当然更重视道德方面的意义，但不再直接将《诗》或其他文献当作政治道德考察的工具。也正是在这种客观鉴赏评价态度的基础上，孔子才可能对文献和整个文化传统展开“述”的工作，也才可能摆脱功利目的，对文学或文献予以客观的、专门化的和学术性的研究。

孟子是继孔子之后儒家学派最重要的代表人物，孟子对待文学阐释的态度，与他的基本哲学思想，特别是与他对作为文学创作和接受主体的人的认识，有密切关系。孔子对人性即人的抽象本质问题谈得不多，只提出“性相近也，习相远也”（《论语·阳货》）。战国之时，士人对人性善恶问题进行了较为深入的讨论。孟子肯定人性本善，强调这种善的本性为人类所共有。孟子所要推行的“仁政”，便建立在这种人类共同的为善本性的基础之上。值得注意的是，孟子在论证这种人类共同本性的存在时，又是以人的生理感觉与审美感受的共同性作为根据的：

口之于味也，有同耆（嗜）焉；耳之于声也，有同听焉；

> 目之于色也，有同美焉。至于心，独无所同然乎？心之所同然者何也？谓理也，义也。圣人先得我心之所同然耳。故理义之悦我心，犹刍豢之悦我口。(《孟子·告子上》)

这样，孟子便将抽象的人类本性问题，建立在具体可见的人的感官和精神愉悦现象的基础上，有力地证明了人类本性的相通。孟子的这一思想，主要是为了说明仁、义、礼、智等儒家的道德观念是人类共同的需要，但也附带地说明了人之所以能够相互理解，是因为他们具有共同的思想感情活动的基础。文学理解之所以可能，也是以此为基础的。孟子关于文学和文献阐释的基本观点，均建立在这种认识的基础上。

《孟子》一书在辩难中经常引用《诗》中成句，来证实并加强自己的观点。这与《左传》引诗议政的方法一脉相承。但与《左传》《论语》中常常诗乐统言的情况不同，《孟子》一书中已不再见到诗乐统言的情况（同时论乐也大为减少）。《孟子》中还经常同时引用《诗》《书》，引《书》的比例也明显高于《左传》《论语》。从这些引用方式的细微变化中可以看出，孟子主要是通过文字形式接触和了解《诗》，因而更重视从文献理解的角度来认识《诗》。因此，除了一般的引诗之外，孟子又提出了如何正确地阅读和理解诗的问题：

> 咸丘蒙曰："舜之不臣尧，则吾既得闻命矣。诗云：'普天之下，莫非王土，率土之滨，莫非王臣。'而舜既为天子矣，敢问瞽瞍之非臣，如何？"曰："是诗也，非是之谓也。劳于王事，而不得养父母也。曰：'此莫非王事，我独贤劳也。'故说诗者，不以文害辞，不以辞害志。以意逆志，是为得之。如以辞而已矣，云汉之诗曰：'周余黎民，靡有孑遗。'信斯言也，是周无遗民也。"(《孟子·万章上》)

咸丘蒙所举为《小雅·北山》诗，并就此与舜不得臣瞽瞍提出疑问。孟子和学生都是就《诗》中的观念与历史或现实现象之间的矛盾展开讨论，仍把《诗》中的观念当作一种具有权威性的古训，但由于看出了它与现实的不一致之处，便不再是简单地引诗证明自己的意见，而提出了如何理解诗的问题。孟子对这种不一致的回答，实际是从两方面入手：有时指出提问者对历史或现实现象的理解不正确，有时则指出对方对诗意的理解不正确，不应拘泥于诗的字面意义。孟子的最终目的是将诗与现实重新统一起来，维护《诗》的权威性。在这种讨论中，孟子首先将理解作品与理解现实联系在一起，始终把现实当作作品所涉及的对象和理解作品的依据。

但是，由于历史视野的限制，孟子对一些历史现象的说明是十分牵强的。例如，在解释舜为何不告而娶时，孟子提出的理由是，“告则不得娶”，“如告，则废人之大伦”；对《北山》诗旨的解释则根本回避了咸丘蒙所举诗句的具体含义。事实上，“率土之滨，莫非王臣”和“必告父母”的观念，都是较晚历史阶段的产物，而有关舜的传说则反映了较早阶段的人类社会生活。孟子当然无法认识到这种历史差别，而他对君子不耕而食的解释，则完全符合于他所生活的时代“劳心者治人”的社会现实。但在另一方面，孟子指出对作品的理解不应拘泥于文辞，而应掌握作品之“志”，却是完全正确的。孟子所举的《云汉》诗之例，就属于文学语言的夸张。孟子自称“知言”：“诐辞知其所蔽，淫辞知其所陷，邪辞知其所离，遁辞知其所穷”（《孟子·公孙丑上》），当然也了解这种必要的夸张的作用。

孟子在前面一段话中还提出了“以意逆志”这个重要的阐释原则。这句话对读者如何理解作者、后人如何理解前人的过程，做出了生动的描绘，对后代影响很大。但如何理解这句话，还有一些不同意见。其中一个首要问题是关于“意”和“志”的含意。“意”一般解释为读者自己的心意、体会，如赵岐注谓“学者之心意也”，朱熹注谓“当以己意迎取作者之志，乃可得之”。清吴淇《六朝选诗定论缘起》则认为：“志者古人之心事，以意为舆，载志而游……故以古人之意求古人之志，乃就诗论，犹之以人治人也。”据此，则“意”指作者之意或作品的文意。但《孟子》的原文所强调的是不以文辞害志，也就是说要通过作品的文辞正确地理解作品之志，就这段话而言，在同属于作品的“文”“辞”与“志”之间，从逻辑上说，很难再插入一个“意”的环节。孟子的意思显然是，以意为根据对文辞做出正确领会，从而理解作品之志。在这种逻辑关联中，“意”只能属于读者一方。在这种意义上，孟子所谈论的才是将理解者与被理解对象两方面及其间的“距离”均包括在内的一个完整的理解过程。

“志”，一般都解释为作者或作品之志，并无异议。但如果认真推敲，在作品与作者之间还应有所区别；像朱熹那样径直理解为“迎取作者之志”，于义亦有所未安。“志”的本义是记忆、记录，“诗言志”的原始意义主要是向神明昭告功德、记述政治历史大事。在孟子的时代，尽管“志”已经有怀抱、情志之义，已经有“诗以言志”、诗“可以怨”“各言尔志”（《论语·公冶长》）等说法，但“志”的纪事之义和“诗言志”的原始意义仍然保留着。将诗歌创作完全视为个人志意的表达，应当说还是孟子以后的事情。孟子本人的说《诗》方法，主要着眼于《诗》对历史或现实现象的说明，即诗的纪事之义，他对《云汉》《伐檀》《南山》诸篇的解释都是如此。

总的来看，“以意逆志”中的“志”应是兼指作品之志和作者之志，而以前者为主，后者仍被前者所覆盖，尚未真正显露出来；而所谓作品之志，实际上即是指作品所反映的历史或现实现象。所谓“不以辞害志”，即是指借助于文辞正确理解、认识作品所记录的社会事实。由此可见，“以意逆志”所表现的孟子的基本说诗方法，即是将作品与作品之外的社会历史现实联系起来，将理解作品与理解现实联系起来。将“以意逆志”仅仅看作是文学系统本身之内、作品与读者之间的交流循环，是不符合孟子时代的观念和孟子本人的说诗方法的。

“以意逆志”说的另一重要意义是，涉及了理解活动中的“距离”问题。在理解作品的过程中，必然会遇到由于时间、环境和背景等因素的不同所造成的一种距离。孟子已经意识到这种距离的存在，因而将理解活动描述为“逆”（回溯、推测）的过程，以此来表示消除这种距离的努力。孟子做出这种表述并非偶然。在他的时代，文学创作过程与接受过程已经分离，作者、作品与读者之间的交流必须通过某些中间媒介。他本人已经是通过文字形式接触《诗》《书》等文献，与这些文献产生的年代也已相距颇远，客观上存在着一段无法消除的历史间距。现代阐释学认为，理解即是作者与读者的视界“融合”，理解始终在同时间间距做斗争，但却永远无法消除这种间距。

孟子讲《诗》时还提出“知人论世”的说法，其确切含义可以从孟子对《春秋》创作旨意的发明中大概看出来：

> 王者之迹熄而《诗》亡，《诗》亡然后《春秋》作。（《孟子·离娄下》）
>
> 世衰道微，邪说暴行有作，臣弑其君者有之，子弑其父者有之，孔子惧，作《春秋》。《春秋》，天子之事也。（《孟子·滕文公下》）

《诗》与作为历史著作的《春秋》相并列，都被看作是某种历史状况的反映，这正是“论世”的含义。这种观点与季札观乐中的评价有承续关系，而在《乐记》所谓“治世之音安以乐”“乱世之音怨以怒”的说法中得到总结。所谓“论世”，基本上是将作品看作是某种社会政治状态的具有一定道德意义的表征。“知人论世”反映了孟子以道德说诗的基本立场，不过孟子在这里加入了对“人”即创作者作用的说明（主要是从“孔子作《春秋》”这件事中得到启示，而这件事本身又很可能是孟子的附会），强调了人在文学或历史创作中所发挥的能动作用。这样，在季札观乐中显得十分神秘的诗乐对现实的关联，由于有创作者的主观意识活动的介入便得到一种合理的解释。因而，“知人论世”说在某种意义上也补充了“以意逆志”说中未能凸显的对作者因素的说明。不过，孟子“知人论世”的“人”，主要限定在孔子一类的圣人、贤人，并不是泛指所有的作者。

在“以意逆志”“知人论世”这两个论题中，孟子已涉及与文学创作和接受有关的几个基本要素，即作品、作者、社会背景与读者。孟子当然还未完整地勾画出这些要素相互联系的模式，但他显然是将作品与作者、世界联系起来，又要求读者在与这两个要素的联系中来理解作品。孟子所使用的一些基本概念，如“志”“意”“世”等，都如同古代哲学著作中的一些基本概念那样，有多义性，处于多向联系之中，给后人留下了充分的引申发挥的余地。

三、“四家诗”及其流传

秦代，《诗经》和其他一些先秦典籍，遭受了一场几濒毁灭的浩劫。幸亏“三百篇”全是乐歌，儒者口耳相授，朝夕讽诵，因而能够比较完整地保存下来。秦汉之际《诗》的传授，“于鲁则申培公，于齐则辕固生，于燕则韩太傅（韩婴）”（《史记·儒林列传》）。他们所传授的，就是所谓鲁诗、齐诗和韩诗，鲁诗、齐诗以国得名，韩诗以人得名，合称“三家诗”，三家诗又与毛诗合称为“四家诗”。

“三家诗”中，鲁诗出现最早，传授人就是鲁人申培，尊称申公。吕太后时，他与楚元王刘交的次子刘郢客俱事齐人浮丘伯，受《诗》，并且做了楚元王太子刘茂的师傅。刘茂不好学，刘郢客死后，申培回到鲁地家中教《诗》。弟子数百人。有的从老远跑来，投奔他的门下。景帝做太子时的师傅王臧，武帝时的御史大夫赵绾，都曾经跟他学过《诗》，其弟子中做博士的十余人。

当时，申培的名声很大，因而鲁诗最为盛行。清人陈乔枞《鲁诗遗说考·序》说："孔安国从申公受《诗》为博士，太史公（司马迁）尝从孔安国受业，所习当为鲁诗。刘向父子世习鲁诗，著《说苑》《新序》《列女传》诸书，其所称述，必出于鲁诗无疑矣。《白虎通》诗皆为鲁说。《尔雅》亦鲁诗之学。"由此可见鲁诗在当时的影响之大。《汉书·艺文志》说："汉兴，鲁申公为《诗》训故，而齐辕固、燕韩生皆为之传。或取《春秋》，采杂说，咸非其本义。与不得已，鲁最为近之。"鲁诗大抵是依据《春秋》大义，把《诗》作为《礼》的说明，来印证周代的礼乐、典章制度。《艺文志》载有"《鲁故》二十五卷""《鲁说》二十八卷"。《鲁故》或即《诗训故》，《鲁说》可能是出自申培的弟子或再传弟子之手。这些著作，在西晋时失传，仅有石经鲁诗一块流传于世，不足二百字。宋代王应麟《诗考》曾辑录。清陈乔枞撰《鲁诗遗说考》，亦曾加以辑释。

齐诗的传授者是齐人辕固，景帝时为博士。窦太后爱好《老子》，辕固非毁它，惹怒了太后，便令他去刺圈中野猪，幸而景帝给他一把利刃，一刺正中野猪的心脏，才免于难。这件颇为滑稽的事，反映了汉初黄老之学与儒学的斗争。后来，辕固做过清河王刘乘的太傅。他的弟子很多，"诸齐人以《诗》显贵，皆固之弟子也"（《史记·儒林列传》）。齐诗传至汉元帝时的翼奉，奉"好律历阴阳之占"，把《诗经》和阴阳五行、谶纬神学结合起来。《汉书·眭两夏侯京翼李传》载翼奉因灾异应诏上封事说："天地设位，悬日月，布星辰，分阴阳，定四时，列五行，以视圣人，名之曰道。圣人见道，然后知王治之象，故画州土，建君臣，立律历，陈成败，以视贤者，名之曰经。贤者见经，然后知人道之务，则《诗》《书》《易》《春秋》《礼》《乐》是也。《易》有阴阳，《诗》有五际[①]，《春秋》有灾异，皆列终始，推得失，考天心，以言王道之安危。"受其影响，汉代纬书中也出现了某些表达天人合一诗学观念的句子，如《诗纬·含神雾》

---

① 指卯、酉、午、戌、亥，用来附会《易》卦的阴阳际会。

云："诗者，天地之心，君德之祖，百福之宗，万物之户也"；"孔子曰：诗者，天地之心，刻之玉版，藏之金府。"值得我们注意。

据《汉书・艺文志》，齐诗著作有《齐后氏故》二十卷，《齐孙氏故》二十七卷，《齐后氏传》三十九卷，《齐杂记》十八卷，大概是出于辕固的再传弟子后苍之手。所有这些著作，均在三国魏时失传。三家诗中，齐诗亡佚最早。董仲舒习齐诗，他的《春秋繁露》和桓宽整理的《盐铁论》所引的诗说，大抵是齐诗。陈乔枞辑有《齐诗遗说考》。

韩诗的传授者是燕人韩婴。他在燕、赵间授《诗》和《易》。韩婴文帝时为博士，景帝时为常山王刘舜的太傅。"武帝时，婴尝与董仲舒论于上前，其人精悍，处事分明，仲舒不能难也。"（《汉书・儒林传》）"韩生推《诗》之意而为《内外传》数万言，其语颇与齐鲁间殊，然其归一也。"（《史记・儒林列传》）韩诗著作有《韩故》三十六卷，《韩内传》四卷，《韩外传》六卷，《韩说》四十一卷，今尚存《韩诗外传》，其余在北宋时失传。《韩诗外传》在流传过程中，可能经过后学的增补。它往往先叙一事，发一通议论，然后引一两句诗，作为自己议论的注脚。清赵怀玉辑有《内传》佚文，陈乔枞辑有《韩诗遗说考》。

关于韩婴的《韩诗外传》与《诗》学的关系，班固《汉书・艺文志》中有"或取《春秋》，采杂说，咸非其本义"的话，认为此书与《诗》本义无关。南宋陈振孙《直斋书录解题》中说此书"盖多记杂说，不专解《诗》"；明代王世贞谓此书"大抵引《诗》以证事，而非引事以明《诗》"[①]。特别是王世贞说，影响很大，为后人广泛称引。然而细读此书，我们发现，《韩诗外传》实是一部说《诗》之作。从形式上看，《韩诗外传》讲某篇诗旨和本事的，只有很少的几章（如卷五第一章讲《关雎》等）；大部分篇幅是先叙述一个故事，或讲述一番道理，然后引用《诗》

① 王世贞：《弇州山人四部稿》卷一一二《读韩诗外传》，万历五年（1577）世经堂刻本。

句作结，或引《诗》后略加阐发。文中所有的论述基本上都是围绕着所选《诗》的语句进行的，一卷之内，各章所引《诗》句不仅是按《诗经》篇目顺序选取的，而且是按其在《诗经》完整篇章中出现的先后次序选取的。再者，所引相同《诗》句排列在一起的情况，颇不少见。如果把《韩诗外传》中的一段单独拿出来，你固然可以说它是引《诗》证事，与《荀子》或刘向《说苑》中的一些段落相似或相同；但如果内容不同的几段话排在一起意在阐明同一《诗》句时，你只能说它是引事（或引论）以明《诗》的。韩婴学识渊博，贯通经、史、诸子百家，古今言论事迹，皆可与《诗》义相触发，取譬引类以说《诗》。《韩诗外传》也当是写给学《诗》经生们看的，以满足他们修身、议论的需要。或许正因为如此，《韩诗外传》在行文上颇注意语言艺术，甚至吸取了《庄子》中寓言故事笔法。如卷一第三章所记孔子、子贡与浣女的故事，非常完整，故事情节的发展富有戏剧性，生动有趣，可读性强[①]。

鲁、齐、韩三家诗，属于今文经学派。汉武帝建元元年（前140年），“表章儒术，罢黜百家”，大力提倡儒家经学。三家诗立于官学，设博士。它们分门立户，争奇斗胜，研究成风。鲁诗有韦氏（韦贤）学，张（张长安）、唐（唐长宾）、褚（褚少孙）之学，以及许氏（许晏）学。齐诗有翼（翼奉）、匡（匡衡）、师（师丹）、伏（伏理）之学。韩诗有王（王吉）、食（食子公）、长孙（长孙顺）之学。《汉书·儒林传赞》说：“自武帝立五经博士，开弟子员，设科射策，劝以官禄，讫于元始，百有余年，传业者寖盛，支叶蕃滋，一经说至百余万言，大师众至千余人，盖利禄之路然也。”在朝廷张设利禄的诱饵之下，汉代经师说《诗》，挖空心思，穿凿附会，经学日渐烦琐。

毛诗因传授人的姓得名。秦汉之际鲁人毛亨（称大毛公）传《诗》给

① 参见边家珍：《论〈韩诗外传〉的〈诗〉学性质及特点》，载《河南大学学报》2012年第4期。

赵人毛苌（称小毛公），毛苌又广为传播。他们所传的《诗》，就称“毛诗”。毛诗属于古文经学派。西汉平帝以前，只有今文经立博士，因此，毛诗只能在民间私相传授。《汉书·儒林传》说：“毛公，赵人也。治《诗》，为河间献王博士，授同国贯长卿，长卿授解延年。延年为阿武令，授徐敖。敖授九江陈侠，为王莽讲学大夫。由是言《毛诗》者，本之徐敖。”据《艺文志》，毛诗著作有《毛诗》二十九卷，《毛诗故训传》三十卷。

东汉时期，古文经学派抬头，毛诗也立了学官，与鲁、齐、韩合称“四家诗”。《后汉书·儒林列传下·卫宏传》说：“初，九江谢曼卿善《毛诗》，乃为其训。宏从曼卿受学，因作《毛诗序》，善得风、雅之旨，于今传于世。”又说：“中兴后，郑众、贾逵传《毛诗》，后马融作《毛诗传》，郑玄作《毛诗笺》。”郑众、贾逵、马融、郑玄等人，都是当时著名的儒学大师。尤其是郑玄，兼通今古文经学，他本来治齐诗，后来选取《毛诗故训传》，吸收三家诗说，为之作笺注，称《毛诗传笺》，简称《郑笺》。《毛传》训诂简明，而不解释字义。《郑笺》则通过解释字义，对《毛传》解释隐约的，加以阐发，解释清楚；阙疑或不合的，加以补充或纠正，并且引用其他经书来解释词语，使《诗经》与他经同一词语的解释一致，不相抵牾。郑玄还撰《诗谱》，根据《春秋》和《史记》年表的有关史实，分别排比十五国风、二雅、三颂的谱系，说明各部分与其时代政治、风土的关系。《郑笺》一出，毛诗日盛，三家诗衰微，以至失传。今本《诗经》，就是毛诗。

四、齐《诗》学在汉代的文化影响

（一）齐《诗》“四始、五际”说对历史发展规律的认识

《齐诗》学的开创者辕固生，齐国人，汉景帝时任博士，专治《诗》，

后学中多有以《诗》显贵者。景帝时拜为清河太傅。著有《齐诗传》。清马国翰《玉函山房辑佚书》辑有《齐诗传》二卷。汉景帝时，辕固生在朝廷上讨论汤武“革命”。据《史记·儒林列传》载：“清河王太傅辕固生者，齐人也。以治《诗》，孝景时为博士。与黄生争论景帝前。黄生曰：‘汤武非受命，乃弑也。’辕固生曰：‘不然。夫桀纣虐乱，天下之心皆归汤武，汤武与天下之心而诛桀纣，桀纣之民不为之使而归汤武，汤武不得已而立，非受命为何？’黄生曰：‘冠虽敝，必加于首；履虽新，必关于足。何者，上下之分也。今桀纣虽失道，然君上也；汤武虽圣，臣下也。夫主有失行，臣下不能正言匡过以尊天子，反因过而诛之，代立践南面，非弑而何也？’辕固生曰：‘必若所云，是高帝代秦即天子之位，非邪？’”黄生从礼制角度维护在位之君，辕固生则以民为本极言革命有理，观点针锋相对，于是景帝只得出面调解，谓“食肉不食马肝，不为不知味，言学者无言汤武受命，不为愚”，来阻止了这场争论。从中可以看出，辕固生不是只知书本的学究，他极关心政治，有鲜明的政治立场，肯定汤武革命的正义性。与在景帝面前的大胆议论相一致，辕固生所传《诗》学与齐学中阴阳五行说相结合，讲“四始、五际”。“五际，卯、酉、午、戌、亥也；阴阳终始际会之岁，于此则有变改之政也。”[①]

据《隋书·经籍志》说，《齐诗》至魏亡佚，其遗说主要见于《汉书》萧望之、匡衡、师丹各传奏疏中。陈乔枞《齐诗遗说考》《齐诗翼氏学疏证》，范家相《三家诗拾遗》，王先谦《诗三家义集疏》中都有广泛的搜集。由于齐诗学在两汉之际不可避免地谶纬化——而且齐诗与阴阳五行结合的特点确实较之其余各家更宜于谶纬化，故我们虽然不能以谶纬化的具体篇章解说尽归于辕固生，然将《诗》与阴阳五行结合，概发轫于辕固生，尤其是《汉书》翼奉本传中提到的“四始、五际”之说，很有可能是辕固生所亲传。

① 王先谦：《诗三家义集疏》（下卷），中华书局1987年版，第549—550页。

关于“四始”，《诗纬·汜历枢》曰：“《大明》在亥，水始也；《四牡》在寅，木始也；嘉鱼在巳，火始也；《鸿雁》在申，金始也。”实际上，《鲁诗》《毛诗》也有“四始”的说法。《史记·孔子世家》：“《关雎》之乱，以为风始；《鹿鸣》为小雅始；《文王》为大雅始；《清庙》为颂始。”这是《鲁诗》对“四始”的解释。《毛诗》：“是以一国之事，系一人之本，谓之《风》，言天下之事，形四方之风，谓之《雅》。《雅》者，正也，言王政之所由废兴也。政有小大，故有《小雅》焉，有《大雅》焉。《颂》者，美盛德之形容，以其成功告于神明者也。是谓‘四始’，诗之至也。”（《毛诗序》）郑玄《笺》曰：“始者，王道兴衰之所由。”《关雎》《鹿鸣》《文王》《清庙》分别是《风》《小雅》《大雅》《颂》的第一篇，“王道兴衰”由此而来，因此谓之“四始”。《鲁诗》《毛诗》说诗着眼于王道教化。可见《齐诗》的“四始”说与其他二家明显不同，其理论与阴阳家有联系。《齐诗》“四始”实际上是把人事与自然规律相比附，以探索社会人事的变化规律。《齐诗》用认识自然界变化的方法来审视西周社会的历史进程，发现西周历史也经历了一个兴起、发展、繁荣、衰退的过程。于是选择了记录西周不同历史阶段的一系列组诗来匹配自然界更替变化的不同时期。具体的自然界变化规律与抽象的历史规律互相发明。《大明》内容是从商事写起，主要叙述了文王降生、结婚、生子、受命、兴起周家的历史过程，最末写周武王伐商，但内容不多。《四牡》一诗，《郑笺》云：“文王为西伯之时，三分天下有其二，以服事殷。使臣以王事往来于其职，于其来也，陈其功苦以歌乐之。”则知此诗写西周的势力已经壮大。《嘉鱼》，郑玄《诗谱》以为成王时诗，《孔疏》曰：“当周公成王太平之时。”则此诗写周之太平盛世。《鸿雁》乃宣王时，已经属于《变雅》。《郑笺》曰：“宣王承厉王衰乱之敝，而起兴复先王之道，以安集众民为始也。”宣王虽有一些善政措施，但无法扭转西周衰落的历史发展趋势。因此，《齐诗》“四始”实际上展示了西周兴起、发展、繁荣、衰落的历史变化过程。并把这种社会历史的变化比附于自然界阴阳气消涨的变化过程。《齐诗》在亥、寅、巳、申四个关键位置上配以反映周王朝历史进程的四个时期的诗篇，使整个西周历史的发展趋向一目了然。《齐诗》把对社会历史发展进程的认识借助自然阴阳消涨规律来表达，因为人们对自然界更替规律的感受要比对社会历史发展规律的感受来得熟悉、深刻。二者结合，相得益彰，天道与人事也因此得到沟通。

关于“五际”之说，《汉书·翼奉传》载翼奉奏封事曰：“《易》有阴阳，《诗》有五际，《春秋》有灾异，皆列终始，推得失，考天心，以言王道之安危。”孟康注曰：“《诗内传》曰：‘五际，卯、酉、午、戌、亥也。阴阳终始际会之岁，于此则有变改之政也。’”《诗内传》即辕固生所传《齐诗内传》，陈乔枞引臧镛堂曰：“《诗内传》为《齐诗内传》。”（陈乔枞《齐诗翼氏学疏证》）可见“五际”说确属辕固生齐《诗》学。又，《诗纬·汜历枢》曰：“卯、酉之际为革政，午、亥之际为革命，神在天门，出入候听。卯，《天保》也；酉，《祈父》也；午，《采芑》也；亥，《大明》也。”孔颖达疏曰：“亥为革命，一际也；亥又为天门出入候听，二际也；卯为阴阳交际，三际也；午为阳谢阴兴，四际也；酉为阴盛阳微，五际也。”这里孔疏中“亥又为天门”的解释可能不确。郎颉说：“神在天门出入听，言神在戌亥司候帝王兴衰得失，厥善则昌，厥恶则亡。”宋均注云：“神，阳气，君象也。天门，戌亥之间，乾所据者也。”（《后汉书·郎颉传》李贤注）陈乔枞说：“亥为天门，当作戌亥之间又为天门。”（陈乔枞《齐诗翼氏学疏证》）齐《诗》不是以亥为天门，天门当在戌亥之间。

与“四始”相似，“五际”说也是以诗作配以时辰，来表现政治的兴衰变革：“卯，《天保》也；酉，《祈父》也；午，《采芑》也；亥，《大明》也。”（《诗纬·汜历枢》）从由兴而衰的顺序说，《大明》表现文王受命兴周，故以配亥，阴将尽而阳即兴之时，为革命之际；《天保》写周公摄政时营洛邑，宗祀文、武，大业向前发展，如日之初起，故配卯时；《采芑》写宣王命师征伐，有中兴气象，故以之配午；《祈父》写宣王末年因周屡败于姜戎等而任将，显露衰落之气机，故以配酉，如日之将落。辕固生齐《诗》学的“四始、五际”理论，主要是通过诗与阴阳五行、历法的相配，说明政治的兴衰的“天学”依据，客观上肯定了“革命”是不以人的意志为转移的，是社会兴衰变化中的一种必然现象。要之，齐《诗》“四始五际”说的内涵是十分丰富的，它选择了相应的八组诗，展示了周王朝兴废之规律，并借阴阳五行来形象、生动地表达。这是齐《诗》学者发现规律并试图利用规律的表现，与司马迁“究天人之际，通古今之变”有共通性。

（二）齐《诗》的灾异论

辕固生的齐《诗》学还涉及政治对“天”的反向影响，亦即灾异论。我们可结合翼奉及《诗纬》略举一例。如翼奉说：“臣奉窃学《齐诗》，闻五际之要，《十月之交》篇，知日蚀地震之效昭然可明，犹巢居知风，穴居知雨……人气内逆，则感动天地，天变见于星气日蚀，地变见于奇物震动，所以然者，阳用其精，阴用其形，犹人之有五臧（藏）六体。五臧象天，六体象地，故臧病则气色发于面，体病则欠申动于貌。”《诗纬·推度灾》解释《十月之交》“十月之交，朔日辛卯；日有食之，亦孔之丑”说：“十月之交，气之相交。周十月，夏之八月。及其食也，君弱臣强，故天垂象以见征。辛者，正秋之王气；卯者，正春之臣位。日为君，辰为臣。八月之日，交卯食辛矣。辛之为君幼弱而不明，卯之为臣秉权而为政。故辛之言新，阴气盛而阳微生，其君幼弱而任卯臣也。”这是齐诗说《十月之交》，意谓十月之交的日食，是天显示的征兆，君弱而臣强，天以日食示警。之所以说地天示的征兆，是由“交卯食辛”的天时决定的。由此，齐《诗》学中的天人感应论可见一斑了。

第三章 《易》学及其在汉代的变异

《周易》在先秦包括“经”与“传”两个部分。一般认为,《易经》大约形成于西周前期，而《易传》则陆续产生于春秋战国，是指《彖传》(上、下)、《象传》(上、下)、《文言》《系辞》(上、下)、《说卦》《序卦》《杂卦》，共七种十篇，亦称“大传”或“十翼”，实为《易经》现在之最早注解。《易经》《易传》原先是分别单行的，流传中《传》被附于《经》后，时间既久,《易传》就成了《周易》一个部分，也被视为“经”了。《易传》较之《易经》，表现出更高的理论概括力，思想也更具系统性，为后人阐释、发挥提供了广阔的空间。至汉代京房，以易之占筮功能为用，专门讲阴阳灾异的象数易学，对汉代今文经学思潮的发展起到了推波助澜的作用，并因而影响到此后汉代文化的走向。

一、《周易》的思想文化内涵

作为“五经”之一的《周易》，以其独特的哲学建构，丰富的思想文化内涵，对汉代文化精神的形成和发展有重大作用。

(一)《周易》的变通观

总体上讲,《易传》从“生生之谓易”命题出发，视“变”为“变通”，即由“变”达到“通”。《易传·系辞上》说：“广大配天地，变通配四时。”《系辞下》说：“易，穷则变，变则通。”又说：“变通者，趣时者也。”穷，就是不通，阴阳二气无法交接，出现了背离倾向，造成了运动过程中的“蹇”和“否”。但“物极必反”，“穷”不会持久，穷则转变为通。这个转变就是阴阳二气重新相交接，产生“不穷”，使阴阳二者原来所处的地位发生了转换，属性发生了变更。《易传》把这种阴阳之“变”称为“剥”，而“剥，剥也，柔变刚也”（《剥》卦彖传），阴柔之性向阳刚之性发生转移。所以，《易传》的“变”，更多的是联系“运动”“阖辟”等事物属性的改变而言。所谓“以动者尚其变”，“变动不居，周流六虚，上下无常，刚柔相易”；所谓“一阖一辟谓之变，往来不穷谓之通”（《系辞传上》），都是说明由于阴阳易位、阴阳更性而导致事物的显著变动，即质变情况的发生。“化”，《易传》多指化生。《系辞传下》说：“天地氤氲，万物化醇。男女构精，万物化生。”如天地间万物的产生，人类的生育，都是阴阳运行的同一过程。其间，没有涉及阴阳换位、阴阳更性的问题，“渐也，顺也，靡也，久也，服也，习也，谓之化”（《管子·七法》），“化”相对于“变”，类似于事物发展处于量变状态。

不仅如此，《易传》还明确指出“变”与“化”之间的关系，又把两者放在同一发展过程中加以考察。《易传》说：“化而裁之谓之变，推而行之谓之通。”“裁”，节也，裁制之意。化虽是渐进过程，但也有其“量”的规定，渐化积累到一定程度就会发生“裁制”而转为“变”。所以，“化”存乎“通”，“变”则是化的结果，用朴素的语言表达出事物质变与量变间的关系。这是十分可贵的辩证思想，是中国人阴阳思维智慧的突出表现。

（二）《周易》阴阳辩证思想

《周易》中蕴含着许多朴素的辩证思想的火花，对其后的学术文化发展有着深刻的影响。

《易经》的六十四卦是由八卦两两重叠排列组合而成的，而八卦又是由两个符号“—”和“--”组成的。这两个符号本来是古人记事的符号，《易经》以之对生产、战争、祭祀、婚姻等社会现象和纷繁复杂的自然现象进行了抽象概括，它试图用这两个既对立又统一的原理来概括出对世界的总的看法，它以理论思维的方式来认识和把握世界的生成、运行和结果，已经具有了朴素的辩证思维的特征和因素。

《易经》试图从人们密切接触的自然界中、特别是与农业生产至为关切、引人注目的事物（元素）的相互关联、相互作用中，发现世界及其运动的根源。天、地、雷、火、风、泽、水、山，这八种事物的存在首先是对立的，天上地下，山高泽深，水火不容，雷风相激。而整个自然界又是在相互交感中产生的，天地是父母，生育了雷、火、风、泽、水、山六个子女，《易经》于这里以辩证思维的方式探索着万事万物的生成和发展的内在原因。

《易经》中，不少卦辞、爻辞中都反映了自然界存在着的矛盾现象，如：“枯杨生华，老妇得其士夫。”（《大过》九五）“不明晦，初登于天，后入于地。”（《明夷》上六）在此，自然界中的枯华、天地、明晦等，都是对立而又相互联系的自然现象。《易经》更着重对社会中对立现象的反映与概括，如“君子得舆，小人剥庐”（《剥》上九），“过其祖，遇其妣，不及其君，遇其臣”（《小过》六二），“舆说（脱）辐，夫妻反目”（《小畜》九三），“弗损益之，无咎”（《损》上九），等等。在这几则爻辞中，君子小人、君臣、夫妻、损益等，都被看作在社会生活中既对立又依存的表现。

（三）《周易》的历史哲学

《周易》对历史哲学的阐发，主要表现在《易传》中。《易传》偏重从时间和生命的观点看待万物，视人类的历史与万物的生化为一个整体，主张人与万物共存共荣。认为历史是一个合目的性的演化与创新的过程，强调“日新其德”。它以民众为历史的主体，崇尚天道生生之德。“易”的本义为变化，但在《易传》中，当其作为哲学范畴使用时，就相当于“道”，而代表宇宙的本体。“易”和“道”都侧重表示宇宙是一个过程，而道强调这一过程的规律性，易则突出这一过程的整体连续性、变化的多样性、多种可能性和可选择性。《系辞上》说：“天地设位，而易行乎其中矣。”“乾坤成列，而易立乎其中矣。”“生生之谓易。”《易传》作者认为，作为宇宙大化流行的易，由太极发端，历经两仪、四象、八卦，终于生出天地万物，形成滔滔大化。这样的宇宙图景显示《易传》作者将世界主要看作是一个时间的延续过程。《丰》卦彖传说：“日中则昃，月盈则食；天地盈虚，与时消息，而况于人乎？况于鬼神乎？”天地日月都顺从时间的流变而盈虚消长，人事和鬼神就更是如此了。所谓“鬼神”系指气的盈缩屈伸。《随》卦彖传又说：“天下随时，随时之义大矣哉！”一切事物都在时间的推动下改变着自己，因此顺随时间的规律，学会在大化之流中沉浮出没，就成为一切成败的关键。故“君子尚消息盈虚，天行也”（《剥》卦彖传）。天行，即大化流行，也就是“易”。而“消息盈虚”，即宇宙之时间过程。《易传》主张“损益盈虚，与时偕行”（《损》卦彖传），偏重从时间的角度看待天地万物的宇宙观，决定了《易传》将人类的历史和万物的生化过程看作是一个整体。

《易传》主张“天下随时”，所以总是将人类的历史与万物的生化当作一个整体来加以研究。既然人与万物只能生存于同一时间之中，受同一时间左右，那么人类的历史和万物的演进就不可分割，并服从统一规律。《乾》卦彖传说：“大哉乾元，万物资始，乃统天。云行雨施，品物流形。大明终始，六位时成，时乘六龙以御天。乾道变化，各正性命。保合太和，乃利贞。首出庶物，万国咸宁。”“乾元”为天德大始，万物的发生就从这里发端，并受天德的推动。“首”训“终”。乾元经过一番蕴化、演进，终于生成万物，创造出人类，并建立起国家。这就表明，人是宇宙演进到一定阶段的产物。人类史是自然史的延续，是自然史的一部分。

不过，《易传》虽然认为人类历史和天地万物都循顺阴阳之道，但阴阳在不同的领域有不同的表现，因而这些领域又有本质的差别。“是以立天之道曰阴与阳，立地之道曰柔与刚，立人之道曰仁与义。”（《说卦传》）阴阳是时间的体现，阴阳的消长变通是时间的本质内涵。“时乘六龙以御天。”（《乾》卦彖传）故阴阳为天之道。“天下随时”，意味着一切都受命于天，在时间中生化，故一切都逃离不了阴阳。刚柔的本质是阴阳，但又不同于阴阳，而仅限于大地上的品物。刚主强、坚、劲、硬，主不屈不挠；柔主顺、和、安、弱，主柔韧不折。仁义则是刚柔在人类社会中的体现。高亨先生说：“仁以爱人，主于柔。义以制事，主于刚。”[①] 仁与义作为人之道表明，人类历史对大化流行既有统一性，又有特殊性。仁义既然源于阴阳，那么社会人事就应当从时间的即阴阳变易的角度加以考察。《易传》认为，在阴阳的推动下，人类史表现为一个逐级演进的发展过程。《序卦传》说：“有天地，然后有万物；有万物，然后有男女；有男女，然后有夫妇；有夫妇，然后有父子；有父子，然后有君臣；有君臣，然后有上下；有上下，然后礼义有所错。夫妇之道不可以不久也，故受之以《恒》；恒者，久也。”礼的本质是仁。“礼义有所错”，即仁义之道得到贯彻执行。

《易传》认为，尽管人类生活纷繁多变，但历史的根本规律和总的发展方向只有一个：“天下何思何虑？天下同归而殊塗（途），一致而百虑。天下何思何虑？日往则月来，月往则日来，日月相推而明生焉。寒往则暑来，暑往则寒来，寒暑相推而岁成焉。往者屈也，来者信（伸）也，屈信相感而利生焉。”（《系辞下》）天下殊途同归，百虑一致，同一性表

① 高亨：《周易大传今注》，齐鲁书社 1998 年版，第 455 页。

现在哪里？在于阴阳。日为阳，月为阴；寒为阴，暑为阳。阴阳作为宇宙之道，其最基本最直接的显现即由日月往来、寒暑相推形成的昼夜四时。可见阴阳是时间的基本法则，因而也是历史的基本法则，因为历史是一个时间过程。在人类艰难曲折的行程中，无论高举何种学说，无论行走什么道路，最终都要受阴阳之道的统摄。阴阳作为历史的根本规律，不仅使历史向高处攀升，而且使历史永远朝着善的方向前进。《系辞上》说："一阴一阳之谓道，继之者善也，成之者性也。仁者见之谓之仁，知者见之谓之知，百姓日用而不知，故君子之道鲜矣。显诸仁，藏诸用，鼓万物而不与圣人同忧，盛德大业至矣哉！"阴阳的本性既为仁，又为智。因为阴阳是生命之根，创造之源。生生和新新都是阴阳作用的结果，阴阳不息，创生不止。阴阳作为历史背后而支配历史的"道"，它无为而无不为，故曰"显诸仁，藏诸用，鼓万物而不与圣人同忧"。自觉或不自觉地遵从阴阳法则，百姓、君子和圣人联手可以创造无数有益于人和一切生命的人间奇迹，故曰"继之者善也，成之者性也"。

在革命的合理性问题上，《周易》专列一个《革》卦。据《彖传》的解释："革，水火相息，二女同居，其志不相得，曰革。"《杂卦传》也说到："革，去故也。"以为《革》卦的卦义为革新，是对陈腐故旧东西的去除。何谓"革新"？《彖传》是应用阴阳对待思维原则，认为水火互为熄灭，二女同居相争不下，都预示着矛盾双方尖锐对立，难有调和余地，就必须实行变革。由此可见，《易》革卦讲革新、去故，是依据阴阳气化过程的"物极必反"之理引申出来的。须要指出的是，《易传》对"变革"持有一种谨慎的态度，主张"革而信之""革而当"，可革可不革干脆不革，非到可革之时方可实行变革，这样才能取信于人。在《易传》看来，"革而信""革而当"，既是天地自然，也是社会人事变化过程的普遍法则。它称："天地革而四时成"，指出天地间寒往暑来，春夏秋冬四时交迭，自然万物生生不息、新陈代谢，都是一种必然，肯定了"革新"具有普遍性。又依据《革》卦六二爻辞"已日乃革之，征吉无咎"，强调了非革不可，乃能革之。而汤武顺应这个普遍法则，效而法之，故有商代夏、周代商的朝代更迭和社会进步。正因为此，《易传》作者热情称颂和赞叹汤武革命是“顺乎天而应乎人。革之时，大矣哉！”《易传》中的“汤武革命”思想，还被赋予“革故鼎新”的含义，转化为一种普遍的思维方式。《序卦传》说：“井道不可不革，故受之以革。革物者莫若鼎，故受之以鼎。”鼎者，古代传国之礼器。王都所在，即鼎之所系，鼎又引申为王朝权力的象征。《革》卦之义是讲变革的必然性，《革》卦之后又接《鼎》卦，则以礼器之变迁来说明王权之转移，论述新君主、新王朝确立的合理性。其意虽直接讲天道移易、更相授命，有神学天命论的色彩。《杂卦传》强调：“革，去故也；鼎，取新也。”这又是以阴阳天道“生生不已”来说明历史进程中的“革新”之义，论证了朝代更迭、王权转移的“革故鼎新”是“顺天”而“应人”的过程。

（四）《周易》中自强不息的观念

《易经》之《乾》卦九三爻辞曰：“君子终日乾乾；夕惕若，厉，无咎。”其意思是说君子应当终日不懈，自强不息，即使到了晚上也要抱有警惕之心，不能松懈。这样，才能虽遇险情，而安然无恙。因此，其象曰：“天行健，君子以自强不息。”天道的本质特点是健，健是运行不息的意思——四时交替，昼夜更迭，岁岁年年，无止无息。君子应效法天道之健，自立自强，奋发进取。又《恒卦》彖传曰：“……恒亨无咎，利贞，久于其道也。天地之道，恒久而不已也。利有攸往，终则有始也。日月得天而能久照，四时变化而能久成，圣人久于其道而天下化成。”就是说持之以恒地从事某项事情，终能获得成功。但自然、人事之道是变化的，始终难分，首尾相接，像日月、四时的变化一样。这种永恒的变化，使日月永照人间，四时化育万物。因此，这里的“恒”包含两层意思，一是指人的壮心不已，二是指自然的恒久不已。圣人往往能够坚持不懈地探索并把握变动不居的天地之道，遵循自然规律，这样，有秩序的社会生活就能化育而成。又如《坎卦》卦辞曰：“习坎，有孚，维心亨，行有尚。”无论在什么样的情况下，水向下流的趋势是不会改变的。即使经历千山万壑，遇到多么复杂的地形，水始终保持向下奔流的“心劲”，亨通而不为险阻所止。《大畜》卦辞曰：“大畜，利贞，不家食吉，利涉大川。”《大畜》彖传曰：“大畜，刚健笃实辉光，日新其德。刚上而尚贤，能止健，大正也。不家食吉，养贤也。利涉大川，应乎天也。”人最有意义的聚畜是学问和德性。学识渊博，道德高尚之人，必能自觉报效国家，做出重大贡献。作为君子应该胸怀大志，努力积畜才德；不能贪图安逸，畏难不前，穷处而自食于家。因此，《大畜》象传曰：“天在山中，大畜，君子以多识前言往行，以畜其德。”人应当志存高远，自信自立；顺应潮流，循序渐进；要时时谨慎；从现在做起，从小事做起，积少成多。

《周易》还强调一个人要善处逆境。《复》卦彖传曰：“复亨，刚反，动而以顺行，是以出入无疾，朋来无咎。反复其道，七日来复，天行也。利有攸往，刚长也。复其见天地之心乎！”其意思是说，阳被阴剥至尽处，就要复生于下，虽然最初的力量是微弱的，但它代表新生的、发展的力量，没有任何东西可以遏制住它的势头，这是不以人的意志为转移的客观规律。它昭示人们，要坚持真理，顺应时代潮流；要树立信心，从长计议，看到事物的发展趋势。《谦》卦九三爻辞曰：“劳谦，君子有终，吉。”获得很大成功或有大功劳的人，如果仍然谦虚谨慎地从事，必定成为大德君子，有好的结果。因此，其象辞曰：“劳谦君子，万民服也。”君子若能保持清醒的头脑，不居功自傲，仍能礼贤下士，必然受到万民拥戴。这是成就更大事业的基础。其言外之意是：如果一个人恃功自傲，骄横跋扈，即使功再大，位再高，终究不会有好的结果。这里揭示了一条真理：满招损，谦受益。《蹇》卦象辞曰：“山上有水，蹇。君子以反身修德。”告诫我们在遇到艰难险阻时，最好的办法是沉住气，总结经验，找出自身存在的问题；加强修养，以求得克服困难的办法。明夷卦卦辞曰："明夷，利艰贞。"就是说在不利的情况下，或在政治黑暗的时代，作为君子应该洁身自好，韬光养晦，待机而发。其彖辞曰："明入地中，明夷。内文明而外柔顺，以蒙大难，文王以之。利艰贞，晦其明也。内难而能正其志，箕子以之。"在逆境中能像昔日文王一样，内刚外柔，忍辱负重，蒙大难而免于祸患。或者能像箕子一样，佯狂披发而晦其明，坚贞不渝而守其志，逆境求生以待明主。总之，顺境和逆境，在人生过程中都是不可避免的。只要保持清醒的头脑，认准正确的方向，顺而慎，逆而贞；胜不骄，败不馁，就能取得最终的成功。

（五）《周易》中的忧患意识

《系辞下》有云："《易》之兴也，其于中古乎？作《易》者，其有忧患乎？"《周易》中保存了先民的求生智慧和生活经验，包含有深沉的忧患意识，以此引导人们居安思危、趋吉避凶。如《乾》卦九三爻辞说："君子终日乾乾，夕惕若，厉，无咎。"《周易正义》孔疏："君子在忧危之地，故终日乾乾，言每恒终竟此日，健健自强，勉力不有止息。夕惕者，谓终竟此日，后至向夕之时，犹怀忧惕。若厉者，若如也；厉，危也。言寻常忧惧恒如，倾危乃得无咎。谓既能如此戒慎，则无罪咎；如其不然，则有咎。"《坤》卦初六爻辞："履霜，坚冰至。"《周易正义》孔疏曰："初六阴气之微，似若初寒之始，但履践其霜，微而积渐，故坚冰乃至。义取所谓阴道初虽柔顺，渐渐积著，乃至坚刚。"《鼎》卦九四爻辞："鼎折足，覆公饻，其形渥。"由于鼎的负荷太重或者其他不当，导致鼎足折断，鼎中美食倾倒于地，管理鼎的人也弄得一身污渍——象征政事上明知政策、法令已行不通，可是还强力推行，其结果给新政权造成严重的危机，那些制定和推行政策法令的人也招来了自身的危机。《否卦》九五爻辞说："休否，大人吉。其亡！其亡！系于苞桑。"这种紧迫的语气，容易让人联想到当代的《义勇军进行曲》，一种强烈的忧患感油然而生。高亨先生说："休犹怵也，恐惧也。否，闭塞也。……王引之曰：'其，犹将也。'系（繫）借为罊。罊，坚固也。苞，茂也。爻辞言：常恐惧否运之来，则能勤勉谨慎，大人如此则吉。曰：'我将亡，我将亡！'则其人及其家国坚固如茂桑矣。"[①]《周易》的忧患意识直接影响了汉代作家，如贾谊在《治安策》开头就说："臣窃惟事势，可为痛哭者一，可为流涕者二，可为长太息者六，若其它背理而伤道者，难遍以疏举。进言者皆曰天下已安已治矣，臣独以为未也。曰安且治者，非愚则谀，皆非事实知治乱之体者也。夫抱火厝之积薪之下而寝其上，火未及燃，因谓之安，方今之势，何以异此！"正是基于这种忧患意识，贾谊在不少文章中向统治者提出了改革政治制度和统治方略的要求。

二、汉代京房《易》学及其文化影响

汉代《易》学的主流，是所谓孟京易学，是指以西汉孟喜、京房之学为代表的，以易之占筮功能为用，专门讲阴阳灾异的象数易学。就《易》学而言，《易》本是卜筮吉凶之书，其卦爻之象又本之于阴阳，其卦爻辞尤其是《易传》又特重阴阳之义。其他诸经既能援引阴阳五行而论吉凶，那么，阴阳本在其中的《周易》，与五行学说的结合方面，更加其名正言顺，因此它似乎较之《春秋》学更能在显示天意、沟通天人以表达政见上发挥作用。

《易》学的传授，《史记·儒林列传》说，孔子死后，传于商瞿，经六世而传与齐人田何。汉兴，田何又传与杨何。《汉书·儒林传》说，汉兴，田何将《易》学传与周王孙、丁宽、服生，皆著《易传》数篇，后

① 高亨：《周易大传今注》，齐鲁书社1979年版，第159页。

又传与杨何。又说，丁宽传与田王孙，田王孙又传与施雠、孟喜、梁丘贺，于是“《易》有施、孟、梁丘之学”。其中的孟喜又传与焦延寿，焦延寿又影响京房，于是“《易》有京氏之学”。

在这个《易》传授系统中，施雠、梁丘贺两家恪守田何之师法，多讲义理，其学风趋于保守，而孟喜首改师法，援阴阳灾变入《易》，成为开风气的人物。孟喜，字长卿，东海兰陵（今山东苍山县）人，早年受《易》于田王孙。此人好自称誉，得《易》家候阴阳灾变之书，自称其师田氏临终时头枕其膝，独传之。皇帝认为孟喜有改师法之嫌，故而没有让他当《易》学博士。不过，尽管如此，孟喜在易学象数派的创建过程中功不可没。他敢于冲破师法，对易学体系进行了一番改革，以“卦气说”为本，就是将《周易》的六十四卦与十二月节候相配合，并提出了“七十二候”“六日七分”等象数推演根据与法式，推动了易学体系的发展。

孟喜将其《易》学传与焦延寿，焦氏著有《易林》。据《汉书》京房本传，焦氏字赣，西汉梁（今河南商丘一带）人。出身贫贱，以好学为梁王所器重，梁王供其资用。学成为郡吏，察举补小黄令。据说他为县令之时，能“先知奸邪”，加以防范，盗贼因此不敢妄动。他爱抚吏民，教化在一县得以实行，政绩居一郡之冠。按规定焦赣就升迁高一级的官职，由于小黄县父老、官吏上书竭力挽留，皇帝为他提高级别、薪俸后仍留任小黄，直至老死。焦赣除了撰有《易林》十六卷外，尚有《易林变占》十六卷，可惜后者已佚。焦氏治《易》，发展了孟喜的卦气占候说，精于术数，《汉书》京房本传称，焦氏《易》说“长于灾变，分六十四卦，更直日用事，以风雨寒温为候，各有占验。房用之尤精”。

京房继承、发展了孟喜、焦延寿的学说，大大加强了《易》学“明灾异”的政治功用。京房，字君明，东郡顿丘（治所在今河南清丰县）人。据《汉书》本传，京房本姓李，好钟律，知音声，推律自定为京氏。专治易学，师事焦延寿，尽得其学，而推衍灾祥，尤为精审。延寿为之叹道："得我道以亡身者，必京生也。"汉元帝初元四年（前45年），京房举孝廉为郎，走上仕途。永光、建昭年间，以明灾异得幸，立为《易》经博士，成为汉元帝的近臣。京房颇想在政治上做一番事业，于是他打着"明灾异"的旗号，屡次上疏，无所顾忌地品评朝政，斥责佞臣，还提出考核官吏的新措施"考功课吏法"，但遭到大臣的阻挠，无法推行。后遭贬，出任魏郡太守，不久为权臣石显及其同党五鹿充宗所诬，下狱处死，终年四十一岁。京房著述，《汉书·艺文志》著录有《灾异孟氏京房》六十六篇；流传至今的，有《京氏易传》三卷。京房死后，其弟子殷嘉（又作段嘉）、姚平、乘宏仍传其学，号"京氏《易》学"，民间犹自奉行之。

京房认为，治《易》的目的，就是要借助代表天象的卦象考察人间的灾祥祸福。他论述人事与灾异之理说："生吉凶之义，始于五行，终于八卦。从无入有，见灾于星辰也；从有入无，见象于阴阳也。阴阳之义岁月分也，岁月既分，吉凶定矣。故曰八卦成列，象在其中矣。六爻上下，天地阴阳，运转有无之象，配乎人事。八卦仰观俯察在乎人，隐显灾祥在乎天，考天时察人事在乎卦。"（《京氏易传》）他认为天有意志能主宰人事，天通过天象表现意志，又把天象变化预先隐藏在易卦中，而人的作用是通过易卦推知天意。这个思路应当说是和董仲舒的天人感应说一脉相承的。当然，董仲舒之言灾异主要是以《春秋》为本，以历史比附的方式进行。如果说董仲舒是通过《春秋》体认天意，那么京房则是通过《易》来体认天意。例如，辽东高庙灾及高园便殿火，董仲舒便以定公、哀公时火灾相比附，认为宜"退乱臣而用圣人"，而京房说灾异则以《易》为本，以六十四卦编排一年四季十二月三十日，进行比附推论，大政小事都可以《易》说之。

蒙文通曾指出京房易学在精神实质上继承了齐学，他说："《齐诗》之义有五际，卯酉之际为改政，午亥之际为革命。……京房作《易传》曰：'凡为王者，恶者去之，弱者夺之，易姓改代，天命不常，人谋鬼谋，百姓与能。’……京氏亦主受命之说……《京易》之传，犹孟、荀、《齐诗》之说也。”[①] 京房继承齐学制约君权的“革命”精神，利用卦气图式和灾异理论来评析时政，力求去奸用良，实现政治清明，成为汉代经学发展史上的亮点之一。《汉书》京房本传中说：“永光、建昭间，西羌反，日蚀，又久青亡光，阴雾不精。房数上疏，先言其将然，近数月，远一岁，所言屡中，天子说之。”他给元帝的三封奏折，都突出了改善政治的内容。如第一封奏折说：“辛酉以来，蒙气衰去，太阳精明，臣独欣然，以为陛下有所定也。然少阴倍力而乘消息。臣疑陛下虽行此道，犹不得如意，臣窃悼惧。……乃辛巳，蒙气复乘卦，太阳侵色，此上大夫覆阳而上意疑也。……”又如第三封奏折说：“乃丙戌小雨，丁亥蒙气去，然少阴并力而乘消息，戊子益甚，到五十分，蒙气复起，此陛下欲正消息，杂卦之党并力而争，消息之气不胜。强弱安危之机不可不察。……臣前白九年不改，必有星亡之异。臣愿出任良试考功，臣得居内，星亡之异可去。议者知如此于身不利，臣不可蔽，故云使弟子不若试师。臣为刺史又当奏事，故复云为刺史恐太守不与同心，不若以为太守，此其所以隔绝臣也。陛下不违其言而遂听之，此乃蒙气所以不解，太阳亡色者也。……”（《汉书·眭两夏侯京翼李传》）京房曾多次用《易》学“灾异”的办法劝诫元帝，改革弊政，远离奸佞之人，数次上奏折，以明自己忠心为国。然而，最后其以经学改善政治的活动失败了，并以“诽谤政治，归恶天子”的罪名遭杀害。司马光《资治通鉴》卷二十九发议曰：“人君之德不明，则臣下虽欲竭忠，何自而入乎？观京房所以晓孝元（帝），可谓明白切至矣，而终不能寤，悲夫！”

① 蒙文通：《儒家政治思想之发展》，载刘梦溪主编《中国现代学术经典·廖平蒙文通卷》，河北教育出版社 1996 年版，第 546—548 页。

第四章 《春秋》学及其在汉代的文化影响

孔子编纂《春秋》，强调微言大义，旨在张扬礼制观念。左丘明的身份是“鲁太史”“鲁君子”，于孔子为师友，所以更加注重史学中的良史实录传统，重在为《春秋》补充史料。《穀梁传》鲁人穀梁子，其旨亦以礼制为本。《公羊传》则大讲天人之际，带有齐学特色。汉董仲舒继承发扬《公羊传》的基本思想，在汉武帝时期的意识形态转型中发挥了重大作用，并在汉代思想文化的诸多方面产生了重要影响。甚至可以说，没有《春秋》学，就不会产生《史记》这部伟大的史学、文学巨著。

一、《春秋》的主要内容及“笔法”

《春秋》共记鲁国十二公：隐、桓、庄、闵、僖、文、宣、成、襄、昭、定、哀。每公从即位至薨葬，依次纪年，每年记录几件或十几件重要事情。从隐公元年至哀公十四年，共计二百四十二年。虽然历代史官未必有编辑成书之意，只是为了便于后人回忆历史，从中吸取经验教训，才简略地记下了这些能帮助人们回忆的历史线索，具体的史事内容，可能需要口耳相传。但这种以国君断代逐年记载史事的方法，却成为后世编年体史书的基本原则。

《春秋》第一条就是无事而空书“春，王正月”。《春秋》逐年记事，每年必分为四季，虽一季中无事可记，也必书此季首月以充四时之数，书作春正月、夏四月、秋七月、冬十月。全书共有这种记载六十条，前人称为“首时”例，此条中的春字就是此义。最受后人重视的是此条中的王字。《公羊传》由此阐发出《春秋》“大一统”之义，何休更引申出《春秋》“通三统”“黜周王鲁”和“以《春秋》当新王”之说。（见《公羊传》隐公元年及何休《注》）杜预认为这个王字专指周平王，书此“以正《春秋》之始”（《春秋经传集解》）。因每年春皆书“王”字，而桓公年间多缺，《穀梁传》便以为“桓弟弑兄，臣弑君，天子不能定，诸侯不能救，百姓不能去，以为无王之道遂可以至焉尔”。歧说纷纭。其实这个“王”字并无奥义。据说古代曾实行过三种历法，夏以建寅之月（夏历正月）为正，殷以建丑之月（夏历十二月）为正。周以建子之月（夏历十一月）为正。春秋时期的杞、宋分别为夏、殷后裔，理应采用其先祖历制，如封于夏墟的晋国就一直采用夏历，杨伯峻先生《春秋左传注》对此多有说明。鲁人本是姬周分支，但初封时已得到“殷民六族”，且国都在太皞之墟，“因商奄之民”（《左传・定公四年》），即被统治者大部分是殷人，由此可知鲁国内部可能也是两种历制并存。在这种背景下，史官记事要有明确的时间概念，就必须首先明确采用何种历制，否则一定会引起后人阅读时理解歧异。

在周初创建时期，周公旦起了极为重要的作用。作为周公后裔的鲁国，至春秋初期，仍保持着很高的地位，与王室关系也很亲密。在这种时候，鲁史官记事，自然应采用周历。自平王东行，王室地位虽不断降低，但周天子仍是名义上的天下共主，保留着称王的特权。楚、吴之君虽也称王，但在鲁人眼里，他们仍只是楚子、吴子，他们的王号一次也没有出现在《春秋》中。《春秋》中的“王”，无一例外地都是指周天子。所以，《春秋》每年“春王正月”中的“王”字，显然都是指当时的周天子，以此表明此年记事采用的是周历。明确了王字只是《春秋》记事用周历的标志，便可知此后各家所说“大一统”之义，是一种新的发挥。

《春秋》记事以鲁国为“主体”，以他国为“客体”。因为以鲁国为“主体”，记鲁事常称“我”。如记鲁君及夫人葬事,《春秋》均书作“葬我君某公”“葬我小君某某”；鲁国受其他诸侯国或戎狄侵伐，均书作“某某侵我某地”“某某伐我某地”；鲁国军队打了败仗，书作“我师败绩”；鲁使者被其他诸侯国扣押，书作“某某执我行人某某”；宣十年齐人归还强占的鲁国土地，书作“齐人归我济西田”，等等。凡其他诸侯国之人，包括天子使者，不论因何事来到鲁国,《春秋》均书作“来”。如隐元年“祭伯来”，三年“武氏子来求赙”，七年“齐侯使其弟年来聘”，十一年“滕侯、薛侯来朝”，桓十年“齐侯、卫侯、郑伯来战于郎”，等等。凡鲁人到国外去，只要不是被逐或逃亡，均书作“如”。如桓十八年“以与夫人姜氏遂如齐”，庄二十七年“公子友如陈葬原仲”，僖三十年“公子遂如京师，遂如晋”，文七年“公孙敖如莒莅盟”，等等。

《春秋》记载各国顺序，大致贯穿着下面的原则：若有王室代表参加，先序“王人”，其次为历代霸主，齐失霸后仍为大国，常列霸主后，秦后为大国，与齐并列，宋为殷商后裔，曾“于周为客”，在诸侯国中独居公位，列齐、秦之下，卫、蔡、陈、郑继之，再后面是曹、莒、邾、滕、薛、杞等小国。这个原则体现的是以大小为序。但《春秋》中同时贯穿着另一个始终不变的原则：凡有鲁人参加的会盟征伐，一律书作鲁人会某某。《春秋》的这一原则，显然是鲁史官有意突出本国地位，记事时自觉以鲁为主而形成的。

《春秋》中提到的诸侯国和蛮、夷、狄部族共有一百多个，基本上反映出了春秋时代的大格局，并对于中原有较大影响的十几个诸侯国有较多的记载。但《春秋》毕竟是鲁国史官记录，它只是记载与鲁国有关或对鲁国有影响的其他诸侯国之事。既不照顾各国史事的系统全面，也不像《左传》那样对有重要影响的国家和有重大意义的事件做重点记述。如晋、楚、吴、越等国，虽曾先后担任中原争霸主角，但在其影响未及中原之时的春秋前期,《春秋》没有关于这些国家的任何记载，显然是详内而略外。记外诸侯之事，一般只限于卒葬、逐杀和曾参加的会盟征伐活动，其他事件不予记载；而记鲁君之事，除此之外，还记载了即位、婚姻、生病、外出与回到国内，以及观鱼、狩猎等各种活动，几乎真正做到了“君举必书”(《左传·庄公二十三年》)。对外诸侯的夫人与女儿，除与鲁君有关者外,《春秋》一律没有记载；而对鲁君的夫人与女儿，则记载了很多关于她们的成婚、归宁和卒、葬等事。《春秋》对其他诸侯国的灾异现象虽有记载，但为数极少，或因与鲁有关，或因影响极大；而关于鲁国这方面的记载则有一百多条，包括日食、不雨、无冰、大水、雨冰、旱、螟、螽、饥，等等。《春秋》对其他诸侯国的制度变迁没有记载，却记下了鲁国的“初税亩”“作丘甲”“用田赋”“作三军”“舍中军”等。

《春秋》体现出“尊王”的原则。自平王东迁，王室的实际地位虽日趋低微，但终春秋之世，周天子仍是名义上的天下共主，不但一般诸侯国不敢公然与王室抗衡，齐、晋历代霸主也须打出“尊王”的旗帜以号令天下诸侯，即使如骄横不可一世的楚庄王曾“观兵周疆”问鼎之轻重，但也终不敢灭周而招中原诸侯国的共同讨伐。在此背景下，与王室一直比较亲密的鲁人在国史中体现出“尊王”原则，应该是合情合理的。《春秋》记周天子之事，绝大部分书作“天王”，有时也书作“王”，书作“天子”者只有一次，即隐九年“天子使南季来聘”，或为“天王”之误。为体现周天子的独尊地位,《春秋》记楚、吴等称王诸侯一直不书其王号而书作“楚子”“吴子”，并把他们的王子改书作“公子”，为避其称王谥号，又不书其葬。再如记周天子出奔,《春秋》书作“天王出居于郑”，与书鲁君及夫人出奔为孙同意，体现着避讳原则。又如记周天子死亡均书作崩，也与书薨书卒的诸侯区别开来。

《春秋》的写作笔法又称“书法”，左丘明借“君子”之口说：“《春秋》之称，微而显，志而晦，婉而成章，尽而不汙，惩恶而劝善。”(《左传·成公十四年》)“《春秋》之称，微而显，婉而辨。上之人能使昭明，善人劝焉，淫人惧焉，是以君子贵之。”（《左传·昭公三十一年》）既要“微、婉”（不是粗鄙直白的），又要“显、辨”，让读者容易理解、明白，以达到更好的扬善惩恶的目的。《春秋》笔法对史传文学影响很大，清代章学诚说：“史之大原，本乎《春秋》。《春秋》之义，昭乎笔削。笔削之义，不仅事具始末、文成规矩已也。以夫子‘义则窃取’之旨观之，固将纲纪天下，推明大道。所以通古今之变，而成一家之言者，必有详人之所略，异人之所同，重人之所轻，而忽人之所谨，绳墨之所不可得而拘，类例之所不可得而泥，而后微茫杪忽之际，有以独断于一心。及其书之成也，自然可以参天地而质鬼神，契前修而俟后圣，此家学之所以可贵也。”①

二、《春秋》三传的作者与成书情况

关于《左传》的作者与成书情况，司马迁和班固都认为：孔子作《春秋》后，对《春秋》经文的深广含义虽曾向弟子们口授，但由于未形成统一的书面解释文字，因此弟子们便各安其意，理解不同，而有些理解其实并不符合孔子的本意。在此情况下，“鲁君子左丘明惧弟子人人异端，各安其意，失其真，故因孔子史记具论其语，成《左氏春秋》”（《史记·十二诸侯年表》），“丘明恐弟子各安其意，以失其真，故论本事而作传，明夫子不以空言说经也”（《汉书·艺文志》）。班固在《汉书·艺文志》中著录《左传》时亦明确指出作者是“左丘明，鲁太史”，并说左丘明与孔子同时，孔子曾“与左丘明观其史记”。按照司马迁和班固的以上说法，《左传》的作者是与孔子同时的鲁人左丘明。

《左传》一书在汉初是如何出现的，是一个比较复杂的问题。《汉

① 章学诚：《章学诚遗书》，文物出版社1985年影印本，第38页。

书·鲁恭王余传》载，鲁恭王刘余（汉景帝子）“好治宫室，坏孔子旧宅以广其宫，闻钟磬琴瑟之声，遂不敢复坏，于其壁中得古文经传”。这里只笼统地说出自孔壁者是“古文经传”，至于其中是否有《左传》，则不得而知。《汉书·艺文志》载：“武帝末，鲁共（恭）王坏孔子宅，欲以广其宫，而得《古文尚书》及《礼记》《论语》《孝经》凡数十篇，皆古字也。”这里具体指明出自孔壁的四种古文经，其中并无《左传》。许慎《说文解字叙》曰：“壁中书者，鲁恭王坏孔子宅而得《礼记》《尚书》《春秋》《论语》《孝经》。”这里虽具体指明出自孔壁的五种古文经中有《春秋》，但却不是《左传》。王充《论衡·案书》曰：“《春秋左传》者，盖出孔子壁中。孝武皇帝时，鲁共（恭）王坏孔子教授堂以为宫，得佚《春秋》三十篇，《左传》也。”在《论衡·佚文》中，王充又说鲁恭王将孔壁出书之事“上言武帝，武帝遣吏发取”。王充的说法明显与许慎不同，他认为孔壁所出者不是《春秋》经，而是《左传》。

《汉书·河间献王德传》曰，刘德“修学好古，实事求是，从民得善书，必为好写与之，留其真，加金帛赐以招之。繇是四方道术之人不远千里，或有先祖旧书，多奉以奏献王者，故得书多，与汉朝等”。刘德还曾为《毛诗》和《左传》立博士。既为《左传》立博士，则其藏书中当有《左传》。刘德既有与朝廷等量之藏书，而汉武帝又雅好儒术，在即位不久的建元五年（前136）就设置“五经博士”，广泛征揽天下名儒和经籍，加之汉武帝与刘德的关系非常密切，对刘德非常敬重，故刘德向朝廷献书之可能性是存在的。

汉北平侯张苍是秦朝故吏，《汉书·张苍传》曰，张苍“秦时为御史，主柱下方书”，喜欢藏书，于书无所不观，汉高祖时封“北平侯”，而当时萧何为相国，因张苍明习天下图书计籍，又善律历，“故令苍以列侯居相府，领主郡国上计者”。张苍历仕汉高祖至汉景帝四代君主，于景帝前元五年（前152）百余岁乃卒。在仕汉的五十余年间，张苍向朝廷献书之可能性也是存在的。对此，许慎《说文解字叙》说得更为肯定：

“北平侯张苍献《春秋左传》。”

《汉书·儒林传》曰：“汉兴，北平侯张苍及梁太傅贾谊、京兆尹张敞、太中大夫刘公子皆修《春秋左传》。”张苍的《左传》是从秦朝秘密保存下来的，并已献给朝廷，藏于秘府。而贾谊等人与张苍并无师承关系，也不可能看到秘府所藏之《左传》，那么，他们的《左传》得自何处？对此，只能有一个比较合理的解释，即除了张苍之外，还有其他一些人也从秦朝秘密保存了《左传》，但在汉初并未献给朝廷，而是在民间私相传授，贾谊等人的《左传》或即得之于此。

《公羊传》和《穀梁传》的作者、流传过程则相对比较简单、明了。班固在《汉书·艺文志》中著录《公羊传》时曾指出作者是“公羊子，齐人”，颜师古注曰“名高”。又据徐彦《春秋公羊传疏》引《戴宏序》云，战国初期，齐人公羊高受《春秋》于孔子门人子夏，并为《春秋》作“传”，此即《公羊传》。《戴宏序》所述《公羊传》由战国初至汉初的传承关系是：“（公羊）高传与其子平，平传与其子地，地传与其子敢，敢传与其子寿。至汉景帝时，寿乃与其弟子齐人胡毋子都著于竹帛。”据此，则《公羊传》由公羊高在战国初期首创之后，经数百年之口耳相传，至汉景帝时才由公羊寿与其弟子胡毋生（字子都）著于竹帛。但从战国初期至汉景帝时口耳传承《公羊传》者，恐不只是公羊氏五代人，原因有二：一是从战国初期至汉景帝时，三百年左右的时间只传五代，甚觉可疑。一是《公羊传》中有“子沈子曰”“子司马子曰”“子女子曰”“子北宫子曰”“高子曰”“鲁子曰”等语，这说明除公羊氏五代之外，还有其他解经与传经之人。所以，《公羊传》实际是由公羊高于战国初期首创之后，在数百年口耳相传的过程中，经公羊氏历代子孙和历代儒生不断增益补充，至汉景帝时才最后定型并用汉代通行的隶书正式记录成书的。

班固在《汉书·艺文志》中著录《穀梁传》时曾指出作者是“穀梁子，鲁人”。但“穀梁子”何名，则说法各异。颜师古注曰名“喜”，王充《论衡》曰名“寘”，桓谭《新论》及应劭《风俗通》曰名“赤”，阮孝绪《七录》曰“名俶，字元始”。杨士勋《春秋穀梁传疏》则曰：“穀梁子，名俶，字元始，一名赤，受经于子夏，为经作传，故曰《穀梁传》。”即认为战国初期，鲁人穀梁赤受《春秋》于孔子的门人子夏，并为《春秋》作“传”，此即《穀梁传》。《穀梁传》由战国初至汉初的传承关系及何时由何人著于竹帛，记录成书，虽然史无明载，但从《穀梁传》中有“沈子曰”“尸子曰”等语来看，说明除穀梁赤之外，还有其他解经与传经之人。近代学者一般认为，《穀梁传》实际是由穀梁赤于战国初期首创之后，在数百年口耳相传的过程中，经历代儒生不断增益补充，至汉初才最后定型，其用汉代通行的隶书正式记录成书，时间大体与《公羊传》同时或略晚。

三、《春秋》三传在汉代的传播

《公羊传》的编者认为孔子手订《春秋》，是受天之命为“素王”，改周之旧制立《春秋》之新制。因此，《公羊传》叙史事不多，而偏于思想认识上的发挥，即多讲“微言大义”。如《春秋》经“元年春王正月”的记载，《左传》七十一字，叙述隐公是续娶的姬妾所生，桓公则是继配夫人所生，因年幼，所以隐公为政而奉桓公为国君。针对经文，仅用“不书即位，摄也”六字加以说明。而《公羊传》文一百九十五字，重在说明“大一统”的思想，同时还解释了“子以母贵，母以子贵”的原则。我们甚至可以说，《公羊传》的重要特点在于“借题发挥”。

受齐学的影响，《公羊传》中“多非常异义可怪之论”（何休《春秋公羊经传解诂·序》）。所谓“非常异义可怪之论”，着重指的是灾异论。《春秋》记有大量的春秋时代的各种自然灾害及奇异的天象、气象，但对记载灾异的用意未做说明。《公羊传》对《春秋》所记灾异的阐释分为两种：一种是把它们当作异常的自然天象看待，和人事不发生关联。如隐公三年二月己巳，“日有食之”，《公羊传》说：“何以书？记异也”，说日食乃异常天象，故记之。还有一种，《公羊传》把《春秋》所记的灾异当作是天对人的警示、告诫。如僖公十五年九月，雷电击毁了鲁国季氏家臣夷伯的祖庙，《公羊传》说这是“天戒之”，即警告夷伯的僭越行为。又如，《春秋》经宣公十五年云：“冬，蝝生。”《公羊传》发挥说：“未有言蝝生者，此其言蝝生何？蝝生不书，此何以书？幸之也。幸之者何？犹曰受之云尔。受之云尔者何？上变古易常，应是而有天灾，其诸则宜于此焉变矣。”所谓“上变古易常”，何休注云：“上谓宣公，变易公田古常旧制而税亩。”《公羊传》的作者认为，由于鲁国初次实行按田亩收赋税的制度，上天于是降下蝝虫为灾害，鲁国实该受此惩罚，幸而这种天罚还不严重。《公羊传》在天与人的互动关系中，还初步引用了“阴阳”的观念来认识、解决“灾异”问题。《春秋》载，庄公二十五年六月辛未朔：“日有食之，鼓，用牲于社”，《公羊传》解说道：“日食，则曷为鼓用牲于社？求乎阴之道也。”《公羊传》认为，鲁人之所以要敲鼓宰牲祭祀土地神，乃是为了助阳抑阴以消除日食。日为阳，月为阴，日食是日为月遮蔽所致，即阴气太盛而造成的，为了消除日食，就必须助阳抑阴，而土地亦为阴，敲鼓宰牲祭祀土地神，就是为了通过祭祀而压住阴气，从而使太阳重现日光。

汉代从《公羊传》记录成书的汉景帝时期开始，即专为《公羊传》立学官、设博士，首先成为博士的就是《公羊传》大师胡毋生和董仲舒。汉武帝尤为重视《公羊传》，不但自己“尊《公羊》家”，而且“诏太子（戾太子刘据）受《公羊春秋》，由是《公羊》大兴”（《汉书·儒林传》）。贫苦儒生公孙弘因师从胡毋生而精通《公羊传》，在武帝时官至丞相，封为平津侯。董仲舒在武帝时也颇受重视，武帝不但采纳董仲舒根据《公羊传》的《春秋》“大一统”思想所提出的“罢黜百家，独尊儒术”的建议，而且先后任命他为江都王相和胶西王相，晚年归居时，“朝廷如有大议，使使者及廷尉张汤就其家而问之。”（《汉书·董仲舒传》）由于君主重视《公羊传》，因此研治者益众，且多获致名位。

据《汉书·儒林传》载，西汉时研治《公羊传》者，除了胡毋生、公孙弘、太子刘据、董仲舒及其弟子褚大、嬴公、段仲（《史记·儒林列传》作“殷忠”）、吕步舒之外，其他著名人物还有：孟卿、眭孟、严彭祖、颜安乐、王中、公孙文、东门云、冷丰、任公、筦路、贡禹、堂谿惠、冥都、马宫、左咸等。其中成就最著者六人：严彭祖、颜安乐俱师眭孟，分别创立了《公羊传》严、颜之学。冷丰、任公、筦路、冥都俱师颜安乐，分别创立了《公羊传》颜氏学中的冷、任、筦、冥之学。又据《后汉书·儒林列传》及该书其他人物传载，东汉时研治《公羊传》的著名人物有：张霸、丁恭、樊鯈、周泽、钟兴、甄宇、楼望、程曾、张玄、李育、何休等，所治多为《公羊传》严氏学。以上两汉研治《公羊传》者，多因君主的重视而获致高名显位，其中不少人还兼任过《公羊传》博士。

东汉末期桓帝、灵帝之时的何休，专心研治《公羊传》，以十七年时间写成《春秋公羊解诂》，世称“何氏学”。又以《春秋》驳汉事六百余条，妙得《公羊传》本旨。复作《左氏膏肓》《穀梁废疾》以难《左》《谷》二传；作《公羊墨守》，“言《公羊》之义不可攻，如墨翟之守城也”（《后汉书·儒林列传》李贤注）。何休除本胡毋生之条例为《公羊传》作注外，对《公羊传》还有另外两大贡献。第一，著《公羊文谥例》《公羊传条例》，揭示出《公羊传》“三科九旨”“五始”“七等”“六辅”“二类”等义例。从此，人们对《公羊传》的研究才真正有完整系统的义例可循。第二，将《公羊传》按年月附于《春秋》之后，使原来各自单行的《春秋》经与《公羊传》合为一编。此问题有争论，纪昀曰：“三《传》与经文，《汉志》皆各为卷帙。以《左传》附经，始于杜预；《公羊传》附经，则不知始自何人。观何休《解诂》但释传而不释经，与杜异例，知汉末犹自别行……今本以传附经，或徐彦作疏之时所合并欤？”（《四库全书总目·春秋公羊传注疏》）实际的情况是，《公羊传》

对绝大部分《春秋》经文都有解释（有“传”之经），而对极个别的《春秋》经文则无解释（无“传”之经）。从今《十三经注疏》本中之《春秋公羊传注疏》（何休注，即《春秋公羊经传解诂》，徐彦疏）来看，何休对绝大部分有“传”的《春秋》经文确实未直接作注，因为他对《公羊传》“传”文的注释中已间接包含了对《春秋》经文的注释。但对极个别无“传”的《春秋》经文，何休却直接作注。例如《春秋》隐公二年的三条经文是：“春，公会戎于潜”；“秋八月庚辰，公及戎盟于唐”；“十有二月乙卯……郑人伐卫。”这三条经文，《公羊传》均无解释，属于无“传”之经，而何休却对其直接作注。因此，何休并不是纪昀所说的“但释传而不释经”，而是经传兼释。既然何休经传兼释，则说明将《公羊传》按年月附于《春秋》经之后，使经传合为一编者，始自何休。所以，何休乃是两汉《公羊传》研究之集大成者。

《穀梁传》也为汉儒所重视。《史记·儒林列传》曰“瑕丘江生为《穀梁春秋》”，认为汉代最早研治《穀梁传》者是瑕丘人江生。而《汉书·儒林传》则曰“瑕丘江公（“江生”）受《穀梁春秋》及《诗》于鲁申公”，认为汉代最早研治《穀梁传》者是鲁人申培。但从二人的实际贡献看，申培是汉代今文经《鲁诗》的开创者，其主要贡献在《诗》；而江公研治今文经《春秋穀梁传》的成就大于申培，其主要贡献在《春秋》。江公在汉武帝时与《公羊传》大师董仲舒齐名，武帝曾命江公与董仲舒分别就《穀梁传》和《公羊传》各抒己见。董仲舒通五经，能持论，善属文，而江公口讷，表达不如董仲舒。丞相公孙弘本治《公羊传》，经过比较，赞同董仲舒的观点，武帝遂更尊《公羊传》。但太子刘据在奉诏精通《公羊传》之后，又私下从江公研治《穀梁传》。

据《汉书·儒林传》载，西汉时研治《穀梁传》者，除了申公、江公、太子刘据之外，其他著名人物还有：荣广、皓星公、蔡千秋、小江公（江公之孙）、周庆、丁姓、刘向、尹更始、王亥、申章昌、房凤、胡常、萧秉等。其中尹更始、胡常、申章昌、房凤分别创立了《穀梁传》

尹、胡、申章、房氏之学。以上西汉研治《穀梁传》者，多为汉宣帝时人，且多因君主的重视而获致高名显位，其中不少人还兼任过《穀梁传》博士。

史载，汉宣帝自民间即位后，听说祖父（戾太子刘据）喜好《穀梁传》，自己也就喜好《穀梁传》。《穀梁传》是鲁人穀梁赤首创，而汉宣帝的丞相韦贤、少府夏侯胜、侍中史高，皆为鲁人，他们又共同建议汉宣帝大兴《穀梁传》，宣帝遂更重视《穀梁传》。为了大兴《穀梁传》，宣帝曾选郎官十人专门学习，先后命蔡千秋、小江公、刘向、周庆、丁姓为师，详加讲授，自元康年间始讲，至甘露元年（前53年）积十余岁，十郎官皆大明习。经过多年准备之后，汉宣帝在甘露三年（前51年）召开会议，“诏诸儒讲五经同异，太子太傅萧望之等平奏其议，上亲称制临决焉”（《汉书·宣帝纪》），这就是著名的石渠阁会议。石渠阁会议在“讲五经同异”之同时，重点是“平《公羊》《穀梁》同异，各以经处是非”（《汉书·儒林传》），即组织《公羊传》与《穀梁传》的辩论会，让萧望之、韦玄成（韦贤之子）等十一人以《春秋》经义判其是非。《公羊传》一方参加辩论的有严彭祖、申輓、伊推、宋显、许广，共五人；《穀梁传》一方参加辩论的有尹更始、刘向、周庆、丁姓、王亥，也是五人。辩论涉及三十余事，结果“望之等十一人各以经谊对，多从《穀梁》，由是《穀梁》之学大盛”（《汉书·儒林传》）。从此，汉宣帝正式决定在原有今文经博士的基础上，增立“《梁丘易》、大小夏侯《尚书》《穀梁春秋》博士”（《汉书·宣帝纪》），而担任《穀梁传》博士者就是参加辩论会的周庆、丁姓。尽管汉宣帝在石渠阁会议之前实际已征小江公为《穀梁传》博士，但石渠阁会议对《穀梁传》来说仍然意义重大。由于石渠阁会议是由诸儒共论五经同异而最后由汉宣帝亲自评判裁定的，因此，会议正式决定为《穀梁传》立学官，设博士，便标志着《穀梁传》正式获得了显学地位。

《左传》在汉代的传播，西汉时的著名人物有：张苍、贾谊、张敞、刘公子、贯公、贯长卿、张禹、尹更始（兼治《穀梁传》）、尹咸、翟方进、房凤（兼治《穀梁传》）、胡常（兼治《穀梁传》）、贾护、陈钦、王莽、刘歆等。（据《汉书·儒林传》）东汉时研治《左传》的著名人物有：郑众、郑兴、陈元、李封、贾逵、马融、郑玄、服虔、颍容、谢该等。其中成就最著者是贾逵、马融、郑玄、服虔。（据《后汉书·儒林列传》）两汉研治《左传》者虽不乏著名人物，尤其在东汉还出现了不少大师级的人物，但《左传》在汉代受君主重视的程度却始终不如《公羊传》和《穀梁传》。汉代君主为《左传》立学官，设博士，只有短暂的两次。第一次是西汉末年的平帝时期。当时王莽执政，刘歆受到重用，他趁机劝王莽兴立古文经。王莽本来就从陈钦受过《左传》，执政之后，又出于托古改制及附会古经的需要，于是在元始四年以平帝名义为《左传》《毛诗》《逸礼》《古文尚书》等古文经立学官，设博士。但不久刘秀建立东汉，废除王莽的一切制度，《左传》等古文经之学官及博士亦均被废除。第二次是东汉初年的光武帝时期。当时古文经学家陈元与今文经学家范升曾就是否应为《左传》立学官、设博士进行过激烈争论。最后，光武帝为了收揽安抚古文经学家而不得已采纳陈元的建议，为《左传》立学官，设博士。但不久，《左传》博士李封病卒，光武帝难违今文经学家之意，不再补立《左传》博士。除了以上短暂的两次之外，在两汉的绝大部分时间里，《左传》及其他古文经均未获得官方地位，只能私相传授。

四、董仲舒《春秋》公羊学的思想文化影响

董仲舒继承发扬《公羊传》的基本思想，在汉武帝时期的意识形态转型中发挥了重大作用，并在思想文化的诸多方面产生了重要影响。

董仲舒所著《春秋繁露》十七卷，对《春秋》公羊学加以归纳推阐

并融合阴阳家、黄老和法家的思想，构建了自己的理论体系，标志着汉代公羊学理论体系的初步形成。董仲舒《春秋》公羊学的思想内涵主要包括以下数端：

其一，张三世、通三统。这是董仲舒借助夏商周三代兴替来阐释变易的理论。《春秋繁露·三代改制质文》中说："王者必受命而后王，王者必改正朔、易服色、制礼乐，一统于天下，所以明易姓非继仁，通以己受之于天也。"即新的王朝替代旧的王朝时，为了表示自己是受命于天，就要改正朔、易服色、制礼乐。商初"应天变夏作殷"与周文王"应天变殷作周"都是如此。以此推之，汉王朝的建立也是如此。变易不仅表现为王朝的更替，在一个王朝内不同的历史时期的治国方法和制度也会发生变化。因此，汉董仲舒向汉武帝提出了一系列创建新制度的设想。公羊学的"张三世""通三统"正是为适应这一需要而提出的。

其二，大一统与君权神授。自春秋战国以来，诸侯割据，征战频仍，统一成为人们的迫切愿望。秦汉统一后，需要在理论上对大一统进行阐释，《公羊传》在隐公元年正月曰："何言乎王正月？大一统也。"于是董仲舒进一步发挥，提出："《春秋》大一统者，天地之常经，古今之通谊也。"（《汉书·儒林传》）把大一统看作是天地间经久不变的原则。与大一统相对应的是君权神授，《春秋繁露·符瑞》篇中说："有非力之所能致而自至者，西狩获麟，受命之符是也，然后托乎《春秋》正不正之间，而明改制之义。"在《天人三策》中，更是以公羊学理论把《春秋》的微言大义进行了尽情的发挥，在解释《春秋》首书"春王正月"时说："《春秋》之文，求王道之端，得之于正，正次王，王次春。春者，天之所为也；正者，王之所为也。其意曰上承天之所为，而下以正其所为，正王道之端云尔。"认为君主是承天运以行政事，任何政治行为都是上天安排的，因此，君权神授。天不变，道亦不变。

其三，天人感应。天人感应是董仲舒公羊学理论的重要组成部分，他把天看成是一种有意志，能支配自然和人事的神秘力量，而且人们的行为也能感应上天。并在理论框架下，构建起了维护汉代封建统治的伦理秩序。即“天子受命于天”，而后“诸侯受命于天子，子受命于父，臣妾受命于君，妻受命于夫”（《天人三策》），从而把封建的等级制度神圣化。在君主专制体制下，君权至高无上，不受任何制约。董仲舒利用天人感应理论，对君主的行为进行规谏，在当时条件下有其进步的一面。《春秋》中记载了许多日食、地震、陨石、虫灾、雹灾等自然界的异常现象，但是只记而不评说。董仲舒在《春秋繁露》中借题发挥说：“《春秋》之所讥，灾害之所加也；《春秋》之所恶，怪异之所施也。书邦家之过，兼灾异之变，以此见人之所为，其美恶之极，乃与天地流通而往来相应，此亦言天之一端也。”（《春秋繁露·为人者天》）又说：“小者谓之灾，灾常先至而异乃随之。灾者，天之谴也，异者，天之威也。谴之而不知，乃畏之以威。”（《春秋繁露·必仁且智》）他说：“以观天人相与之际，甚可畏也。国家将有失道之败，而天乃先出灾害以谴告之，不知自省，又出怪异以警惧之，尚不知变，而伤败乃至。”（《汉书·董仲舒传》）从而把纯粹的自然现象与政治行为联系起来。这是董仲舒对春秋公羊学的贡献。

其四，德刑并用。董仲舒在政治思想上主张德治，他说：“国之所以为国者，德也。”（《春秋繁露·保位权》）要实现德治，最主要的前提条件是君主有德，以德安民。“君者，民之心也；民者，君之体也。心之所好，体必安之；君之所好，民必从之。”（《春秋繁露·为人者天》）君主要与民同欲，急百姓所急，乐百姓所乐，如果君主对百姓无德，百姓自然会离他而去。董仲舒在主张德治的同时，也注重刑罚，倡导以德为主、辅之以刑的治国理念。他认为：“刑罚不中，则生邪气。”（《汉书·董仲舒传》）因此治国理民，务必要刑法公正。关于德与刑的关系，董仲舒比之于阴阳，阳为德，阴为刑，阴阳调和才能万物茂盛，德刑得当才能国泰民安。他说：“天道之大者在阴阳，阳为德，阴为刑，刑主杀而德主生。以此见天之任德而不任刑也。”（《汉书·董仲舒传》）董仲舒以阴阳调和阐释德刑并用思想，是先秦鲁地儒家思想与齐地阴阳学说相结合的产物[①]。董仲舒把先秦鲁地原始儒学的德刑理念以齐学的阴阳学说加以阐释，并结合西汉王朝的实际情况，提出了德刑关系就是阴阳关系。治国理民要以德为主，辅之以刑。否则，就会阴阳失调，社会失序。因此我们说，董仲舒的德刑理论，实渊源于齐鲁文化。

董仲舒对公羊学理论的发挥，使公羊学和汉武帝时期的文化转型紧密联系起来。因此公羊学备受重视。加之丞相公孙弘精于公羊学从而为公羊学依托政治提供了条件。当时，山阴瑕丘（今山东兖州）江生善治《春秋穀梁传》，"上使与仲舒议，不如仲舒。而丞相公孙弘本为公羊学，比辑其义，卒用董生。于是上因尊公羊家，诏太子受《公羊春秋》，由是《公羊》大兴。"（《汉书・儒林传》）汉武帝时设五经博士，《春秋》博士实际上是公羊学博士。自此以后，公羊学取得了独尊地位，从而为汉武帝时期的文化转型奠定了基础。

由于官方的支持，董仲舒公羊学理论成为最具权威的学说。因此公羊学常常会在政治实践中被作为政治行为的理论依据，从而形成了两汉政治文化的一大特色。在两汉政治生活中，董仲舒公羊学几乎无孔不入，当朝政大事疑难不决时，每每以公羊学作为依据来解决。唐晏在《两汉三国学案》中说："考两汉以来，《春秋》以公羊为最盛。凡朝廷决大疑，人臣有献替，必引《春秋》为断，而所尊者，《公羊》家言也。"[②]在处理统治阶级内部矛盾时，常依《公羊》家之义。如汉武帝元鼎初年，博士徐偃奉命巡视东方郡国，私自以朝廷的名义，允许胶东和鲁国自由煮盐炼铁。徐偃回到京师，被任命为太常丞。当时主管刑狱的御史大夫张汤认为徐偃盗用朝廷名义，罪当处死。汉武帝认为张汤所言

---

① 产生于鲁地的《论语》中就有关于德治与刑治关系的论述，如说："为政以德，譬如北辰，居其所而众星共之"；"导之以政，齐之以刑，民免而无耻"。（《论语・为政》）

② 唐晏：《两汉三国学案》，中华书局 1968 年版，第 443—444 页。

有理，并以此责备徐偃。徐偃辩解说："《春秋》之义，大夫出疆，有可以安社稷存万民，专之可也。"（《汉书·徐偃传》）张汤虽然定徐偃有罪，却驳不倒徐偃。朝廷命终军进行驳难，终军同样引《春秋》之义反驳徐偃说："古者诸侯国异俗分，百里不通，时有聘会之事，安危之势，呼吸成变，故有不受辞造命专己之宜。今天下为一，万里同风，故《春秋》'王者无外'。偃巡封域之中，称以出疆何也？"从而指出徐偃的所谓"出疆"，违背了《春秋》大一统之义。况且徐偃在请示三次未得到批复时，竟"直矫作威福，以从民望，干名采誉"（以上文引见《汉书》终军本传）。对维护皇帝的绝对权威不利。徐偃对终军的驳难无言以对，不得不服罪。又如汉昭帝始元五年，有人自称是卫太子，长安中吏民围观者数万人。右将军勒兵阙下，以备非常。丞相御史中二千石，莫敢发言。京兆尹隽不疑赶到后叱令从吏将其收缚，有人认为真假未辨，不可妄动。隽不疑发挥公羊学理论说："诸君何患于卫太子，昔蒯聩违命出奔，辄距而不纳，《春秋》是之。卫太子得罪先帝，亡不即死，今来自诣，此罪人也。"（《汉书》隽不疑本传）及时将假冒者缚送诏狱，平息了假卫太子风波。

在处理民族关系上，《公羊传》主张："内其国而外诸夏，内诸夏而外夷狄"，"诸夏"即处于先进社会阶段的中原地区，"夷狄"即中原以外的相对落后的地区。自春秋以来，夷狄时常袭扰中原，因此孔子对管仲"尊王攘夷"持推崇态度。《公羊传》也称齐桓公北伐山戎、南服荆楚是王者之事。值得注意的是公羊学理论中的诸夏和夷狄并不是以种族来区分，而是以文明进化程度来确定。从公羊学的变易思想看夷狄、诸夏是可以变化的，所以董仲舒说："《春秋》无通辞，从变而移，今晋变而为夷狄，楚变而为君子，故移其辞以从其事。"（《春秋繁露·竹林》）公羊学的这一思想对于民族关系的处理具有积极意义。汉武帝时，司马相如为使通西南夷，有人认为这是"割齐民以附夷狄"，意即损割四川各郡利益而给夷狄好处。司马相如针对这种观点说："必若所云，则是蜀不变服而巴不化俗也。”巴蜀原处于“夷狄”的落后地位，接受了中原先进文化，就变成了中国的一部分。以《春秋》之义处理西南夷问题，在当时无疑具有重大的进步意义。

第五章 《尚书》学及其在汉代的思想文化影响

《尚书》是我国古代最早的历史文件汇编，秦以前称《书》。《尚书》一名起于西汉，“尚”古通“上”，因言上古以来之书故称《尚书》。因是儒家经典之一又称《书经》。《尚书》记事上自唐尧下至春秋初年，体例主要有典、谟、诰、训、誓、命六种，相当于后世的诏令奏议，用通行雅言记录。刘知幾所谓“《书》之所主，本于号令，所以宣王道之正义，发话言于臣下”。(《史通·六家》）此言盖有所本，《汉书·艺文志》六艺略《书》序：“《书》者，古之号令”，《春秋》序：“左史记言，右史记事，事为《春秋》，言为《尚书》。”不过，作为记言体史书，《尚书》的体例是不纯的。刘知幾认为《尚书》作为记言体史书，所载应是“典、谟、训、诰、誓、命之文”，但其中“《尧》《舜》二典，直序人事，《禹贡》一篇，唯言地理，《洪范》总述灾祥，《顾命》都陈丧礼，兹亦为例不纯者也”。(《史通·六家》）也就是说，《尚书》记言记事兼而有之。

一、《尚书》的流传情况概说

《尚书》有《今文尚书》与《古文尚书》之分。《今文尚书》二十九篇，包括《虞书》《夏书》《商书》《周书》。《虞书》《夏书》大约是周初史官所写，追述虞夏时的事迹。《商书》有一部分可能是商代的文件，如

《盘庚》篇是盘庚时代的。《周书》大部分是周人所写，其中记述了周公旦的言论。《今文尚书》有二十八篇为秦伏生所传。据司马迁《史记·儒林列传》载："伏生者，济南人也，故为秦博士。孝文帝时，欲求能治《尚书》者，天下无有，乃闻伏生能治，欲召之。是时伏生年九十余，老，不能行，于是乃诏太常使掌故晁错往受之。秦时焚书，伏生壁藏之。其后兵大起，流亡，汉定，伏生求其书，亡数十篇，独得二十九篇，即以教于齐鲁之间。学者由是颇能言《尚书》，诸山东大师无不涉《尚书》以教矣。"康有为说："云二十九篇者，盖《泰誓》后得，后人忘其本原，轻改《史记》八字为九字，必非史迁原文。"[①] 二十八篇是用当时汉隶抄录的，所以叫《今文尚书》。第二十九篇《泰誓》为后人增益。王充《论衡·正论》篇说："至孝宣皇帝之时，河内女子发老屋，得逸《易》《礼》《尚书》各一篇，奏之。宣帝下示博士，然后《易》《礼》《尚书》各益一篇，而《尚书》二十九篇始定矣。"这部书在汉代传人有欧阳和大小夏侯三家，均列于学宫，内容比较可靠。

《古文尚书》出于汉武帝末年。武弟之弟鲁恭王刘余扩充其王宫，拆孔子宅，从孔壁中发现了一部用蝌蚪文写成的《尚书》。孔子第十一世孙孔安国拿它与伏生传《今文尚书》比较，多出十六篇连序一篇共四十六篇。整理后称为《尚书孔传》，因此书用篆体写成又称《古文尚书》。此书在王莽时始立于学宫，东汉逐渐盛行有郑玄本传世。《后汉书·儒林列传》说："扶风杜林传《古文尚书》，林同郡贾逵为之作训，马融作传，郑玄注解，由是《古文尚书》遂显于世。"郑玄把同于今文的二十九篇分为三十四篇，把逸书十六篇分为二十四篇，共五十八篇。多出的十六篇因没人能看懂，一直藏在皇家藏书室内，东汉后这部书就散佚了。至东晋元帝时，豫章内史梅赜向朝廷又献上一部自称是孔安国作传的《古文尚书》。此书分二十九篇为三十三篇，十六篇为二十五篇，加书序共

---

① 康有为：《新学伪经考》，古籍出版社 1956 年版，第 30 页。

五十九篇，总篇数与郑本同篇目不同。唐孔颖达修《尚书正义》即用梅本，以后又收入《十三经注疏》。宋代吴棫作《书稗传》对梅本提出怀疑，理由是文字平易，不像周秦文词。明代梅鷟作《尚书考异》从内容上考证其为伪作。清阎若璩用三十年时间写成《古文尚书疏证》，引经据典，列一百二十八条，一一举出其作伪之据。惠栋作《古文尚书考》做补充，说明梅赜本乃魏晋人伪造，于是梅本作伪之迹遂成定案。现通行本《尚书》五十九篇中，剔除二十五篇伪作，加上书序共二十六篇。

二、《尚书》的政治思想

章学诚说："典、谟、训、诰、贡、范、官、刑之属，详略去取，惟意所命，不必著为一定之例焉，斯《尚书》之所以经世也。"（《文史通义·书教上》）又谓孔子删定《尚书》，"取其疏通知远，足以垂教矣"（同上）。也就是说，《尚书》实际上是一部"经世"之书，是讲政治的。《尚书》的思想比较集中地体现在以下几方面：

第一，敬德保民思想。周代初期的统治者以史为镜，认识到夏殷失国，"惟不敬厥德，乃早坠厥命"（《召诰》）。因此，产生了以统治者有无"德"，作为"祈天永命"之根本的思想萌芽。在《尚书》有关篇章中，循循告诫："不可不监（鉴）于有夏，亦不可不监（鉴）于有殷"（《召诰》）；"别求闻由古先哲王，用康保民，弘于天，若德裕乃身，不废在王命"（《康诰》）；"肆惟王其疾敬德，王其德之用，祈天永命。"（《召诰》）可以说，把"德政"与国家兴亡联系起来，是对神权政治的根本改造。另外，周代统治者重视"德"，其更重要的一点是不仅把"德"和"天"的好恶相联系，而且与"民意"相结合。提出只有推行"德政"，才能得"民心"，"肆王惟德用，和怿先后迷民，用怿先王受命"（《梓材》）。周公对召公的诰辞《君奭》篇中，重点分析了"天"和"人"的关系。对于天，虽然仍不忘要“念天威”，但却反复强调不要完全依赖于“天”，因为“天难谌”，“天不可信”。对于人，则认为“我亦不敢宁于上帝命，弗永远念天威越我民；罔尤违，惟人”，即人民不会无缘无故产生怨恨情绪，一切都在人为。并且把民情与为政紧密联系起来。“天畏棐忱，民情大可见。”（《康诰》）在如何保民的问题上，周公提出，君子须“无逸”，不能贪图安逸享受；须“知稼穑之艰难”，体察“小人之依”，进而“保惠于庶民”（《无逸》）。

第二，明德慎罚思想。《尚书》中，在重点讲述“敬德保民”思想的同时，又把“德”和“罚”联系起来，形成了“明德慎罚”思想。明德慎罚思想，是在经历多次阶级对抗后，统治阶级对人民力量有所认识的前提下产生的。周公总结历史经验，发出了“天畏（威）棐忱”“小人难保”的哀叹。认识到只有“德裕乃身”“敬明乃罚”，才能“不废王命”。要求统治者把“明德慎罚”作为一条重要原则去遵守。

怎样才能做到“明德慎罚”呢？《尚书》重点阐述了几点。首先，要选择有道德的人，建立法度。历史上夏桀殷纣任刑弃德，以至于上下效尤，毁政失国。周代统治者鉴于此，提出要“荒度作刑，以诘四方”（《吕刑》），“兹式有慎，以列用中罚”（《立政》），即要制定适度的刑法，慎重地按照法律行事。其次，在定罪量刑方面，主张明察兼听、力戒贪赃枉法、斟情量刑等审理原则。在审理案件时要做到“罔不中听狱之两辞”（《吕刑》），兼听当事双方的供词，对于没有佐证的单方面言辞，要认真察辨。考察供词，不能凭一时冲动断案，要“服念五六日，至于旬时”（《康诰》），对供词要有分析考虑的过程，要认真审核。在审理案情中，“惟官，惟反，惟内，惟货，惟来，其罪惟均，其审克之”（《吕刑》），如果依仗权势，乘机报恩怨，或惧怕权威、贪图贿赂，随意接受请求，审理人应与犯人同罪。《尚书·吕刑》篇把惩罚分作三大类：五刑、五罚、五过。三类中最重的是五刑，其次是五罚，最轻的是五过。如何定刑定罚定过呢？“人有小罪，非眚，乃惟终，自作不典，式尔；

有厥罪小，乃不可不杀。乃有大罪，非终，乃惟眚灾，适尔，既道极厥辜，时乃不可杀。”（《康诰》）就是说，定刑罚轻重，不仅仅视其罪恶大小，还要看是否是故意犯罪或重复犯罪。如果是故意犯罪，屡次犯罪，罪行虽小，也要加以重刑；假如不是故意犯罪，又是偶而犯之，并知罪悔改，罪行虽大，也不能重罚。

第三，任用贤能思想。在《尚书·立政》篇中，周公总结了夏殷两代和周文王、周武王用人理政的经验教训，重点阐述了用人理政的原则，确立了用有德有才的贤能勤政理政的基本思想。怎样才能做到用贤能呢？首先，要严格考察官吏。查其在政务、理民、执法三方面的政绩，查其是否忠于职守，辨其心地是否贤明。其次，要严格选拔人才。按照政务、理民、执政三方面的政绩优劣，去选拔可用人才。不可以貌取人，不能以个人好恶选人，否则就要失去贤人。要远离贪私利的小人，任用贤能治理国家，所谓“继自今立政，其勿以憸人。其惟吉士，用励相我国家。”再次，要充分发挥德才贤士的作用，提出对于臣属，特别是有关司法方面的事情，不要自作主张，代替官员发布命令；对于管理臣民的事情，特别是处理监禁一类的事情都要根据有关方面官吏的意见做出决定，不能做不适当的干涉。

从史学思想的角度看，《尚书》反映了当时人们对历史经验的总结，它把夏、殷、周三代的兴替联系起来考察，不把它们看作是彼此不相联系的偶然现象，力图从中找出三代更替的某种因果联系，并试图通过历史盛衰的考察，来构想未来社会的发展方向。

三、《尚书》在汉代的思想文化影响

《尚书》在汉代的思想文化影响，突出地表现在天人观念上。在《尚书》中，“天”是有意志的存在，无时不在监察、指导、干预着人间之事。“天佑下民，作之君，作之师”（《泰誓》）；“皇天眷命，奄有四海，为天下君”（《大禹谟》）；“天惟时求民主，乃大降显休命成汤……天惟式教我用休，简畀殷命，尹尔多方。”（《多方》）汉代的经学家尤其今文经学家，利用《尚书》的天人观念来经世致用，为现实政治服务，最著名的是夏侯胜以《洪范》“察变”。据《汉书·眭两夏侯京翼李传》载：

> （夏侯）胜少孤，好学，从始昌受《尚书》及《洪范五行传》，说灾异。后事蔺卿，又从欧阳氏问。为学精孰（熟），所问非一师也。善说礼服。征为博士、光禄大夫。会昭帝崩、昌邑王嗣立，数出。胜当乘舆前谏曰：“天久阴而不雨，臣下有谋上者，陛下出欲何之？”王怒，谓胜为妖言，缚以属吏。吏白大将军霍光，光不举法。是时，光与车骑将军张安世谋欲废昌邑王。光让安世以为泄语，安世实不言。乃召问胜，胜对言：“在《洪范传》曰‘皇之不极，厥罚常阴，时则下人有伐上者’，恶察察言，故云臣下有谋。”光、安世大惊，以此益重经术上。

夏侯胜之言，幸亏是在经学大盛的背景中，否则难免会受到霍光等的怀疑。另一个著名的例子是平当以《禹贡》治河。《汉书·平当传》载，平当“以经明《禹贡》，使行河，为骑都尉，领河堤”。颜师古注：“《尚书·禹贡》载禹治水次第，山川高下，（平）当明此经，故使行河也。”

《尚书》影响汉代作家，以司马迁最为显著。《史记》三代史事多取《书序》为说，博采与《尚书》有关的经纪、经传，如《五帝德》《帝系姓》《尚书大传》等，作为经文的补充。《尚书》的政治观对司马迁著《史记》有显著影响，《尚书》中“绝大部分积极进步的内容都被司马迁写入《史记》之中，虽然这些上古帝王的政治举措早已成为历史陈迹，但它绝非历史博物馆的展品，而是作为活着的历史、活着的文化传统、活着的政治风范，而对后人起着无比的垂范作用”[①]。《尚书》认识到帝王敬德保民、任用贤能等对巩固政权的重要意义，对司马迁有直接影响，如《楚元王世家》中引用《逸周书》中的话，说“安危在出令，存亡在所任”，指出任用贤人的重要。《夏本纪》记禹治水，说“禹乃遂与益、后稷奉帝命，命诸侯百姓兴人徒以傅土，行山表木，定高山大川”，指出禹治水成功是依靠了百姓的力量。基于这种认识，司马迁在《刘敬叔孙通列传》中说“三代之际，非一士之智也”，认为夏商周三代的兴亡，不是某一位帝王或贤能之士所决定的，而是整体民意的力量在起作用。

① 陈桐生：《儒家经传文化与史记》，洪叶文化事业有限公司2002年版，第302页。

第六章　礼学、三《礼》及其思想文化影响

在周、秦、汉三代，“礼”几乎是无所不包的社会生活的总规范，影响至制度、器物、行为、观念、心态各个层面，可以说，当时社会中处处有礼学。广义的礼学，是对礼的本质、价值、功能和历史作用等问题进行理论性的论证和阐发。狭义的礼学则指《礼》经之学，亦即三《礼》（《仪礼》《礼记》《周礼》）之学。我们认为，经学意义上的礼学应该既包括广义的礼学，也包括狭义的三《礼》之学。

一、先秦两汉礼学的历史发展

什么是礼？高亨先生把它解释为“社会制度和风俗仪式”[①]，李泽厚先生谓为“原始巫术礼仪基础上的晚期氏族统治体系的规范化和系统化”[②]。礼学的产生，首先缘起于礼的传统和礼治的实践。考古资料表明，属于夏文化性质的二里头文化的墓葬出土了许多礼器，且按一定组合方式下葬，表明这是一种礼制，礼制是文明起源的标志之一。无论用文献资料来衡量，或者以考古资料来证实，我国历史上都存在过“夏礼”“殷

① 高亨：《孔子思想三论》，载《哲学研究》1962 年第 1 期。

② 李泽厚：《孔子再评价》，载《中国社会科学》1980 年第 2 期。

礼”和“周礼”，周礼则是三代之礼的集大成者。后来产生的礼学正是以周礼为根基，并以阐述周礼精神为宗旨的一门学问。春秋时期，礼学得到重大发展，则有《左传》可证。据《春秋经传引得》，《左传》出现“礼”字凡四百六十二次，另外还有“礼食”礼书”“礼经”“礼秩”各一次，“礼仪”三次。春秋时期社会发生激烈的震荡，用宗法奴隶制的眼光来观察问题，卫道者们发出了“天下无道”的慨叹。社会处于无序状态，其变化的深刻程度已触及各个方面，当然包括对礼制的冲击，一部《春秋左传》处处记载了“礼坏乐崩”的事实。学士们萌发出忧患意识，为支撑礼制体系而制造舆论。关于礼、礼制和礼治问题，成了春秋战国时代知识界普遍关心的热点问题。

孔子三十岁左右就因对礼的研究而在社会上享有盛名。他曾对礼学发展的历史下过一番苦功夫，并发现了其中的规律。他说：“殷因于夏礼，所损益可知也；周因于殷礼，所损益可知也。其或继周者，虽百世，可知也。”（《论语·为政》）孔子认为，礼学发展的规律就是因、损、益。周礼是因循夏、殷之礼并有所损益而来的，综合了二者的长处，因而他说：“周监于二代，郁郁乎文哉！吾从周。”（《论语·八佾》）

《论语》中谈礼的话凡七十五条，有不少是与赞扬、提倡和维护周礼有关的。如祭神之礼，过去是天子、诸侯、大夫、士各有祭祀的范围，不允许人们乱祭。春秋时期发生祭祀不按等级的现象，对此，孔子是反对的。他说：“非其鬼而祭之，谄也。”（《为政》）不是自己应该祭祀的鬼神，却去祭祀它，这是献媚。又：“季氏旅于泰山……子曰：‘呜呼，曾谓泰山不如林放乎？’”“旅”，祭名。林放，鲁人。泰山在鲁国境内，古时天子得祭天下名山大川，诸侯祭山川之在其境内者。季氏不过是鲁国的大夫，旅于泰山，不惟僭越鲁侯，还僭越周天子，因此孔子讽刺他说：难道泰山神还不如林放吗？意思是，倘若泰山神能像林放那样聪明，它是不会接受季氏的谄祭的。又如关于告朔之礼。《八佾》篇载：“子贡欲去告朔之饩羊。子曰：‘赐也，尔爱其羊，我爱其礼。’”“告朔”

是古代的一种礼制，指每年秋冬之交，周天子把第二年的历书颁给诸侯。历书的内容包括有无闰月，每月的初一（朔）是哪一天。因之叫“颁告朔”。诸侯接受了这一历书，藏于祖庙，每逢初一，便杀一只活羊祭于庙，然后回到朝廷听政。春秋末期，礼坏乐崩，许多诸侯并不按传统规矩办事，子贡甚至连“告朔”的“饩羊”也要免掉，于是遭到了孔子的嘲讽。又如，三年守丧之礼，也是周礼中的一项规定，孔子的弟子宰我认为“三年之丧，期已久矣。君子三年不为礼，礼必坏；三年不为乐，乐必崩”，因而谓“旧谷既没，新谷既升，钻燧改火，期可已矣”（《阳货》），孔子斥之为“不仁”。

孔子提倡礼，尤其注重对君王权威的维护，对等级关系的认定。前者意味着国家权力的集中，后者则意味着国家统治机构的严密和健全，它们都是社会历史发展到一定阶段才可能出现的。从国家机构的设置来看，夏代官员不过百十余人。《礼记·明堂位》：“夏后氏官百”，郑注《昏义》曰：“天子立六官、三公、九卿、二十七大夫、八十一元士，盖谓夏后氏也。……夏后氏官二十。”由此看来，所谓夏之朝政，只是初具国家形态；殷商时期，初设三公五官，然王室迁徙无常，又尚鬼信巫，并未形成严格的等级制度。到了周代，为了稳固君王的权威，统治者“以九仪之命，正邦国之位”（《周礼·春官·大宗伯》），上自诸侯，下到一般官吏，分为卿、大夫、士等九个等级，由此构成了对君王的层层服从。君王权威的确立，等级关系的认定，以及典章制度的健全，说明我国的君王制到了周代，已摆脱了原始的初级阶段，进而形成一种完备严密的国家形态。正因为如此，孔子才对它倍加赞赏。

不过，孔子并没有要人们亦步亦趋地效法周代的一切，而是把最能体现其文明特征的周礼作为关注的中心内容，并把它的基本精神概括为八个字，即“君君、臣臣、父父、子子”。所谓君君臣臣，就是说君要像个君，要有威信，有威严；臣要像个臣，要忠诚，要服从，明确严格的君臣等级关系。这是稳定国家政治秩序、保持君王的政治措施能够得到顺利贯彻执行的前提。其实，君臣关系问题，也就是孔子所说的“正名”问题：“名不正，则言不顺；言不顺，则事不成；事不成，则礼乐不兴；礼乐不兴，则刑罚不中；刑罚不中，则民无所措手足。”（《论语·子路》）这里，孔子指出了“名不正”即“君不君、臣不臣”可能带来的一系列严重恶果。名位的不正，绝不只是君王个人的问题，伴随而来的，将是整个社会秩序的混乱。孔子这一认识，是符合当时历史发展的实际情况的。

君王的权威，本质上还是全社会赋予的。而君臣关系，实际上也就是政府官员同国家最高权力之间的关系，维护君王的权威，就是维护国家的权威。所以孔子又特别强调臣对君的忠：“君使臣以礼，臣事君以忠。”（《论语·八佾》）事君以忠，实际上就是对国家的忠诚。正因为如此，在历史上，忠君始终被看作政府官员必备的素质，并且总是与报国联系在一起。

与君君、臣臣同样重要的另一个方面是父父、子子。把父子关系摆得同君臣关系一样重要，成为治国大政方针的重要内容，这是因为君王的产生是一个自然的历史过程，是继家长、村长而后自然形成的全社会的权威。既然如此，这个权威的树立和行事也便不能脱离它所产生的这个基础。在这种情况下，对父权的维护同时也就是对君权的维护。如果说君君臣臣强调的是严明的等级关系，并在此基础上形成对君王权威的行政上的服从的话，那么，父父子子则是从君王形成的自然基础出发，强调对君王权威的心理上的确认。孔子认为，一个君王，要想把他的国家治理好，首先要从这两方面着手，把最主要的政治关系理顺，这是保证社会政治秩序稳定顺畅的关键环节。

在孔子那里，礼在将绝对权威赋予君王制的同时，又赋予他的臣民以一定程度的民主。礼固然决定着臣对君、下对上的层层服从，但这种服从在政治生活领域中绝不是无原则的。君王的权威对身为君王的人来说，只是一种社会规定和社会责任，而就君王本人来说，绝不是无可指责的。人们可以在自己既定的位置上，以可以允许的方式对他做出政治的和道德的评判。《宪问》云："子路问事君。子曰：'勿欺也，而犯之。'""犯"，谓犯颜直谏。就是说，臣对君，不能阳奉阴违地欺骗他，却可以当面触犯他、批评他。这种批评的方式便是谏。因此，直言敢谏，勇于指陈朝政君王之得失，被看作是一种完全符合礼的美德，是仁在政治上的重要表现。另一方面，能够虚怀纳谏，也是君王的美德。孔子的这一思想，到后来便被发展成为一种固定的政治制度，不仅臣对君的谏成为政治决策程序的重要一环，而且专设谏官一职，使其成为君王左右的重要近臣，被赋予直接批评朝政的特殊权力。

孔子礼学还有一个突出特点，那就是把礼与仁结合起来。《八佾》中载林放问礼的本质，孔子回答说："大哉问！礼，与其奢也，宁俭；丧，与其易也，宁戚。"这段话的意思是说，就一般的礼而言，与其铺张浪费，宁可朴素俭约；就丧礼说，与其仪文周到，宁可中心悲哀。可见，孔子是不太重视面面俱到的礼仪形式的。这说明，礼的本质，并不是礼的具体操作形式，而是礼所要达到的目的。如果仅仅局限于形式，就不符合礼的本来意义了。所以孔子说："礼云礼云，玉帛云乎哉！乐云乐云，钟鼓云乎哉！"（《阳货》）

也可以说，孔子对传统礼学进行了深刻的加工，纳仁于礼。《颜渊》篇载颜渊问仁，孔子答曰："克己复礼为仁。一日克己复礼，天下归仁焉。为仁由己，而由人乎哉！"请问其目，子曰："非礼勿视，非礼勿听，非礼勿言，非礼勿动。"《论语》中八载弟子问仁，孔子的回答均是对症救偏之词。例如，颜渊在孔门诸弟子中最为出色，居陋巷，箪食瓢饮，不改其乐。孔子称他"三月不违仁"，可以说在"质"的方面是没有什么问题的了。大概孔子怕他质多而文寡，所以叫他从"非礼勿视，非礼勿听，非礼勿言，非礼勿动"这四个方面下功夫，以达到质与文的统一。在这里，孔子实际上解决了两个问题，即把什么作为礼的本质，和礼的自觉性问题。孔子认为，礼的本质就是仁。在前引林放问礼的本质的对话中，孔子曾说“丧，与其易也，宁戚”。“戚”者，悲哀之意。丧葬中的悲哀发乎亲亲之情和爱人之心。在丧礼中，孔子认为与其仪式周到，不如确实打心眼里很悲痛。说明礼节仪式是不如亲亲之情和仁爱之心更重要。亲亲之情是宗法血缘的必然产物，但如果人们都一味地拘泥于亲亲之情，那社会也将不成其为社会。所以必须由礼来调和它，节制它。礼是用来让人们以合理的方式抒发亲情的一种节文，它的基础是血缘亲情，它的产生是由于血缘亲情的厚薄远近关系，“亲亲之杀，尊贤之等，礼所生也”。(《礼记·中庸》)用“绘事后素”和“文质彬彬”的说法，血缘亲情是素、是质；调和它的礼是绚、是文。孔子说：“人而不仁如礼何”，讲的就是文而无质。文而无质，文也就成了空洞的文；礼而不仁，礼也就成了形式的礼。所以，礼必须牢固地建立在亲亲的基础之上。

孔之之后，荀子对礼的起源、本质、作用等问题做了详细的论述，形成相对完整的礼论体系。荀子的礼学思想源自孔子，却又有很多自己的特点。最突出的是他以“法”解释“礼”，以法补充礼，将礼与法结合起来。这种“礼法论”格外强调礼是外在的社会规范，并且认为应该对士大夫“以礼乐节之”，而对庶民百姓则“以法数制之”(《荀子·富国》)。荀子的礼论成为孔子之外，后世中国礼学发展的又一重要的思想源泉。

两汉的“礼”论，贯穿着一个主题——为大一统帝国论证建构礼治秩序的必要性。

汉初，贾谊为礼下了不少的定义，从这些定义中，可看出礼的内容、范围及其含义，从而较为清晰地展示了他的礼学观。贾谊《新书·礼》篇指出：“礼者，所以固国家，定社稷，使君无失其民者也。”为了达到这样的目的，贾谊认为，礼应该是天子爱天下的人民，诸侯爱封国的人民，大夫爱其所属官吏，士与庶人各爱其家内之人。当然，爱也必须适当，因为“失爱不仁，过爱不义”。崇礼，是为了维护尊卑、贵贱、大小、强弱的地位，使君臣父子夫妇秩然有序，因此他说，主主臣臣，是“礼之正”；威德在君，是“礼之分”；尊卑大小，强弱有位，是“礼之数”；君仁臣忠，父慈子孝，兄爱弟敬，夫和妻柔，姑慈妇听，是“礼之至”。君仁则不厉，臣忠则不贰，父慈则教，子孝则协，兄爱则友，弟敬则顺，夫和则义，妻柔则正，姑慈则从，妇听则婉，是“礼之质”。在这里，礼的“正”“分”“数”，是首先强调尊、贵、大、强的尊严与地位；而礼的“质”“至”，是要维护尊、贵、大、强的尊严与地位。并且，还要双方相互配合，即君臣、父子、夫妇、兄弟、姑妇之间，尊者须仁爱，卑者当忠敬，礼才能真正维护与确立。

为了以礼治国、治人、治天下，真正实行礼，贾谊更注意行礼的心志和仪容。他在《容经》中，把行礼的容貌仪态分为立容、坐容、行容、趋容、绊旋容、跪容、拜容、伏容、坐车容、立车容、兵车容等。而行朝廷、祭祀、军旅、丧纪之礼，不仅要有适宜的仪容，而且言语、目视、心志都有一定的标准。《容经》之外，贾谊还专门撰了《礼容语》。认为人的仪表、举动，是观察其是否真心行礼的重要方面。他说，君子目以正体，足以从之，“是以观容而知其心”。为此，如能真正行礼而使国泰民安，其君步言视听，“必皆得适顺善”。眼的举动关系到义，足的举动关系到德，口的举动关系到信，耳的举动关系到名，而“义”“德”“信”“名”都是礼的体现。所以行礼“不可不慎也”（《新书·礼容语下》）。贾谊强调礼，讲究行礼的心态仪容，其真正目的在于加强君主的尊严和地位，使父子有礼，六亲有纪。

汉武帝独尊儒术，表彰《六经》之后，礼就成了政治、社会活动和人们日常生活的准则与指南，《六经》的中心是礼和义，就是皮锡瑞《经学通论·三礼》中所说的“《六经》之文，皆有礼在其中。《六经》之义，亦以礼为尤重”[①]。

司马迁身处汉武盛世，喜爱儒家与《六经》，他推尊孔子、孟子、荀

① 皮锡瑞：《经学通论》，中华书局1954年版，“三礼”部分之第81页（该书每一部分重新编页）。

卿，以及汉初的叔孙通、陆贾、伏胜、贾谊等儒家学者，更以儒学大师董仲舒为师，从其学习《春秋公羊学》。司马迁又好寻访古迹，遍察民风乡俗，“讲业齐、鲁之都，观孔子之遗风，乡射邹、峄”（《太史公自序》），可见他非常重视礼乐仁义。司马迁在掌握大量翔实资料的基础上，创作了中国历史上第一部纪传体正史——《史记》，他以周公、孔子自命，秉承儒学传统，他说：“自周公卒五百岁而有孔子，孔子卒后至于今五百岁，有能绍明世，正《易传》，继《春秋》，本《诗》《书》《礼》《乐》之际？意在斯乎！意在斯乎！小子何敢让焉。”（《太史公自序》）司马迁写《史记》的宗旨，是为了嗣孔子，继《春秋》，本之于《诗》《书》《礼》《乐》，所以，其中包含了极为丰富的礼学思想。

司马迁认为礼是根据人情定的，他在《礼书》一开头就说“余至大行礼官，观三代损益，乃知缘人情而制礼，依人性而作仪，其所由来尚矣”。也就是司马迁所说的“礼由人起”，因为“人生有欲，欲而不得则不能无忿，忿而无度量则争，争则乱。先王恶其乱，故制礼义以养人之欲，给人之求，使欲不穷于物，物不屈于欲，二者相待而长，是礼之所起也”（《礼书》）。礼的产生是因为有需求欲望，这种欲望得不到满足，就会有纷争，有纷争则混乱不安，正常的社会秩序将遭到破坏。为此，先王制定礼仪，目的在于保持社会安定，天下统一，也就是说以礼来治理社会。司马迁之所说“礼由人起”，是因为“礼者养也”。礼能使人们免于纷争祸乱，满足人的需求和欲望。司马迁还认为礼是有等级、差别的，他说：“君子既得其养，又好其辨也。所谓辨者，贵贱有等，长少有差，贫富轻重皆有称也。”（《礼书》）这也就是《荀子·王制》说的“人何以能群？曰分。分何以能行？曰义。……先王恶其乱也，故制礼义以分之”。《礼记·乐记》则更明确地说：“礼义立，则贵贱等矣。”《礼记·曲礼上》还说：“夫礼者，所以定亲疏、决嫌疑、别同异、明是非也。”极为清楚地讲礼就是定等级制度的，也就是司马迁所说的“等”。

司马迁仍然继承了儒家的以礼治国、平天下的观念，他认为礼在这一方面的作用非常大，治国以礼，则四方钦仰，无有攻伐，天下安定太平，所以，他说："治辨之极也，强固之本也，威行之道也，功名之总也。王公由之，所以一天下，臣诸侯也；弗由之，所以捐社稷也。"（《礼书》）他认为，治国者若以礼义来引导天下，那么天下之民必然归顺；如用礼义来表率天下，天下必然遵循向慕。若舍弃礼义而不用，那就是自己舍弃了国家，所以司马迁说："天下从之者治，不从者乱；从之者安，不从者危；从之者存，不从者亡。"（《礼书》）礼在维系人伦关系方面也有着重要的作用，司马迁在《太史公自序》中说"礼经纪人伦，故长于行"，"礼以节人"，他更认为《春秋》是"礼义之大宗"，为人臣子者须知《春秋》，为人君父亦应通《春秋》大义，"不通礼义之旨，至于君不君，臣不臣，父不父，子不子。夫君不君则犯，臣不臣则诛，父不父则无道，子不子则不孝"（《太史公自序》）。没有礼义的话，社会就上下无序，导致不忠不孝和犯上作乱。

二、三《礼》之学

《周礼》《仪礼》《礼记》，是谓"三礼"。"三礼"之名起于东汉末，郑玄并注此三书盛行于世，于是乃有"三礼"之称。皮锡瑞《经学通论·三礼》说："《三礼》之名起于汉末，在汉初但曰《礼》而已。汉所谓《礼》，即今十七篇之《仪礼》，而汉不名《仪礼》。专主《经》言，则曰《礼经》；合《记》而言，则曰《礼记》。许慎卢植所称《礼记》，皆即《仪礼》与篇中之记，非今四十九篇之《礼记》也。其后《礼记》之名为四十九篇之《记》所夺，乃以十七篇之《礼经》别称《仪礼》，又以《周官经》为《周礼》，合称'三礼'。"[①] 三礼之书都是关于中国古代社会政

① 皮锡瑞：《经学通论》，中华书局 1954 年版，"三礼"部分之第 1 页。

治制度的文字记载编纂而成的书。

西汉时称《仪礼》为礼经，在三礼中位置为最高[①]。应该承认，从礼制出现之始，就会有记录礼仪细节的礼经条文。古代究竟有多少礼经条文，难以估算，古人云："经礼三百，曲礼三千"(《礼记·礼器》)，三千之数是概算，是形容礼经条文之多的意思。这些礼经条文的辑集应是礼书产生的萌芽。《仪礼》何时编定成书？论者其说不一，有周公说、孔子说以及六国儒家编定说，还有秦、西汉时编定说。经学家一般认为，礼本非一时一世而成，积久服习，渐次修整而后臻于大备，这一看法大体是符合客观实际的。经过长期的礼治实践，出现了无数的礼经条文，作者认为作为首选本礼书的编定出自孔子手笔的看法是妥当的。成书后通称为《礼》，到了西汉，又叫《士礼》，与《礼记》对应，还称之为《礼经》，到了东汉才有《仪礼》之名。

《仪礼》有今古文之分。古文《仪礼》五十六篇，鲁恭王得于孔子壁中，比今文仪礼多三十九篇，因散佚又称"逸礼"。宣帝时河内女子发老屋又得逸礼一篇，合五十七篇。今文《仪礼》十七篇，鲁高堂生所传。汉时《仪礼》有戴德、戴圣、刘向别录三个本子。因二戴本尊卑吉凶次第杂乱，郑玄作注用别录本，兼采今古文本，贾公彦为之疏，凡十七卷。今传本采用的就是刘向别录本所定的次序，分十七篇。十七篇次序为：《士冠礼》《士婚礼》《士相见礼》《乡饮酒礼》《乡射礼》《燕礼》《大射礼》《聘礼》《公食大夫礼》《觐礼》《丧服礼》《士丧礼》《既夕礼》《士虞礼》《特牲馈食礼》《少牢馈食礼》《有司》。《仪礼》传自高堂生，宣帝之世后仓最明，戴德、戴圣、庆普皆其弟子。但西汉传礼者有师援而无注释。及东汉马融注《丧服》经传不及全书。

今传本《仪礼》凡十七篇，其中第十三篇《既夕礼》是第十二篇

---

① 十三经列《周礼》为三礼之首，是东汉以后的次序，出于郑玄。郑氏注十三经崇《周礼》太过推为首位，后人崇郑玄太过，六朝唐人皆沿其言，故三礼遂以《周礼》为主。

《士丧礼》的下篇，第十七篇《有司》是第十六篇《少牢馈食礼》的下篇，所以实际上只记载了中国古代的十五种礼。但中国古代的礼却远远不止十五种。中国上古的人类从原始社会进入阶级社会以后，便逐渐建立起了森严的等级制度。为了维护这种等级制度，使高高在上的贵族与庶民和奴隶相区别，并使贵族中的不同等级相区别，便制定出了许许多多的礼，诸如朝觐、会同、锡命、军旅、田猎、巡狩、聘问、射御、宾客、祭祀、婚嫁、冠笄、丧葬等，后人把这些礼概括为吉、凶、宾、军、嘉五大类。不同等级的贵族，行用不同的礼，即使在同一种典礼活动中，贵族的等级不同，其所使用的器物、所穿的衣服、所行的仪式等，也各不相同。贵族统治者通过这许多的礼，来贯彻其政治意图，维护其建立在等级制度基础上的社会正常秩序，这就是所谓“礼以体政”（《左传·桓公二年》）。

在战国诸子百家蜂起的时代，各种学术流派和“六艺”著作都相继问世，关于礼制的著作也不仅是《礼经》一种，另外还有两种性质的礼书也在世上流传：一种是与礼经对应的“记”体礼书，另有一种是政书性质的《周官》。

《礼记》，亦称《小戴礼记》《小戴记》，凡四十九篇，是一部先秦至秦汉时期的礼学文献选编。该书最初为西汉时期的戴圣所编纂。戴圣本是《仪礼》学的专家。《汉书·儒林传》曰：“汉兴，鲁高堂生传《士礼》（《仪礼》）十七篇……而瑕丘萧奋以《礼》至淮阳太守。……孟卿，东海人也，事萧奋，以授后仓、鲁闾丘卿。仓说《礼》数万言……授沛闻人通汉子方、梁戴德延君、戴圣次君、沛庆普孝公。孝公为东海太守。德号大戴，为信都太傅；圣号小戴，以博士论石渠，至九江太守。由是《礼》有大戴、小戴、庆氏之学。”《汉书·艺文志》亦曰：“汉兴，鲁高堂生传《士礼》十七篇，讫孝宣世，后仓最明，戴德、戴圣、庆普皆其弟子，三家立于学官。可见戴圣师事后仓，本为今文《仪礼》学博士。”

《仪礼》仅十七篇所记大多为士礼，这对于已经实现了大一统而欲建立一整套礼仪制度的西汉王朝来说，显然是不够用的。因此，汉代的礼家从当时流传的有关礼的《记》文中吸取材料，以补《仪礼》经文之不足。《礼记》的流传，有多种辑本，既有刘向别录所载的“古文记二百四篇”和《汉书·艺文志》所载的“记百三十一篇”，又有后仓论礼所辑的“后氏曲台记九篇”。其后，后仓弟子戴德所辑论礼的篇章，有八十五篇，名为大戴礼记。后仓的另一弟子戴圣（戴德之侄）所辑论礼的篇章，有四十九篇，名为小戴礼记（《礼记》），而其他选辑本到东汉中期，都先后被淘汰。

《周官》(《周礼》) 一书，《史记·封禅书》《汉书·景十三王传》之河间献王传、《汉书·王莽传》载平帝元始四年（4 年）征天下“通一艺”诸家，均称之为《周官》，《汉书·艺文志》亦称之为《周官经》。王莽居摄三年（8 年）九月，莽母功显君死，时刘歆与博士诸儒七十八人议功显君服，始改称《周官》为《周礼》，其议有曰：“圣心周悉，卓尔独见，发得《周礼》，以明因监，则天稽古，而损益焉。”又引《周官·司服》之文，亦称《周礼》，曰：“《周礼》曰：‘王为诸侯缌缞’，‘弁而加环绖。’”后人臆测，大概因为刘歆以《尚书·周书》有《周官》一篇，为了免于混淆，遂采《左传》文公十八年“先君周公制周礼”的说法更名为《周礼》。

《汉书·艺文志》著录了《周官》，但未提到其传承情况。《汉书·景十三王传》之河间献王传言：“河间献王刘德……好学修古，实事求是……献王所得书皆古文先秦旧书，《周官》《尚书》……之属，皆经传说记，七十子之徒所论。”又，陆德明《释文序录》引“或曰”：“景帝时河间献王好古，得古礼献之。或曰河间献王开献书之路，时有李氏上《周官》五篇，失《事官》一篇，乃购千金不得，取《考工记》以补之。”唐孔颖达在其《春秋左传正义》篇首之《春秋序》题下《疏》中亦曰：“汉武帝时河间献《左氏》及《古文周官》。”另外，刘歆在《七略》里就已著录了《周官经》六篇和《周官传》四篇，而刘歆完成《七略》的时间是汉哀帝建平元年（前6年）。综合上述情况，那么应该说在建平元年之前，汉庭之“秘府”就有了《周官》一书，那它为什么百年来一直隐而不彰呢？

据唐贾公彦《序周礼废兴》说：“《周官》孝武之时始出，秘而不传。《周礼》后出者，以其始皇特恶之故也。是以马融《传》云：‘秦自孝公以下用商君之法，其政酷烈，与《周官》相反，故始皇禁挟书，特疾恶，欲绝灭之，搜求焚烧之独悉，是以隐藏百年。孝武帝始除挟书之律[①]，开献书之路，既出于山岩屋壁，复入于秘府，五家之儒莫得见焉。’”这里是说，《周礼》因秦始皇焚书而被隐藏，至汉“开献书之路”而出于“山岩屋壁”，出而复入于汉王朝之秘府，致使“五家之儒”——汉代传《礼》者高堂生、萧奋、孟卿、后仓、戴德戴圣五家，也莫得见。这部《周礼》，或即河间献王得之民间而献之者。故孙诒让说：“秘府之本，即献王所奏。”（《周礼正义》之《周礼》题疏）《周礼》一书经河间献王献之于朝廷后，旋即藏入秘府，其原因盖如贾公彦《序周礼废兴》引林孝存的说法，即“武帝知其末世渎乱不验之书”之故。末世者，谓《周礼》为周末之书也；“渎乱不验”者，盖谓其所述制度既与立学官的今文五经不合，也与大一统的西汉王朝的现实制度不符。所以《周礼》一书并没有受到西汉统治者的重视，当时汉王朝诸儒亦无研治《周礼》者。然《汉书·艺文志》礼家类却记有“《周官传》四篇”，据王葆玹先生考证，这四篇《传》很可能是河间献王组织人编写的。[②]可见《周礼》一书秦火之后，在河间王国曾有研治者，但此后《周礼》之学便中断了。

《周礼》的基本内容是讲设官分职的。规模宏大，组织严密，俨然一派天朝大国的气象。在这个大国中，至高无上的是王，即天子。为了治理好这个庞大的国家，就把国家的职能分解为六大块，即所谓“邦

---

① 据《汉书·惠帝纪》，挟书律惠帝四年已除，此误。

② 王葆玹：《今古文经学新论》，中国社会科学出版社1997年版，第150—156页。

治”“邦教”“邦礼”“邦政”“邦刑”“邦事”。主邦治的官长称“大宰”，主邦教的官长称“大司徒”，主邦礼的官长称“大宗伯”，主邦政的官长称“大司马”，主邦刑的官长称“大司寇”，主邦事的官长称“大司空”——统称“六官”。又把六官与天地四时相配，大宰是天官，大司徒是地官，大宗伯是春官，大司马是夏官，大司寇是秋官，大司空是冬官。后人模仿《周礼》，把吏部比作天官，把户部比作地官，把礼部比作春官，把兵部比作夏官，把刑部比作秋官，把工部比作冬官。这种类比，也只是类比而已，不可视为完全相同。在六官之下，又各自分别设置了六十个左右的机构，每个机构都有其固定的编制与明确的职守。机构之间，既有纵向的领导与被领导关系，又有横向的分工协作关系，从理论上来说，可以说是严密之至、滴水不漏。有了这样一套严密的官僚机构，天子如果要贯彻自己的意志，可以说就像身之运臂，臂之运指，莫不随心如意。但是，如此严密的官僚机构，不要说有周一代做不到，就是空前统一的秦帝国也没有做到，所以，《周礼》中的这一套完整的官制，理想的成分较大，现实的成分较小。

中编

经学与汉代作家及创作

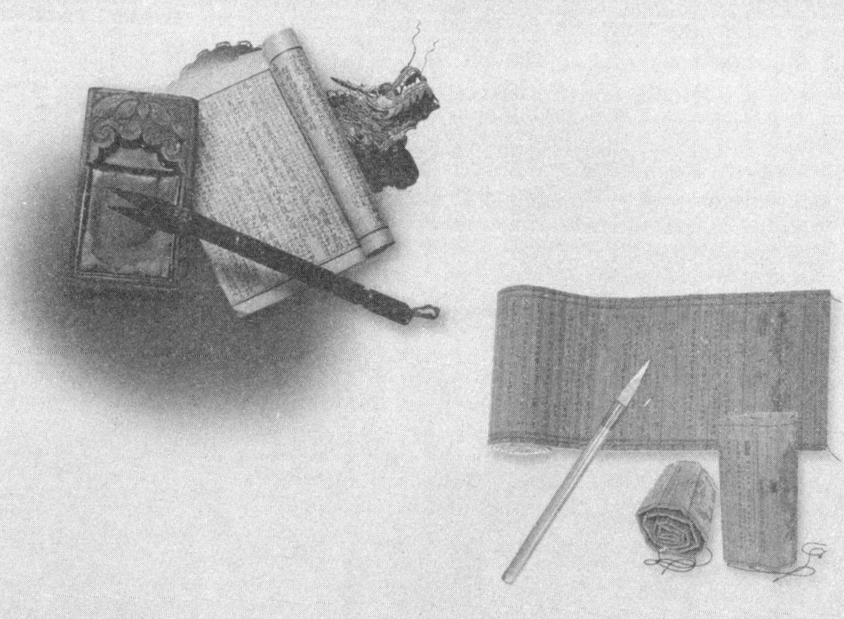

第一章　经学与汉大赋创作

两汉时期，经学成为官方学术和统治思想，辞赋则成为一代文学正宗，成为最主要的文学形式。汉赋的来源、创作主旨、思想内容和发展进程都闪动着经学的影子，同时，汉赋特别是大赋的消长变化，又透露出经学演变的某种信息。

一、从汉赋的渊源看其与经学之关系

汉赋的源流可以从两个方面进行透视：一、在创作形式上，直接脱胎于以屈骚为主的楚辞；二、在创作指导思想上，它又直接受到儒家诗教的影响。前者影响了汉大赋铺陈排比，长篇叙事的基本特征，后者则决定了汉大赋作者在接受以屈骚为主的楚辞影响的同时，抛弃了其中的抒情特点，从而构成汉大赋创作以言志、讽谏为主的基本格调。

班固在《汉书·艺文志·诗赋略论》中有一论话，对于我们认识大赋的特性有重要意义：

> 传曰："不歌而诵谓之赋，登高能赋可以为大夫。"言感物造耑，材知深美，可与图事，故可以为列大夫也。古者诸侯卿大夫交接邻国，以微言相感，当揖让之时，必称《诗》以谕其

> 志，盖以别贤不肖而观盛衰焉。故孔子曰“不学《诗》，无以言”也。春秋之后，周道浸坏，聘问歌咏不行于列国，学《诗》之士逸在布衣，而贤人失志之赋作矣。大儒孙卿及楚臣屈原离谗忧国，皆作赋以风，咸有恻隐古诗之义。

这段话的前一部分，突出了春秋间外交上的称诗言志，实际上也在突出“诗言志”的创作纲领。后一部分中，班固表达了两个意思：一是赋的产生与《诗》有同一基础；二是赋作必须以言志、讽谏为目的。其后，班固在《两都赋序》中提出“赋者，古《诗》之流也”。最早把赋体的得名与《诗经》“六义”直接联系起来的，应是西晋的左思。左思在《三都赋序》中说：“盖《诗》有六义焉，其二曰赋。扬雄曰：‘诗人之赋丽以则。’班固曰：‘赋者，古诗之流也。’先王采焉，以观土风。”齐梁时代，刘勰则在《文心雕龙·诠赋》中更进一步断定赋是“六义附庸，蔚成大国”。后来李善注《文选》，也是用《诗》“六义”之说为班固原话作注的。这样，赋得名于《诗》“六义”的说法就成了一种流行的论点①。

赋与“赋诗”有重要联系。《汉书·艺文志》云：“不歌而诵谓之赋”，《国语·邵公谏厉王弭谤》“故天子听政，使公卿至于列士献诗……瞍赋蒙诵”，可为之证。显然，所谓赋和诵都是不待音乐的口头朗诵。这一含义与春秋以来行人之官的赋诗之风有直接关系。春秋以来，诸侯各国之间列大夫的聘问往来，动辄赋诗以言志。近人刘师培说：“然诗赋之学，亦出于行人之官……夫交接邻国，揖让喻志，咸为行人之专司……又以《左氏传》证之：有行人相仪而赋诗者；有行人乞援而赋诗者；有行人莅盟而赋诗者；有行人当宴会而赋诗者；有行人荅饯送而赋诗

① 需要说明的是，对于以上看法，学术界有人提出异议。因为“六义”中的赋、比、兴是汉代儒生解《诗》时提出的概念，而作为文体的赋则在先秦时就已出现了。

者：是古诗每为行人所诵矣。”[①]他们所赋的诗，有的是《诗经》中的成诗（如《国语·晋语》、“秦伯享重耳以国君之礼”载秦穆公之赋《采菽》《六月》，重耳之赋《黍苗》《河水》等），有的则是自己所作之诗（如《左传·隐公元年》所记郑庄公之赋“大隧”），其方式也是有的依声而歌，有的则不假歌唱。这就使诗歌有可能摆脱音乐附庸的地位，而成为独立的文字，为向早期辞赋的过渡创造了条件。

赋体与《诗经》之赋法有内在关联。晋挚虞深化班固“赋者古诗之流”的命题，在《文章流别论》中指出赋体是《诗经》“六义”中赋法的进一步发展：“赋者，敷陈之称，古诗之流也。古之作诗者，发乎情，止乎礼义。情之发，因辞以形之；礼义之旨，须事以明之。故有赋焉，所以假象尽辞，敷陈其志。”[②]刘勰：“《诗》有六义，其二曰赋。赋者，铺也，铺采摛文，体物写志也。”（《文心雕龙·诠赋》）我们读汉赋时会发现，它的某些题材内容，《诗经》中已有所触及。汉赋把自然界鸟兽草木虫鱼当作主要描写对象，所以汉宣帝称汉赋有“鸟兽草木多闻之观”（《汉书·王褒传》）。清人程廷祚说：“若夫体事与物，《风》之《驷驖》，《雅》之《车攻》《吉日》，田猎之祖也；《斯干》《灵台》，宫殿苑囿之始也；《公刘》之‘豳居允荒’，《绵》之‘至于岐下’，京都之所由来也。至于鸟兽草木之咏，其流浸以广矣。故《诗》者，骚赋之大源也。”（《青溪集·骚赋论上》）刘熙载也说：“言情之赋本于《风》，陈义之赋本于《雅》，述德之赋本于《颂》。”（《艺概·赋概》）这些看法都是有道理的。

---

① 刘师培：《中国中古文学史、论文杂记》，人民文学出版社 1984 年版，第 126 页。

② 挚虞：《文章流别论》，严可均编《全上古三代秦汉三国六朝文·全晋文》卷七七，中华书局 1965 年影印本。

二、武帝时的大赋与“今文经学”之关联

（一）汉武帝时期“大一统”观念的显扬

所谓“大一统”，是中国古代政治观念和国家学说的一种具体表述，体现在政治上则是君主的绝对权威和对“天下”的绝对主权，用《尚书》中的话说就是“皇天眷命，奄有四海，为天下君”。

早在夏商时期，大一统的思想萌芽就出现了。《左传》曰：“禹会诸侯于涂山，执玉帛者万国。”禹以诸侯联盟的形式，把散落在黄河中下游的“万国”统一在一起。《禹贡》将那里的地域总称为“九州”，大体包括了黄河中下游地区和长江下游地区。《诗经·商颂·玄鸟》中说：“古帝命武汤，正域彼四方。方命厥后，奄有九有。”“邦畿千里，维民所止，肇域彼四海。四海来假，来假祁祁。”商汤不仅以诸侯联盟的形式将九州统一，而且使九州的范围向四海扩大，使四海之内的诸侯不断交往，形成了统一向上的局面。作为大一统思想萌芽的发展，大一统理论体系的雏形在西周时期出现了。西周初年，人们的头脑中形成了这样的观念：“溥天之下，莫非王土；率土之滨，莫非王臣”（《诗经·小雅·北山》），天子是“作民父母，为天下王”（《尚书·洪范》）的人。

儒家大一统理论是大一统理论体系的重要发展阶段。公元前8世纪后，周王室衰微，地方诸侯各自为政，出现了春秋乱世。从夏商发展起来的、在西周达到完善的、建立在分封制基础上的统一国家至此名存实亡了。然而，人心思定。儒家的创始人孔子适应这个时代要求，主张“拨乱反正”，以周天子为核心，重新恢复天下的统一和安定。因此，孔子神往西周初年的统一局面。孔子所撰的《春秋》载，鲁隐公“元年春王正月”。《公羊传》曰：“王者孰谓？谓文王也。曷为先言王而后言正月？王正月也。何言乎王正月？大一统也。”唐徐彦疏曰：“王者受命，制正月以统天下，令万物无不一一皆奉之以为始，故言大一统也。”孔子

以“正名”为宗旨的《春秋》，寓有“大一统”始自周文王之意。孔子称颂西周时代的“礼乐征伐自天子出”（《论语·季氏》），一切国家大事，例如制礼作乐等，都由周天子来决定。他认为“天无二日，土无二王。家无二主，尊无二上”（《礼记·坊记》），就像天上没有两个太阳，家庭没有两个家长一样，周天子的权威至高无上，独一无二。孔子还认为，周天子是全国的中心，“譬如北辰，居其所”，而各地的诸侯就像“众星”那样，环绕而“共（拱）之”（《论语·为政》）。……显然，孔子在自己的对西周初年统一局面的神往中，表述了对“大一统”的看法。也正因为如此，他竭力称赞管仲辅佐齐桓公谋求统一的努力：“管仲相桓公，霸诸侯，一匡天下，民到于今受其赐。微管仲，吾其被发左衽矣。”（《论语·宪问》）在这里，孔子所谓的“一匡天下”，就是一统天下，也就是一统于“华夏”，一统于“中国”。孔子的继承者们也都提倡政治上的大一统。例如，有人问孟子：“天下恶乎定？”孟子对曰：“定于一。”荀子对大一统也持肯定的态度，说“文王载百里地，而天下一”（《荀子·王霸》）。

汉朝立国之初，刘邦戒于亡秦孤立之败，分封同姓王，实行郡国并行的政策。同姓王之建立，意在拱卫王室，但随着其势力的膨胀，离心倾向日趋严重，不但“多有僭越，地过古制”（《汉书·贾谊传》），而且“大者叛逆，小者不轨于法”（《史记·汉兴以来诸侯王年表》）。对此，贾谊、晁错曾提出“众建诸侯”和“削藩”的建议，但由于文景之时执行的是修养生息的政策，朝廷对侯王一般采取放任的态度，所以贾、晁的建议未被采纳，而侯王的势力却得到了进一步扩大，以至于“夸州兼郡，连城数十，宫室百官同制京师”（《汉书·诸侯王年表》），有的甚至废先帝之法，不行天子治。以后七国之乱虽平，割据势力仍然存在。武帝当政，面临的正是这样一个危机暗伏的现状。为了巩固统一的中央集权，他在思想上尊尚儒教，尤其推崇公羊家的“大一统”理论，同时采纳主父偃的建议，颁布“推恩令”，以削弱诸侯的势力，平定淮南王、衡山王的叛乱。此后不断找出各种理由，行褫夺爵位、废除封国之事。据统计，汉初因功封侯的有百四十多人，到武帝太初年间，只剩下五人，且“惟得衣食税租，不与政事”（《汉书·诸侯王年表》）。中央集权至此才趋于稳定。

与武帝政治相呼应，董仲舒进一步从理论上阐述了专制集权的合理性。董仲舒说孔子作《春秋》的要义在于恢复周初的“大一统”，即“损抑诸侯”，“四海来臣”，“一统乎天子”。他甚至认为，“《春秋》大一统者，天地之常经，古今之通谊也”（《汉书·董仲舒传》），汉朝的统一只不过是恢复周初天下受命于天子的大一统格局罢了。董仲舒认为，作为最高统治者的君主，是举国上下的中心。他说，全国受命于君，身以心为本，国以君为主，“君人者，国之元，发言动作，万物之枢机”（《春秋繁露·立元神》）。董仲舒从君民关系、君臣关系、君主与诸侯关系三个方面论证了君主中心思想。就君民关系而言，董仲舒说：“传曰：君者，民之心也；民者，君之体也。”（《春秋繁露·为人者天》）故而君唱而民和，君动而民随。不仅是一般的民，即使贤者也当如此。就君臣关系而言，臣是受命于君的，“君臣之礼，若心之与体，心不可以不坚……体不可以不顺，臣不可以不忠”，群臣百官，“同望异路，一之者在主，率之者在相”（《春秋繁露·天地之行》）。就君主与诸侯的关系而言，诸侯受命于天子，如果不能奉天子之命，则“名绝而不得就位”；“号为诸侯者，宜谨视所候奉之天子也”（《春秋繁露·深察名号》）。为维护君主的中心地位，应使君主有位有势有威有权。因为，无威则失权，失权则君贱，君贱则谈不到成为天下的中心。

（二）大一统的政治思想需要文学家的配合

大一统的封建经济和政治，需要相应的文化形态为之服务，从这个意义上讲，经学家与文学家们负载着相同的“任务”。我们知道，经学的得势，主要是因为它在“列君臣父子之礼，序夫妇长幼之别”（《论六家要旨》语）方面有着特殊的价值。

西汉初期，无为而治，在思想文化领域表现为道家黄老之学占据统治地位，诸子思想在一定程度上得到复兴，而在辞赋创作上的约束较少。像贾谊的《鹏鸟赋》《吊屈原赋》，庄忌的《哀时命》，淮南小山的《招隐士》等，枚乘的《七发》虽然是小赋向大赋过渡的产物，却也未见有太多的儒家经学的影子。而且从总体上讲，汉初的辞赋创作并不兴盛。文学艺术领域的这一特点是与当时整个思想文化领域的主导倾向相一致的。儒家经学的影响虽在悄然增长，但由于最高统治集团偏好道家黄老之学，“诸博士具官待问，未有进者”（《史记·儒林列传》），而“景帝不好辞赋”（《史记·司马相如列传》）。

汉武帝独尊儒家经学之后，作为汉赋典范的大赋应运而生。有这种价值的文学作品自然也会受到统治者的青睐。汉武帝曾明确要求士人极文采、竞条贯、终统纪（《汉书·董仲舒传》），这样，作为张扬经术、倡导礼乐的一个重要步骤，以“润色鸿业”、歌功颂德为特征的大赋就得到提倡和鼓励。

汉代设有献赋和考赋取士制度，“诸生竞利，作者鼎沸”（《后汉书·蔡邕传》），许多士人通过此途为官得势，平步青云。如武帝时有司马相如、东方朔、枚皋，宣帝时有王褒、张子侨，成帝时有扬雄，章帝时有崔骃，和帝时有李尤，通经和献赋成为士人踏入仕途的两条捷径，有的士人则一身二任，既是经学大师，又是辞赋大家。而在价值取向和运思理路上，辞赋大家与经学大师也是基本一致的。如“在武宣之世，经学大师董仲舒、萧望之等将哲学神学化、模式化的过程，辞赋大家司马相如、王褒等将思想文学化、艺术化的过程，实与封建王朝君主集权制的过程同步，经学与文学同为大一统政治服务”。“就汉文化的格体结构而言，司马相如等作家创制大赋作品表现的思想正与强盛的帝国行政模式，经学家宇宙同人事、阴阳五行同王道政治结合的大一统思想匹配，以其独特的赋家之心建构起宏伟壮丽的艺术殿堂。”[①]

（三）《子虚》《上林》等赋是宣扬大一统的典范作品

司马相如生于汉文帝前元元年（前179年），主要活动在汉武帝当政之时。那时，汉朝国力空前强盛，政教流风广被天下，夷狄殊俗之国、辽绝异党之域举踵思慕，相继归附，统一的多民族国家日益巩固。这种蒸蒸日上的气象激励了大汉广大子民，相如生逢其时，自然也受到了这种奋发向上的时代精神的强烈感召。

司马相如，《史记》本传未记他的学经、治经的事。但是据《汉书·地理志》：“景武间，文翁为蜀守，教民读书法令，……繇文翁倡其教，相如为之师。”再据《三国志·秦宓传》：“蜀本无学士，文翁遣相如东受七经，还教吏民，于是蜀学比于齐鲁。”可以看出他是娴习经学的。相如曾受七经，对儒家经典十分熟悉。

《史记》《汉书》说司马相如为官“未尝肯与公卿国家之事，常称疾闲居，不慕官爵”。事实上，相如如此行事主要是出于全身远祸的考虑。武帝刚愎自用，多欲而好杀伐是出了名的，加之当时朝廷与诸侯王的矛盾尖锐，故对大臣多有猜忌。特别是元狩元年平定淮南王安叛乱后，朝中有人与叛臣私通之事被揭出，他的这种猜忌变得更加厉害，下“左官之律”“附益之法”，对大臣与侯王的活动进行严密监视。与相如同时的严助、朱买臣、吾丘寿王和主父偃等，都曾深得武帝宠信，但不久都坐事被杀。司马相如与严助等人一样，早年侍事侯王，由地方政权走向中央朝廷，为免遭武帝猜忌，保全性命，所以才“称疾闲居”。

鲁迅先生曾把司马相如归入不满于被皇帝视为弄臣之列的人，说他“常常称病，不到武帝面前去献殷勤，却暗暗地作了封禅的文章，藏在家

① 许结：《汉代文学思想史》，南京大学出版社1990年版，第126—128页。

里，以见出他也有计画大典——帮忙的本领"[①]。司马相如既淡泊于仕宦，不与政事，为何又写《封禅书》？《封禅书》在当时曾引起时人极大的重视，尽管它多言祥瑞、符命，宣扬唯心的天道观，有虚无神秘的色彩，但司马相如企图为大汉的一统天下寻找神圣的理论依据，从而有利于巩固武帝的统治，发展中央集权，这在当时还是有其积极意义的，以至于刘勰称之为"维新之作"(《文心雕龙·封禅》)。

据《汉书》记载，司马相如的赋有二十九篇，今天可以见到的有《子虚》《上林》《大人》《哀二世》《长门》《美人》六篇，其中以《子虚》《上林》二赋最为有名。通常认为，此二赋是司马相如迎合武帝多欲好功的心理而写的，是徒骋虚辞、曲为缘饰的庙堂文学。或笼统地说它表现了汉帝国社会财富的丰富和物质文明的进步，客观上歌颂了广大人民的创造力。这些说法虽都有一定的道理，但却忽略了两赋中所包蕴的尊君抑臣、强干弱枝、反对封建割据、维护中央集权的重大主题，没有看到这一主题在当时的现实意义。

从"知人论世"的角度说，司马相如对于武帝致力于捍卫国家统一、推行巩固中央集权的法令以及抵御外侮、开拓疆土的政策，是赞同的。刘跃进先生谈及司马相如《子虚》《上林》赋的意义时指出，赋中"比较了诸侯与天子的异同，最终归结到天子，归结到一统，反映了当时士人经过一百多年思索而得出的结论，即国家需要强大的统治，对内对外，无不如此。唯其如此，司马相如献赋之后，马上得到格外重视"[②]。司马相如出使西南夷，在《喻巴蜀檄》与《难蜀父老》中更以颂扬的口吻，宣谕大汉的政教流风，亦表明了他对武帝政策由衷的拥护。据龚克昌先生考证，《子虚》《上林》二赋就作于武帝颁布"推恩令"前

① 鲁迅：《从帮忙到扯淡》，《鲁迅全集》第六卷，人民文学出版社 1981 年版，第 344 页。

② 刘跃进：《秦汉文学论丛》，凤凰出版社 2008 年版，第 81—82 页。

七八年[①]。在两赋中，司马相如通过对子虚、乌有各自颂扬其主出游的富丽，遭到亡是公的讥笑，亡是公以上林苑和天子出猎的“巨丽”相对，使两人“愀然改容，超若自失，逡巡避席”的描写，表现了鲜明的尊天子贬诸侯的政治立场。在他的笔下，楚云梦和齐海滨都比不上上林苑，楚齐二王的出游规模也远逊于天子行猎的容仪。为了加强两者的对比度，他用了大量的文辞来铺排上林风物的繁盛和天子仪仗的宏富。举凡林麓泽薮、翎毛花卉，备极度其态，且有陶唐之舞、葛天之歌，溢于目、盈于耳。其中一段写天子行猎归来，观赏歌舞的文字，向来为论者所称赏：

> 于是乎游戏懈怠，置酒乎颢天之台，张乐乎胶葛之寓。撞千石之钟，立万石之虡，建翠华之旗，树灵鼍之鼓，奏陶唐氏之舞，听葛天氏之歌。千人唱，万人和。山陵为之震动，川谷为之荡波。巴渝宋蔡，淮南干遮，文成颠歌，族居递奏，金鼓迭起，铿鎗闛鞈，洞心骇耳。荆吴郑卫之声，韶濩武象之乐，阴淫案衍之音，鄢郢缤纷，激楚结风，俳优侏儒，狄鞮之倡，所以娱耳目、乐心意者，丽靡烂漫于前。……

真可谓古今之歌、四方之乐尽集于前，以至于千人唱、万人和，山陵川谷为之震荡。随着政治的统一，经济的繁荣，汉帝国实行兼容并包的文化政策，古今四方的音乐歌舞方能为我所用！司马相如生活在这样的政治环境和文化环境中，感受不能不深。所以这段夸张而集中的描写，既表现了时代的特征，也深刻地透露出他对大一统的政治与文化的向往与肯定。宋人程大昌《演繁露》卷十一评《上林赋》云：“亡是公赋上林，

---

① 龚克昌先生《司马相如论》一文（载《社会科学战线》1983年第3期）通过对《史记》《西京杂记》等书中有关材料的分析，结合时代背景，认为《子虚》《上林》两赋写作时间当在公元前135年左右。

盖该四海言之。其叙分界，则‘左苍梧，右西极’；其举四方，则曰‘日出东沼，入乎西陂’，‘南则隆冬生长，涌水跃波’，‘北则盛夏含冻，裂地涉冰揭河’。至论猎之所极，则曰‘江河为阹，泰山为橹’，此言环四海皆天子园囿，使齐楚所夸，俱在凶笼中。彼于日月所照，霜露所坠，凡土毛川珍，孰非园囿中物？”一座上林苑，即天下大一统的象征。

司马相如还通过对齐楚二王游猎的批评来突出天子至高无上的权威，认为齐楚二王权为自娱、娱宾而游猎，是“不顾众庶，忘国家之政”“仁者不繇”的行为。而子虚、乌有两人“不务明君臣之义，正诸侯之礼”，“欲以奢侈相胜，荒淫相越”，只能是贬君自损。在《上林》赋的末尾，司马相如又通过亡是公之口再一次强调，齐楚“地方不过千里，西囿居九百，是草木不得垦辟，而人无所食也。夫以诸侯之细而乐万乘之侈，仆恐百姓被其尤也”，明确指出诸侯与天子之间存在着主从尊卑之别，而“以诸侯之细而乐万乘之侈”，是一种违反礼义的僭越行为。

司马相如的上述观念与儒家《礼》学相表里，与汉初加强礼制建设的努力是一致的。天子和诸侯游猎，有供奉宗庙、简集士众、为田除害之功，因此，“无事则岁三田”是正当的行为，“无事而不田曰不敬，田不以礼曰暴天物。”（《礼记·王制》）但天子和诸侯的范围大小、出猎规模则有严格区别。就苑囿大小而言，规定“天子百里，诸侯三十里”；就出猎规模而言，则规定“天子不合围，诸侯不掩群。天子杀则下大绥，诸侯杀则下小绥，大夫杀则止佐车”（同上）。汉初，由于统一的中央集权还不很巩固，如何严别贵贱，明分尊卑，使人人自安其位不谋反叛，是统治者急于要解决的问题。为了巩固中央集权，抑制诸侯王势力的扩张，从高祖到武帝，都很重视张大皇权之于抑制异己力量的作用。刘邦始为帝时，群臣饮酒争功，醉则妄呼，拔剑击柱。为明君臣之礼，叔孙通制定了为后世所法的朝仪，令群臣习练。萧何建长乐与未央二宫，刘邦嫌过于豪华，萧何答道：“天子以四海为家，非令壮丽无以重威，且无令后世有以加也。”（《汉书·高帝纪》）萧何以为君主必须以壮大的宫阙来象征其威严。文景之时，爰盎“常引大体慷慨”，主张帝王要壮威严而弃谦让。武帝时丞相公孙弘更直谓“人主病不广大，人臣病不节俭”（《汉书·公孙弘传》）。这一层意思，司马迁曾在《史记·礼书》中总结道：“故天子大路越席，所以养体也；侧载臭茝，所以养鼻也；前有错衡，所以养目也；和鸾之声，步中《武》《象》，骤中《韶》《濩》，所以养耳也；龙旂九斿，所以养信也；寝兕持虎，鲛韅弥龙，所以养威也。”可见在当时，统治者追求穷极富丽的享受，并不违反王道，背逆礼义。它成为统治天下、震骇人心的交往手段，是神圣皇权的至高无上的象征。司马相如的《子虚》《上林》穷极形貌、备状物类以铺排天子游猎的壮伟，正是为了向天下昭示皇权的威严，这种夸大的描写与他在《喻巴蜀檄》和《难蜀父老》中对大汉威仪的张扬是一致的。也正因为如此，武帝因其赋而赏其人，让其入朝为郎。当然我们并不认为《子虚》《上林》没有辞浮于理的缺陷，但就总体而言，司马相如是把铺排作为手段，让其服务于宣扬皇权这一总目的。

三、屈君伸民：经学意识对汉大赋的渗透的又一重要表现

如前所述，以董仲舒为代表的今文经学家，把敬德保民的儒家精神用一种新的形式传达出来，在屈君伸天、伸天为民方面做足了文章。董仲舒把行政务施仁义的观点归结为《春秋》旨意：“是害民之小者，恶之小也。害民之大者，恶之大也。……考意而观指，则《春秋》之所恶者，不任德而任力，驱民而残贼之，其所好者，设而勿用，仁义以服之也。”（《春秋繁露·竹林》）在此基础上，董仲舒主张在政治生活中积极推行“仁义”法则，要求统治者根据“仁义”的原则，做到爱民让利，“泛爱群生，不以喜怒赏罚，所以为仁也”（《春秋繁露·离合根》）。

今文经学的此种精神在汉大赋中有充分体现，兹以有关狩猎题材的赋说明之。按照传统的政治观念，狩猎有三重目的：为田除害，上以供宗庙，下以简集士众。兹以《诗经》中表现相关内容的篇章略做说明。《周南・兔罝》篇，从安置捕兔的网罟的原始方式联想到赳赳武夫可以为“公侯干城”“公侯腹心”，选拔人才，为国御难。《召南・驺虞》篇是赞美为国君而设的驺虞之官的诗。驺虞的职责是驱赶猎物，供打猎者“一发五豝，一发五豵”[①]。《小雅・车攻》篇，小序说：“宣王复古也。宣王能内修政事，外攘夷狄，复文武之境土。修车马，备器械，复会诸侯于东都，因田猎而选车徒焉。”诗云：“田车既好，四牡孔阜，东有甫草，驾言行狩。之子于苗，选徒嚣嚣。建旐设旄，搏兽于敖。”《郑笺》谓“郑有甫田”，说明诸侯国内有专辟的土地，只养草，不种谷，专供国君的行狩。《小雅・吉日》篇：“兽之所同，麀鹿麌麌。漆沮之从，天子之所。”《大雅・灵台》篇说：“经始勿亟，庶民子来。王在灵囿，麀鹿攸伏。”《毛传》云：“囿，所以域养禽兽也，天子百里，诸侯四十里。”

西汉建立政权之后，此乐此事并未衰歇，“上林苑”在《史记》《汉书》中数见不鲜。上林苑的规模不小，而且设置专官，旧属少府，武帝时置水衡都尉，掌上林苑。上林有令，有八丞十二尉，少府属官有上林中十池监（见于《百官公卿表》），并不鉴于秦亡而废置。不仅如此，从刘邦起就重视上林苑，称为“吾苑”。《史记・萧相国世家》载，萧何为民请命曰：“长安地狭，上林中多空地，弃，愿令民得入田，毋收稿为禽兽食。”刘邦怒曰：“相国多受贾人财物，乃为请吾苑！”下萧何狱。在评价萧何、曹参功绩时，刘邦还曾以打猎时的功人功狗为喻，其田猎的习惯由此可见一斑。汉景帝二十九年，梁孝王入朝，因留，出则与帝同出游猎上林中，也不废此乐。至汉武帝，更大兴苑囿田猎之事。《汉书・东方朔传》载：“建元三年，微行始出，北至池阳，西至黄山，南猎长杨，东游宜春。微

---

① 参见边家珍：《〈诗・驺虞〉正解》，载《学术研究》1987 年第 3 期。

行常用饮酎已。八九月中，与侍中常侍武骑及待诏陇西北地良家子能骑射者期诸殿门，故有‘期门’之号自此始。微行以夜漏下十刻乃出，常称平阳侯。旦明，入山下驰射鹿豕狐兔，手格熊罴，驰骛禾稼稻秔（粳）之地。民皆号呼骂詈，相聚会，自言鄠杜令。令往，欲谒平阳侯，诸骑欲击鞭之。令大怒。使吏呵止，猎者数骑见留，乃示以乘舆物，久之乃得去。时夜出夕还，后赍五日粮，会朝长信宫，上大欢乐之。”

司马相如在《上林》赋的末尾，借武帝之口对其游猎进行了批评，认为是“大奢侈”，建议“地可垦辟，悉为农郊，以赡氓隶”。以后，汉武帝幸长杨，相如又奉《谏猎疏》，以“盖明者远见于未萌，而知者避危于无形，祸固多藏于隐微，而发于人之所忽者也”讽上，表面上说天子游猎会有不测之险，但以小喻大，含义深远。从游回来，路过杜南，他面对故秦的离宫——宜春宫，触景生情，作《哀二世赋》，说二世“持身不谨兮，亡国失势；信谗不寤兮，宗庙灭绝”，借此提醒武帝殷鉴在前，当谨于持身。

对皇帝狩猎的讽谏与批评，到扬雄那里达到一个新的高度。元延元年，扬雄在《长杨赋序》中说：“明年，上将大夸胡人以多禽兽。秋，命右扶风发民入南山，西自褒斜，东至弘农，南驱汉中，张罗网罝罘，捕熊罴豪猪，虎豹狖玃，狐兔麋鹿，载以槛车，输长杨射熊馆。以网为周阹，纵禽兽其中，令胡人手搏之，自取其获，上亲临观焉。是时，农民不得收敛。雄从至射熊馆，还，上《长杨赋》。”扬雄愤慨地批评了皇帝大举捕猎、贻害农民的行为。此赋以写田猎为构架，先以序文略叙长杨之猎，而在赋辞之中就完全以议论出之，突出高祖的为民请命、文帝的节俭守成、武帝的解除边患，树立楷模，颂古鉴今，与成帝背离祖训、不顾养民之道形成鲜明的对照。对先帝颂得愈高，对今上讽得愈深，议论凌厉，气势逼人。

元延二年，成帝田猎，扬雄献《羽猎赋》以讽。在序中，扬雄指出，古代圣王贤君的池沼苑囿与民共享，田猎有节，不夺农时。《孟子·梁惠王下》曰："文王之囿方七十里，刍荛者往焉，雉兔者往焉，与民同之。"扬雄显然发挥了孟子这一思想。作为对照，他还写了武帝的广苑囿，好田猎，游观侈靡，穷妙极丽，"尚泰奢，丽夸诩，非尧、舜三驱之意也。"

班固的《两都赋》否定恶政，赞扬仁政、善政。他在赋中写西都天子游猎道："于是……六师发逐，百兽骇殚，震震爚爚，雷奔电激；草木涂地，山渊反覆；蹂躏其十二三，乃拗怒而少息……风毛雨血，洒野蔽天……蹶巉岩，巨石隤，松柏仆，丛林摧；草木无余，禽兽殄夷。于是天子乃登属玉之馆，历长扬之榭，览山之体势，观三军之杀获。原野萧条，目极四裔，禽相镇压，兽相枕藉。"这真是一场触目惊心的杀戮，充分暴露了狩猎者逞情纵欲的本质，与古代讲究所谓"王用三驱"（《周易・比卦》爻辞）、网开一面的做法是大相径庭的。

针对狩猎，赋家提出了一些具体的"裕民"措施：一是节制，就是劝谏贵族们不要兴师动众地到处田猎游观。二是开放，就是建议将山林水泽向民众开放。帝王贵族们大筑宫殿、苑林、猎场，封山禁池，霸占民田，甚至造成了"富者田连阡陌，贫者亡立锥之地"的严重局面。赋家针对现实，提出要给予民众生存的条件，司马相如提出"隤墙填堑，使山泽之人得至焉。实陂池而勿禁，虚宫馆而勿仞"。开放山林水泽之地，麋鹿刍荛与民共之，百姓就有了生财之路。扬雄进一步地提出制田于民："复三王之田，反五帝之虞，使农不辍耰，工不下机；婚姻以时，男女莫违。"（《长杨赋》）三是励农，就是鼓励农民发展农业生产，这是以农为本的思想体现。那个时代农民离开农业，主要有两种情况。一种情况是统治者夺去农时，农民无暇农业，而造成农田的荒芜；另一种情况是弃农经商。于是赋家提出"地可垦辟，悉为农郊，以赡氓隶，隤墙填堑，使山泽之民得至焉"（《上林赋》）。扬雄针对汉武帝"游观侈靡"的生活，劝谏汉成帝要鼓励农民从事农业生产："丞（拯）民乎农桑，劝之以弗怠。"（《羽猎赋》）由此看来，从某种意义上说，汉大赋与今文经学在精神实质上是相通的。

四、“古文经学”的兴起与汉赋创作的嬗变

一般说来，“今文经学”指西汉董仲舒以后吸纳了齐学阴阳五行说的儒家经学，其特点是关注现实政治，讲阴阳五行、灾异谴告之论，致力于发掘、发挥经文背后的微言大义；“古文经学”则多讲文字训诂，留意典章制度，注重历史事实的展示与清理，有具有浓厚的实证色彩。今文经学家尊崇孔子，认为他是托古改制的“素王”，重《春秋公羊》之学，如董仲舒就说：“有非力之所能致而自至者，西狩获麟，受命之符是也，然后托乎《春秋》正不正之间，而明改制之义。”（《春秋繁露·符瑞》）古文经学家尊崇周公，把六经当作信史，重《周礼》之学。刘师培《经学教科书·序例》总结说：“大抵两汉之时，经学有今文古文之分，今文多属齐学，古文多属鲁学。今文家言，多以经术饰吏治，又详于礼制，喜言灾异、五行；古文家言，详于训诂，穷声音文字之原。各有偏长，不可诬也。”①

西汉中期，古文经学虽已形成，也有传本，但主要流传于民间，力量尚不够集中和统一，无力与今文经学抗衡。西汉后期，今文经学弊端日显，古文经学则赢得越来越多的士人的瞩目。汉哀帝时，以刘歆《移让太常博士书》为标志，作为一个完整意义上的学派，古文经学正式开始了与今文经学的对垒和斗争。这自然也波及辞赋创作领域，其重要表现就是扬雄对大赋的否定。

扬雄本是继司马相如之后颇有影响的辞赋作家，所作《甘泉赋》《河东赋》《羽猎赋》《长杨赋》都是大赋中的名作。然而，在写出这些大赋五六年后，扬雄却一改前辙，否定了自己的赋作。《汉书·扬雄传》说：“雄以为赋者将以风也，必推类而言，极丽靡之辞，闳侈巨衍，竞于使人不能加也，既乃归之于正，然览者已过矣。往时武帝好神仙，相如上

① 劳舒编、雪克校：《刘师培学术论著》，浙江人民出版社 1998 年版，第 171 页。

《大人赋》欲以风，帝反缥缥有凌云之志。繇是言之，赋劝而不止，明矣。又颇似俳优淳于髡、优孟之徒，非法度所存，贤人君子诗赋之正也，于是辍不复为。”扬雄在《法言·吾子》中指出“诗人之赋丽以则，辞人之赋丽以淫”，将大赋归入“丽以淫”之列，称其是“童子雕虫篆刻”，“壮夫不为”。后来刘勰谈及这一问题时说，大赋作品中，“逐末之俦，蔑弃其本，虽读千赋，愈惑体要。遂使繁华损枝，膏腴害骨；无贵风轨，莫益劝戒。此扬子所以追悔于雕虫，贻诮于雾縠者也”（《文心雕龙·诠赋》）。在这里，扬雄笼统地否定了汉赋踵事增华、铺张扬厉的文艺描写，显得有些偏激，有些矫枉过正，但也应看到，扬雄赋论又是针对昔日文坛弊端，有感而发，在一定程度上批判了汉赋创作中的不良倾向，指出当时作品忽视思想内容、徒具靡丽形式的缺点。

扬雄此举显示了他古文经学的立场。应该说，古文经学同样是儒家经学的组成部分，在基本指导思想特别是在维护封建宗法政治方面与今文经学并无二致。但在治学风格方面，它更为客观、平实、严谨，且与谶纬之学较少联系。这与大赋的取向是大异其趣的。扬雄拟《易》而作《太玄》，拟《论语》而作《法言》，不仅表示了自己宗经、征圣、明道的思想倾向，而且说明自己是要建立一个有别于当时盛行的今文经学思潮的独具特色的思想体系，表现了一种立足实际、直面现实的治学态度，表现了对正统解经、注经内容和方式的不满。在撰著《太玄》《法言》前后，扬雄还创作了一些抒情小赋，包括《太玄赋》《解嘲》《逐贫赋》《酒赋》等。他在这些赋中流露出强烈的忧患意识，也抒发了安贫乐道的自然之情。这些小赋已不见那种繁缛的经学说教，给人以别开生面的感觉。当然，除了古文经学的因素，此时重新抬头的道家思想也对扬雄及其赋作颇有影响。

随着经学的这种变化，汉赋创作也呈现出某些新的特点。由于今文经学继续处于官方地位，与之相辅相成的大赋依然受到重视，产生了被后世推为大赋极轨的班固《两都赋》和张衡《二京赋》。但值得注意的是，二人的赋作又都表现出与以往大赋的一些不同。班固《两都赋》讥讽了西汉的“穷泰而极奢”，颂扬了东汉皇朝的兴盛、繁荣，在结构形式上明显模仿了司马相如的《子虚》《上林》赋。《两都赋》减少了夸饰成分，更加注重史实，能够运用较多的史地材料，对当时社会风貌的描写有相当强的写实性。其间虽用了一些夸张的比喻，但还是比较真切、具体的。在布局谋篇、遣词用句方面，也经过了严谨的考虑，有较强的逻辑性，表现出较为严整、富赡、平实、晓畅的特色。班固即自称其赋：“义正乎扬雄，事实乎相如。”（《东都赋》）范晔在《后汉书·班固传》中说：“固文赡而事详。若固之序事，不激诡，不抑抗，赡而不秽，详而有体，使读之者，亹亹而不厌，信哉其能成名也。”尽管此处主要就《汉书》而言，但班固赋作也表现出同样的风格。更为重要的是，“整个‘西都’正是为‘东都’赋立靶的，作对照，以标举出东都‘奢不可逾，俭不能侈’的作赋本旨，从而对东汉王朝道德之盛、制度之美进行竭力的颂扬。‘西都’中‘穷泰极侈’的内容正是西汉赋家趋骛向往的，在司马相如、扬雄赋中属‘劝’的部分。班固这里表面上仍踵武司马相如而来，实际上规模和内容已被反讽化了。其原先价值被打破，性质也发生了变化，于是，传统赋的‘劝—讽’结构在《两都赋》里便实际变成了‘讽—颂’结构。”①

班固赋作的变化，与他的经学思想是一致的。班固“博贯载籍，九流百家之言，无不穷究。所学无常师，不为章句，举大义而已”（《后汉书·班固传》）。虽然班固曾受命编集《白虎通义》，对今文经学的思想也有所认同和宣传，但在总体上则倾向于古文经学。他曾批评眭弘、京房等今文经师推演灾异，“假经设谊，依托象类，或不免乎亿（臆）则屡中”（《汉书·眭两夏侯京翼李传》）的治学方法，赞同刘歆等古文学者不以空言说经而“据行事，仍人道”（《汉书·艺文志》）的解经态度和治学风格。王莽专权时将古文经立于学官，班固对此予以肯定，认为“所以

① 董治安、杨九诠：《两汉辞赋发展与经学演变》，《中文自学指导》1991年第4期。

罔罗遗失，兼而存之，是在其中矣”（《汉书·儒林传赞》）。可见，班固是赞同并支持古文经学的，进而在辞赋创作中贯彻了其求真务实的运思理路。当然，由班固《两都赋序》表述的赋说即可看出，在辞赋要为现实政治服务这一点上，今古文经学并没有什么不同①。

受古文经学影响较深的是张衡的《二京赋》。《二京赋》不言谶纬，行文多依从古文经。《二京赋》在形式上模拟《两都赋》，但并没有如班固那样大言谶纬，而且客观地叙述了光武中兴，这显然是古文经学的作风②。《二京赋》行文依从古文经表现在以下几个方面：

第一，与其他汉代人的作品一样，张衡也爱化用经籍上的文句，但张衡更爱化用古文经上的文句，有时甚至直接借用。如《二京赋》“且夫天子有道，守在海外”出自《左传·襄公二十三年》“天子守在四夷”；“且夫挈瓶之智，守不假器”出自《左传·昭公七年》之“虽有挈瓶之知（智），守不假器，礼也”；“增九筵之迫协”出自《周礼·考工记》之“周人明堂，度九尺之筵”；“鬻良杂苦”化用《周礼·天官·典妇功》之“辨其苦良而买之”；“经途九轨，城隅九雉”出自《周礼·考工记》之“经途九轨”和“城隅之制九雉”；“度堂以筵，度室以几”出自《周礼·考工记》之“室中度以几，堂中度以筵”，等等。

第二，《二京赋》行文中所涉经旨，多依从古文经之说。如“徒恨不能以靡丽为国华，独俭啬以龌龊，忘《蟋蟀》之谓何”，其《诗·蟋蟀》之旨，就依从《毛诗》之说，小序曰：“《蟋蟀》，刺晋僖公也。俭不中礼，故作是诗以闵之，欲其及时以礼自虞乐也。”

第三，在赋中涉及典礼，多从《周礼》之制度。其中写到的藉田、郊祀天地、大饮、大阅、大傩等典礼，除藉田礼依《礼记》而外，其他典礼均依《周礼》之制度。

---

① 参张涛：《经学与汉赋的发展》，载《殷都学刊》2000年第1期。

② 参刘培：《经学的演进与汉大赋的嬗变》，载《南开学报》2001年第1期。

第四，对于朝代之兴衰，张衡抛弃了今文经学的“五德相生”说，他指出：“苟好剿民以媮乐，忘民怨之为仇也；好殚物以穷宠，忽下叛而生忧也。夫水所以载舟，亦所以覆舟。”“必以肆奢为贤，则是黄帝合宫，有虞总期，固不如夏癸之瑶台、殷辛之琼室也，汤武谁革而用师哉！盍亦览东京之事以自寤乎？”他清醒地看到朝代之陵替在于民心之所向，君王之德行，而不是上天受命。张衡的这种历史观显然与古文经学崇尚实学的学风有一定的联系。

五、经学的衰落与大赋的消歇

汉大赋衰落的原因较为复杂，从经学的角度看，以下两个因素值得我们注意。

其一，“纯粹”的赋家希望靠近经学，但他们并未取得经术士的社会地位。大赋的兴盛和衰退与帝王本人爱好的变化和对它的利用程度有着直接的关系。武帝于建元元年（前140年）采纳卫绾的建议，罢黜所举贤良中“治申、商、韩非、苏秦、张仪之言”者（《汉书·武帝纪》）。建元六年（前135年）窦太后去世的当年，武帝直接起用好儒术的田蚡为相，彻底战胜了以窦太后为首的黄老势力，又把除儒家五经以外的太常博士一律罢黜，将黄老刑名百家之言排斥于主流意识形态之外，而以优厚的礼遇招纳儒生数百人。元光元年（前134年），武帝又采纳董仲舒的建议：“诸不在六艺之科，孔子之术者，皆绝其道，勿使并进。”（《汉书·董仲舒传》）这就是中国历史上有名的“罢黜百家，独尊儒术”的思想战役，从此以后，儒家与皇权结合，形成高度统一的意识形态。在官制上，各级官吏也主要出自儒生。此后虽然几经变化，但儒家思想基本上在整个封建社会的意识形态中居主导地位。自武帝开始，儒学的传授在汉代出现了一个昌盛的局面，武帝时有博士弟子五十人，成帝时增至三千人，东汉顺帝时已达三万之众。经学的昌盛和博士弟子的众多，直接控制着汉代的思想领域，影响着士人们的前途。经学从理论上根据皇权的统治需要为其寻找理论依据并进行辩护，统治者也对儒生们投桃报李，广开“禄利之路”(《汉书·儒林传赞》)。在此种历史背景下，较之经术士，“纯粹”赋家的地位要低得多。《汉书·枚皋传》曰：“皋不通经术，诙笑类俳倡，为赋颂好嫚戏，以故得媟黩贵幸，比东方朔、郭舍人等，而不得比严助等得尊官。”故其晚年常叹“为赋乃俳，见视如倡”《汉书·东方朔传》。谓东方朔“与枚皋、郭舍人俱在（武帝）左右，诙啁而已”。宣帝时的著名赋家王褒、张子侨等，数从宣帝游猎，“所幸宫馆，辄为歌颂，第其高下，以差赐帛”。“其后太子体不安，苦忽忽善忘，不乐。诏使褒等皆之太子宫虞侍太子，朝夕诵读奇文及所自造作。疾平复，乃归。”(《汉书·王褒传》) 连司马相如也常郁郁不乐，“常称疾避事”。因此扬雄总结赋家的地位是“颇似俳优淳于髡、优孟之徒”(《汉书·扬雄传》)。这几位赋家的命运比较相似，他们不善经术，又无太多背景，完全靠献赋而待诏皇帝左右。另一些赋家如刘向、班固等，既是赋家，又是学者，他们多是因宗族和父子关系进入朝廷。再一类人，他们既是赋家，又是儒生，做官凭借的是通晓经术，例如严助、吾丘寿王、朱买臣等。

从统治者的眼光看，经学有其不可比拟的强大优势，统治者用经学为巩固皇权服务，用赋只为自己提供遣兴的娱乐而已。而从士人这一方来分析，经学可以从家庭、老师那里比较容易地习得，而作赋相对而言要困难一些。虽然是“读千赋则善赋”（桓谭《新论·道赋》引扬雄语），但赋的写作毕竟是一个艺术创作的过程，需要具备创造性的思维和才能，并非人人可以习而得之、习而专之。枚皋以才思快捷出名，但他自叹才气不如相如。相如每作一赋则要花费大量心血，身心受到极大的损耗。再如扬雄作赋，尝梦见自己内脏涌出，几至累死。张衡的《二京赋》更是历时十年。这样的创作甘苦，以及有如此的甘苦还未必拥有与之相应的成果，两相比较，难易不辨自明。

其二，随着汉王朝的衰朽，与经学的衰落相呼应，赋家亦失去以赋为谏章的作赋动机。随着王朝的日益没落，皇帝本人多无所作为，东汉后半期的百年间，帝王一改前辈的励精图治而生活趋于奢靡，虽然有贾逵、黄香、李尤、苏顺、张衡、马融、王逸、王延寿、班昭等众多赋家，但是帝王对辞赋的兴趣再次削弱。马融在《广成赋》中因为讽刺了那些兴文德、废武功的当权人士，得罪了掌权的邓太后及其外戚兄弟，滞留东观十年不得升迁，这对当时的赋家是一个深刻的教训，赋家也就逐渐地从皇权的生活中退了出去。此后除了张衡的《二京赋》外，汉代再无其他大赋作品出现，整个赋体文学的主题呈多元化倾向，各叙其事，各抒其情。虽然汉末灵帝时设鸿都门学，但“侍中祭酒乐松、贾护，多引无行趣势之徒，并待制鸿都门下，喜陈方俗闾里小事，帝甚悦之，待以不次之位，又市贾小民，为宣陵孝子者，复数十人，悉除为郎中、太子舍人”(《后汉书·蔡邕列传》)。这本是一群取悦皇帝的无行小人，所谓“能为尺牍辞赋者”，不过以此换取个人功名利禄而已，完全抛弃了文学的讽喻价值和审美价值。

此外，西汉后期，以严遵、扬雄为代表，道家之说一度比较流行。东汉中期以后，道家思想再度兴盛，并为魏晋玄学的产生导夫先路。张衡的思想理论中就有不少道家的自然主义倾向、社会批判意识。这给他的辞赋创作注入了新的活力，提供了更多的养料。张衡在《二京赋》中已有崇尚老庄的倾向：“遵节俭，尚素朴，思仲尼之克己，履老氏之常足。将使心不乱其所在，目不见其可欲。”他的抒情小赋《思玄赋》《归田赋》《髑髅赋》更是有着一种道家的思想情怀。这些小赋的推出，也标志着赋坛的重大变化，即大赋那种陈陈相因而相对滞涩、烦琐的格式趋于解体，篇幅短小、述志述怀的抒情小赋逐渐兴盛起来了。抒情小赋在很大程度上摆脱了经学特别是今文经学的依附，没有曲意逢迎和歌功颂德，比较真实、深刻地反映了民心民意和个人情感，显示出巨大的生命力和感染力，所以很快成为赋坛的主角。

第二章　经学与司马迁的《史记》创作

司马迁的《史记》，可谓代表了两汉史传散文的最高成就。研究司马迁《史记》的创作动机，探寻其所取得的多方面的巨大成就，不能脱离经学。甚或可以说，也只有将经学的因素完全纳入研究的视界，才有可能使我们深入太史公的内心世界，领会其赋予《史记》的特殊意义以及在写法上的精到之处。

一、司马迁所受到的经学教育

司马迁《史记》的创作与经学关系甚深，这首先要从他的家学、师承与其所受到的经学教育谈起。司马迁所受到的教育，应当说主要有两个来源：一是接受其父司马谈的启蒙；二是师从董仲舒学习《春秋》公羊学。

司马迁的父亲司马谈约生于汉文帝时期，他曾“学天官于唐都”（《太史公自序》），“天官”，指天文之学，由于古人观测天上的日月星辰，赋以君臣、尊卑、百官之称，所以称天文之学为天官，而唐都是当时有名的天文专家[①]。晚年，他还和司马迁、落下闳一起，参与了太初历的改

① 《史记·历书》载：“至今上继位，招致天下方士唐都，分其天部。”

制工作。司马谈又“受《易》于杨何”(《太史公自序》)。杨何是汉初著名的《易》学家，字叔元，菑川人，《汉书·艺文志》著录其解《易》著作《杨氏》二篇。西汉成帝时，刘向校书，把田何、杨何、丁宽并列，谓“考《易》说，以为诸《易》家说皆祖田何、杨叔元(何)、丁将军(宽)，大谊略同”(《汉书·儒林传》)。杨何以《易》学于元光六年被征召为中大夫，另据王先谦《汉书补注》说“武帝立五经博士，《易》惟杨何”，足见其说影响之大。《易》讲阴阳吉凶，司马谈学天官和《易》，是史官必备的知识。司马谈还“习道论于黄子”(《太史公自序》)，黄子就是景帝时的博士黄生，他曾在景帝面前与《诗》博士辕固生有过一场关于汤放桀、武王伐纣的性质的辩论。

司马氏“世典周史”，司马谈在汉武帝时任太史公官职。刘知幾指出：“盖史之建官，其来尚矣。……案《周官》《礼记》，有太史、小史……左史、右史之名。”(《史通·史官建置》)《汉书·艺文志》云：“古之王者，世有史官，君举必书。……左史记言，右史记事；事为《春秋》，言为《尚书》。”司马谈出生于周代史官世家，又身任汉代的太史令官职，他对于六经等古代典籍当是非常熟悉的，并且希望司马迁学习、效法这些经典，这在司马迁的《自序》中记载得很明白：“(司马谈)执迁手而泣曰：‘余先，周室之太史也……汝复为太史，则续吾祖矣。……余死，汝必为太史；为太史，无所忘吾所欲论著矣。……夫天下称诵周公，言其能论歌文、武之德，宣周邵之风，达太王、王季之思虑，爰及公刘，以尊后稷也。幽、厉之后，王道缺，礼乐衰，孔子修旧起废，论《诗》《书》，作《春秋》，则学者至今则之。自获麟以来四百有余岁，而诸侯相兼，史记放绝。今汉兴，海内一统，明主贤君忠臣死义之士，余为太史公而弗论载，废天下之史文，余甚惧焉，汝其念哉！”司马谈遗嘱中要求司马迁遵守产生于六经文化、崇尚周公孔子之道的史学传统。不难推断，在司马迁所受到的家庭启蒙教育中，经学的内容是主要的。

司马迁少时曾向孔安国学习古文《尚书》，《太史公自序》中自谓

“迁生龙门，耕牧河山之阳，年十岁则诵古文”。《汉书·儒林传》云：“安国为谏大夫，授都尉朝，而司马迁亦从安国问故。迁书《尧典》《禹贡》《洪范》《微子》《金縢》诸篇，多古文说。”也有学者提出，作为一个年仅十岁的儿童，学习古文尚书不大可能，“古文”当即“籀文”，是和汉代通行的隶书相对而言的。据许慎《说文解字序》说：汉时“学僮十七已上，始试，讽籀书九千字，乃得为史。又以八体（指大篆、小篆、刻符、虫书、摹印、署书、殳书、隶书）试之，郡移太史并课，最者，以为尚书史。书或不正，辄举劾之”。

司马迁青年时期受学于大儒董仲舒。张大可先生考证说，司马迁元朔三年壮游，归来京师受学于董仲舒，当在董仲舒家居茂陵之时，即元狩二年至元狩六年之间，也就是司马迁二十五至二十九岁之时[①]。董仲舒一生以讲学为业，著作很多，据《汉书·董仲舒传》说凡百二十三篇又十余万言。其重要著作《春秋繁露》，系统阐述了《春秋》公羊学的理论，体大思精，推见至隐，于《春秋》公羊家之义颇多发明。《太史公自序》记载司马迁与壶遂问答，壶遂问“孔子何为而作《春秋》”，司马迁答“余闻董生曰”云云。董生是对董仲舒的尊称。司马迁的长篇答语，即论《春秋》之义，就是化用《春秋繁露》的论述，也就是说，司马迁论《春秋》，本之于董氏今文学。《自序》云：“子曰：我欲载之空言，不如见之于行事之深切著明也”，见《繁露·俞序》篇。《自序》云：“夫《春秋》上明三王之道，下辨人事之纪，别嫌疑，明是非，定犹豫，善善恶恶，贤贤贱不肖”，见《繁露·盟会要》。《自序》云：“《书》以道事”，“《春秋》辨是非，故长于治人”，见《繁露·玉杯》。“拨乱世，反之正，莫近于《春秋》”，见《繁露·王道》。“万物之聚散皆在《春秋》”，见《繁露·重政》。“《春秋》之中，弑君三十六，亡国五十二”，见《繁露·灭国上》。“故有国者不可以不知《春秋》”云云，见《繁露·俞序》。

---

① 见张大可：《司马迁评传》，南京大学出版社，1994年版，第70页。

“故《春秋》者，礼义之大宗也”，见《繁露·楚庄王》。《史记·儒林列传》对董仲舒的公羊学做了高度的评价。司马迁说：“故汉兴至于五世之间，唯董仲舒名为明于《春秋》，其传公羊氏也。”对希世用世的公孙弘则批评说：“公孙弘治《春秋》不如董仲舒。”从司马迁的思想倾向及感情色彩，说明他与董仲舒具有师承关系。

二、“考信于六艺”：司马迁《史记》创作之主导思想

司马迁在《伯夷列传》中说：“夫学者载籍极博，犹考信于六艺。”他认为儒家经典是选用史料的重要依据。我们可以说，司马迁的《史记》创作，没有把自己定位在史学范围内，而是努力追求“经”的形象和作用，着意体现著者“经世”“教化”等经学思想的倾向。司马迁不甘心于一般地以史言道、以史论政，而是以诸子时代的开山祖师孔子后继者自居自勉，立志之高远，自然不同于一般。

进入汉代以后，大力提倡“六经”的主要是儒家，特别是到了汉武帝的时候，儒学已彻底地战胜黄老学说成为一枝独秀的官方学说。当司马迁把“六经”视为先王政典的时候，其思想虽然不是完全地源于儒家，但他接受和认同儒家的观念则又是有一定的依据的。事实上，“儒者以六艺为法”（《太史公自序》）的观念对司马迁的影响也是很深的。在历史的传承中，与诸子百家的学说相比，儒家有更加关心“六经”治道之理的倾向。司马迁在《太史公自序》中借其父之口明确地表达了“孔子修旧起废，论《诗》《书》，作《春秋》，则学者至今则之”的认识。从这里出发，司马迁“论考之行事”时把握的原则，是以“六经”为原点为师法对象的。

司马迁《太史公自序》阐发六艺的精义云：“《易》著天地阴阳四时五行，故长于变；《礼》经纪人伦，故长于行；《书》记先王之事，故长于政；《诗》记山川谿谷禽兽草木牝牡雌雄，故长于风；《乐》乐所以立，

故长于和；《春秋》辩是非，故长于治人。是故《礼》以节人，《乐》以发和，《书》以道事，《诗》以达意，《易》以道化，《春秋》以道义。拨乱世返之正，莫近于《春秋》。”司马迁将自己对六经的理解灌注到史的创作中，并希望以此指导当代政事。《淮南衡山王列传》“太史公曰”：“《诗》之所谓‘戎狄是膺，荆舒是惩’，信哉是言也！淮南、衡山亲为骨肉，疆土千里，列在诸侯，不务遵蕃臣职，以承辅天子，而专挟邪僻之计，谋为叛逆。……此非独王过也，亦其俗薄，臣下渐靡使然也。”由此不难看出，司马迁于运笔绎思之际，每以六艺为准的。也可以说，他是把“史”作为述“经”的载体，而希望达到立言目的的。清汪之昌说得对：“读《史记》者，咸推子长擅史才……子长尤重经术也。”（《青学斋集·孟荀列传书后》）

从创作的角度看，“考信于六艺”的原则也有相当的合理因素。经书中的史料与所记史事时代接近，产生的讹误较少，可信度较高，可纳入原始史料的范围；以历史认识论的观点来看，经书被视为圣人著作的典籍，与战国、秦、汉间百家异说相比，其价值取向更趋近于客观事实，较为真实可信。因此在考古学还没有发达的时候，“考信于六艺”不失为一种行之有效的方法。

三、《史记》创作与《诗》学

据不完全统计，在《史记》一书中“诗”字共出现了一百二十余次，其中一百余次都明确指称《诗经》，直接标明引自于《诗经》的诗句多达二十二处，涉及十八篇[①]。由此可见，司马迁对《诗经》的重视以及《史

① 参张晨：《试论司马迁的〈诗经〉观——兼及〈史记〉与〈诗经〉之关系》，载《北方论丛》2001年第5期。

记》与《诗经》二者关系之密切。

首先，《诗经》的怨刺诗作，对司马迁的“发愤”著《史记》有重要影响。孔子概括《诗》的社会作用说：“诗可以兴，可以观，可以群，可以怨。”(《论语·阳货》) 其中，“怨”是就文学作品的干预现实、批评社会的作用而言的。《论语集解》引孔安国说：“怨刺上政。”但从《诗经》中许多表现“怨”的作品来看，并非都是“怨刺上政”，有一些是对社会上不合理现象的牢骚和不满，甚至可以包括爱情婚姻方面的不如意遭遇。不过，“怨”的主体是对现实不良政治的批判。与孔子相较，司马迁也注意到《诗》的“怨”或“哀”，认为作《诗》者都是有所郁结的伤心之士或失意之人。《太中公自序》中司马迁说：“《诗》三百篇，大抵贤圣发愤之所为作也。此人皆意有所郁结，不得通其道也，故述往事，思来者。”又有“于是论次其文，七年而太史公遭李陵之祸，幽于缧绁”之语，说明他的上述认识，是来自于他个人的生活经历与创作实践的。司马迁又举出大量实证：“夫《诗》《书》隐约者，欲遂其志之思也。昔西伯拘羑里，演《周易》；孔子厄陈、蔡，作《春秋》；屈原放逐，著《离骚》；左丘失明，厥有《国语》；孙子膑脚，《兵法》修列；不韦迁蜀，世传《吕览》；韩非囚秦，《说难》《孤愤》。《诗》三百篇，大抵贤圣发愤之所为作也。”(《太史公自序》) 这又可以说明，司马迁的上述认识，是在分析了大量史料，总结了大量事实之后而取得的。正因为司马迁的认识既来自于个人的切身感受，又归纳了大量的客观事实，所以才显得尤为可贵。司马迁强调的“发愤著书说”，一方面继承和发展了孔子诗“可以怨”，另一方面也表现出作家极大的批判精神与战斗精神。

谈到司马迁的创作《史记》，就不能不讲到他在李陵案中遭到牵连——这更有助于让我们看出司马迁的创作动机。李陵以天汉二年降匈奴，司马迁为之辩，下狱；次年误传李陵为匈奴练兵，族其全家。司马迁亦因而受腐刑。这是司马迁在三十七岁与三十八岁（依郭沫若关于司马迁生年说）时的事。这次的创痛太深，所以流露于各篇者亦最多；凡是感慨于资财的缺乏、伤心于世态炎凉、痛恨于狱吏的惨酷、个人受毁之易、荐士之难、友道的苦味、宦官之可耻等，可以说莫不与之有心理上的相关性。按照弗洛伊德的个体心理学的观点，压抑与抗争是相联系的。而抗争的方式可以是惨淡而痛苦的沉默，也可以是沉默中的发愤著书——一种精神上的独白或曰呐喊。综合看来，我们可以知道司马迁著史绝不是简化为文献的收集与整理、考证，或是以一种冷漠的态度从外部观察历史，而是他带着深切的痛苦去理解过去的时代与人物。《史记》是文学的历史，也是历史的文学，而文学渗透着情感，因而单纯就艺术的结果来说它就是情感参与和历史的高度统一。鲁迅在《汉文学史纲要》中说："(司马迁)恨为弄臣，寄心楮墨，感身世之戮辱，传畸人于千秋，虽背《春秋》之义，固不失为史家之绝唱，无韵之《离骚》矣。惟不拘于史法，不囿于字句，发于情，肆于心而为文，故能如茅坤所言：'读游侠传即欲轻生，读屈原、贾谊传即欲流涕，读庄周传、鲁仲连传即欲遗世，读李广传即欲立斗，读石建传即欲俯躬，读信陵、平原君传即欲养士也。'"[①] 历史被赋予了精神才是活生生的、有灵魂的历史。司马迁的《史记》是有生命的历史，这浸透着作者的滔滔情思和进取的人生观，其人生的忧患意识与悲凉感也因此而生出文学的抒情性，与《诗经》的怨刺精神是相通的。

其次，司马迁善于从《诗经》中汲取史料，将一些诗篇改写为史传文字。尤其是在其追述先商和先周文明发展史的时候，大都以《诗经》的有关诗篇为基础，再参以其他典籍的相关材料，或直接采入，或加以改编、综合、归纳，以《诗》入史。《殷本纪》中关于先殷文化的记载，就大多来自《诗经》中的《玄鸟》《长发》诸篇，而《周本纪》中关于先周历史上的诸先王如后稷、公刘、古公、季历、文王和武王等人的记载也是直接取材于《诗经》中的《生民》《公刘》《绵》《皇矣》《大明》

① 鲁迅：《汉文学史纲要》，人民出版社 1973 年版，第 58—59 页。

《文王有声》《閟宫》等诗篇。例如，《生民》篇写姜嫄生后稷曰："厥初生民，时维姜嫄。生民如何？克禋克祀，以弗无子。履帝武敏歆，攸介攸止。载震载夙，载生载育，时维后稷。诞寘之隘巷，牛羊腓字之。诞寘之平林，会伐平林。诞寘之寒冰，鸟覆翼之。鸟乃去矣，后稷呱矣。"《史记·周本纪》中据此改写为："周后稷，名弃。其母有邰氏女，曰姜原。姜原为帝喾元妃。姜原出野，见巨人迹，心忻然说，欲践之，践之而身动如孕者。居期而生子，以为不祥，弃之隘巷，马牛过者皆辟不践；徙置之林中，适会山林多人，迁之；而弃渠中冰上，飞鸟以其翼覆荐之。姜原以为神，遂收养长之。初欲弃之，因名曰弃。"

再次，《诗经》所蕴含的道德教化精神，直接影响了司马迁对是非善恶的判断与褒贬。《周本纪》说："（周）兴正礼乐，度制于是改，而民和睦，颂声兴。"司马迁与《诗经》雅颂的作者们所站立的道德立场是完全相同的。《史记》中对公刘的记载和评价，云："公刘虽在戎狄之间，复修后稷之业，务耕种……百姓怀之，多徙而保归焉。周道之兴自此始，故《诗》人歌乐思其德。"这里说的"诗人歌乐思其德"，是指《诗经·大雅·公刘》篇，诗中唱道："笃公刘，逝彼百泉。瞻彼溥原，乃陟南冈。乃觏于京，京师之野。""笃公刘，既溥且长。既景迺冈，相其阴阳，观其流泉。"诗篇记述了周人酋长公刘率领周人自邰迁至豳地，初步定居并发展农业。全诗围绕"匪居匪康"展开，选取有代表性的典型事例，刻画了一位具远见卓识、勤奋不懈、有非凡领导才能的首领形象，司马迁述《公刘》诗义，并寄寓赞颂之义。又如《燕召公世家》谓："召公之治西方，甚得兆民和。召公巡行乡邑，有棠树，决狱政事其下，自侯伯至庶人各得其所，无失职者。召公卒，而民思召公之政，怀棠树不敢伐，歌咏之，作《甘棠》之诗。"武王崩后，成王继位，因年幼，由其周公和召公辅政。周、召二公立石为界，分陕而治。周公营东，召公治西。召公勤政爱民，体恤民情，每下乡巡视，总在田间地头处理政务，释民疾苦，听讼决狱，扶持农桑，教化百姓。为了不扰百姓，他累了就在棠梨树下休息。对此，人们编就歌谣，广为传唱，即《诗经·甘棠》篇。诗中唱道："蔽芾甘棠，勿翦勿伐，召伯所茇。蔽芾甘棠，勿翦勿败，召伯所憩。蔽芾甘棠，勿翦勿拜，召伯所说。"司马迁欲宏扬召公之德行，"嘉《甘棠》之诗，作《燕世家》第四"（《太史公自序》）。

另一方面，对于统治者的恶行败德及昏庸政治，司马迁又常站在《诗》人立场予以批判。如《秦本纪》谓："三十九年，缪公卒，葬雍。从死者百七十七人，秦之良臣子舆氏三人，名曰奄息、仲行、针虎，亦在从死之中。秦人哀之，为作歌《黄鸟》之诗。君子曰：秦缪公广地益国，东服强晋，西霸戎夷，然不为诸侯盟主，亦宜哉。死而弃民，收其良臣而从死。且先王崩，尚犹遗德垂法，况夺之善人良臣百姓所哀者乎？"《秦风·黄鸟》，《小序》说："哀三良也。"《左传·文公六年》载："秦伯任好（秦穆公）卒，以子车氏之三子奄息、仲行、针虎为殉，皆秦之良也。国人哀之，为之赋《黄鸟》。"秦穆公死后，秦人为哀悼三良作《黄鸟》，诗中反复说："彼苍者天，歼我良人。如可赎兮，人百其身！"司马迁记秦穆公以人殉葬，同时记秦人歌《黄鸟》，其否定、斥责的态度不言自明。

此外，《史记》在对历史事件和历史人物的论述中，还往往引用《诗经》的诗句来表明作者的态度。这些诗句在构成《史记》历史记述的有机组成部分的同时，也流露出作者的强烈褒贬倾向。如《孔子世家》"太史公曰"引用《诗·小雅·车舝》中"高山仰止，景行行止"的诗句，借以形容孔子人格之高大，同时表达了作者的仰慕之情，给人留下很深的印象。引《诗》为论肇始于先秦时期，在春秋时期的诸子争鸣和战国时期纵横家的进谏、游说、讲演和著述等活动中，往往引经据典以增强自己学说的说服力，而《诗经》在当时被引用的频率是最高的。而在著史时引《诗》来表示作者对历史事件和人物的评价，应该说司马迁在《史记》中是首创。

四、《史记》创作与《春秋》学

司马迁著史“考信于六艺”，六艺中又特别重视《春秋》学。

（一）司马迁要继承发扬孔子作《春秋》的精神

司马迁从孔子作《春秋》的“素王”之业受到启发，在《史记》中寄托自己的理想，以表达对政治、哲学、历史、经济等诸多问题的看法。

对于孔子作《春秋》的动机目的的认识，有一个逐步形成、完善的过程。从现存文献来看，是孟子第一次明确地说孔子作《春秋》，其后经过儒家后学特别是《春秋》公羊学派的阐发，完整的孔子作《春秋》的理论最终形成。孟子曾“受业于子思之门人”（《史记·孟子荀卿列传》），孟子自己曾说：“予未得为孔子徒也，予私淑诸人也”（《孟子·离娄下》），他把自己视为孔子的“私淑”弟子。《史记·孟子荀卿列传》载，孟子“退而与万章之徒序《诗》《书》，述仲尼之意，作《孟子》七篇”。赵岐《孟子题辞》说他“通五经，尤长于《诗》《书》”。从现存《孟子》七篇看来，孟子何止长于《诗》《书》，他对于《春秋》之学更有不少精辟的见解。

孔子为什么要作《春秋》？孟子讲：“世衰道微，邪说暴行有作，臣弑其君者有之，子弑其父者有之。孔子惧，作《春秋》。《春秋》，天子之事也。是故孔子曰：‘知我者其惟《春秋》乎！罪我者其惟《春秋》乎！’”（《孟子·滕文公下》）从《论语》的记载中不难看出，孔子对周室东迁后的社会变化，确是忧心忡忡。孟子还说过“王者之迹熄而《诗》亡，《诗》亡然后《春秋》作”的话，所表达的也是同样的意思。所谓“王者之迹熄”，就是孔子所见所闻之春秋时代特点。春秋时代，周室衰微，诸侯力政，子弑父、臣弑君的非礼行为比比出现，孔子理想中的西周盛世的王政已为霸政所取代。孔子面对这君臣父子名分紊乱的状况，感到恐惧，以为发展下去将不堪收拾。孟子认为，孔子正是出于对君臣纲常紊乱现实的巨大深沉的忧患而作《春秋》的。换句话说，《春秋》实非孔子偶然所为，孔子是抱着一定的政治用意而作《春秋》的，这用意不是别的，就是要正名，就是要恢复西周盛世之礼制，以达于“王道”之理想。孟子得出结论说：“《春秋》，天子之事也。”《春秋》所写的是关于天子之事，孔子是以布衣平民的身份在《春秋》中代替天子行使赏罚褒贬威权，这样孟子就将孔子提高到无冕之王亦即“素王”的水平。

孟子说：“晋之《乘》，楚之《梼杌》，鲁之《春秋》，一也。其事则齐桓、晋文，其文则史。孔子曰：‘其义则丘窃取之矣。’”这里清楚地说明了孔子“作《春秋》”的“作”字的含义。孔子作《春秋》，是指在“鲁之《春秋》”的基础上加以修订改造，不是说原先什么也没有，孔子无中生有地硬造出一部《春秋》来。就内容来说，孔子“作”的《春秋》所讲依然是齐桓、晋文之类的霸业，其文体也与“鲁之《春秋》”旧文一样，是一部史书。不同之处就在于孔子作《春秋》时把“义”——政治思想加进去了，所谓“其义则丘窃取之矣”。按照儒家后学的说法，孔子在《春秋》中寄寓了许多微言大义，由于害怕受到当时诸侯贵族的迫害，所以这些微言大义没有明确写出来，而是由孔子口头授给弟子，再由弟子口口相传，最后在汉代才著于竹帛，《春秋公羊传》和《春秋穀梁传》就是以阐释《春秋》微言大义为名义而出现的。这就使得“鲁之《春秋》”与孔子所“作”之《春秋》有了本质的区别——一个是与“晋之《乘》，楚之《梼杌》”无甚区别的一般史书，一个是借助历史材料来讲政治的经典式巨著，孟子的见解无疑是敏锐而准确的[①]。至《公羊传》，

① 从现存史料看，《左传》作者已点出了孔子“作”《春秋》的事实。如《左传·僖公二十八年》：“是会也，晋侯召王，以诸侯见，且使王狩。仲尼曰：‘以臣召君，不可以训。’故书曰：‘天王狩于河阳’，言非其地也，且明德也。”《史记·晋世家》据此云：“孔子读史记至文公，曰：‘诸侯无召王。’‘王狩河阳’者，《春秋》讳之也。”《周本纪》《孔子世家》也有类似的话。互相比勘，足见孔子所“书”即今所传《春秋》，这是孔子修改鲁史的实例。《左传·成公十四年》又记载：“君子曰：‘《春秋》之称微而显，志而晦，婉而成章，尽而不汙，惩恶而劝善，非圣人谁能修之？’”

便将未经孔子加工的鲁《春秋》叫作“不修《春秋》”，以表明经过孔子修过的《春秋》与“不修《春秋》”有本质的不同。《公羊传·庄公七年》记载：“不修《春秋》曰：‘雨星不及地尺而复。’君子修之曰：‘星霣如雨。’何以书，记异也。”此“君子”，也当指孔子。何休《公羊解诂》说：“不修《春秋》，谓史记也。”说明“雨星不及地尺而复”，乃是旧史的原文，是孔子修订为“星霣如雨”的。关于孔子“作”《春秋》的意义，《孟子·滕文公下》载孟子曰：“昔者禹抑洪水而天下平，周公兼夷狄驱猛兽而百姓宁，孔子成《春秋》而乱臣贼子惧。”孟子将孔子作《春秋》的意义，与大禹治洪水、周公“兼夷狄驱猛兽”相提并论，或者也可以说是把孔子的作《春秋》，比作大禹的治水、周公“兼夷狄驱猛兽”，足见其意义之重大。为什么能够这样说呢？因为这三者都是关系到人民生死存亡的大事件。大禹治水，使人民得到了最基本的生存环境；周公赶走猛兽般的夷狄，保证中原先进文化不被落后野蛮的夷狄文化所代替；孔子作《春秋》，则为社会树立了合乎西周礼制的王道理想，使“乱臣贼子”无所逃于诛责。

孟子对《春秋》的认识直接影响了《公羊传》和董仲舒。《公羊传》接受了孟子关于《春秋》讲天子之事的观点，在其结尾处意味深长地点明孔子作《春秋》的目的：“君子曷为为《春秋》？拨乱世，反诸正，莫近诸《春秋》，”“制《春秋》之义，以俟后圣。”《公羊传》昭公十二年说：“《春秋》之信史也，其序则齐桓、晋文，其会则主会者为之也，其词则丘存罪焉耳。”这些话显然从孟子那里脱胎而来。鲁哀公十四年（前481年）发生了获麟事件，孔子认为这是上天赐予自己“素王”的受命符瑞，董仲舒就此事说：“有非力之所能致而自致者，西狩获麟，受命之符是也。然后托乎《春秋》正不正之间，而明改制之义。”（《春秋繁露·符瑞》）

司马迁在《太史公自序》中，引董仲舒之言，突出强调了《春秋》的一王之法及其划时代的意义：

上大夫壶遂曰："昔孔子何为而作《春秋》哉？"太史公曰："余闻之董生：'周道废，孔子为鲁司寇，诸侯害之，大夫壅之。孔子知时之不用，道之不行也，是非二百四十二年之中，以为天下仪表，贬天子，退诸侯，讨大夫，以达王事而已矣。'子曰：'我欲载之空言，不如见之于行事之深切著明也。'夫《春秋》，上明三王之道，下辨人事之纪，别嫌疑，明是非，定犹豫，善善恶恶，贤贤贱不肖，存亡国，继绝世，补弊起废，王道之大者也。……《春秋》辨是非，故长于治人……拨乱世反之正，莫近于《春秋》。《春秋》文成数万，其指数千。万物之散聚皆在《春秋》。《春秋》之中，弑君三十六，亡国五十二，诸侯奔走不得保社稷者不可胜数。察其所以，皆失其本已。……为人臣者不可以不知《春秋》，守经事而不知其宜，遭变事而不知其权。为人君父者而不通于《春秋》之义者，必蒙首恶之名。为人臣子而不通于《春秋》之义者，必陷篡弑之诛，死罪之名。……故《春秋》者，礼义之大宗也。夫礼禁未然之前，法施已然之后；法之所为用者易见，而礼之所为禁者难知。"

董仲舒以为孔子处于乱世，不满统治者不采纳自己的意见建议，便通过对二百四十二年的记述，表明自己的是非观念，以达到其贬天子①、

① 按封建社会的常理而论，孔子作《春秋》的矛头主要应对着下头的"乱臣贼子"，而对于周天子这个"王"，他是无论如何也要"尊"的。这里，司马迁引董仲舒之言竟说"贬天子，退诸侯，讨大夫，以达王事而已矣"。过去读《史记》的人们读到这里，发现这"贬天子"不是孔子的思想，于是便怀疑这里的文字有问题，如清末李笠说："三字衍。孔子作《春秋》所以扶君抑臣，明上下之分，'贬天子'非其义矣。"而班固在写《汉书·司马迁传》时，则早已将这三个字删掉了。按照韩兆琦先生的说法，这当是司马迁的一种手法，是把他自己的理想加在了孔子头上——如果孔子以"贬天子"作为写《春秋》的目的之一，那么司马迁《史记》讥刺天子也是"合法"的了。（参见韩兆琦主编：《史记通论》，北京师范大学出版社 1990 年版，第 235 页。）

退诸侯、讨大夫——从而达于王道的目的。司马迁完全接受了董仲舒对孔子作《春秋》政治作用、历史意义的认识，他在《十二诸侯年表序》中说，孔子作《春秋》后，“七十子之徒口受其传指，为有所刺讥褒讳挹损之文辞不可以书见也。鲁君子左丘明惧弟子人人异端，各安其意，失其真，故因孔子史记具论其语，成《左氏春秋》”。《匈奴列传》赞中也说：“孔氏著《春秋》，隐桓之间则章，至定哀之际则微，为其切当世之文而罔褒，忌讳之辞也。”在司马迁看来，《春秋》是褒贬并用、赏罚分明的。在《儒林列传》中，司马迁还说“仲尼干七十余君无所遇，曰‘苟有用我者，期月而已矣’。西狩获麟，曰‘吾道穷矣’。故因史记作《春秋》，以当王法，以辞微而指博，后世学者多录焉”，完全是《春秋》公羊学家的口吻。孔子写《春秋》的目的在于评判政治，而司马迁写《史记》，就是要上继《春秋》，为汉家树立一个辨别是非、善恶、贤与不肖的标准，提供一面分辨治乱得失的镜子。

又，《太史公自序》记司马谈临终前对司马迁的遗命，实际上是希望司马迁效法孔子，写出像《春秋》那样的史书。司马迁十分理解其父的遗愿，说：“先人有言：‘自周公卒五百岁而有孔子。孔子卒后至于今五百岁，有能绍明世，正《易传》，继《春秋》，本《诗》《书》《礼》《乐》之际？’意在斯乎！意在斯乎！小子何敢让焉。”司马迁明确表示要以孔子为榜样，继承他作《春秋》的精神，为汉家树立一个辨别是非、善恶、贤与不肖的标准。《太史公自序》中还说“孔子厄陈、蔡，作《春秋》”，又说自己“厄困鄱、薛、彭城”，显然有意识地以孔子自况，或者说用孔子的事迹来鞭策激励自己。《孔子世家》中，司马迁更不无深情地写道：“子曰：‘弗乎弗乎，君子病没世而名不称焉。吾道不行矣，吾何以自见于后世哉？’乃因史记作《春秋》……约其文辞而指博。”

要之，效法孔子作《春秋》的著述宗旨，使司马迁全面总结古今，从中引出是非标准、道德标准和思想武器，站在当时可能达到的理论高度，俯察两千多年来的政治、经济、军事、文学、道德、法律及形形色色的历史人物，对此进行系统的分析研究，阐明自己的看法。用他自己的话说，要“厥协六经异传，整齐百家杂语”而成“一家之言”，这与孔子借《春秋》立言，属于同样的性质。从这个意义上讲，可以说司马迁是第二个孔子，《史记》是第二部《春秋》。近人梁启超说司马迁“著书最大目的，乃在发表司马氏‘一家之言’，与荀卿著《荀子》、董生著《春秋繁露》，性质正同”[①]，这话固然不错，不过笔者以为首先应当说司马迁著书与孔子作《春秋》“性质正同”，方为知本之论。实际上，孔子作《春秋》，也是在发表他不同于春秋其他思想家的“一家之言”。

（二）“《春秋》笔法”在《史记》中的主要表现

司马迁对孔子作《春秋》的意旨有明确而深刻的认识，《太史公自序》说：“夫《春秋》，上明三王之道，下辨人事之纪，别嫌疑，明是非，定犹豫，善善恶恶，贤贤贱不肖……”《十二诸侯年表》序云：孔子作《春秋》后，“七十子之徒口授其传指，为有所刺讥褒讳挹损之文辞，不可以书见也。”《匈奴列传》“太史公曰”：“孔氏著《春秋》，隐桓之间则章，至定哀之际则微，为其切当世之文而用褒，忌讳之辞也！”总之，在司马迁看来，《春秋》是非褒贬并用，赏罚分明。褒贬笔法是《春秋》的精髓，对《史记》创作的影响甚大。

《春秋》常在称谓上体现褒贬之义。如庄公六年载：“春，王正月，王人子突救卫。”王人指周天子下面的一个小官，官虽卑微，但其所负的“救卫”责任重大，所以孔子郑重地书其表字“子突”以示褒扬。又，僖公二十三年记：“十有一月，杞子卒。”其实，杞原是侯爵之国。《春秋》庄公二十七年有“杞伯来朝”之语，杜注认为是被天子黜降了的缘故，

---

① 梁启超：《要籍解题及其读法·史记》，《饮冰室合集·专集》之七十二，中华书局1989年版，第18页。

贬了一等，仍该称“伯”。为何这里又称“子”了呢?《左传》曰：“书曰‘子’。杞，夷也。”“杞，夷也”，指杞伯舍华夏之礼而行夷礼，这是孔子贬抑他的根据。在《史记》中，司马迁发扬了孔子的“正名”思想，把《春秋》在称谓上体现褒贬的笔法发展到新的水平。在他创造的《史记》“五体”中这一点表现得相当充分。所谓“五体”，指本纪、世家、列传、表、书，其中以人物为中心的是前三体。天子称本纪，诸侯曰世家，列传是叙列人臣事迹。可见，司马迁所创造的这些体裁，是按封建等级定其高低，然后再按照历史人物的封建等级进行归类的。可是，司马迁在进行历史人物归类时，有时又不严格按照封建等级进行划分，这就是“破例”，这些“破例”大都是有褒贬的。比如，项羽自称楚霸王，并未建号天子。司马迁为了褒扬他在反秦斗争中的重要作用，将他列入本纪。孔子是位郁郁不得志的教书先生，陈胜是出身贫贱的戍卒，司马迁为了表彰前者对中国文化的巨大贡献，为了褒扬后者率先发难反秦的历史功勋，于是把他们与诸侯并列于世家之中。汉初开国功臣肖何、曹参、张良、陈平、周勃之流，当然算不上诸侯，但司马迁为了褒扬他们的开国功勋，也把他们列入世家。汉初的诸侯吴王刘濞，淮南王刘长、刘安，衡山王刘赐，都被贬入列传。至于把反抗社会的游侠和深受社会压抑的商贾叙入列传，当然有褒美之意。后人不察，对司马迁的这些“破例”颇多微辞，殊不知这正是司马迁继承孔子的“正名”的精神而采用的富有深意的“笔法”之一。

《春秋》还善于选用特别的字眼以体现褒贬是非。如桓公十年记：“冬十有二月丙午，齐侯、卫侯、郑伯来战于郎。”关于这次战争的记事，不按惯例用“侵”“伐”“袭”一类词语，而用“来战”二字，是为了表明防守方鲁国有理而突出进入各诸侯国的无理。《史记》对特意用字也是很注意的。比如，李广的传以官称为《李将军列传》，韩信的传以爵称为《淮阴侯列传》，皆深含褒意。

司马迁还善于寓褒贬于叙事之中。如庄公二十三年记：“秋，丹桓宫楹。”二十四年记：“二十有四年，王三月，刻桓宫桷。”《左传》曰：丹楹、刻桷，“皆非礼也。”按理，《春秋》本应在记事中加语谴责，而实际上孔子并未特别用字，只用平凡的叙述，就注入了贬斥的精神。《史记》对《春秋》在平凡的叙事中寓褒贬的笔法也予以继承。如《萧相国世家》写萧何素恭谨，在楚汉争雄时，常从关中给刘邦补充兵员，转漕粮食，于汉功劳至高。所以刘邦也认为萧何功不可忘。但刘邦猜忌功臣，对萧何大得民心深感不安，担心他倾动关中、于己不利，以至于萧何只得“多买田；贱贳贷以自汙”，刘邦果然大悦。但是，当萧何为民请求耕种上林苑空地时，刘邦大怒，认为萧何“自媚于民”而械系之。后经王卫尉劝谏，刘邦勉强赦出萧何，曰：“相国休矣！相国为民请苑，吾不许，我不过为桀纣主，而相国为贤相。吾故系相国，欲令百姓闻吾过也。”刘邦以桀纣主自视，称萧何为贤相，似乎自责甚严，善于悔过。但又立即声称“故系”贤相，欲使百姓闻己之过，而为萧何延誉；实际上，刘邦是在掩恶诿过而自求令名。

再如《高祖本纪》写刘邦为皇帝后，五日一朝太公。太公家令以人主拜人臣，皇帝“威重不行”来点醒太公。后来，刘邦再朝太公时，见其父“拥彗，迎门却行”，司马迁对刘邦只用了十个字：“心善家令言，赐金五百斤。”这一文外无穷的曲笔，堪称婉而多讽、刺讥入骨。刘邦方陶醉于“吾乃今日知为皇帝之贵也”的乐境之际，唯恐威重不行；但对乃父，却苦于不得不例行朝拜。自己心虽不甘，却又不便明言。这时，太公家令先意承旨，主动游说太公成功，使太公也敬畏人主。因此，既心善其言，当然就要报之以重赏了。又如《平准书》写武帝为表彰齐相卜式“有余辄助县官（朝廷）之用”“欲输其家之半财助边”，南越反时，“而式奋愿父子死之”，因而“赐爵关内侯，金六十斤，田十顷”，然而“布告天下，天下莫应”。这“天下莫应”四字，天下人皆知武帝穷兵黩武、穷奢极欲，致使国库虚竭，所以无人响应。“天下莫应”四字，真是无声之讽。

又如《李将军列传》中叙述霍去病利用在甘泉宫打猎的机会谋杀李广之子李敢，写道："去病时方贵幸，上讳云鹿触杀之。"写尽了汉帝及外戚的阴恶、残忍。

《史记》运用了《春秋》笔法，又在很大程度上突破了孔子褒贬笔法的局限。《春秋》是一部政治教科书，它体现了孔子的政治思想，倾向性十分鲜明。孔子对一人一事，往往先有定见，然后据以对历史资料加以取舍笔削。孔子又主张为尊者讳，为亲者讳，为贤者讳，甚至说"父为子隐，子为父隐，直在其中矣"(《论语·子路》)，这就带来了很大的局限性。刘知幾《史通·疑古》篇中指出："鲁史之有《春秋》也，外为贤者，内为本国，事靡洪纤，动皆隐讳，斯乃周公之格言。然何必《春秋》，在于六经，亦皆如此。故观夫子之刊《书》也，夏桀让汤，武王斩纣，其事甚著，而芟夷不存；观夫子之定礼也，隐闵非命，恶视不终，而奋笔昌言，云'鲁无篡弑'；观夫子之删《诗》也，凡诸《国风》皆有怨刺，在于鲁国，独无其章；观夫子之《论语》也，君娶于吴，是谓同姓，而司败（司寇）发问，对以'知礼'。斯验世人之饰智矜愚，爱憎由己者多矣。"[①]《春秋》的褒贬，并非一般人所能知，且不是一概而论，只不过因人情之易惑者特加显示而已。太史公有见于此，其作《史记》首先著明其人之所为，有本有末，对其人其事之褒贬，用写实的客观方法表出，也就是从其人之善恶，其事之是非，由本人表出，从其人行事之可褒者而褒之，从其可贬者而贬之，美其所当美，刺其所当刺。

《史记》书事，既以人物为中心，而事端是由彼此上下远近相互构成的，不能从一人之纪、传全然说尽，所以书事在其本篇之外，又在别篇著出此人之事，以见其褒贬。如《高祖本纪》写刘邦"仁而爱人，喜施，意豁如也，常有大度，不事家人生产作业"，可以说是人间少有的善

---

① 刘知幾撰，浦起龙释：《史通通释》下，上海古籍出版社1978年版，第380—381页。

人了。然而别出于《项羽本纪》者，先从范增口中道出：“沛公居山东时，贪于财货，好美姬”，中述楚汉两军在广武对峙时，项羽置刘邦之父于俎上，约其降，而刘邦有“烹翁分羹”之语。彭城大败之际，刘邦逃走，又“推堕孝惠、鲁元车下”者数次，说明刘邦贪私之度，虽父子骨肉亦无所顾忌。《楚元王世家》中，谓刘邦为秦亭长时，常与其客投其长嫂家求食，嫂苦叔之常来，曾伪为“羹尽栎釜”。及刘邦为帝，大封昆弟子侄，独长嫂之子不封，说“为其母非长者”，豁然大度之人，固不如此。《张耳陈余列传》著刘邦疑其婿张敖，因系之于狱。吕后多次说：“以鲁元公主故，不宜有此。”而刘邦大怒说：“使张敖据天下，岂少而女乎！”这又足见贪私之甚者，无情无义。《萧相国世家》写刘邦忌畏萧何得民心以夺其国，因萧何为百姓请上林弃地，而械系之，足见刘邦非全然爱人而有大度的忠厚长者，而是极端贪私好利、时时以私心怀疑他人的卑劣之君，所以他既借群力有天下之后，就必然要杀国士无双之韩信，诛材武无敌之彭越。可是对待匈奴的侵掠，却是甘言屈辱，嫁女和亲，奉币赠帛，只要能保其帝位，就无所不可。观此种种，可见刘邦绝不是传说中为人民谋福利的像黄帝、尧、舜那样的君主，而是自私自营的贪鄙天子。要之，正因为作者尊重历史，能以较为客观的、实事求是的态度来写《史记》,《太史公书》才能成为一部不朽的实录和信史。班固称赞说：“自刘向、扬雄博极群书，皆称迁有良史之材，服其善序事理，辩而不华，质而不俚。其文直，其事核，不虚美，不隐恶，故谓之实录。”(《汉书·司马迁传》)“实录”二字，正是司马迁在运用褒贬手法上高孔子一筹的地方①。

---

① 从宏观角度看，太史公的褒贬更与《春秋》不同的尤在于其治乱观念之差异。《春秋》的褒贬，多是嫁女、娶妇、祭死、葬埋、朝聘之仪、奔亡之事诸端。事既琐细，辞又繁碎。这些在《史记》中多忽略而不书。《史记》所褒贬的，是有关于“古今之变”“盛衰之理”，明其直接或间接影响及国泰民生的品德问题。

（三）司马迁所受《春秋》公羊学的影响

1. 董仲舒《春秋》公羊学的基本精神

董仲舒通五经[①]，最擅长《春秋》。《史记·儒林列传》说："言《春秋》于齐鲁自胡毋生，于赵自董仲舒。"关于董仲舒的师承，《汉书·儒林传》提到："胡毋生，字子都，齐人也。治《公羊春秋》，景帝时为博士。与董仲舒同业，仲舒著书称其德。"董仲舒与胡毋生都是公羊寿的弟子。《史记·儒林列传》说："故汉兴至于五世之间，唯董仲舒名为明于《春秋》，其传公羊氏也。"班固在《汉书·董仲舒传》中也讲，"及仲舒对策，推明孔氏"；"仲舒遭汉承秦灭学之后，《六经》离析，下帷发愤，潜心大业，令后学者有所统一，为群儒首"。董仲舒《春秋》公羊学构造成一套细致、严密的统治哲学，建立了今文经学的思想体系，并且由于汉武帝的采纳和贯彻，使其在思想上具有了普遍的指导意义，客观上促进了统治阶级内部的统一和团结，足以巩固中央集权主义的统治，从而完成了与政治统一相适应的信仰统一的问题。

董仲舒的《春秋》公羊学，一个突出的特点是"以《春秋》灾异之变，推阴阳所以错行"（《史记·儒林列传》），把讲《春秋》与讲灾异结合起来，突出了以天人感应讲政事。董仲舒《春秋》公羊学讲天人感应的真正目的是为了讲"天王感应"，即告诫君主法天行事，而天又代表德行与民意。这一思想说起来并不新鲜，它源自一种古老的天命说教。《尚书·召诰》说："我不可不监于有夏，亦不可不监于有殷。我不敢知曰，有夏服天命，惟有历年。我不敢知曰，不其延，惟不敬厥德，乃早坠厥命。我不敢知曰，有殷受天命，惟有历年。我不敢知曰，不其延，惟不

---

① 《春秋繁露》和《汉书》董仲舒本传中，曾四次引《易》，六次引《尚书》，二十六次引《诗》;《春秋繁露》中《三代改制质文》《官制象天》诸篇，所征引不少与《礼记》相似、相同。

敬厥德，乃早坠厥命。”这是周成王欲迁都洛邑时召公劝诫成王的话，其中谈到夏、殷因不敬其德而“早坠厥命”。《尚书·皋陶谟》更说“天聪明，自我民聪明；天明畏，自我民明威”，实际上道出了君、天、民三者的内在互动关系。又，《国语·周语》载，幽王二年，西周三川皆震，史官伯阳父说：“周将亡矣！夫天地之气，不失其序；若过其序，民乱之也。阳伏而不能出，阴迫而不能蒸，于是有地震。今三川实震，是阳失其所而镇阴也。阳失而在阴，川源必塞；源塞，国必亡。……昔伊、洛竭而夏亡，河竭而商亡。今周德若二代之季矣，其川原又塞，塞必竭。夫国必依山川，山崩川竭，亡之征也。”这里，伯阳父把自然灾害与人事联系了起来，把三川皆震视为西周亡国的征兆。从总体上讲，上述这些讲的都是神学天道观念，但这种观念在春秋战国时受到怀疑，特别是它不能解释为什么秦王朝以力霸有天下，天道观念随之动摇也是必然的了。董仲舒“春秋学”以新的“话语”形式，论证天人感应的原理，在新的层面恢复天道信仰。董仲舒《春秋》公羊学的理论工具是阴阳五行说——此种学说在当时具有某种“科学”的面目，对于思维力已有相当发展的汉人来说，它无疑比单纯地把“天”人格化的天命论更有吸引力和说服力。

董仲舒《春秋》公羊学有两个向度：一是借以维护君权，二是借以制约君权。董仲舒《春秋》公羊学维护君权的思想，直承荀子的君道观念，荀子在《君道》篇中认为君主存在的合理性及其价值，就在于能够以君主为中心，将天下的臣民整合成一个和谐、稳定的群体，从而大大有利于社会与个人。与荀子有所不同的是，董仲舒“公羊学”吸收了阴阳家的思想观念，用以张扬君主的权威。董仲舒说，君主的权力来自于天，故称君主为“受命之君”，又称为“天子”。董仲舒反复地讲：“唯天子受命于天，天下受命于天子”（《春秋繁露·为人者天》），“受命之君，天意之所予也”（《春秋繁露·深察名号》），“王者必受命而后王”（《春秋繁露·三代改制质文》），“今所谓新王必改制者，非改其道，非变其理，受命于天，易姓更王，非继前王而王也”（《春秋繁露·楚庄王》），等等。天授命于君主，先有一定的符瑞，就证明君主的权力来自天，如说“故天为之下甘露，朱草生，醴泉出，风雨时，嘉禾兴，凤凰麒麟游于郊”（《春秋繁露·王道》）。君主在得到受命之符接受天命后，就必须举行改正朔、易服色、徙居处、制礼乐等改制措施，“所以明易姓非继人，通以己受之于天也”（《春秋繁露·三代改制文》），然后行郊祭和封禅大典。郊祭，就是祭天，“已受命而王，必先祭天，乃行王事”（《春秋繁露·郊义》）、“郊重于宗庙，天尊于人也”（《春秋繁露·春秋繁露·郊事》）；封禅是指封泰山和禅梁父，以答谢天的授命并借机显示君权的无上权威。

董仲舒认为君主是国家的元首，居于整个天、地、人的中枢地位。他借着分析“王”字的形义说：“古之造文者，三画而连其中，谓之王。三画者，天、地与人也，而连其中者，通其道也。取天地与人之中以为贯而参通之，非王者孰能当是？”（《春秋繁露·王道通三》）不仅如此，他还从名号的角度引申、发挥“王”之含义说：

> 深察王号之大意，其中有五科：皇科、方科、匡科、黄科、往科；合此五科以一言，谓之王。王者，皇也，王者，方也，王者，匡也，王者，黄也，王者，往也。是故王意不普大而皇，则道不能正直而方；道不能正直而方，则德不能匡铉周遍；德不能匡铉周遍，则美不能黄；美不能黄，则四方不能往；四方不能往，则不全于王。故曰：天覆无外，地载兼爱，风行令而一其威，雨布施而均其德，王术之谓也。（《春秋繁露·深察名号》）

“王”有五大含义，其要在于具有能使人民归往的种种优秀品德，并能行其威令，恩泽万民，造成理想的、和谐的社会。君主既然维系着人类社会乃至天人关系的和谐稳定，那么他就理所当然地拥有崇高的权力：“人主立于生杀之位，与天共持变化之势……天地、人主，一也。”

（《春秋繁露·王道通三》）又说："国之所以为国者，德也；君之所以为君者，威也。故德不可共，威不可分。德共则失恩，威分则失权。失权则君贱，失恩则民散。民散则国乱，君贱则臣叛。是故为人君者，固守其德以附其民，固执其权以正其臣。"（《春秋繁露·保位权》）而臣民对君王要自觉地遵从："君臣之礼，若心之与体：心不可以不坚，君不可以不贤；体不可以不顺，臣不可以不忠"（《春秋繁露·天地之行》）；"君者，民之心也；民者，君之体也。心之所好，体必安之；君之所好，民必从之"（《春秋繁露·为人者天》）。如果不尊君，就要产生大祸："君人者，国之本也。夫为国，其化莫大于崇本，崇本则君化若神，不崇本则君无以兼人。无以兼人，虽峻刑重诛而民不从，是所谓驱国而弃之者也，患孰甚焉。"（《春秋繁露·立元神》）只有臣民都遵从君主，天下才能在一定的秩序下运行。

董仲舒"公羊学"从天道的高度维护君权，同时在另一个向度上也从天道的高度制约君权。或许后者才是董氏"公羊学"大讲天人之道的用意之所在，因为他自己就说："屈民而伸君，屈君而伸天，《春秋》之大义也。"（《春秋繁露·玉杯》）实际上，"伸天"的最终目的，还是为了民。这很容易让人想到墨子"天子未得恣己而为政，有天正之"（《墨子·天志》），还有《尚书·泰誓》中"天视自我民视，天听自我民听"的话。董仲舒提出"为人君者，其法取象于天"（《春秋繁露·天地之行》）、"是故王者唯天之施，施其时而成之，法其命而循之诸人，法其数而以起事，治其道而以出法"（《春秋繁露·王道通三》），从而打着天的旗号对君主提出了严格要求。董仲舒认为，君权既然是天授的，那么君主就必须像儿子遵循父道那样依照天的意志行事，所谓"故号为天子者，宜视天如父，事天以孝道也"（《春秋繁露·深察名号》），并认为这就是永恒不变的治国大道，"故圣者法天，贤者法圣，此其大数也。得大数而治，失大数而乱，此治乱之分也"（《春秋繁露·楚庄王》）。

董仲舒《春秋》公羊学的"大一统"论，直承《公羊传》而来，但较之《公羊传》有显著的发展，这显然是与汉武帝时期有为政治的需要相适应的。从天人之学的理论层面上讲，“大一统”出于天，出于天之“元”，也就像老子所说的“一”，即本体。董仲舒说：“谓一元者，大始也”，“是故《春秋》之道，以元之深正天之端[①]，以天之端正王之政，以王之政正诸侯之即位，以诸侯之即位正竟（境）内之治。”（《春秋繁露·玉英》）董仲舒《春秋》公羊学中的“大一统”论包括三大方面的内容：

（1）民族的“大一统”。董仲舒“公羊学”继承了《公羊传》的华夏中心主义，认为四夷应当统属于华夏。董仲舒说：“《春秋》慎辞，谨于名伦等物者也。是故小夷言伐而不得言战，大夷言战而不得言获，中国言获而不得言执，各有辞也。”（《春秋繁露·精华》）这里用词的不同体现出的是尊卑高下的不同。在这种等差区别中，包含了类似天子与诸侯的区别，或者说四夷是不能与“中国”平起平坐的，四夷应统属于中国才是。不过，与《公羊传》有所不同的是，在夏夷之防的问题上，董仲舒“春秋学”并不单是以地域为标准，而把“礼义”当成判断尊卑高下、是否是“夷狄”的依据，体现了一种进步的思想观念。夷狄有德可进而为中国者，而中国若无德而可退为夷狄。《春秋》昭公十二年冬“晋伐鲜虞”，董仲舒说：“《春秋》曰‘晋伐鲜虞’，奚恶乎晋而同夷狄也？曰：《春秋》尊礼而重信。……今我君臣同姓适女（汝），女（汝）无良心，礼以不答，有恐畏我，何其不夷狄也？”（《春秋繁露·楚庄王》）即使是华夏之国如晋国者，如果伐同姓而无博爱之心，不尊礼重信，便可将其视为夷狄而贬斥之。从这一点上讲，董仲舒“公羊学”也并不是一味地主张征服四夷的，这与原始儒学讲怀柔的思想是一致的。

（2）国家指导思想的“大一统”。董仲舒在贤良对策中讲：“《春秋》大一统者，天地之常经，古今之通谊也。今师异道，人异论，百家殊方，

---

① “深”字，《玉海》引作“气”。

指意不同，是以上亡以持一统；法制数变，下不知所守。臣愚以为诸不在六艺之科、孔子之术者，皆绝其道，勿使并进。邪辟之说灭息，然后统纪可一而法度可明，民知所从也。”（《汉书·董仲舒传》）显然，这里讲的“大一统”，偏于国家的指导思想问题，具体的“法制”政策等，都与这个指导思想有关。董仲舒“公羊学”之所以把“六艺之科、孔子之术”定为国家的指导思想，是基于对上升时期封建制度的肯定而做出的，重点在于突出“礼治”对维护社会秩序的作用。司马迁在《太史公自序》中说：“余闻董生曰：周道衰废，孔子为鲁司寇，诸侯害之，大夫壅之，孔子知言之不用，道之不行也，是非二百四十二年之中，以为天下仪表，贬天子，退诸侯，讨大夫，以达王事而已矣。子曰：我欲载之空言，不如见之于行事之深切著明也。夫《春秋》，上明三王之道，下辨人事之纪，别嫌疑，明是非，定犹豫，善善恶恶，贤贤贱不肖，存亡国，继绝世，补敝起废，王道之大者也。《易》著天地、阴阳、四时、五行，故长于变。《礼》经纪人伦，故长于行。《书》记先王之事，故长于政。《诗》记山川、谿谷、禽兽、草木、牝牡、雌雄，故长于风。《乐》乐所以立，故长于和。《春秋》辨是非，故长于治人。是故《礼》以节人，《乐》以发和，《书》以道事，《诗》以达意，《易》以道化，《春秋》以道义。拨乱世反之正，莫近于《春秋》。《春秋》文成数万，其指数千，万物之散聚，皆在《春秋》。《春秋》之中，弑君三十六，亡国五十二，诸侯奔走不得保其社稷者不可胜数：察其所以，皆失其本已。……夫不通礼义之旨，至于君不君，臣不臣，父不父，子不子。”有了儒家五经、有了孔子之术作为“大一统”的政治指导思想，社会秩序就可以永远保持下去，永远不会发生悖乱。因此，我们可以把这段话看作是对董仲舒公羊学“大一统”思想的具体而又能执要的解说。

（3）政权的“大一统”。治天下，首先是政权的确立、一统（集中），否则一切无从谈起。董仲舒“公羊学”对这个问题看得很清楚，说《春秋》的要旨之一就是“强干弱枝，大本小末”（《春秋繁露·十指》）。他总结历史教训说："是以君子以天下为忧也，患乃至于弑君三十六，亡国五十二，细恶不绝之所致也。辞已喻矣，故曰立义以明尊卑之分，强干弱枝以明大小之职，别嫌疑之行以明正世之义。"（《春秋繁露·盟会要》）基于这一基本观念，董仲舒"公羊学"对诸侯王的权力做出了很多规定，如说诸侯王不得有谋夺皇位的念头，"君亲无将，将而诛"（《春秋繁露·王道》），若有大逆不道之想，立杀无赦。有天子在，诸侯对封域土地只有使用权，没有占有权，不得专地，"郑鲁易地，讳易言假"（《春秋繁露·王道》）。诸侯之间的土地交换，只能说是借，因为主权归天子所有。诸侯王无天子之命，无权兴师作战。如楚庄王以诸侯身份讨伐陈国大夫夏征舒，"《春秋》贬其文"（《春秋繁露·楚庄王》），因为楚庄王事先未获得周天子的授权。再者，唯独天子有祭祀天地的权力，诸侯只许祭社稷神。董仲舒"公羊学"之所以如此突出强调政权的一统，是来自于对汉王朝政治实际的深刻认识，如武帝初年，淮南王刘安就公开讲："吾高帝孙，亲行仁义，陛下遇我厚，吾能忍之，万世之后，吾宁能北面事竖子乎！"（《汉书·淮南王传》）不解决政权统一的问题，国家的长治久安就是一句空话。要之，董仲舒"公羊学"所极力维护的"大一统"，是地主阶级上升时期刚刚确立不久的封建国家、思想及政权的"大一统"。它在当时对于发展经济、文化，保持全国统一，以及抵抗外来侵略、维护民族独立，都起着积极进步的作用。

2. 司马迁为维护王权而认同董仲舒天人感应、君权神授的观念

通观整个《史记》，我们看到，司马迁的"究天人之际"，强调的是历史规律，强调的是人事活动，而不是天意，"国之将兴，必有祯祥，君子用而小人退；国之将亡，贤人隐，乱臣贵。"（《楚元王世家》）这里突显的，是人事活动而不是天命迷信。在许多问题上可以表明，司马迁认为天不是有意志的，不是人格神，突出者如其论项羽、《伯夷列传》之论赞等，皆可说明这一点。然而，受董仲舒《春秋》公羊学的影响，为了

维护君权的至上性，司马迁又在某种程度上认同了天人感应、君权神授观念，运用命相论等史料完成了对刘邦奉天承运主宰天下无可置疑的神圣性的论证。

首先，《史记》谓汉高祖刘邦是赤龙感生："父曰太公，母曰刘媪。其先，刘媪尝息大泽之陂，梦与神遇。是时雷电晦冥，太公往视，则见蛟龙于其上。已而有身，遂产高祖。"司马贞《索隐》引《诗纬·含神雾》云："赤龙感女媪，刘季兴。"

其次，谓刘邦有贵人之相，说"高祖为人，隆准而龙颜，美须髯，左股有七十二黑子"[①]。又记："吕公者，好相人，见高祖状貌，因重敬之，引入座。……高祖竟酒，后。吕公曰：'臣少好相人，相人多矣，无如季相，愿季自爱。臣有息女，愿为季箕帚妾。'……吕后与两子居田中耨。有一老父过请饮，吕后因哺之。老父相吕后曰：'夫人天下贵人。'令相两子，见孝惠，曰：'夫人所以贵者，乃此男也。'相鲁元，亦皆贵。老父已去，高祖适从旁舍来，吕后具言客有过，相我子母皆大贵。高祖问，曰：'未远。'乃追及，问老父。老父曰：'乡（向）者夫人婴儿皆似君，君相贵不可言。'高祖乃谢曰：'诚如父言，不敢忘德。'"

再次，谓刘邦有受命之符："高祖被酒，夜径泽中，令一人行前。行前者还报曰：'前有大蛇当径，愿还。'高祖醉，曰：'壮士行，何畏！'乃前，拔剑击斩蛇，蛇遂分为两，径开。行数里，醉，因卧。后人来至蛇所，有一老妪夜哭。人问何哭？妪曰：'人杀吾子，故哭之。'人曰：'妪子何为见杀？'妪曰：'吾子，白帝子也，化为蛇，当道，今为赤帝子斩之，故哭。'……后人告高祖，高祖乃心独喜，自负。诸从者日益畏之。"[②]又记秦始皇帝尝曰东南有天子气，于是因东游以厌之。高祖即自

① 《索隐》引文颖曰："高祖感龙而生，故其貌似龙，长颈而高鼻。"《正义》："《河图》曰：'帝刘季口角戴胜，斗胸，龟背，龙股，长七尺八寸。'《合诚图》曰：'赤帝体为朱鸟，其表龙颜，多黑子。'按：左，阳也；七十二黑子者，赤帝七十二日之数也。"

② 《集解》引应劭曰："赤帝尧后，谓汉也。杀之者，明汉当灭秦也。"

疑，亡匿，隐于芒、砀山泽岩石之间。吕后与人俱求，常得之。高祖怪问之。吕后说他所居上常有云气，故从往常得之，而沛中子弟或闻之，多欲附者矣。

又谓刘邦有天授之圣性。《史记》记韩信之言曰："陛下所谓天授，非人力也。"又谓张良数以《太公兵法》说沛公，沛公善之，常用其策。良为他人言，皆不省。良曰："沛公殆天授。"（参《淮阴侯列传》《留侯世家》）

总之，感龙而生的神示，相人的指点，赤帝子斩白帝子的符命，为始皇与吕雉所信服的云气之说，追随者如萧何、曹参、樊哙诸人对刘邦的敬服等，都意在表明刘邦的雄才大略是所谓天授，非人力也。太史公运用命相论等史料完成了对刘邦奉天承运主宰天下无可置疑的神圣性的论证，于是这位昔日不事生计的无赖之徒，便登上了令人敬畏的神坛。

3.《史记》与《春秋》公羊学的"大一统"观念

中国历史很早就出现统一的趋势。这种历史特点，是由于中国大陆广袤，周围有高山、沙漠、大海与外界阻隔，中央有富饶的平原这种地理条件形成的。古代政治结构和古代思想也都突出地反映出这种统一的趋势。西周建国后，以周天子的名义在全国范围内分封诸侯，各诸侯国臣属于周王室，礼乐征伐自天子出，因而大大推进了中国统一的规模和程度。周代诗人谓普天之下莫非王土，率土之滨莫非王臣，表达的就是歌颂统一的思想。至东周以后，王室衰弱，地方分权的倾向发展，出现春秋十二诸侯和战国七雄并立的局面。然而从历史发展的主流看，在统一趋势与分立倾向的相互斗争中，统一的力量仍在根本上起主导作用。因为人民大众拥护统一，反对分裂割据造成生产、生活、交通等的困难和痛苦，更反对战争造成的惨祸。春秋、战国时期的各国分立，实际上酝酿着更大规模的统一。

孔子修《春秋》，用褒贬笔法，贯彻正君臣名分的原则，对诸侯国无视周王室的僭越行为严加挞伐。孔子的“道”，即根本原则或政治理想，就是实现统一的王权，重新实现“礼乐征伐自天子出”的有序局面，对此而“惧”的“乱臣贼子”，则是僭乱而破坏统一秩序者。孔子主张“从周”、梦见周公、志在“为东周”，都是愤慨于当时各国互相攻伐的纷乱局面而倡导统一。孔子的主张虽有保守性的一面，但其思想内核和在历史上产生的影响，却在于呼吁实现天下一统。

如前文所述，《春秋》公羊家们继承并发扬了“大一统”的思想观念，从不同的方面突出了大一统的思想内涵，这对司马迁产生了重大影响。司马迁称赞秦的统一中国说：“秦并海内，兼诸侯，南面称帝，以养四海，天下之士斐然乡（向）风，若是者何也？曰：近古之无王者久矣。周室卑微，五霸既殁，令不行于天下，是以诸侯力政，强侵弱，众暴寡，兵革不休，士民罢敝。今秦南面而王天下，是上有天子也。既元元之民冀得安其性命，莫不虚心而仰上，当此之时，守威定功，安危之本在于此矣。”（《史记·秦始皇本纪》）

从大一统观念出发，司马迁记载中华民族自古以来不断加强的统一趋势，从历史上推求“大一统”的轨迹，进而为大一统政治做出理论说明。司马迁研究了各个历史时期不同的分裂局面及其走向统一的道路，看到了统一要经过的艰难历程。《秦楚之际月表》说：“昔虞、夏之兴，积善累功数十年，德洽百姓，摄行政事，考之于天，然后在位。汤、武之王，乃由契、后稷，修仁行义十余世，不期而会孟津八百诸侯，犹以为未可，其后乃放弑。秦起襄公，章于文、缪、献、孝之后，稍以蚕食六国，百有余载，至始皇，乃能并冠带之伦。以德若彼，用力如此，盖一统若斯之难也。”建立统一的封建国家，这也是历史赋予汉王朝的任务，当司马迁之时，汉朝已成大一统局面，史官有责任对此做出理论上的说明，为现实服务。

为了论证大一统的基础，司马迁追溯到中华民族的共同祖先黄帝，《三代世表》上，颛顼、喾、尧、舜、夏、殷、周，皆是黄帝子孙后裔。

《秦本纪》又云："秦之先，帝颛顼之苗裔孙曰女修"，这样就从民族人种上说明汉代以前各朝代的大一统是合理的。司马迁还论证了"蛮夷"国家的黄帝血统，如"荆蛮"之吴国，是周太王之国（《吴太伯世家》）；如越，"越王句践，其先禹之苗裔，而夏后帝少康之庶子也"（《越王句践世家》）；如楚，"楚之先祖出自帝颛顼高阳"（《楚世家》）；又如"南越王尉佗者，真定人也，姓赵氏"（《南越列传》），"闽越王无诸及越东海王摇者，其先皆越王句践之后也，姓驺氏"（《东越列传》），甚至匈奴，"其先祖夏后氏之苗裔也，曰淳维"（《匈奴列传》）等，这些国家都处于汉王朝的大一统统治之下，或正欲将其纳入大一统之下，为天下一统找出血缘上的依据，亦即合理性、合法性。

大一统局面形成之后，就应该得到巩固，对外来说，就要安定边境，来保证大一统。司马迁在《建元以来侯者年表》中说："……况乃以中国一统，明天子在上，兼文武，席卷四海，内辑亿万之众，岂以晏然不为边境征伐哉！"对内来说，就要防止分裂，保证这个"大一统"。司马迁一方面肯定汉代开国将帅韩信、魏豹、彭越为建立"大一统"国家而立下的功绩，对他们最终被诛杀的遭遇表示同情，另一方面又斥责其分裂行为。《淮阴侯列传》称韩信，"天下已集，乃谋畔逆，夷灭宗族，不亦宜乎！"又如《魏豹彭越列传》谓："魏豹、彭越虽故贱，然已席卷千里，南面称孤，喋血乘胜日有闻矣。怀畔逆之意，及败，不死而虏囚，身被刑戮，何哉？中材已上且羞其行，况王者乎！"亦以分裂天下为耻。司马迁还屡屡指责汉代时一些诸侯国"僭于天子""拟于天子"，认为诸侯国的职责就是"遵蕃臣职以承辅天子"（《淮南衡山王列传》），是"镇抚四海，用承卫天子也"（《汉兴以来诸侯王年表》），因此，他对当时的"削藩"与"推恩"等诸项削弱诸侯的政策给以很大的注意。

4. 司马迁对《春秋》公羊家也有所批评

司马迁对《春秋》公羊家的批评，当源自不虚美、不隐恶优秀史官传统，主要表现在以下几个方面：其一，对灾异谴告说持一定的怀疑态度。尽管《尚书》《诗经》《春秋》等典籍中都有关于灾异的记载，然而司马迁在《史记·天官书》中说："孔子论六经，纪异而说不书，至天道、命不传，传其人不待告，告非其人，虽言不著。"这是说，孔子没有把灾异与天道、天命之类的问题写成书传授给弟子。司马迁指出这一点，表明他对董仲舒以灾异解释人事的做法抱怀疑的态度。其二，不取公羊家的讳饰态度。《公羊传》提倡"为尊者讳，为亲者讳，为贤者讳"（《公羊传·闵公元年》），董仲舒说："义不讪上，智不危身。故远者以义讳，近者以智讳，畏与义兼，则世愈近而言愈谨。"（《春秋繁露·楚庄王》）司马迁不取这种态度，他甚至批评孔子说："孔氏著《春秋》，隐桓之间则章（彰），至定哀之际则微。为其切当世之文而罔褒，忌讳之辞也。"（《史记·匈奴列传》）其三，不贵虚名。《公羊传》最贵虚名。齐晋鞌之战，逢丑父以身代齐君，掩护齐顷公脱厄，《公羊传》讥讽逢丑父陷君于无耻，并说逢丑父被晋郤克正法。董仲舒《春秋繁露·竹林》发挥公羊之义，认为逢丑父应该与顷公一起自尽："丑父大义，宜言于顷公曰：君慢侮而怒诸侯，是失礼大矣。今被大辱而弗能死，是无耻也，而复重罪，请俱死，无辱宗庙，无羞社稷。"司马迁《史记·齐世家》中把逢丑父写成一个受到敌国尊敬、终被释放回国的忠臣。此外如赞美管仲、晏婴一奢一俭，而"齐桓以霸，景公以治"（《史记·管晏列传》），赞美秦始皇"世异变，成功大"（《史记·六国年表序》），都与公羊家贵虚名的态度有所不同[①]。

综上所述，司马迁效法孔子作《春秋》，在《史记》中寄寓王道理想以及对历史的价值评判。《春秋》笔法是《春秋》的精髓所在，对司马迁创作《史记》影响甚大；《史记》体例上的"破例"，正是司马迁对《春秋》笔法的继承与发扬。司马迁在思想上受《春秋》公羊家的影响，但

① 参吴汝煜：《〈史记〉与公羊学》，载《徐州师范学院学报》1982年第2期。

在《史记》创作中又体现出对今文经学的超越。正如清人章学诚所称赞的："史迁绝学,《春秋》之后，一人而已。其范围千古、牢笼百家者，惟创例发凡，卓见绝识，有以追古作者之原，自具《春秋》家学耳。"[①]《史记》在唐代之后获得了巨大声誉，说明司马迁效法孔子作《春秋》的目的是达到了的。

五、《史记》创作与《易》学

司马迁的父亲司马谈受《易》于杨何，杨何传《易》，以《易》文互相训释，与费氏家法相合，只注重义理。受其影响，司马迁论《易》多举大义，"不以卜筮为非，亦不拘墟于卜筮，与术数家言龟策者不同"[②]。司马迁也深受其父的影响，力图"绍明世，正《易传》，继《春秋》"(《太史公自序》)。《周易》特别是《易传》对《史记》创作影响极为深刻。刘师培曾经作《司马迁述〈周易〉义》一文，发明《史记》述《周易》义十六例。司马迁在《史记》中引《周易》近三十条。其中或直接引用原文，或间接说明，或把原文变成自己的话来阐述思想。

《史记·陈杞世家》论赞说："盖孔子晚而喜《易》。《易》之为术，幽明远矣，非通人达才孰能注意焉？"司马迁所说的幽明之术，指的是作为卜筮术数的《周易》能够显示"无形之幽，有形之明"，预测政治人事的吉凶趋势。从上古三代至春秋时期，巫史卜祝颇不易分，汉代史官虽然与卜祝分离，但作为天官仍与卜祝有着血缘联系。《史记》的一些篇章记载了《易》占事件,《陈杞世家》《田敬仲完世家》三次记载周太史

① 章学诚著，叶瑛校注：《文史通义校注》，中华书局 1994 年版，第 464 页。

② 刘师培：《司马迁述〈周易〉义》，载黄寿祺、张善文主编《周易研究论文集》(第二辑)，北京师范大学出版社 1988 年版，第 3 页。

和齐懿仲卜陈完，卦兆表明田氏八世之后将取代齐侯；《魏世家》《晋世家》两次记载毕万卜仕晋国之事，卦象显示毕万之后必大。此外在《史记·十二诸侯年表》和《齐太公世家》等篇章中也有一些占卜记载，《日者列传》和《龟策列传》更是为占卜者所作的传记。不过这里想强调的是，《周易》对《史记》的影响不止是在占卜上，更重要的是在义理上。

首先，从《史记》创作的动力上来说，《周易》自强不息的精神对司马迁创作《史记》有相当显著的影响。《易·乾》卦象辞说："天行健，君子以自强不息。"《乾》卦六爻全为阳爻，阳刚阴柔，因此《乾》卦最集中地体现了刚健之德。乾又代表着天象，因而《乾》卦刚健之德也就是天德，上天处于永恒的运行之中，从日起月落到四时代序，没有片刻止息，这正是上天自强不息精神的集中体现。《易传》作者主张人们通过学《易》来效法上天刚健笃实、辉光日新的精神，按照《易》理去崇德广业，使人生的价值与意义趋于无限壮观和博大，表现出奋发向上、刚健有力的精神面貌。司马迁的人生观是以及时立功名为核心内容，这种人生观接近于《易传》[①]。

在《史记》中，我们在不少地方都能感受到作者对自强不息的赞美。《太史公自序》说："扶义俶傥，不令己失时，立功名于天下，作七十列传。"这说明《史记》中的七十列传是直接在司马迁功名人生观指导下写作的。英雄的勇冠三军、烈丈夫隐忍以就功名、思想家追求真理等，无不可歌可泣、英勇雄壮。像项羽、吕后之入本纪，孔子、陈涉之入世家，滑稽、日者、龟卜、货殖、刺客、医生、游侠之入列传，都是《史记》中的不同凡响之处。只要历史人物在既定的历史条件下慷慨立功名，司马迁就为他们立传。不止是七十列传，《史记》中的一些本纪和世家也与司马迁的功名人生观有紧密的内在联系。"桀纣失其道而汤武作，周失其道而《春秋》作，秦失其政而陈涉发迹。"（《史记·太史公自序》）华

---

① 参陈桐生：《〈史记〉与〈周易〉六论》，载《周易研究》2003年第2期。

夏民族乾道般的刚健精神尤其体现在革故鼎新、承敝通变的伟大变革之中。

其次，受《周易》变易哲学的影响，司马迁力图从“古今之变”的视角把握历史。《周易》的核心是“变”，“易”的主要含义是变易、变化，《周易·系辞》中谈变化者处处可见：“子曰：知变化之道者，其知神之所为乎！”“爻者，言乎变者也”，“日新之谓盛德，生生之谓易”，“拟之而后言，议之而后动，拟议以成其变化”。“子曰：系辞焉以尽其言，变而通之以尽利。”“是故天生神物，圣人则之；天地变化，圣人效之。”“刚柔相推，变在其中矣，系辞焉而命之，动在其中矣。……变通者，趣时者也。”“吉凶见乎外，功业见乎变。”“神农氏没，黄帝、尧、舜氏作，通其变，使民不倦，神而化之，使民宜之。”“《易》之为书也，不可远，为道也屡迁。变动不居，周流六虚，上下无常，刚柔相易，不可为典要，唯变所适。”由此可以看出，讲变化是《周易》重要内容。司马迁撰写《史记》的目的是“究天人之际，通古今之变”（《报任安书》），而“变”是这一宗旨的核心，即从一切都在变化的观点出发，探究天与人、自然与社会之间的变化。《太史公自序》也强调了这一观点：“礼乐损益，律历改易，兵权山川鬼神，天人之际，承敝通变。”“承敝”不只承认无所不变，而且指出历史的发展变化有质的变化，“通变”则是贯穿一切历史活动的线索[①]。

在“通古今之变”的问题上，“十表”是最大限度地集中体现这一要求的。司马迁每写一《表》，都力图写出特定历史时期的特点，写它在“古今之变”中变了些什么。把这十篇《表》总起来看，却又重在写东周以降社会的巨大变化——由封侯建国到郡县制度，由地方分权到皇权专制。可以说，从时势变化来“通古今之变”，是从大处把握了历史的发展变化。当然，在《史记》中，“通变”观念还体现在许多地方。比如说到

① 参徐兴海：《司马迁与〈周易〉》，载《人文杂志》1997 年第 4 期。

天文现象时指出："夫天运，三十岁一小变，百年中变，五百载大变；三大变一纪，三纪而大备：此其大数也。……太史公推古天变，未有可考于今者。"（《天官书》）在解释为何作《平准书》时说："作《平准书》，以观事变。"说明作"八书"的目的，也是为了表明变化的重要意义："礼乐损益，律历改易，兵权山川鬼神，天人之际，承敝通变，作八书。"为什么写《礼书》，也是为了说明一切无不在变化："维三代之礼，所损益各殊务，然要以近性情，通王道，故礼因人质为之节文，略协古今之变，作《礼书》第一。"

司马迁严厉批评那些"不知合变""不知时变"的人，肯定变法对历史发展的巨大推动作用。变化是历史发展的轨迹，那些只持一端，不知变通，走向极端的人最终都没有好下场。秦朝历史的研究对于司马迁来说是当代史的研究，而当代史研究是有许多忌讳的。比如统治阶级总要求历史学家说明本朝的合理性，等等。但即使在这样的情况下，司马迁仍然对"取天下多暴"的秦朝予以充分的肯定，其中的原因就因为"世异变，成功大"（《六国年表》）。

司马迁对于历史上发生的变法总是给予热情的歌颂，充分估价它对历史发展的飞跃过程所起的不可估量的作用。他对于不同时期变法的描述有一个共同点，那就是强调变化，时代变化了，法制必定要随着变化，变法的过程是适应历史发展的必然趋势。《商君列传》记卫鞅之言曰："三代不同礼而王，五伯不同法而霸。智者作法，愚者制焉；贤者更礼，不肖者拘焉"；"治世不一道，便国不法古。故汤武不循古而王，夏殷不易礼而亡。反古者不可非，而循礼者不足多。"《秦始皇本纪》记李斯之言曰："五帝不相复，三代不相袭，各以治，非其相反，时变异也。今陛下创大业，建万世之功，固非愚儒所知。且越言乃三代之事。何足法也？"

再次，受《周易》的影响，司马迁说他审视历史的方法是"原始察终，见盛观衰"。《周易》的一个重要理念是任何事物都处于一种循环往复的过程中，《周易·系辞上》：“日月运行，一寒一暑”，“日往则月来，月往则日来，日月相推而明生焉。寒往则暑来，暑往则寒来，寒暑相推而岁成焉。”事物的发展是循环往复的，又是盛衰相继的。以《乾》卦各爻来说，从潜龙到飞龙是一个发展的、上升的过程，所比喻的是“天行健”，也比喻君子自强不息，奋斗不已。然而，《乾》卦最上一爻为上九，其爻辞为：“上九，亢龙有悔。”孔颖达《正义》：“上九，亢阳之至，大而极盛，故曰亢龙。此自然之象。以人事言之。似圣人有龙德，上居天位，久而亢极。物极则反，故有悔也。”《象》辞说：“亢龙有悔，盈不可久也。”这又说明有另一面，即万事万物都有一个限度，超过这个限度，事物便会走向反面。《文言》曰：“亢之为言也，知进而不知退，知存而不知亡，知得而不知丧，其唯圣人乎！知进退存亡，而不失其正者，其唯圣人乎！”《史记》所述社会发展正自觉不自觉地突显了这一思维模式，体现出较为明确的循环往复、盛衰相继的观念。《高祖本纪》太史公曰：“夏之政忠。忠之敝，小人以野，故殷人承之以敬。敬之敝，小人以鬼，故周人承之以文。文之敝，小人以僿，故救僿莫若以忠。三王之道若循环，终而复始。周秦之间，可谓文敝矣。秦政不改，反酷刑法，岂不缪（谬）乎？故汉兴，承敝易变，使人不倦，得天统矣。”

《周易》认为，事物的盛衰也好，循环也好，都有一个渐变的过程。《坤》初六：“履霜，坚冰至。”《象》辞曰：“阴始凝也，驯至其道，至坚冰也。”《坤文言》说：“积善之家必有余庆，积不善之家必有余殃。臣弑其君，子弑其父，非一朝一夕之故，其所由来者渐矣，由辩之不早辩也。”《坤》卦初六为阴爻，有如阴寒之气初起，积久乃成坚冰，因此《易传》借阐释爻象来说明慎始防变之理。又，《系辞》在解释《噬嗑》卦上九爻辞时说：“善不积不足以成名，恶不积不足以灭身。小人以小善为无益而弗为也，以小恶为无伤而弗去也，故恶积而不可掩，罪大而不可解。”《噬嗑》是断狱之卦，上九爻处断狱之终，是罪大恶极无可救药之象。而之所以发展到为恶之极的地步，乃是因为逐渐由细恶积累而成。

所以《系辞》说："知几其神乎！……几者，动之微，吉凶之先见者也。"《易传》作者希望"君子"在事物尚处于"几"的状态时就要有所觉察，做到见微而知著。

司马迁知道，政治生活中许多大的变故，爆发是突然的，酝酿则是长久的。《太史公自序》："《春秋》之中，弑君三十六，亡国五十二，诸侯奔走不得保社稷者故不可胜数。察其所以，皆失其本已。《易》曰'失之豪厘，差以千里'，故曰臣弑君，子弑父，非一旦一夕之故也，其渐久矣。"在从始至终这一段时间之内，司马迁又特别重视事件的起始，勾勒出事件由小至大的演变过程。司马迁为重要历史人物立传，并不是简单地叙录他们的重要活动或生平事迹，而是十分注重寻绎驱使他们行动的由来已久的动因。如在《吴王濞列传》中，司马迁花费较多笔墨，细致入微、有条不紊地叙述了这场运筹从萌芽到大爆发的过程。祸患常起于细微，司马迁把它作为带有普遍意义的观念向读者再三告白。在本纪、世家、列传、表、书这五种体例中，司马迁都贯彻了慎始防微见盛观衰的思想精神，他以具体的历史事实说明，大到一个封建王朝的兴衰成败，小到一个历史人物命运的沉浮起伏，都会有一个酝酿、积累的渐变过程。又如在《李斯列传》开头写李斯观鼠，点出李斯从小就是热衷于为个人利益盘算的。后来当赵高乱国时，他有可能制止住，但那样个人要冒大风险。他害怕失去禄位，屈从奸人。结果，"大庑"倾覆，李斯终为赵高所害。汉初人多半认为李斯"极忠而被五刑死"，而司马迁则能通观其一生之变，揭示出李斯全部政治活动后面一贯如此的利己动机，故得出了与常人不同的深刻见解。

第三章　经学与班固的《汉书》创作

班固所处的时代，经学日益走上儒学神学化的道路，天命论、谶纬迷信甚嚣尘上，尤其是在班固奉诏参加的白虎观会议上，皇帝亲临裁决，使得儒学中的唯心主义神学迷信、天命论等成了“钦定教义”。当时，鼓吹天命、天人感应、阴阳灾变的《易》学流派影响很大，与此同时古文经学又为越来越多的人所接受。《汉书》在内容上对《史记》的改造、“宣汉”思想、在天命观念上的矛盾以及对人物的评价等，无不体现了他的经学观念。

一、班固的家世及其经学观念

据《汉书·叙传》及《后汉书·班彪列传》的记载，班固的七世祖班壹当秦末汉初之际，为著名的边地豪强，至牛羊数千群，以财雄边，出入戈猎，旌旗鼓吹。影响所及，以至于北方多以壹为字者。班壹之子班孺，有侠义之气，为州郡之人所称道。从五世祖班长起，班氏即由富而贵，从豪强变成了官吏，从农村的豪强进入了庙堂。班固的大伯祖班伯，少受《诗》于师丹，成帝召见于晏昵殿，见班伯容貌甚丽，诵说有法，拜为中常侍。二伯祖班斿博学有俊材，举贤良方正，以对策为议郎，迁谏大夫右曹中郎将，与刘向校秘书，每奏事，斿以选受诏，进读群书。祖父班穉少为黄门郎中常侍，哀帝即位，出为西河属国都尉，迁广平相。

班固的伯父班嗣、父班彪，俱以学显名当世。然而，伯父班嗣虽修儒学，却贵道家老庄之术，在班家算是比较特别的一个人。而班固的父亲班彪，受当时儒家经学的影响甚深，“唯圣人之道然后尽心焉”（《汉书·叙传》）。他反对“崇黄老而薄五经”，主张“依五经之法言，同圣人之是非”（《后汉书·班彪列传》）。处处以儒家经学为原则来观察形势、指导言行。

在王莽失败、群雄逐鹿之际，班彪从符瑞迷信的宿命论观点出发，力说刘氏正统不可动摇。他在《王命论》中说：“神器有命，不可以智力求也。悲夫！此世所以多乱臣贼子者也。若然者，岂徒暗于天道哉？又不睹之于人事矣！夫饿馑流隶，饥寒道路，思有短褐之亵，儋石之畜，所愿不过一金，然终于转死沟壑。何则？贫穷亦有命也。况乎天子之贵，四海之富，神明之祚，可得而妄处哉？……盖在高祖，其兴也有五：一曰帝尧之苗裔，二曰体貌多奇异，三曰神武有征应，四曰宽明而仁恕，五曰知人善任使。加之以信诚好谋，达于听受，见善如不及，用人如由己，从谏如顺流，趣时如响赴……若乃灵端符应，又可略闻矣。初刘媪任高祖而梦与神遇，震电晦冥，有龙蛇之怪。及其长而多灵，有异于众，是以王、武感物而折券，吕公睹形而进女；秦皇东游以厌其气，吕后望云而知所处；始受命则白蛇分，西入关则五星聚。故淮阴、留侯谓之天授，非人力也。”班彪的此种思想观念与今文经学家们以阴阳迷信来维护王权有相通之处。

班彪“才高而好述作”，有“赋、论、书、记、奏事合九篇”（《后汉书·班彪列传》），其中他所撰写的《史记后传》，为《汉书》的写作开启了先路。在范晔的《后汉书·班彪列传》中，载有班彪作史时写的一篇《略论》，其中谈到他作史的动机，一方面对司马迁“采《左氏》《国语》，删《世本》《战国策》，据楚汉列国时事，上自黄帝，下讫获麟，作本纪、世家、列传、书、表百三十篇”表示肯定；另一方面又对《史记》表示了不满乃至批评，谓“采经摭传，分散百家之事，甚多疏略，不如其本，务欲以多闻广载为功，论议浅而不笃。其论术学，则崇黄老而薄《五经》；序货殖，则轻仁义而羞贫穷；道游侠，则贱守节而贵俗功：此其大敝伤道，所以遇极刑之咎也。然善述序事理，辩而不华，质而不野，文质相称，盖良史之才也。诚令迁依《五经》之法言，同圣人之是非，意亦庶几矣”。班彪对司马迁的崇尚黄老思想、重视游侠、推崇货殖表示了反对，认为不符合儒家经学正宗，应予以纠正。这些认识无疑对班固也产生了重大的影响。

班固的经学观念比较复杂。从官方经学来看，东汉前期今文经学达到了一个高潮。公元 79 年即东汉章帝即位后的第四年，大臣杨终上疏道：“宣帝博征群儒，论定五经于石渠阁。方今天下少事，学者得成其业，而章句之徒破坏大体。宜如石渠故事，永为后世则。”（《后汉书・杨终传》）于是，“天子会诸儒讲论五经，作《白虎通德论》，令（班）固撰集其事”（《后汉书・班彪列传》附班固传）。所谓“撰集”，应该是对繁杂的议奏有所取舍，定其精旨。贯穿于《白虎通义》的一根主线是政治神学，政治制度、政治等级和礼仪活动等各方面都被神圣化、神秘化了。《白虎通义》继承了董仲舒以“天”为宇宙主宰的神学理论，把“天”作为高高在上、神之又神的抽象主宰。《天地》篇说：“天者，何也？天之为言镇也，居高理下，为人镇也。地者，元气之所生，万物之祖也。地者，易也，万物怀任，交易变化。”“天”虽然是宇宙的主宰，但它却无具体的形象。虽然《白虎通》中偶尔讲“天圆地方”，但这“圆”并不是“天”作为神灵显现出来的形象，“天”是抽象的。虽抽象，但不失神性。《白虎通义》构建一个烦琐而神秘的天道体系，根本目的是为了奠定一个坚实的理论基础，为人道的神圣化服务，而矗立于人道顶端的是帝王。为了论证帝王的神圣性，《白虎通》罗列了历史上三皇、五帝、三王、五霸的丰功伟绩，以作为活的见证。《白虎通义》极力宣扬祥瑞和灾异观念。祥瑞灾异由来已久，大儒董仲舒加以发挥宏扬后，《白虎通义》继承了下来。《白虎通义》认为，天下太平，帝王承天统理，阴阳调和，万物有序，一派祥和气氛，就会符瑞并臻。如果政治黑暗，人民不安，帝王治政不能尽职尽责，上天则会降下灾异，作为对执政者的警告，令其悔过自新，改良政治。

另外，从经学学术发展自身来看，此时古文经学已有相当大的影响，扬雄、桓谭、王充的思想，不可能不对班固发生作用。

二、《汉书》的依经立义及"宣汉"主旨

与《史记》相比，《汉书》有着自己鲜明的特色，此种特色的形成与经学因素有内在的关联。早在西汉末年，扬雄就指责司马迁"不与圣人同，是非颇谬于经"（《汉书·扬雄传》），其思想"杂乎杂"（《法言·问神》）。至东汉初年，诸儒多持此论。建武四年，范升上书指出"太史公违戾五经，谬孔子言"（《后汉书·范升传》），班彪也认为司马迁不能"依五经之法言，同圣人之是非"；批评《史记》"其论术学则崇黄老而薄五经，序货殖则轻仁义而羞贫穷，道游侠则贱守节而贵俗功"（《后汉书·班彪列传》）。至明帝、章帝之际，经学隆盛，扬雄等人的这种观点更加深入人心。以经学标准评判史学成为时尚。最高统治者还直接干预史学，汉明帝先是以"私改国史"的罪名，下诏拘捕班固，后又欣赏其才，命其为兰台令史，继续前业，《汉书》遂由私撰转为官修。明帝又于永平十七年诏见班固等人，谓司马迁作史书"微文刺讥，贬损当世"，远不如"颂述功德"的司马相如。（班固《典引》）明帝对史学的直接干预，更使班固在撰写《汉书》时极力向经学靠拢，处处依经立义。

班固《汉书》在内容上对《史记》的改造，充分体现了他的经学

"尺度"。如《史记·货殖列传》之序先引《老子》"至治之极，邻国相望"一段，司马迁认为"老死不相往来"是不可能的事。然后引《管子》"仓廪实而知礼节，衣食足而知荣辱"，以为"礼生于有而废于无"。从而指出："渊深而鱼生之，山深而兽往之，人富而仁义附焉。"把礼义依附于物质财富的关系讲得十分明确。文中又指出："天下熙熙，皆为利来；天下攘攘，皆为利往。夫千乘之王，万家之侯，百室之君，尚犹患贫，而况匹夫编户之民乎？"认为追求财富是人类的本性，这些都是和经学思想不能相容的。班固《汉书》将此序做了全面修改，突出强调"先王之制，自天子公侯卿大夫士，至于皂隶抱关击柝者，其爵禄奉养宫室车服棺椁祭祀死生之制，各有差品，小不得僭大，贱不得逾贵"；"然后四民因其土宜，各任智力，夙兴夜寐，以治其业，相与通功易事，交利而俱赡，非有征发期会，而远近咸足"，申明儒家的等级观念，说明圣人的理财观。

又如，司马迁将孔子弟子子贡列入《货殖列传》，谓："子赣既学于仲尼，退而仕于卫，废著鬻财于曹、鲁之间，七十子之徒，赐最为饶益。原宪不厌糟糠，匿于穷巷。子贡结驷连骑，束帛之币以聘享诸侯，所至，国君无不分庭与之抗礼。夫使孔子名布扬于天下者，子贡先后之也，此所谓得势而益彰者乎！"这段文字到了《汉书》中则变为："子赣既学于仲尼，退而仕卫，发贮鬻财曹、鲁之间。七十子之徒，赐最为饶，而颜渊箪食瓢饮，在于陋巷。子赣结驷连骑，束帛之币聘享诸侯，所至，国君无不分庭与之抗礼。然孔子贤颜渊而讥子赣，曰：'回也其庶乎，屡空。赐不受命，而货殖焉，意则屡中。'"《史记》在叙子贡时，以"原宪不厌糟糠，匿于穷巷"做映衬。但班固觉得这样映衬还不够典型突出，他拉出在孔门弟子中威望最高、生活最穷的颜回做对比，顿使子贡黯然失色，把《史记》平静的叙述，变成明确的褒贬。同时又删去太史公"夫使孔子名布扬于天下者，子贡先后之也。此所谓得势而益彰者乎"这几句深有感愤的话，而请出孔子来评判子贡、颜渊二人的优劣，使一篇短文浸透了正统儒家的论调。在班固看来，如此改换，就从根本上改变了司马迁“序货殖则轻仁义而羞贫穷”的思想，而变为符合经学思想的贵仁义而赞贫穷了。

班固把“宣汉”的指导思想自觉地贯彻于《汉书》的创作当中。他说：“汉绍尧运，以建帝业，至于六世，史臣乃追述功德，私作本纪，编于百王之末，厕于秦、项之列，太初以后，阙而不录。故探纂前记，缀辑所闻，以述《汉书》。”班固认为，汉绍尧运，成就巨大，史家必须以历史的责任感来全面记录这一伟大过程，为后世留下资以借鉴的史料。而有关汉世的历史记载，由于主客观条件的限制，无论从规模和数量上，都无法确立它在中国历史上的突出地位。司马迁的《史记》，迄于太初，武帝以后的历史未录；褚少孙、刘向、刘歆、冯商、卫衡、扬雄、班彪等都曾试补续《史记》，然均无法与之相匹。再者，《史记》是纪传体通史，“述历黄帝以来，至太初而讫”，无法突出西汉的一统规模和成就，给人的感觉是“编于百王之末，厕于秦、项之列”。而且，司马迁的某些思想观点于刘汉一统也不利，所谓“是非颇缪（谬）于圣人，论大道则先黄老而后六经，序游侠则退处士而进奸雄，述货殖则崇势利而羞贱贫”。因而，班固要以“纯正”的儒家思想观念，来“宣汉”之一统及多方面的成就。

班固的“宣汉”，也体现了他的大一统思想。班固之父班彪，亲历两汉之际的社会动荡，对大一统思想当有深刻的理解。他认为：周秦以来，统一代替分裂，势之必然。面对乱局，为救时难，著《王命论》，以天命观论刘汉一统的合法性。为了历史地再现西汉皇朝的一统成就，著《后传》，以补续《史记》之缺录。从体例上看，他去掉了不利于反映国家统一的“世家”。班固的一统思想更加其明显。他在《典引》中以饱含感情的笔触，热烈地颂扬汉德：“天乃归功元首，将授汉刘……盖以膺当天之正统，受克让之归运，蓄炎上之烈精，蕴孔佐之弘陈云尔……唐哉皇哉，皇哉唐哉！”意即汉德承尧，神器有命，不可动摇。其唯心色彩虽浓，但以求刘汉一统为己任的宣汉宗旨却是十分明确的。

班固在为尊者讳、为贤者讳、为亲者讳的经学教条与秉笔直书的传记原则相冲突时，往往不惜违背原则。传记起码的要求是事实清楚，人物形象准确，但“讳”却使这些要求落了空。“讳”法肇始于《春秋》，“观夫子修《春秋》也，多为贤者讳。狄实灭卫，因桓耻而不书；河阳召王，成文美而称狩”[①]。此例一开，正史传记中为本朝讳就成了正大光明、顺理成章的事。汉成帝本来沉湎女色，甚至亲手杀死亲子，但《汉书》却说他“尊严如神”，“穆穆天子容”。

不过，应当说明的是，班固也绝非一味固守经学、思想保守、复古倒退之人。他在《两都赋》中批评了那些“颇识旧典，又徒驰骋乎末流”的俗儒，因为他们“但知诵虞、夏之《书》，咏殷、周之《诗》，讲羲、文之《易》，论孔氏之《春秋》，罕能精古今之清浊，究汉德之所由”。他在《元帝纪》中突出了汉宣帝与太子的一段对话，其中宣帝有“俗儒不达时宜，好是古非今，使人眩于名实，不知所守，何足委任”之语，李景星《汉书评议》说：“虽廖廖数语，已说尽帝（元帝）生平。”又说《元帝纪》“赞语‘帝多材艺’云云，美其小节，寓贬于褒”。再如，班固又在《汉书·匡张孔马传赞》中说：“自孝武兴学，公孙弘以儒相，其后蔡义、韦贤、玄成、匡衡、张禹、翟方进、孔光、平当、马宫及当子晏咸以儒宗居宰相位，服儒衣冠，传先王语，其醖藉可也，然皆持禄保位，被阿谀之讥。彼以古人之迹见绳，乌能胜其任乎！”可见他是主张因时制宜的，反对什么事情都受“周政”“先王语”“古人之迹”的限制。

《后汉书》班固传说班固“博贯群籍，九流百家之言无不穷究。所学无常师，不为章句，举大义而已”。班固是一个经学家，但从《汉书》创作来看，他确有超出一般经学家之处，具有通变之识。

---

① 刘知幾：《史通》，沈阳：辽宁教育出版社 1997 年版，第 115 页。

三、《汉书》的今文经学思想及天道观上的矛盾

班固在《汉书》创作中体现了相当浓厚的今文经学思想，尤其表现在受今文《易》学的影响上，表现在天道观念上。

《周易》初为卜筮书，后来发展成为一部思想内容很丰富、哲理性很强的著作。它虽不免含有一些宣扬神意、天命的唯心主义成分，但也含有丰富的朴素唯物主义和辩证法的思想成分，含有历史观和儒家的政治、伦理观。汉初《易》学的主流是“主义理，切人事，不言阴阳术数”[①]，所谓“先人事而后说卦”（《日知录》卷一）、“善为《易》者不占”（《荀子·大略》），反映的就是这种情况。司马迁继承《周易》的变化观，撰著史书，考察历史盛衰，可说是这方面的楷模。汉初传《易》，丁宽、杨何是重要人物。丁宽受易于田何，颇得其精，其易学特点是“训故举大谊而已”（《汉书·儒林传》）。由丁宽而田王孙，再传而有施雠、孟喜、梁丘贺。孟喜改师法，这里要特别注意《汉书》说他“改师法”这三个字。孟喜做了一番宣传，编出一个自田氏得《易》的故事。《汉书·儒林传》说：“（孟喜）好自称誉，得《易》家候阴阳灾变书，诈言师田生且死时枕喜膝，独传喜，诸儒以此耀之。”“好自称誉”，如果不从贬义上理解，是说他用大气力来宣传自己的体系。说孟喜得《易》家候阴阳灾变书，也当合乎实情。由孟喜而焦延寿，由焦延寿而京房。京房《易》说卦气、说阴阳灾异，进而成为《易》之大宗，影响了包括史学在内的整个汉代学术文化。刘向校书时说，诸家之《易》都是田何、杨何、丁宽这个系统下来的，用刘向的话来说，是“大谊略同”，但是京房就不同了。京房围绕着《周易》中天命、神意的部分，大而洐之，推而广之，任意解释之，形成了一种附会《周易》以论天人感应、天命、阴阳灾变的《易》学。皮锡瑞称：“经

---

① 皮锡瑞：《经学通论》，中华书局1954年版，“易经”部分之第16页（该书每一部分重新编页）。

学有正传，有别传，以《易》而论，别传非独京氏而已，如孟氏之卦气、郑氏之爻辰，皆别传也。”[①]其后，孟、京易学，谶纬灾异论等纠缠在一起，汇成一股思潮，影响到社会生活及学术文化的许多方面。

在《汉书·艺文志》中，班固把《周易》抬到了至高无上的地位，认为《周易》是儒家六经之原[②]，并说“《易》不可见，则乾坤或几乎息矣”，视其为与天地共存在的永恒真理。班固既把《易》放在六艺之首的位置上，又把施、孟、梁丘的《易》以及京房《易》放在突出地位上。《汉书·艺文志》首录施、孟、梁丘三家之《易》。孟喜、京房《易》学系列的著作，占据十分重要的地位。在著录各家《易》中，《孟氏京房》十一篇，《灾异孟氏京房》六十六篇，五鹿充宗《略说》三篇，《京氏段嘉》十二篇，《章句》施、孟、梁丘各二篇。在班固眼里，京氏的《易》是大宗，班氏看重的是西汉中期以后神学化的象数易学。

班固《汉书》创作，大量而广泛地引用或阐释《周易》，但就其中主要的思想倾向来看，他却是继承了今文《易》学，表现出天命、天人感应、阴阳灾变的思想。这在《汉书》中随处可见，并且比较集中地体现在《律历志》《五行志》中。

《律历志》被置于《汉书》十志之首，可见其在《汉书》中的地位。它分为上、下二篇，叙述数、声、律、度、量、衡、历，等等。

班固在《律历志》中用了大部分的篇幅来叙述“历”，其重要用意是为了证明汉朝是承天命、得天统的政权。他“稽之于《易》”，进行了一

---

① 皮锡瑞：《经学通论》，中华书局 1954 年版，“易经”部分之第 18 页（该书每一部分重新编页）。

② 依班固的意见，儒家的经籍之间有密切联系。论《书》，班固谓：“《易》曰河出《图》，雒出《书》，圣人则之。故《书》之所起远矣。”因此，《书》与《易》有紧密的联系。论《礼》，班固说：“《易》曰：‘有夫妇父子君臣上下，礼义有所错。’而帝王质文世有损益，至周曲为之防，事为之制。”这是依《序卦》做出的阐释。礼的产生合乎《易》的精神。论《乐》，班固说：“《易》曰先王作乐崇德，殷荐之上帝，以享祖考。故自黄帝下至三代，乐各有名。”这是以《豫》卦象辞来说《乐》之起源。

套颇费苦心的推演：据《易》“炮牺氏之王天下也”，他认为，“炮牺氏继天而王，为百王先，首德始于木，故为帝太昊”。据《易》“炮牺氏没，神农氏作”之语，他认为神农氏“以火承木，故为炎帝”。据《易》“神农氏没，黄帝氏作”之语，他认为黄帝以“火生土，故为土德”，依次推到周代“水生木，故为木德”。然后笔锋一转，以庄重的口气说道：“汉高祖皇帝，著《纪》，伐秦继周，木生火，故为火德，天下号曰‘汉’，距上元年十四万三千二十五岁，岁在大棣之东井二十二度，鹑首之六度也。”这样，从炮牺氏“继天为王”为木德，到汉高祖“伐秦继周”为火德，一篇有关汉朝承天命、得天统的神话便创制出来了，为班固在《汉书·高祖本纪》中说“汉承尧运……协于火德，自然之应，得天统矣”打下理论与历史的基础。

《律历志》引证或论述《周易》之处，有二十多例，可谓是用《易》来贯彻其始终。其中，虽偶有论述合理之处，但牵强附会之处甚多。例如，班固认为：“权者，铢、两、斤、钧、石也……二十四铢为两，十六两为斤，三十斤为钧，四钧为石，忖为十八，《易》十有八变之象也。”（《汉书·律历志》）又说：“两者，两黄钟律之重也。二十四铢而成两者，二十四气之象也。斤者，明也，三百八十四铢，《易》二篇之爻、阴阳变动之象也。”（《汉书·律历志》）这是以《易》的“象”“爻”来解释、比附事物，含有唯心成分。

《五行志》为班固所独创，共分为“上”“中之上”“中之下”“下之上”“下之下”五篇，洋洋十万余言，篇幅为《汉书》十志之冠。该志开篇即引用了《周易》语：“天垂象、见吉凶……”，这可以说是《五行志》全志的纲领，该志即围绕着这个纲领来大谈天人感应、阴阳灾变。它系统地叙述了春秋以来至王莽时期的阴阳灾变、奇异自然现象，以及它们与历史事件、政治得失的因果关系，其中，班固大量地引用《京房易传》及董仲舒、谷永、刘向、刘歆等人的论述，也发表了他自己的看法。今天看来，《五行志》所述大多很荒谬，如说：“文帝四年六月，大雨雪。

后三岁，淮南王长谋反，发觉，迁，道死。京房《易传》曰：夏雨雪，戒臣为乱。”“阳朔四年四月，雨雪，燕雀死，后十六年，许皇后自杀。”自然现象出现某些反常或变异，这本不足怪，皆可从自然本身找到答案，若硬把它们与人事牵扯在一起，反而情理不通。而这些例子竟把某自然现象发生以后的三年乃至十六年时的历史事件，与该自然现象附会在一起，这就愈加荒唐无稽了。

刘知幾曾对《汉书·五行志》宣扬天人感应，阴阳灾变方面，进行过尖锐的批评。他说，该志“所定各目凡二十种，但其失既众，不可殚论……亦有穿凿成文，强生异义、如蜮之为惑，麋之为迷；陨五石者，齐五子之征；溃七山者，汉七国之象；叔服会葬，郕伯来奔，亢阳所以成妖，郑易许田，鲁谋莱国，食苗所以为祸。诸如此比，其类弘多，徒有解释，无足观采”（《史通·外篇》）。这个批评，应该说是很有见识的。

然而，《汉书》的天人感应的体系中，也包藏着一些进步的思想。在《郊祀志》中，班固记载了殷武丁时“有雉登鼎耳而雊，武丁惧。祖己曰：‘修德。’武丁从之，位以永宁”，说明只要修德就可以改变天意，使国家长治久安。哀帝时灾祸频仍，国家倾危。哀帝不从治理国家入手，进行努力，而只听信夏贺良等人之言，以为“汉家历运中衰，当再受命，宜改元易号”，于是“以建平二年为太初元将元年，号曰陈圣刘太平皇帝”。结果却是“卒无嘉应”（《哀帝纪》），汉朝仍沿着败亡道路继续下滑。这又说明，如果不修人事，只是乞灵于天命，是不会产生任何效果的。班固通过正例反例论证了天只起着被动反映人事的作用，对于人事的具体变化是无能为力的。这样，尽管它还存在，实质上却被架空。这个修德以胜天道的思想，是古代思想史上的一个优良传统，它已把人的主观能动作用放到了重要地位。在两汉时期天人感应之说十分盛行的情况下，班固着意阐发这一思想，对人的作用做出这样高的评价，是很不容易的[①]。

① 参许殿才：《论〈汉书〉中的天人关系》，载《历史研究》1992年第4期。

《汉书》还把天意与民心解说成了一个统一体。“天人同心，人心说（悦）则天意解矣”（《王贡两龚鲍传》），是说只要人民欣悦，那么天神也就会对你满意。“为政而宜于民者，功成事立，则受天禄而永年命”（《刑法志》），是说只要为政清明，有利于百姓，而能建功立业，那么政权也就得到了天佑而能保持长久。这里渺茫难知的天意具体化为民意，实际上还是讲只要人事活功顺应了民心，就可获致国泰民安的效果。天意变成了空壳，民心成为它的具体内涵，这种对天与民关系的把握，把落脚点放在了民心上，体现的仍是重人事的思想。

《汉书》中还有“人则天”，“顺其时气，以应天道”（《律历志》）等要求人顺应天的思想。这里所说的天，指的是客观运行的天，即自然界，而不是有意志的、作为至上人格神的天，书中所说的“人则天”具有效法自然的意义。自然界万物的动静消长，有自己的特性，人也应顺应自然界的变化，采取相应的行动，才使自己的行为符合于自然的法则。《货殖列传》中说：“辩（辨）其土地川泽丘陵衍沃原隰之宜，教民种树畜养；五谷六畜及至鱼鳖鸟兽雚蒲材幹器械之资，所以养生送终之具，靡不皆育。育之以时，而用之有节。草木未落，斧斤不入于山林；豺獭未祭，罝网不布于野泽；鹰隼未击，矰弋不施于徯隧。既顺时而取物，然犹山不茬蘖，泽不伐夭，蝝鱼麛卵，咸有常禁。所以顺时宣气，蕃阜庶物，蓄足功用，如此之备也。然后四民因其土宜，各任智力，夙兴夜寐，以治其业，相与通功易事，交利而俱赡，非有征发期会，而远近咸足。故《易》曰‘后以财成辅相天地之宜，以左右民’，‘备物致用，立成器以为天下利，莫大乎圣人’。”这就是在生产活动中“顺其时气，以应天道”的最好注解。此处所说的顺天道体现的是人们对自然界的认识，是在顺应自然道路上不断前进的一个反映，和一般意义的天人感应没有什么关系。班固在这里把天还原为客观自然界，并对人与自然的关系做出很好说明。人生活在自然之中，要受到自然的制约，但“天功人其代之”（《律历志》），说明班固已经认识到人对自然并不是完全无能为力的。

从上述所言班固对天人及天人关系的认识中，已经可以比较出他与董仲舒思想体系的差别。在董仲舒看来，天是世间万物的创造者，是宇宙的最高主宰。它具有人格力量，“有和有德，有平有威，有相受之意，有为政之理”（《春秋繁露·威德所生》），统辖着人们的行为，规定着人间的事理。人虽然具有特殊本领，“唯人道为可以参天”（《春秋繁露·王道通三》）。但这种参天的反作用是被“人副天数”的前提限定的。人是天按照自己的模式复制出来的，在本质上就是天意的外化物。因此，董仲舒的宇宙体系是纯粹的神学虚构，人的主观能动作用被笼罩于天神的灵光之内，对于整个世界历史的改变，人是无能为力的。班固虽然没有跳出天人感应说的藩篱，但他没有把天作为造物主来看待。他所认识的天，既是超自然力量，又有自然属性。对于人，他看到的也是自然禀赋的性情。在天人的互为作用中，更强调的是人的意志，是人的活动对世间事务以及历史客观进程的影响。因此，在《汉书》中，我们更多体味出的是人文气息，而不是宗教神学意味。

在《汉书》中，班固还能“事实求是”地对求仙祭祀和谶纬符命予以批判。班固对祭祀求仙等迷信话动的批判，以《郊祀志》最为集中。本志继承了《史记·封禅书》的批判精神，揭露了封建统治者希望通过宗教迷信活动获取上天佑助或成仙得道的行为。志中指出了“无其德而用其事”的宗教祭祀活动对于祈福的封建统治者毫无帮助。秦始皇为使统治长久，到处封神祭祀，搞得不亦乐乎，其效果却是“始皇封禅之后十二年而秦亡”。秦二世即位当年就仿效其父的做法，拜祭诸名山，结果仍不免“诸侯叛秦”。班固这种把行动与相反效果对比记述的方法具有很强的说服力，是对淫祀的有力批判。《郊祀志》对武帝任用方士求仙失败的记录，具有揭穿迷信本相的典型意义。志中相映成趣地描写了武帝的执迷和方士的骗术。少翁为了欺骗武帝，“乃为帛书以饭牛，阳不知，言此牛腹中有奇，杀视得书，书言甚怪。”其他方士之术也大都如此。武帝虽然在发觉他们的骗术之后，把他们诛杀掉，但这并不足以使他醒悟，仍然设坛招神，任方士摆布，到最后只是一次次失望、上当。《汉书》用这个典型事例揭露了鬼神方术之事的诬妄。在“究观方士祠官之变”、用史实对祭祀求仙等活动做了批判之后，班固还引用谷永之言对此做了总结：“明于天地之性，不可惑以神怪，知万物之情，不可罔以非类。”班固基本否定了杂占望气等迷信活动，认为这是“惑者不稽诸躬，而忌妖之见”，“舍本而忧末”（《艺文志》）的行为。对于汉代盛行的阴阳灾异学说，也做了批判。董仲舒是阴阳学说的主帅，《汉书》记他居家时惟说辽东高庙、长陵高园殿灾之意，其草稿被主父偃窃走后奏上。武帝让群臣讨论，董仲舒的弟子吕步舒不知道这是其师之书，以为大愚。“于是下仲舒吏，当死，诏赦之，仲舒遂不敢复言灾异。”班固还特别为眭弘、夏侯胜、京房、李寻等今文经学学者立了合传，赞语中谓今文经学家们“假经设谊，依托象类”“億（臆）则屡中”诸语，确实道出了阴阳灾异论的实质。

四、《汉书》的人物评论与中庸之道

班固的人格审美，主要源于儒家中庸人格的审美投射，要求对象的行为、感情、道德，要适度、中正、不偏不倚。《汉书》中许多人物评价，都蕴含着这种审美审视。廷尉于定国“为人谦恭，尤重经术士，虽卑贱徒步往过，定国皆与钧礼”，疏受“好礼恭谨，敏而有辞”，尹翁归“清洁自守，语不及私。然温良谦退，不以行能骄人”，张安世“温良，塞渊其德”（《叙传》），杜延年“为人安和，备于诸事”。上述人格评价，都与班固的中庸人格模式相契合，符合中和审美标准。

相反，当对象悖逆了他的中和审美观念，则予以否定性的评价。《杨胡朱梅云传》一方面褒美王孙裸葬以矫世之奢，胡建临敌之敢断，朱云、梅福之不畏强圉，一方面又说：“王孙裸葬，建乃斩将，云廷讦禹，福逾刺风，是谓狂狷，敞近其衷（中）。”（《叙传》）以中庸人格来规范四人的行为气质情感，超越了中和的审美标准，所以斥为“狂狷”，而云敞近于中行，符合他的中庸人格的审美标准。又如班固对王章、盖宽饶的评价亦是如此。王章，元、成间人，少贫，卧牛衣中，与妻对泣。成帝时为谏议大夫，京兆尹。时帝舅王凤擅权，章欲上书弹劾，章妻止之，曰：“人当知足，独不念牛衣中涕泣时耶？”章曰：“非女子所知也！”书遂上。终为王凤所害，下狱死。（事见《汉书·王章传》）对于这样一位敢于直言、不畏权贵、舍命上书的忠臣，班固却评价道：“王章刚直守节，不量轻重，以陷刑戮，妻子流迁，哀哉！”盖宽饶，少“明经为郡文学，以孝廉为郎。举方正，对策高第”，左迁为卫司马。当时宣帝不专用儒生，而尚刑罚。宽饶上书陈词，以为“圣道浉废，儒术不行”。被朝官诬为大逆不道，宣帝遂下宽饶吏，宽饶引佩刀自刭北阙下。当时谏大夫郑昌曾为宽饶说情，以为他“居不求安，食不求饱，进有忧国之心，退有死节之义”。班固对于这位为捍卫儒学而死的人，给予赞扬：“盖宽饶为司臣，正色立于朝，虽《诗》所谓‘国之司直’，无以加也。”但同时又说：“若采王生之言以终其身，斯近古之贤臣矣。”（《汉书·盖宽饶传》）既以儒家中庸人格为贤，我们也就不难理解他对屈原人生观的基本评价了：“今若屈原，露才扬己，竞乎危国群小之间，以离谗贼。然责数怀王，怨恶椒兰，愁神苦思，强非其人，忿怼不容，沈江而死，亦贬絜狂狷景行之士。”（《离骚序》）屈原的情感激诡，悖逆了哀而不伤、怨而不怒的中和情感模式，行为狂狷远离了中庸人格的规范。

实际上，儒家根据中和原则而设计的理想的中庸人格，在现实中是很难实践的。班固这方面的认识受到后世之儒的批评，傅玄就曾依照班彪批评《史记》的句式，说他“叙世教则贵取容而贱直节”（刘知幾《史通·书事》引《傅子》），可谓的评。

下编 经学与汉代文学观念

第一章　董仲舒的经学与文学思想

董仲舒虽然没有专门谈文学思想的文字，然而，其经学思想中包含着不少重要的文学思想的萌芽与理论基础。正如英国著名文学理论家特雷·伊格尔顿所说："文学理论一直就与种种政治信念和意识形态价值标准密不可分。的确，与其说文学理论本身有权作为知识探究的对象，不如说它是观察我们时代历史的一个特殊角度。……因为，与人的意义、价值、语言、情感和经验有关的任何一种理论，都必然与更深广的信念密切相联。"① 一方面，经学的发展，自觉不自觉地促成了文学思想的形成与发展；另一方面，文学观念总是不可避免地与经学思想纠结在一起。讲汉代经学与文学思想之关系，董仲舒是不能被忽略的，他对经学思想的思索，涉及了文学思想上的某些重要命题。

一、董仲舒对"六艺"的认识

从发生学的角度看文艺的起源，我们会发现上古诗、乐、舞等原始艺术是混为一体的。自周公采取了一系列"制礼作乐"的政治文化措施，

---

① ［英］特雷·伊格尔顿著，伍晓明译：《二十世纪西方文学理论》，陕西师范大学出版社1987年版，第214页。

形成了一套以乐正为首，以音乐、诗歌、舞蹈、礼仪为综合内容的完整的教育体系。春秋时代的孔子以复兴周礼为己任，其论《诗》是诗、乐、礼并举。我们从《荀子·乐论》《礼记·乐记》和《史记·乐书》中可以看到先秦儒家礼乐诗思想的发展轨迹。

董仲舒继承了礼、乐、诗一体的传统。如他在《春秋繁露·楚庄王》中提到“王者不虚作乐”之事，举《诗·大雅·文王有声》为例，曰：“‘文王受命，有此武功。既伐于崇，作邑于丰’，乐之风也。”又引《诗·大雅·皇矣》为例，说明“制礼作乐之异，人心之动也”，礼乐并举，以诗释乐，诗乐一体。由此，他在荀子“五艺”说基础上，进一步阐发了“六艺”的功能及其特点。荀子极力强调圣人的地位，认为圣人是维系道的枢纽，所有的经典都由圣人阐发而生成。《荀子·儒效》云：“圣人也者，道之管也。天下之道管是矣，百王之道一是矣，故以《诗》《书》《礼》《乐》之归是矣。”但同时，荀子对经书又抱着不太相信的态度，只是把这些经书当成古代典籍来看待，所以有“《礼》《乐》法而不说，《诗》《书》故而不切，《春秋》约而不速”之说。(《荀子·劝学》)董仲舒对荀子的观点有新的发展，他认为“道”是治理国家的必由之路，“仁义礼乐”都是“道”的具体工具，是为“道”服务的，所以他说“道者，所繇适于治之路也，仁义礼乐皆其具也”(《举贤良对策》)，他认为，“圣人思虑不厌，昼日继之以夜，然后万物察者，仁义矣。……夫义出于经，经传，大本也”(《春秋繁露·重政》)。在董仲舒眼里，“经”是圣人体悟道的产物，因此，是神圣的。他又说：“君子知在位者之不能以恶服人也，是故简六艺以赡养之”(《春秋繁露·玉杯》)，即圣人体悟天道后以“六艺”来“赡养”万民，社会上芸芸众生因为有了圣人，有了经，才能更接近“道”。董仲舒为文不厌其烦地论述“天不变，道亦不变”及“经”所包含的哲理，目的在于树立起一种对儒家经典的绝对崇拜。我们可以从董仲舒关于道、圣、经的言论中明显看出荀学的影响。道为何物，儒学未曾真正追问，对他们而言，道是不言而喻的，是包含了万物及其所有变化的，因此，这种理论推导上的独断性开启了其后扬雄、刘勰等原道、征圣、宗经文论模式的先声。

从思想根源上看，董仲舒独尊“六艺”思想与汉初社会普遍的政治观念是一致的。贾谊在《新书·道德说》中把“六经”视为道德的体现，“六理、六美，德之所以生阴阳、天地、人与万物也，固为所生者法也”。在汉初士人们致力于治国良方的探讨时，文学理论随着社会政治思想的变化亦发生着相应的变化，董仲舒则将其发挥到极致。同时，汉初思想界与士大夫阶层都期待着一种文化的一统，武帝时“天下艾安，缙绅之属，皆望天子封禅改正度”。对此，董仲舒在《贤良对策》中以《春秋》为例做了精妙的阐述：“春秋大一统者，天地之常经，古今之通谊也。今师异道，人异论，百家殊方，指意不同，是以上亡以持一统，法制数变，下不知所守。臣愚以为诸不在六艺之科孔子之术者，皆绝其道，勿使并进。邪辟之说灭息，然后统纪可一而法度可明，民知所从矣。”这反映出汉初人们渴望有一个共同遵守的文化规范，渴望有一套共同的价值尺度和行为准则，因此，可以说董仲舒所倡导的儒学经典意识确乎是顺时而生的。关于对“六艺”的理解，司马迁《史记》中《平准书》《外戚世家》《司马相如列传》中的观点与董仲舒的论述属一钵之传。那么，“六艺”的具体作用是什么呢？《玉杯》篇云：“《诗》《书》序其志，《礼》《乐》纯其美，《易》《春秋》明其知。六学皆大，而各有所长。《诗》道志，故长于质；《礼》制节，故长于文；《乐》咏德，故长于风；《书》著功，故长于事；《易》本天地，故长于数；《春秋》正是非，故长于治人。”这里所谓“诗道志”“长于质”，是指诗歌艺术的特点在于表达思想感情的质朴和真诚；所谓“乐咏德”“长于风”是指音乐艺术的特点在于能以美德、以情动人，故能产生广泛的社会影响。可以看出，董仲舒谈“六艺”的功能，既言志亦言情，这与《诗大序》中所谓“诗者，志之所之也，在心为志，发言为诗。情动于中而形于言”的说法在理论上是一脉相承的。

二、董仲舒的天人感应理论与文学上的物感说

董仲舒《春秋》学中，突出了其天人感应的基本理论。这一理论说起来并不新鲜，它源自一种古老的天命说教。《尚书·召诰》说："我不可不监于有夏，亦不可不监于有殷。我不敢知曰，有夏服天命，惟有历年。我不敢知曰，不其延，惟不敬厥德，乃早坠厥命。我不敢知曰，有殷受天命，惟有历年。"《尚书·皋陶谟》中更说"天聪明，自我民聪明；天明畏，自我民明威"，实际上道出了君、天、民三者的内在互动关系。又，《国语·周语》载，幽王二年，西周三川皆震，史官伯阳父说："周将亡矣！夫天地之气，不失其序；若过其序，民乱之也。阳伏而不能出，阴迫而不能烝（蒸），于是有地震。今三川实震，是阳失其所而镇阴也。阳失而在阴，川源必塞；源塞，国必亡。……昔伊洛竭而夏亡，河竭而商亡。今周德若二代之季矣，其川原又塞，塞必竭。夫国必依山川，山崩川竭，亡之征也。"这里，伯阳父把自然灾害与人事联系了起来，把三川皆震视为西周亡国的征兆。神学天道观念在春秋战国时受到怀疑，特别是它不能解释为什么秦王朝以力霸有天下，这种观念随之动摇也是必然的了。董仲舒《春秋学》以新的"话语"形式，论证天人感应的原理，力图在新的层面恢复天道信仰。

董仲舒"春秋学"的理论工具是阴阳五行说——此种学说在当时具有某种"科学"的面目，对于思维力已有相当发展的汉人来说，它无疑比单纯地把"天"人格化的天命论更有吸引力和说服力。董仲舒"春秋学"首先提出天人能够感应是因为天人同构、天人相副，即以天人同类证天人合一，作为天人感应的主要依据，他说：

> 天之大数，毕于十旬，旬天地之间，十而毕举；旬生长之功，十而毕成。十者，天数之所止也。（《春秋繁露·阳尊阴卑》）
>
> 人有三百六十节，偶天之数也；形体骨肉，偶地之厚也；

上有耳目聪明，日月之象也；体有空窍理脉，川谷之象也；心有哀乐喜怒，神气之类也。(《春秋繁露·人副天数》)

身犹天也，数与之相参，故命与之相连也。天以终岁之数成人之身，故小节三百六十六，副日数也；大节十二分，副月数也；内有五藏，副五行数也；外有四肢，副四时数也。(《春秋繁露·人天副数》)

人的十月怀胎，人的骨节、形状等，无不与“天数”相副，显然，这种比附虽有很大的随意性，但对当时的人来说，是有相当大的“说服力”的。董仲舒还说，不仅在生理上人与天同构，而且在精神意志上，人与天也有相通之处，所以才能发生感应。如说：

人之身，首妢而员（圆），象天容也；发，象星辰也；耳目戾戾，象日月也；鼻口呼吸，象风气也；胸中达知，象神明也；腹胞实虚，象百物也。百物者最近地，故要（腰）以下，地也。天地之象，以要为带。颈以上者，精神尊严，明天类之状也；颈而下者，丰厚卑辱，土壤之比也。足布而方，地形之象也。是故礼，带置绅必直其颈，以别心也。带而上者尽为阳，带而下者尽为阴，各其分。(《春秋繁露·人副天数》)

人之形体，化天数而成；人之血气，化天志而仁；人之德行，化天理而义；人之好恶，化天之暖清；人之喜怒，化天之寒暑；人之受命，化天之四时；人生有喜怒哀乐之答，春秋冬夏之类也。(《春秋繁露·为人者天》)

今天看来，以上种种比附实在无任何必然性，但董仲舒不厌其烦、具体细致地将人与天的生理、精神相对照、相联系，目的就是让人们相信天人一理。尽管如此，人们还是不免提出这样的疑问：虽然人与天同构，但同构就能相感应吗？为了回答这个问题，董仲舒又进行了进一步的论证，即指出联结天人关系并能造成感应的媒介物是“气”，即同气相感。董仲舒说：

> 天将阴雨，人之病故为之先动，是阴相应而起也。天将欲阴雨，又使人欲睡卧者，阴气也。有忧亦使人卧者，是阴相求也；有喜者使人不欲卧者，是阳相索也。（《春秋繁露·同类相动》）

天气将转阴雨，会引起某种疾病（如风湿性关节痛）的复发，天阴而使人困倦欲眠，这都是自然气候对人的生理影响的结果，是自然反应。董仲舒试图从中抽绎出阴阳气相动的普遍性结论，并且不适当地将它“扩大化”，并用之于社会政治领域，这也正是其学说能“迷惑”人的所在：

> 天气上，地气下，人气在其间。（《春秋繁露·人副天数》）
>
> 天地之间，有阴阳之气，常渐人者，若水常渐鱼也。……是以天地之间，若虚而实，人常渐是澹澹之中，而以治乱之气，与之流通相淆也。（《春秋繁露·天地阴阳》）
>
> 阳阴之气，固可以类相益损也。（《春秋繁露·同类相动》）
>
> 致雨则动阴以起阴，欲止雨则动阳以起阳。（《春秋繁露·同类相动》）
>
> 凡止雨之大体，女子欲其藏而匿也，丈夫欲其和而乐也。开阳而闭阴，阖水而开火。（《春秋繁露·止雨》）
>
> 天亦有喜怒之气，哀乐之心，与人相副；以类合之，天人一也。……故为人主之道，莫明于在身之与天同者而用之。（《春秋繁露·阴阳》）
>
> 王者与臣无礼貌，不肃敬，则木不曲直而夏多暴风。风者，木之气也，其音角也，故应之以暴风。王者言不从，则金不从

> 革而秋多霹雳。霹雳者，金气也，其音商也，故应之以霹雳。王者视不明，则火不炎上而秋多电。电者，火气也，其音徵也，故应之以电。王者听不聪，则水不润下而春夏多暴雨。雨者，水气也，其音羽也，故应之以暴雨。王者心不能容，则稼穑不成而秋多雷。雷者，土气也，其音宫也，故应之以雷。(《春秋繁露·五行五事》)

董仲舒从人的病理与气候上的联系，“推论”到天与人、人与天之间“阴阳五行之气”的相感相动，如求雨时要放纵“阴气”、压抑“阳气”，止雨相反。王者行事不当会引起“五行之气”异常，“五行之气”异常又会带来一系列灾变。《汉书·五行志》中班固说董仲舒“始推阴阳，为儒者宗”，“推阴阳”应是概而言之，应包括阴阳与五行。要之，天人之间是“气”在传递着信息，气有阴阳，事有善恶，气的中介作用遵守着同类相动的原则，并由此指出这是人世吉凶祸福的原因，最终完成了它对天人感应说的论证。正如邓乔彬先生所指出的：“天人感应论本来应在哲学范畴内讨论，似与文艺美学无关，但由于我国的哲学从来都主要是社会、政治哲学，而文艺也从来都与社会、人生、政治相关，故使二者也难以分割。”[①]

董仲舒将人的情感与自然之物在“天人合一”的前提下建立了一种客观对应系统，对文学尤其是诗歌中普遍存在的人物相感、情景交融的特征，具有某种推波助澜的作用。

一方面，董仲舒认为天有感情，《春秋繁露·阴阳数》以天人合一观论道：“天亦有喜怒之气，哀乐之心，与人相副。以类合之，天人一也。”他为春、夏、秋、冬四季分别加上爱、乐、严、哀的感情属性，并

---

① 邓乔彬：《董仲舒天人感应论对文学的积极影响》，载《文艺理论研究》2004年第2期。

说“爱气以生物，严气以成功，乐气以养生，哀气以丧终”，而这些都是“天之志”。从农业文化相观照，他将天志、天意、四时与人的感受相结合，总结道：“是故春气暖者，天之所以爱而生之；秋气清者，天之所以严而成之；夏气温者，天之所以乐而养之；冬气寒者，天之所以哀而藏之。”(《春秋繁露·阳尊阴卑》)

另一方面，董仲舒本着天人感应的认识，将人的感情变化与天地、气候相联系。《春秋繁露·阴阳尊卑》云：“夫喜怒哀乐之发，与清暖寒暑，其实一贯也。喜气为暖而当春，怒气为清而当秋，乐气为太阳而当夏，哀气为太阴而当冬。……人生于天，而取化于天。喜气者诸春，乐气者诸夏，怒气者诸秋，哀气者诸冬，四气之心也。”尽管不必拘泥于他所说的对应关系，现代的心理学知识足可以证明，人的感情变化与客观自然环境确有联系。

后来的许多论者都对董仲舒的观点有所继承和发展。陆机在《文赋》中说：“遵四时以叹逝，瞻万物而思纷，悲落叶于劲秋，喜柔条于芳春。”钟嵘论诗的本质：“气之动物，物之感人，故摇荡性情，形诸舞咏。”“若乃春风春鸟，秋月秋蝉，夏云暑雨，冬月祁寒，斯四候之感诸诗者也。”(《诗品序》)二人都从艺术、审美的角度指出人对物的感应引起情感激荡，进而形之于艺术作品。刘勰在《文心雕龙·物色》中更提出其物感论：“春秋代序，阴阳惨舒；物色之动，心亦摇焉。盖阳气萌而玄驹步，阴律凝而丹鸟羞；微虫犹或入感，四时之动物深矣。若夫珪璋挺其惠心，英华秀其清气；物色相召，人谁获安？是以献岁发春，悦豫之情畅；滔滔孟夏，郁陶之心凝；天高气清，阴沈之志远；霰雪无垠，矜肃之虑深。岁有其物，物有其容；情以物迁，辞以情发。一叶且或迎意，虫声有足引心；况清风与明月同夜，白日与春林共朝哉！”刘勰的试图确认作家、作品与自然之间存在的有机纽带，正如母体与胎儿之间存在着脐带，作家不断通过脐带从自然汲取养分——创作契机与灵感。在此基础上，刘勰进一步指出心物交感存在两个阶段，首先是“随物以宛转”，指的是作家首先要客观地遵循世界景物的规律，将自己的情绪融入自然中去，作家的主观行为必须切合客观事实，在创作时，要发挥自身的能动性，但是不能背离客观的实际。其次是“与心而徘徊”，强调用心驾驭客观情貌，描写客观的事物必须与自身的心境相符合，作家选材也要切合主观情意。清王夫之论《东山》诗时也讲：“形于吾身以外者，化也；生于吾身以内者，心也。相值而相取，一俯一仰之际，几与为通，而浡然兴矣。”（《诗广传》卷二）不难看出，陆机、刘勰等人摒弃了董仲舒的神秘主义色彩，却继承了他正确的天人相感通的看法，其论述都可以看作是天人感应论在文学的本质和方法上的具体应用。

三、董仲舒的中和论及其对文学的启示

董仲舒《春秋》学特别强调“中”在社会生活和自然运行中的地位和作用，把“中”作为衡量事物的标准，将追求、保持“中”作为达到和谐的途径，并将其直接运用于国家治理和社会文化氛围的营造之中，从而也给文学观念以有益的启示。

董仲舒反复申论，确定了“中”在五行学说中的至上地位。他指出，五行相生相胜，推动阴阳的运行和事物的发展。就前后顺序而言，木为始，水为终，土居中，这是“天次之序”；就位置而言，木在左，金在右，火在前，水在后，土居中，这是“父子之序”；就生成关系而言，木、火、土、金、水依次相生，犹如父子关系（实际上也是“父子之序”）；就方位而言，木、火、土、金、水五行，分别居于东、南、中、西、北。无论“天次之序”还是“父子之序”，都是客观的律令，不可违背，不可改变。而五行之中，居中的土地位最尊贵。这不仅因为土居中既是“天次之序”也是“父子之序”，而且因为土本身“出身”高贵和品质优良。董仲舒明确地说：“土者，火之子也，五行莫贵于土。……忠臣

之义，孝子之行，取之土。土者，五行最贵者也，其义不可加矣。”（《春秋繁露·五行对》）。他还说：“土，五行之中也。……土之事火竭其忠。故五行者，乃孝子忠臣之行也。……土居中央，为之天润。土者，天之股肱也。其德茂美，不可名以一时之事，故五行而四时者，土兼之也。金、木、水、火虽各职[①]，不因土，方不立。……土者，五行之主也。……是故圣人之行，莫贵于忠，土德之谓也。”（《春秋繁露·五行之义》）显而易见，在董仲舒看来，“土”之所以至尊至贵，完全在于它的“居中”。居中，就能够起到稳定的作用，能够协调社会上各种关系，协调自然界各种关系，以及人、社会与自然之间的关系，从而使整个天人系统保持和谐。董仲舒还认为，事物的成长起始于中，也终结于中；中是天下最美好的道理。他在《春秋繁露·循天之道》中说：“始于中，止必中也。中者，天地之所终始也。……道莫正于中。中者，天地之美达理也，圣人之所保守也。”在这里，“中”是天下万物不可偏离的思维轴心，是道的价值标准，是至高无上的理则，是圣人所必须“保守”的大道。由此，坚持“中”并实践“中”，便成为理所当然、势所必然。这样，董仲舒便将其思想体系中纯理论架构的五行引申到社会政治生活和伦理生活以及天人关系之中；同时，把自然法则和社会法则贯通，使时序和方位意义上的“中”，演化为社会秩序和精神境界方面的“中”。进而，通过对“中”的肯定和提倡，使万物“各如其序”（《春秋繁露·五行之义》），达到“和”的结局。这种思路，正是由中致和的思路。

董仲舒在确立了“中”的至高无上的地位和价值以后，又把“中”与“和”联系起来。他说：“中之所为，而必就于和。故曰：和其要也。和者，天之正也，阴阳之平也。”（《春秋繁露·循天之道》）就是说，“中”的实践结果，必然表现为“和”。因此，“和”是“中”的旨趣。能够选择、实现“和”者，便是得到了天地之正气。“中者，天之用也；和

① “各”字，疑作“名”。

者，天之功也。举天地之道，而美于和。”（《春秋繁露·循天之道》）在董仲舒看来，君主的威德，其形上的根据在于天意，“天有和有德，有平有威；有相受之意，有为政之理”（《春秋繁露·威德所生》）。春，是天之和；夏，是天之德；秋，是天之平；冬，是天之威。“此可以见，不和，不可以发庆赏之德；不平，不可以发刑罚之威。又可以见德生于和，威生于平也。不和无德，不平无威，天之道也。”（同上）一言以蔽之，“和”是神圣天道的要求和体现，是人安身立命的根据，是君主施政的准则。

董仲舒在分别阐述“中”“和”的意蕴和地位价值的同时，往往把“中”“和”连用。在他的思想体系中，这两者是密切联系的，意义上有内在的相通之处。讲“中”是为了“和”，而且“中”往往就是“和”；讲“和”是要维护“中”，而且“和”往往就是“中”；讲“中和”则既要强调“和”的“适中”，又要维护“中”的和谐。

董仲舒运用“中和”理论，劝导君主以“中和”治理天下。他引用《诗经·商颂·长发》中所讲的“不刚不柔，布政优优”的诗句，主张实行宽和的政治，并称赞这种宽和的政治是“中和”的政治行为。而“能以中和理天下者，其德大盛；能以中和养其身者，其寿极命”（《春秋繁露·循天之道》）。根据这种“以中和理天下”的理论，董仲舒提出了“调均”主张。他在对武帝的策问时专门论述了自己的观点。他宣称，调均贫富是“上天之理”，“天亦有所分予，予之齿者去其角，傅其翼者两其足，是所受大者不得取小也”（《汉书·董仲舒传》）。如果让贪得无厌的权势者为所欲为，则富者愈富，穷者愈穷，社会矛盾就会日益尖锐，最终会危及统治者的利益。他在《春秋繁露·度制》篇中说：“有所积重，则有所空虚矣。大富则骄，大贫则忧；忧则为盗，骄则为暴”；“大人病不足于上，而小民羸瘠于下，则富者愈贪利而不肯为义，贫者日犯禁而不可得止，是世之所以难治也。”要解决贫富两极过度分化的问题，根本的办法是进行适当的调节，使富者足以显示其高贵而不至于骄狂，贫者足以养活自己而不至于忧愁。显然，这里的调均思想是以“中”为度、以“和”为本。

董仲舒还运用“中和”理论，告诫人们要以“中和”之道养生，在《春秋繁露·循天之道》中，他分别从颐养性情、居处选择、男女之法等方面做了阐述。就颐养性情而言，他认为人的情绪、心境只有做到“中和”才是合理的状态，身心平衡才能健康。太实、太虚、热胜、寒胜、太劳、太佚、怒、喜、忧、惧，“皆生于不中和”，是养身的“十害”。要防止、去除这十害，就必须返于中和之道。“仁人之所以多寿者，外无贪而内清静，心平和而不失中正。”就居处选择而言，董仲舒认为要选择阴阳谐调、冷热适中、燥湿合宜的地方。他说：“高台多阳，广室多阴，远天地之和也，故人弗为。适中而已矣。”男女之法，董仲舒认为也要顺从阴阳之道。他说：“男女之法，法阴与阳。”阳气盛极而合乎阴，阴气盛极而合乎阳，不盛不合。因此，“男子不坚牡不家室，阴不极盛不相接。是故身精明难衰而坚固，寿考无忒，此天地之道也”。董仲舒还说：“阴阳之道不同，至于盛而皆止于中，其所始起皆必于中。中者，天地之太极也。”值得注意的是，董仲舒这里反复讲论的“盛”“盛极”，并不是过头的意思，而是“适中”的意思。男女之气的“盛极”，阴阳之气的“盛极”，都是指其在发展的过程中达到最佳状态，成为最成熟、最完美的事物。董仲舒强调，“养身之大者，乃在爱气。……气多而治，则养身之大者得矣”。“凡养生者，莫精于气。是故男女体其盛，臭味取其胜，居处就其和，劳佚居其中，寒暖无失适，饥饱无过平，欲恶度理，动静顺性命，喜怒止于中，忧惧反之正。此中和常在乎其身，谓之得天地泰。得天地泰者，其寿引而长；不得天地泰者，其寿伤而短。”总之，在《循天之道》篇中，董仲舒认为，只有把握“中和”之道，才能收到良好的养生效果。“中和”之道的实践过程，本身就是由“中”致“和”的过程。

董仲舒讲“中和”，基本思路是由天地具有中和之性而落实为养性修身应当遵循的一个原则，与其天人感应的经学思想体系是一致的。但是，他在提倡养性修心应当行中保和的时候，涉及了人的情感，认为怒、喜、忧、惧皆宜“反中”。由此，从文学思想的角度说，便有了与孔子的“乐而不淫，哀而不伤”（《论语·八佾》）相同的认识意义，对后世文论家产生了相当大的影响。如唐代皎然《诗式》卷二有“诗有四不”条谓：“气高而不怒，怒则失于风流；力劲而不露，露则伤于斤斧；情多而不暗，暗则蹶于拙钝；才赡而不疏，疏则损于筋脉。”“诗有二要”条谓：“要力全而不苦涩，要气足而不怒张。”“诗有四离”条谓：“虽有道情，而离深僻；虽用经史，而离书生；虽尚高逸，而离迂远；虽欲飞动，而离轻浮。”“诗有六至”条谓：“至险而不僻；至奇而不差；至丽而自然；至苦而无迹；至近而意远；至放而不迂。”这些可以视为文论家崇尚“中和”的具体体现。

四、董仲舒的“《诗》无达诂”论

语言文字是人们共有的表达、交流的工具，借之了解、认识、获取知识与观念。理论的表达，尤其是饱含命意的政治理论的建设和传达，则显然是属于言说者个体的。董仲舒说：“辞不能及，皆在于指，非精心达思者，其孰能知之？”（《春秋繁露·竹林》）对于“为儒者宗”（《汉书·五行志》语）的董仲舒来说，言语表达关系到国家政治方面的诸多问题。为此，他提出了“《诗》无达诂”的论点，谓“所闻《诗》无达诂，《易》无达占，《春秋》无达辞。从变从义，而一以奉天”（《春秋繁露·精华》）。

诗学或诗三百，作为所谓的“六经”之一，在《春秋繁露》中发挥了不可忽视的作用。董仲舒《春秋繁露·玉杯》篇说“《诗》《书》序其志，《礼》《乐》纯其美，《易》《春秋》明其知，六学皆大，而各有所长”，并且表述了《诗》和《春秋》的功用和特质——“《诗》道志，故长于质”，而“《春秋》正是非，故长于治人”。《春秋》之学作为“正是非”“长于治人”的功能在董仲舒那里发挥得淋漓尽致，即如刘勰所言的“祖述春秋，本阴阳之化，究列代之变”，依此来建构政治理论。“长于质”的《诗》则在董仲舒进行政治理论建设中发挥道志、达意、正言的作用[①]。在《春秋繁露》中，董仲舒的用《诗》体现了“《诗》无达诂”的观念。如《楚庄王》篇云：“于所见微其辞，于所闻痛其祸，于传闻杀其恩，与情俱也。……吾以知其近近而远远，亲亲而疏疏也；亦知其贵贵而贱贱，重重而轻轻也；有知其厚厚而薄薄，善善而恶恶也；有知其阳阳而阴阴，白白而黑黑也。百物皆有合偶，偶之合之，仇之匹之，善矣。《诗》云：‘威仪抑抑，德音秩秩。无怨无恶，率由仇匹。’此之谓也。”这里所举诗为《大雅·假乐》中的四句。原诗本是周王赐宴群臣时歌唱国泰民安、君臣和乐的作品，董子却用以说明远近亲疏、礼义秩序的普遍合理性。由此看来，“《诗》无达诂”既可以作为诗学历史和现状的一个归结，也是董仲舒进一步阐述《春秋》微言大义、推明义例、说明“从变从义”的理论基础。

由此，我们可以理解董仲舒《春秋繁露》中诸多引诗的现象，以及“《诗》无达诂”与“春秋无达辞”两者内在的关联性：《诗》，在推阐《春秋》大义的过程中发挥“用”的功能，而“《诗》无达诂”是表达“《春秋》无达辞”的一个顺理成章的过渡，“《诗》无达诂”有助于说明“春秋无达辞”“从变从义”这一理论层面的合法性。董仲舒认为，“《春

---

① 对《诗》这种功能的认识是汉代的共识。陆贾《新语·慎微》：“故隐之则为道，布之则为文，诗在心为志，出口为辞，矫以雅僻，砥砺钝才，雕琢文彩，抑定狐疑，通塞理顺，分别然否，而情得以利，而性得以治。”贾谊《新书·道德说》：“诗者，志德之理而明其指，令人缘之以自成也。”司马迁《史记·滑稽传》：“六艺于治，一也：礼以节人，乐以发和，书以道事，诗以达意，易以神化，春秋以道义。”班固《汉书·艺文志·六艺略》：“六艺之文：乐以和神，仁之表也；诗以正言，义之用也；礼以明体，明者着见，故无训也；书以广听，知之术也；春秋以断事，信之符也。”

秋》慎辞，谨于名伦等物者也”（《春秋繁露・精华》），因而极为重视对“辞指”的分析。何谓“辞指”？他未做界说，只是说“故盟不如不盟，然而有所谓善盟；战不如不战，然而有所谓善战。不义之中有义，义之中有不义。辞不能及，皆在于指，非精心达思者，其孰能知之”（《春秋繁露・竹林》）；“是故小夷言伐而不得言战，大夷言战而不得言获，中国言获而不得言执，各有辞也”；“今《春秋》之为学也，道往而明来者也。然而其辞体天之微，故难知也。弗能察，寂若无；能察之，无物不在”（《春秋繁露・精华》）。合而观之，他所谓的“辞”，当是变易近义词语而构成的一种特殊表达方式，是今文经学家们所谓的“书法”或“说法”，而并非如有的学者所解说的“名词概念”。他所谓的“指”，是特定表达式所隐指的特定意义，运用这样的“辞”，可以收到引导读者获得更高的认识的效果。例如，《春秋・宣公十二年》记载：“晋荀林父帅师及楚子战于邲，晋师败绩。”这是一则平平常常的记事，一般人很难发现其中有何奇异之处，正所谓“弗能察，寂若无”者。董仲舒则郑重揭出：“《春秋》之常辞也，不予夷狄而予中国为礼，至邲之战，偏然反之，何也？曰《春秋》无通辞，从变而移。今晋变而为夷狄，楚变而为君子，故移其辞以从其事。”（《春秋繁露・竹林》）原来，按照《春秋》“不予夷狄而予中国为礼”的原则，对于楚国这类“夷狄之国”的国君，一般不称其爵位。可是在这里，《春秋》却一反惯例，称楚君为“楚子”而称晋大夫以名氏。这一表达式的改换，隐指着两层“大意”：从浅层次看，它是以发展的眼光和求实的眼光看人看事，在褒扬楚君这次行动有礼而贬斥晋国这次行动无礼；从深层次看，它说明孔子不是按地域种族而是以文明道德来区分“诸夏”与“夷狄”。这种开明进步能够促进文明的文化观念，是符合“天意”的。由此看来，《春秋》之“辞”例正所谓“能察之，无物不在”了（《春秋繁露・精华》）。董仲舒的《春秋》义解，可以视为其“《诗》无达诂”说的一种推广与泛化，旨在达到“一以奉天”、体天之微的目的。

第二章　经学与汉代诗学

经学自西汉起由诸子之学逐渐成为社会形态，这一思路本身的原因是绝不应被忽略的。正是这种熔宗教人伦思考与政治思想于一炉的做法，使儒家建构起了与中国当时社会结构完全对应的文化系统——政教一体化。这种政教一体化的社会形态，濡染甚至决定着该时代诗学思想的走向与风貌，这应当是不争的事实。《毛诗序》尽管总结了先秦儒家诗论的一些主张，但更多的是按照汉代的需要对它进行了改造，成为汉代诗学观念的代表性作品。在经学文化的影响下，汉儒借用当时可资表达的词语，力图形成自己独特的诗学术语或概念，其诗学观对后世产生了很大的影响。

一、关于《毛诗序》的作者问题

《毛诗序》是冠于《毛诗》每首诗之前的简短说明，其中《关雎》篇前的长序，又被后世称为《诗大序》，相应地其他篇的序被称为《小序》。对于《毛诗序》的作者，却历来众说纷纭。其主要说法有：

一、孔子作序说。张西堂《诗经六论》引郑玄《笺》云："孔子论诗……其义则与众篇之义合编，故存。至毛公为《诂训传》，乃分众篇之义，各置于其篇端云。"[①] 又说范处义《诗补传·明序篇》力主此说。不同

① 张西堂：《诗经六论》，商务印书馆 1957 年版，第 121 页。

意此说者认为，倘若孔子作《诗序》并形诸文字，为何《论语》无载？纵然《论语》漏载，《孟子》《荀子》及《史记》等典籍应有载，为何数百年间不见片语论及而直至东汉郑《笺》才突然冒出此说？于理甚为不合。再者，若孔子作《诗序》以定其说，孔门弟子必会奉为至宝而代代尊奉，不至于在西汉分化出齐、鲁、韩、毛四家；纵因文字传抄之异而分为数家，亦不应在诗说上彼此乖戾。另外，《论语》所载孔子论《诗》之言不少，无不言简意赅，义深词洁，含蕴丰富，耐人寻味，而《毛诗序》却行文平易，语义浅直，不类先秦古语①。

二、国史作序说。《二程遗书》卷十八："序中明言国史明乎得失之迹，盖国史得于采诗之官，故知得失之迹。如非国史，则何以知其所美所刺之人？使当时无《小序》，虽圣人亦辨不得。"卷二十四又云："《诗大序》孔子所为，其文似《系辞》，其义非子夏所能言也。《小序》国史所为，非后世所能知也。"反对者以为，若《诗序》果真为国史所作，必定见诸记载，不须待千年之后让二程来阐明。再说先秦诗乐合一，掌《诗》之职由乐官担任，与国史完全无关。考之《周礼》《礼记》与《左传》，尤为明了。程氏做此推论，是基于诗、史合一的误解之上的。

三、诗人自制说。范家相《诗渖》引王安石之言曰："《诗序》者，诗人所自制。"《吕氏家塾读诗记》又引王氏曰："《诗》上及于文王高宗成汤，如《江有汜》之为美媵，《那》之为祀成汤，《殷武》之为祀高宗，方其作时，无义以示后世，则虽孔子亦不可得而知，况子夏乎哉？"反对者以为，《诗序》若为诗人自制，周代采诗官、乐官、"述而不作"的孔子以及恪守家法的《诗》学传人，必然都遵奉本旨，不敢妄改，亦不至于分化出诗说有异的四家诗来。事实上，《诗经》中的诗歌是诗人有感而发、即事而咏的产物，当初既不须确定诗题，亦无须自作注解或序说。即使古人有作序现象，亦无篇篇作序之理。白居易《新乐府》自制诗序，正是模仿

---

① 参见踪凡：《〈毛诗序〉作者考辨》，载《中国韵文学刊》1999年第2期。

《毛诗序》的结果，而且他的多数诗作并无诗序。其他后世诗人更罕有作序者。《诗经》所选诗歌年代既久，地域亦广，诗人身份千差万别，王侯、士大夫、后妃、士兵、庶人、奴隶之诗无不见载，哪能人人都会作序？

四、子夏作序说。此说影响甚大。班固《汉书·艺文志》云："汉兴……又有毛公之学，自谓子夏所传，而河间献王好之，未得立。"郑玄《郑志·答张逸问小雅常棣笺》："此《序》子夏所为，亲受圣人，足自明矣。"《孔子家语·七十二弟子》王肃注曰："子夏所序诗意，今之《毛诗序》是也。"陆玑《毛诗草木鸟兽虫鱼疏》："孔子删《诗》，授卜商，商为之序，以授鲁人曾申。申授魏人李克，克授鲁人孟仲子，仲子授根牟子，根牟子授赵人荀卿，荀卿授鲁国毛亨，毛亨作《诂训传》，以授赵国毛苌。时人谓亨为大毛公，苌为小毛公。"又陆德明《经典释文》引三国吴人徐整之言曰："子夏授高行子，高行子授薛仓子，薛仓子授帛妙子，帛妙子授河间人大毛公，大毛公为《诗叙》《训传》于家，以授赵人小毛公。小毛公为河间献王博士。"论者以为，子夏为鲁人，其门人在鲁者颇多，鲁诗先出，申培却不传其说；毛公赵人也，竟自谓得自子夏，于理甚为不合。

五、毛亨作序说。认为《毛诗序》与《毛传》密切配合。首先，反对子夏作序或在毛亨前就有序存在者认为，如果《毛诗序》在毛亨前已有或为子夏所作，就不会独为毛亨所传，而齐、鲁、韩三家全然不知；其次，按陆玑《毛诗草木鸟兽虫鱼疏》所载，毛亨受学于荀卿，《汉书·儒林传》云，浮丘伯受学于荀卿，申培受学于浮丘伯，是鲁、毛二家同出一源，但二家诗说不同，二家与荀子亦各不相同；再者，汉以前的《墨子》《孟子》《荀子》等书中引诗及《左传》中记载的政治家赋诗言志，或借题发挥，或断章取义。这些都说明，不要说在子夏时代，即使在毛亨前，我国还没形成那么完备的诗论体系，在这种情况下，不可能产生我们现在所说的《毛诗序》①。

① 赵敏俐：《〈毛诗序〉作者问题辨说》，载《沈阳师范学院学报》1984年第1期。

六、卫宏作序说。《后汉书·儒林列传》云："卫宏字敬仲，东海人也，少与河南郑兴俱好古学。初，九江谢曼卿善《毛诗》，乃为其训。宏从曼卿受学，因作《毛诗序》。善得风雅之旨，于今传于世。"首先，论者以为，汉朝人没有说过卫宏作《毛诗序》，连距卫宏时代很近的郑玄在作笺时也没提及，甚至连《毛诗序》的字样也没有；如果卫宏自制《毛诗序》并托名子夏，与他共同受业于谢曼卿的贾徽和稍后的郑玄应该会知道。其次，《毛诗序》本身矛盾很多，似乎并非出自一人之手。再次，诗的传授必须有诗义的解说，今天的《毛诗序》恰恰是这样的解说之词，这解说之词不会最初没有、过了几代之后才由卫宏补充。另外，卫宏作序说见于汉以后的著述，但是汉人为一书作序而名相重者不少，卫宏所作的可能是另外一篇。

那么，《毛诗序》的作者究竟是谁？联系《诗》学在汉代的流传情况，联系汉代经学发展的具体实际，我们应当说，《毛诗序》原是《毛诗诂训传》的一部分，最初的作者是毛亨，其后经过了漫长的修改完善过程，它尽管总结了先秦儒家诗论的一些主张，但更多的是按照汉代的需要对它进行了改造，很大程度上体现了汉代人的经学诗学观念。

二、汉儒解《诗》与对诗歌社会功能的认识

中国传统文化的特点，用章学诚的话来说，就是"官师治教合"，就是"即身示法，因事立教，而未尝于敷政出治之外，别有所谓教法也"（章学诚《文史通义·原道中》）。中国传统社会的结构模式，从整体上看是政教一体化的，社会整合的两个最基本力量，即政治法律体系与意识形态完全是合二为一的关系。中国政教一体化模式，如果从结构上讲主要表现在政治权力与意识形态权力来自同一体制，具有明显的同源性，因而也就结合得更加紧密，可以说已经达到了共生共存的程度。如果从

功能上讲，政教一体化社会则主要表现在政治体系和意识形态是相互依赖、相互支撑，以合力的方式进行社会整合的，所产生的效力远远超过它们单独起作用时所具有的能力极限，这对于中国中央集权大一统社会格局的形成和长期维系，是至关重要的[①]。

中国传统社会这一特定模式起源的确切时间，根据一般民俗学的情况和中国上古典籍资料的零星记载，大体与在中国文明起源的过程中王权的不断扩张、逐渐侵占了“巫史”权力有关，其形成的时间至少不晚于殷商中期。卜辞反映，对占卜结果的解释，大多由商王来进行，“王占曰”清楚地昭示了商王已经掌握了沟通天人、解释天意的权力这一事实，而这与《商书》所反映的情况恰好是吻合的。

春秋战国时期，诸家开始建构自己的思想体系。就儒家思想的本意来看，他们本来是要思考解决政治问题，但他们的思路却不像法家或纵横家那样直接，而是超越了政治本身，提出了系统的宗教人伦思想和具有实践意义的做人模式。这不仅为政治活动确立了价值坐标和终极目的，而且还使其对政治的思考具有了为社会提供一整套价值信仰系统和行为模式的意义。儒家这一思路因不直接针对现实问题而被讥为“迂远”。但也正是因为这种“迂远”才使得他们的思想超越了时代而取得了永久的意义。

就政治哲学及其操作层面上看，儒家总是透过宗教人伦来观照政治，对政治本质做出非政治性的认知，谓“政者，正也”。由于坚持政教一体化信念，他们也就坚持意识形态优先的原则，赋予政治以鲜明的宗教人伦目的，强调政治的宗教人伦使命，将政治的实施看作是一个教化人们做人和弘道的过程，在理论上将政治体制教具化、君主教主化、官僚系统教会化。在治国手段上基本将技术化方法排除在外，强调“正人心”，以变风俗作为行政和司法活动的目的与准则。

---

① 杨阳：《儒学·政教一体化·社会转型》，载《天津社会科学》1998 年第 3 期。

同样的，在汉人眼里，教化就是治国的重要内容。他们知道，五经作为文化的载体，具有很强的教化功能，因此十分注重教化，其手段主要是经学教育。《礼记·经解》引孔子之言曰："入其国，其教可知也。其为人也，温柔敦厚，《诗》教也；疏通知远，《书》教也；广博易良，《乐》教也；絜（洁）静精微，《易》教也；恭俭庄敬，《礼》教也；属辞比事，《春秋》教也。"六经之教有益于为人，质言之，对于六经文本的学习，有助于培养德行、完善品格和教化人性。贾谊将教化看成是政治的根本："夫民者，诸侯之本也；教者，政之本也；道者，教之本也；有道，然后教也；有教，然后政治也；政治，然后民劝之；民劝之，然后国丰富也。故国丰且富，然后君乐也。"（《新书·大政下》）贾谊希望通过教化，使君臣、父子、兄弟等规范成为全社会共同遵循的准则，"夫移风易俗，使天下移心而向道……令主主臣臣，上下有差，父子六亲，各得其宜，奸人无所冀幸，群众信上而不疑惑哉。此业一定，世世常安，而后有所持循矣"（《新书·俗激》）。

汉儒的伦理教化，不仅诉诸严肃的经学，也诉诸以歌诗、乐舞为代表的日用文化上。其高明之处在于他们继承发扬孔子的诗教努力，在使人获得情感愉说和感官快感的文学艺术中注入道德意味，并达到相融不二，从而致使文艺一方面直接起着有助于道德上的教化作用，另一方面使伦理不再成为一种外在的沉闷灰暗的标准规范让人去刻意追求，而是将道德理性浸淫、融于感性生活之中，让人在情趣盎然中进入道德境界，所谓"先王以是经夫妇、成孝敬、厚人伦、美教化、移风俗"（《毛诗序》）。

在《毛诗序》中，汉儒高度赞扬了诗歌的巨大社会功能，认为《诗》的社会政治作用，在于通过"美刺"能够对朝廷的政治、伦理纲常，以及社会风俗产生重大影响，达到维护宗法关系的目的。所谓"风"者，"上以风化下，下以风刺上。主文而谲谏，言之者无罪，闻之者足以戒，故曰风"。"雅者，正也，言王政之所由废兴也。政有小大，故有小雅焉，有大雅焉。”“颂者，美盛德之形容，以其成功告于神明者也。”这里的“成功”，指的也是王政事功。这样阐释“风”“雅”“颂”，实质上等于把诗三百零五篇的内容完全纳入美刺之中。宗法关系是封建政教赖以维系的核心，政教的“得”或“失”，无非是封建纲常伦理规范的恪守或失序。汉代传诗、解诗，在方法上就以宣扬君臣、父子、夫妇等伦常为纬，以对政教得失的美刺为纲，企图以“正得失，厚人伦”来达到“美教化，移风俗”的目的。

从毛诗以及三家诗遗说提供的线索看，汉代四家传诗，师承不同，各成门派，西汉时还有过席位之争，但基本精神一致，解说大同小异，确实可以“美刺”两字概括[①]。毛诗中《国风》160篇，明标为“美”或“刺”者98篇（其中刺诗79，美诗19），占总数之61%；《小雅》实存74篇，标明“美”或“刺”者51篇（其中刺诗44，美诗7），占69%；《大雅》31篇，明标“美”“刺”者18篇（其中刺诗9，美诗9），占58%。这个数字尚未包括“规”“诲”“戒”“疾”“乐”等，惠周惕《诗说》（卷上）所谓“隐言美刺者也”。毛诗如此，三家诗亦不例外。据王先谦《诗三家义集疏》，试以《郑风》为例说明。《郑风》21首，大部分是情诗。21首中，毛诗标为美诗者1、刺诗者15。这明标“美”或“刺”的16篇中，除《清人》和《溱洧》韩说、齐说与毛诗略有分歧外，其余14篇，三家诗均“无异义”“无异说”。大体说来，三家诗与毛诗有异说异义者，在于美刺的对象有所不同，如《小雅》“节南山之什”这十篇诗，齐、鲁、韩、毛四家诗将其定为“刺诗”，唯《小弁》，毛诗云“刺幽王”，齐诗云：“刺父虐。”也有少数美刺相反者，如《周南·关雎》毛诗解为“乐得淑女以配君子，忧在进贤，不淫其色”，属美诗，鲁诗则解

① 西汉文帝、景帝时期，四家《诗》说受到统治者的重视。鲁《诗》、韩《诗》文帝时立博士，齐《诗》景帝时立博士。毛《诗》虽示得立学官，景帝时却也被河间献王刘德立博士。（见《汉书·儒林传》《楚元王传》《河间献王传》）

为讥“康王宴起”的刺诗。《小雅·鱼丽》毛诗解为“美万物盛多”的美诗，齐诗则认为“忧时”，属刺诗。齐、鲁、韩三家诗中，韩诗较多异义。《史记·儒林列传》云：“其语颇与齐鲁间殊，然其归一也。”欧阳修也说：“韩婴之书，至唐犹在，今其存者，十篇而已。《汉志》婴书五十篇，今但传其外传，非婴传诗之详者，而其遗说，时见于他书，与毛之义绝异，而人亦不信，去圣既远，诵习各殊，至于考风雅之变正，以知王政之兴衰，其善恶美刺，不可不察焉。”（《欧阳文忠公集·三家诗考》）可知韩诗虽多异义，甚至有与毛诗“绝异”者，而其传《诗》、说《诗》同样以褒美贬恶的美刺为依准。

这里重点分析一下《毛传》。在《毛传》中，毛亨不遗余力地称赞周王，目的在于为后世君主树立一个治家治国的榜样。如《豳风·七月》之诗，本是一首长期流传于民间的四季农歌，小序则说：“陈王业也。周公遭变，故陈后稷先公风化之所由，致王业之艰难也。”明创业非易，实戒后王无逸；彰立国之功，实劝后王光大。此乃毛亨之意，并非周公之意也。《豳风·东山》本是一位远征战士在归乡途中百感交集的咏唱，毛亨却说是周公“劳归士”之作，既盛赞周公平定叛乱、安定社稷之功，又表彰他体恤将士、“说以使民”的仁德。毛亨还在《大雅·嵩高》小序中赞颂了力挽狂澜的中兴之主周宣王，在《小雅·南山有台》小序中肯定了周王举贤任能的政治举措，在《周颂·清庙》小序中反映了周王祭祀天地和祖先的盛况。这些序说显示出毛亨对贤明君主和太平盛世的向往，对德政理想和开明政治的追求，为汉代王侯树立了可资效法的模范，也向他们提出了更高的要求。

毛亨还对于昏君佞臣口诛笔伐，表现出坚定的儒家立场，其鲜明的爱憎与疾恶如仇的批判精神，实际上是为后世君臣敲响了警钟。这是《毛传》最有光彩的部分。最典型的就是邶、鄘、卫风中的一组诗，《毛传》说它们是讽刺卫国公室淫乱的作品。如《邶风·匏有苦叶》：“匏有苦叶，济有深涉。深则厉，浅则揭。”《毛传》说：“刺宣公也。公与夫人并为淫乱。”这组诗共有十首，其中《鄘风·新台》及《墙有茨》等序意与诗意相符，《邶风·匏有苦叶》及《雄雄》《静女》等明显出于附会。附会的意图就是想让这十首诗有效地配合起来，更全面、更深入地揭露卫宣公等人荒淫无耻的行径，并把公室淫乱视为国势动荡、民风大坏的重要原因。

《毛传》言美刺，刺诗远远多于美诗。细考所谓美诗刺诗，大半出于附会。总的看来，几乎所有的诗作，不管其本义如何，都被落实到一定的历史背景或具体人事上，然后进行褒贬美刺：或褒扬，或唾弃，或歌颂，或鞭挞，美善刺恶，爱憎分明，言辞激烈，无所顾忌。其间所包含的善恶是非的标准，就是儒家的伦理规范和价值体系。读诗者必读序，读序时必然会将序中所言史事与自己的思想行为互相比照，善者效之，恶者改之或戒之。经过多次比照，反复强化，便会自觉不自觉地养成了合乎儒家伦理规范和价值观念的行为习惯，《诗》就自然而然地起到了巩固社会秩序的作用。毛亨正是通过这种序诗的方式来建构儒家的伦理思想体系，悄无声息地参与政治，讽谏君主，教育子弟，淳朴民风。我们还可以看出，美刺言诗较多地针对以君王为中心的统治集团，在褒贬之间潜移默化规范他们的言行。但也有不少是关于世俗民风的，《关雎》序所谓的“上以风化下”就是这种情况。

《毛传》有意引导世俗民风、礼乐教化。《召南·摽有梅》：“摽有梅，其实七兮。求我庶士，迨其吉兮。”女主人公望见梅子落地，引起青春将逝的伤感，希望有男子马上来求婚。小序谓：“男女及时也。召南之国被文王之化，男女得以及时也。”这首呼唤爱情的恋歌之所以被附会成“男女及时”的颂歌，《毛传》的理由是，“三十之男，二十之女，礼未备则不待礼，会而行之者，所以蕃育人民也”。这条会男女的古礼是在特定条件下的变通之法，其明显的功利目的在于“蕃育人民”，并不意味着古礼对男女性爱的许可和放任。相反，儒家礼义要求男女授受不亲，即使夫妻之间也不能放纵情欲，否则即被视为淫行。《周南·关雎》篇，《毛传》

曰："夫妇有别则父子亲，父子亲则君臣敬，君臣敬则朝廷正，朝廷正则王化成。"在这里，"夫妇有别"成了推行礼乐教化的基本条件，或者说某种前提。可以说，《诗经》中大量描写男女爱情的诗作都受到了这一标准的审察：盼望丈夫回家的思妇之咏《召南·草虫》，变成了表彰"大夫妻能以礼自防"的伦理篇章；描写夫妻恩爱、如鼓琴瑟的《郑风·女曰鸡鸣》，变成了对"不说德而好色"的警钟长鸣；对秋水佳人可望而不可求的长歌浩叹《秦风·蒹葭》，点化为对不用周礼、无以固国的政治讽喻；青年男女在门闼之内忘情亲昵的《齐风·东方之日》，上升到对"君臣失道，男女淫奔"的道德评判。原诗文本中所表现的男女之间的任何情感、情欲都被否定、被遮盖了，取而代之的是"定亲疏、决嫌疑、别同异、明是非"（《礼记·曲礼》）的"礼"。社会上的任何人，无论男女长幼贵贱，都逃不脱这种"礼"的束缚和裁判。

《毛传》还以为《邶风·凯风》美卫国孝子安慰母亲的优良品德，《卫风·氓》刺卫宣公时"礼义消亡，淫风大行"的恶劣风气，《魏风·葛屦》刺魏国君民"机巧趋利""俭啬褊急"的狭小心肠。这些序说固然大多讲述一般的下层平民，旨在引导社会风俗的好转，但无不以小见大，无限上纲，把民间的每一种风俗习惯都看成是君主善恶、朝纲治乱的风化结果，从而使主题趋向崇高。

可以这么说，《毛传》自觉担负起了传播儒家伦理、和谐人际关系、重建社会秩序的历史责任，因而将先秦儒家所崇尚、所宣传的礼乐教化贯穿于诗解之中，让它伴随着《诗》的传播而行使"化下""刺上"的双重职能。

郑玄继承《毛传》大力阐扬诗歌为政教服务的社会功能。他在《诗谱序》中提出诗歌具有颂美与刺恶两种政治作用："论功颂德，所以将顺其美；刺过讥失，所以匡救其恶。"对于赋比兴，郑玄完全从为政教服务的观点来解释："赋之言铺，直铺陈今之政教善恶。""比，见今之失，不敢斥言，取比类以言之。""兴，见今之美，嫌于媚谀，取善事以喻劝之。”十分明显，这和《毛诗序》释“风”“雅”“颂”是一脉相承的。

汉儒解《诗》，极大地突显了诗歌的社会功能、政治作用，实际上是要求诗歌运用赋比兴的方式对治乱得失进行美刺褒贬，要求诗歌有益于政教。这种认识及做法，对后世诗论、诗歌创作产生了十分积极的影响。魏晋之际，经学衰微，老庄流行，玄学大盛，出现了“学者以《庄》《老》为宗，而黜六经”（干宝《晋纪・总论》）的情况。反映到文坛上，诗人直抒对于现实感受的激情，并以准确朴素明快的语言表达出来，有着鲜明的艺术个性，文学进入了自觉的时代。这一时期诗歌的言志功能得到了突显。隋文帝统一南北朝之后，深厌南朝词采华美的所谓“浮艳”文风。李谔即上书隋文帝，猛烈攻击南朝“竞骋文华”，认为齐梁之世“文笔日繁，其政日乱”（《上隋高祖革文华书》），把文风和国家的治乱紧密相连。隋末大儒王通，更是恪守《毛诗序》的教化说，论诗尤重封建伦理纲常。他认为诗歌的社会作用，是“上明三纲，下达五常”（《中说・天地》）；用诗进行教化，可以使人“出则悌，入则孝”（同上）。他甚至以诗文是否合于儒家之道，来区分君子和小人，以为古之君子都是先“志于道，据于德，依于仁”（《中说・事君》），而后才为诗文的。至唐，唐太宗及一些大臣承袭儒家文艺与政教相通的传统思想，把齐、梁、陈之亡归之于文风之“淫丽”，于是利用修史书之机，宣扬为政教服务是文学的唯一社会功能。如魏征在《隋书・文学传序》中说：“文之为用，其大矣哉！上所以敷德教于下，下所以达情志于上；大则经纬天地，作训垂范；次则风谣歌颂，匡主和民。”魏征不仅继承《毛诗序》“上以风化下，下以风刺上”的观点，而且把“文”的社会作用抬高到“经天纬地”的地位，这反映了唐朝初期急于利用文学以巩固统治的迫切要求。至中唐，白居易更明确提出，诗歌的重大社会政治作用在“补察时政”，也就是“稽政”，认为“美刺之诗不稽政，则补察之义废矣”（《策林》六十八）。诗歌功能既然是“稽政”，诗人便肩负着重大使命："惩劝善恶之柄，执于文士褒贬之际焉；补察得失之端，操于诗人美刺之间焉。"（同上）诗人的使命既如此重大，因而白居易要求诗人作诗要"为君、为臣、为民、为物、为事而作"（《新乐府序》）。至宋，范仲淹既坚信文学与政教相通的传统观念，认为诗歌"其体甚大"，其巨大的社会作用在于："羽翰乎教化之声，献酬乎仁义之醇；上以德于君，下以风于民，不然何以动天地而感鬼神哉！"（《唐异诗序》）道学家邵雍一方面承认"曲尽人情莫若诗"，但又说"无雅岂明王教化，有风方识国兴衰"（《观诗吟》）。程颢也说："诗有美刺，歌诵之以知善恶治乱兴废。"（《二程遗书》卷十一）他一再声称"诗三百篇劝善惩恶"（《读吕氏诗记》），读之"使人法其善，戒其恶"（《答廖子晦》）。在《诗集传序》中朱熹更赞扬《诗经》"其言皆足以为教"，"以化天下"，这实际上仍然是承袭汉儒的认识。清代，纪昀批评两汉魏晋诗人"不知诗之有教"，"亦不知诗可以立教"，至"齐梁以下，亦而为绮丽，遂多绮罗脂粉之篇"，慨叹"诗教之决裂久矣"（《诗教堂诗集序》）。朱彝尊则进一步分析诗教的社会政治作用，谓"诗之为教，其义：风赋比兴雅颂；其旨：兴观群怨；其辞：嘉美规诲戒刺；其事：经夫妇，成孝敬，厚人伦，美教化，移风俗；其效：至于动天地，感鬼神"（《高舍人诗序》），这无疑是对汉儒诗论的因袭和宏扬。

三、尊王媚权的经学思维方式与"温柔敦厚"的诗教观

从本质上看，经学不可避免地存在着一种尊王媚权的价值取向，这使得它在批判、制约王权的过程中，总显得力不从心。就《春秋》本身所传达的道德规范功能来看，《左传·成公十四年》曰："《春秋》之称，微而显，志而晦，婉而成章，尽而不污，惩恶而劝善，非圣人，谁能修之？"这种意识形态的泛化，必然影响到汉代的诗学，彰显其"温柔敦

厚”的诗教观。“温柔敦厚”的诗教观出自《礼记·经解》[①]。孔子曰：

> 入其国，其教可知也。其为人也，温柔敦厚，《诗》教也；疏通知远，《书》教也；广博易良，《乐》教也；絜（洁）静精微，《易》教也；恭俭庄敬，《礼》教也；属辞比事，《春秋》教也。故《诗》之失愚，《书》之失诬，《乐》之失奢，《易》之失贼，《礼》之失烦，《春秋》之失乱。其为人也，温柔敦厚而不愚，则深于《诗》者也……

温柔敦厚的“温”，用于人际关系方面，是指既不过于冷淡也不过于热情、温和适中的情感态度。从现存典籍来看，“温”是一直受到上古华夏先民重视的一种品格，《尚书·舜典》里说舜命夔典乐以教胄子，让他们具有“直而温，宽而栗，刚而无虐，简而无傲”的性情特点。“柔”与“温”相近而稍异。如果说“温”主要着眼于客体的主观感受，那么“柔”侧重的是主体自身性情柔和的性质。“敦”，厚重笃实。《易·艮卦》：“上九：敦艮，吉。”《周易正义》孔颖达疏：“敦，厚也。”“厚”，厚道，不刻薄。《论语·学而》：“曾子曰：‘慎终追远，民德归厚矣。’”徐复观先生将“敦厚”解释为一种“富于深度、富有远意的感情”[②]。后

① 《礼记》是孔子及其弟子、后学论述先秦礼制的文集，作者并非一人，各篇的写作年代不一。关于《经解》篇的产生时代及“孔子曰”的问题，有不同的说法。王锷先生《〈礼记〉成书考》经多方面参照、考索，认为《经解》应成篇于战国中期；“《经解》所载孔子言论，明确说‘孔子曰’，绝非向壁虚造，当必有根据”。（参见王锷《〈礼记〉成书考》，中华书局，2007年，第204—209页。）徐复观先生认为《经解》出于荀子后学，“这里的‘孔子曰’，未必是出于孔子，但必出于先秦传承之说”。（参见《徐复观论经学史二种》，上海书店出版社，2002年，第51页。）《经解》篇的写作年代，笔者倾向于认同王锷先生的推断，即战国中期。关于“孔子曰”的问题，笔者同意徐复观先生的说法，即未必就是孔子本人的原话，但又来自孔子的思想，或者说切近孔子的认识。

② 徐复观：《中国文学精神》，华东师范大学出版社2004年版，第37页。

人也把“敦厚”说成“忠厚”，将其视为合乎礼教及中庸之道的人格修养的体现。由于整个社会结构具有宗法伦理的特性，周人非常重视社会交往，《仪礼》中的《士相见礼》讲的是个人之间的交往，由士相见，而推及于士见大夫、大夫相见、士大夫见君、卿大夫见士等，大体上包括了当时社会角色之间的相见之礼。聘、问、朝、觐、省、视等正式相见礼，大都伴有《诗》乐。歌《诗》、弦《诗》、引《诗》、赋《诗》，是贵族相见、交流沟通的重要方式，这种生活方式本身就具有温柔敦厚的特点。

“温柔敦厚”的诗教观还与周人的诵谏传统有内在联系。《左传·襄公十四年》记师旷语云：“……有君而为之贰，使师保之，勿使过度。是故天子有公，诸侯有卿，卿置侧室，大夫有贰宗，士有朋友，庶人、工、商、皁、隶、牧、圉皆有亲暱，以相辅佐也。善则赏之，过则匡之，患则救之，失则革之。自王以下各有父兄子弟以补察其政。史为书，瞽为诗，工诵箴谏，大夫规诲，士传言，庶人谤，商旅于市，百工献艺。”“瞽”的身份是乐师。近人刘师培说：“商代之大学曰瞽宗，而周代则以瞽宗祀乐祖，盖瞽以诵诗，诗以入乐，故瞽矇皆列乐官，学名瞽宗亦古代以乐教民之证。”[①]又，《周礼·春官宗伯·瞽蒙》：“瞽蒙掌播鼗、柷、敔、埙、箫、管、弦、歌。讽诵诗，世奠系，鼓琴瑟。掌《九德》《六诗》之歌，以役大师。”郑玄注引郑司农云：“讽诵诗，主诵诗以刺君过，故《国语》曰‘瞍赋、矇诵’，谓诗也。”《国语·周语上》记邵公之言：“……故天子听政，使公卿至于列士献诗，瞽献曲，史献书，师箴，瞍赋，矇诵，百工谏，庶人传语，近臣尽规，亲戚补察，瞽、史教诲，耆、艾修之，而后王斟酌焉，是以事行而不悖。”这些材料都表明，周代曾存在过以诵《诗》来讽谏时政的制度[②]。

---

① 刘师培：《古政原始论·学校原始论第九》，见刘梦溪主编：中国现代学术经典《黄侃刘师培卷》，河北教育出版社 1996 年版，第 694 页。

② 参见边家珍：《“温柔敦厚”诗教观新论》，载《山东大学学报》2015 年第 1 期。

在以诗为谏的问题上，汉儒只是将其视为臣下谏上的一种形式。刘向《新序·正谏》《白虎通义·谏诤》，皆讲谏有五种。五谏名目有异，但其中都有“讽谏”，且最重“讽谏”，并引孔子说“吾从讽之谏”。《后汉书·杜根传》论曰：“礼有五谏，讽为上。若夫托物见情，因文载旨，使言之者无罪，闻之者足以戒，贵在于言达意从，理归乎正。”在这里，“托物见情，因文载旨”，便是对讽谏的解释。至于为何要采取此种委婉譬陈的方式方法，这里与《毛诗序》一样，都强调“言者无罪，闻者足戒”，反映出道与势的紧张关系。它真实而典型地反映出了自古以来在赫赫皇权之下文人臣子的某种特殊心态[①]：既要对君上的某些不当行为进行劝谏，以尽为臣之职分；又十分惧怕因批评君上而触动圣怒以言获罪。于是，不即不离隐约其词的“谲谏”便成了他们从左右两难、进退维谷之中解脱出来的一条妙法——“言之者无罪，闻之者足以戒。”（《毛诗序》）郑玄《六艺论》称：“君道刚严，臣道柔顺。”既要以道制势，矫正君上的行为，又不能直披逆鳞，以免危身，最好的办法是“托物见情”，比兴譬况，言者无罪，闻足可戒。而《诗三百》多有鸟兽草木鱼虫的描写，其艺术形象具有多侧面性，可以灵活运用、理解，最宜承担讽谏的使命，这也便是汉儒于六经中独“以三百五篇当谏书”的深层原因。在“谲谏”说中所隐含的文人臣子的这一层特殊心态，曾为后世学者一针见血地指出过。明人陈子龙《诗论》写道：“我观于诗，虽颂皆刺也。……后之儒者，则曰忠厚，又曰居下位不言上之非，以自文其缩。”[②]今人李泽厚以为，谲谏说“活画出臣民在君主面前那种可怜的胆怯心理”[③]。在

① 战国时的韩非子就已提出：“古之人难正言，故托之于鱼。”（《韩非子·内储说下》）

② 见郭绍虞主编：《中国历代文论选》第三册，上海古籍出版社1980年版，第236页。

③ 李泽厚、刘纲纪：《中国美学史》第一卷，中国社会科学出版社1984年版，第581页。

表情述志的方式上，汉儒也做出了规定，即不质直言之而譬况言之，象征言之，暗示言之，这便是“比兴”。在汉人那里，比兴不仅是创作中婉转曲折的传达方式，也是解诗中婉转曲折的解释方式，又是现实政治中婉转曲折的谏诤方式。作诗、解诗、用诗的三合一，于比兴中尤为明显。这一切合而言之，就是“主文而谲谏”，就是“温柔敦厚”的诗教。比兴在汉代大体理解为比喻。刘安《淮南子·泰族训》：“《关雎》兴于鸟，而君子美之，为其雄雌不乖居也；《鹿鸣》兴于兽，君子大之，取其见食而相呼也。”王符《潜夫论·务本》：“诗赋者，所以颂善丑之德，泄哀乐之情也，故温雅以广文，兴喻以尽意。”“兴”“喻”并列而同义。

在中国诗歌史上，汉儒“温柔敦厚”的诗教观受到了历时久远的极度尊崇。它刚问世不久，就在关于屈原的一场争论中发生了重大影响。东汉时期，班固批评屈原露才扬才，怨责君上，王逸则反驳说，屈原之辞属于讽谏，比《诗经》中某些讽刺诗篇还要“优游婉顺”，和缓得多。实质上，两人争论的焦点正在于屈原之辞是否“温柔敦厚”。显然，诗教已作为一条重要的诗歌批评标准而为争论双方所共同尊奉。汉代以后，诗教的地位一直极其显赫。“温柔敦厚，斯为极则”，“微婉而敦厚，优柔而不迫，为万古诗人之经”，这类文字，在古代诗论、文论中比比皆是。

当然，汉儒“温柔敦厚”的诗教观也受到挑战。刘勰曾肯定诗歌“藻辞谲喻，温柔在诵，故最附深衷”，颇有诗教精神，但他在《文心雕龙》中表明的种种审美趣尚（如标举“风骨”等），常大异于“温柔在诵”。显然，“温柔在诵”事实上并非他衡量诗歌的主要标准。有的论者则有意曲解诗教（以“六经注我”的方式），例如“中节”与“和平”，按诗教的路数，指诗中性情的抒发要合乎封建礼义，要优柔和缓。清人张谦宜在《砚斋诗谈》中却认为，诗中当骂则骂，正是人情“中节”处，故谓之“和”；有痛就哭，有冤就诉，这样人心才舒坦，故谓之“平”。他显然是用诗教的言辞有意曲解，以表达他自己的理论主张。有的诗论家公开站出来直接怀疑、反对诗教，如袁枚在《答沈大宗伯论诗书》中否认诗教的至尊地位，反对用诗教来规范诗歌创作，指出“诗教”之说出于《礼记》，而《礼记》所载的孔子言论并不一定真出自孔子之口；诗教的精神与孔子“兴、观、群、怨”的主张相抵牾。黄宗羲批评那种“以为温柔敦厚之诗教，必委婉颓堕，有怀而不吐，将相趋于厌厌无生气而后已”的观点和做法，他说如果按照这种观点则“人之喜怒哀乐，必喜乐乃为温柔敦厚，怒哀则非矣”，那就不存在“变风”“变雅”了。

第三章　经学与汉代辞赋观

汉代，儒家经学获得了独尊的地位，它的文艺主张自然就成为文艺批评界的统治思想。它继承孔子等先儒提出的主张，并加以发扬光大，极力强调文艺的功利主义，要求辞赋为儒家的政治、伦理、道德服务，说得更具体一些，就是突出提倡辞赋的讽谏与歌颂作用。在汉人心目中，讽谏则往往更被重视。汉人以讽谏作为评价汉赋的主要标准，影响是深巨的。但作为一种特殊文体的文学艺术，辞赋所固有的特征总是要顽强地表现出来，并在前进的道路上不断地得到充实和提高，在创作上是如此，在批评上也是如此。

一、今文经学与司马相如的辞赋观

司马相如不仅在赋体文学的创作上为后人树立了典范，而且在赋学理论上也有卓绝精辟的见解，而其见解又与今文经学某种观念相联系。

《史记·司马相如列传》说："(相如)以赀为郎，事孝景帝，为武骑常侍，非其好也。会景帝不好辞赋，是时梁孝王来朝，从游说之士齐人邹阳，淮阴枚乘，吴庄忌夫子之徒，相如见而说之，因病免，客游梁。"相如遇见梁孝王的门客邹阳、枚乘、严忌而"悦之"，因为他们是辞赋家。《汉书》枚乘传说："梁客皆善属辞赋。"司马相如不愿充当汉景帝的武骑常侍，托病辞掉这份皇帝身边的差使，而甘心到一个小小的王国里去当游士，完全是出于他对辞赋的酷爱。相如一直热情积极主动地进行辞赋创作，汉武帝听说《子虚赋》是他写的，问他，他即说："有是。然此乃诸侯之事，未足观也，请为《天子游猎赋》，赋成奏之。"他看到汉武帝好神仙，又说："上林之事未足美也，尚有靡者。臣尝为《大人赋》，未就，请具而奏之。"热切欣喜之情溢于言表。相如写作《大人赋》已是他的晚年了，可见他一辈子始终热爱于辞赋的创作。

据《西京杂记》载："司马相如为《上林》《子虚》赋，意思萧散，不复与外事相关，控引天地，错综古今，忽然如睡，焕然而兴，几百日而后成。其友人盛览，字长通，牂牁名士，尝问以作赋，相如曰：'合綦组以成文，列锦绣而为质，一经一纬，一宫一商，此赋之迹也。赋家之心，苞括宇宙，总览人物，斯乃得之于内，不可得而传。'"[①] 可以说，司

---

① 一些学者又以为相如这段赋论当系晋以后人所托，理由主要是相如时代，写不出"一经一纬，一宫一商"的赋作。这种说法似难以成立。因为所谓"一经一纬，一宫一商"，就是指行文谋篇遣词造句讲究对称、骈偶，讲究音节韵律的和谐动听。这一点包括司马相如在内的汉赋作家都普遍注意到并运用得相当纯熟。如司马相如《天子游猎赋》中的一段描写："离宫别馆，弥山跨谷。高廊四注，重坐曲阁。……醴泉涌于清室，通川过于中庭。"相如极注意讲究对偶，有句中对、前后句对、隔句对，等等；也极注意用韵，所有的句子都押韵，但很自由，可随时换韵。姜书阁先生在《骈文史论》中曾说："作为《子虚》的下篇，《上林》（两篇或合称《天子游猎赋》）较前篇远为巨丽，篇幅长达一倍以上，文章更多骈对，而铸词造语，藻采纷披。岂独繁类成艳，抑且声和韵谐。"（姜书阁：《骈文史论》，人民文学出版社，第113页）这个评价是符合实际的。不仅如此，在相如之前的先秦经籍、史传、诸子、屈宋辞赋中，就已出现了大量的偶句。刘勰在《文心雕龙·丽句》中曾举例《尚书·大禹谟》有"罪疑惟轻，功疑惟重"，"满招损，谦受益"。其实在这篇文章中，还有"任贤勿贰，去邪勿疑"，"临下以简，御众以宽"，"汝惟不矜，天下莫与汝争能；汝惟不伐，天下莫与你争功"，等等。《诗经》《左传》《国语》《战国策》《论语》和先秦诸子也大致如此。到了汉代，辞赋家更注重俪辞偶句，所以刘勰才说："自扬（雄）马（司马相如）张（衡）蔡（邕），崇盛丽辞，如宋画吴冶，刻形镂法，丽句与深采并流，偶意共逸韵俱发。"（《文心雕龙·丽辞》）即说司马相如等两汉赋家都崇尚骈体，骈俪的句子与富赡的文采一起奔流，对偶的内容和美妙的韵律同时迸发。当然，我们今天还不能完全断定《西京杂记》所载相如这段赋论的真实性，但在获得否定的证据之前，还以姑存之为妥。我们现在起码可以这样说，这段赋论基本符合相如的创作实际。所以范文澜先生在《文心雕龙·诠赋》注中说："《西京杂记》虽伪托，相如语或传之在昔，故彦和本之。"

马相如这段话，反映出当时经学特别是今文经学的宇宙观、时空观对赋家辞赋观的渗透。

今文经学是在吸纳了齐文化的思想意识而后发展起来的，尤其是武帝时因董仲舒的倡导而兴盛起来，成为一种学术文化思潮[①]。齐文化中邹衍的宇宙意识、时空观念也因此流行开来，并影响了赋家的文学观。《史记·孟子荀卿列传》载，阴阳家代表人物邹衍“重于齐。适梁，惠王郊迎，执宾主之礼。适赵，平原君侧行襒席。如燕，昭王拥彗先驱，请列弟子之座而受业，筑碣石宫，身亲往师之”。又说他著“《终始》《大圣》之篇十余万言”。《汉书·艺文志》阴阳家类著录《邹子》四十九篇，《邹子终始》五十六篇。其书篇卷不亚于今所见《孟子》《荀子》等，而四十九、五十六或相当今《庄子》之内外篇。《史记·孟子荀卿列传》谓邹衍“先列中国名山大川，通谷禽兽，水土所殖，物类所珍，因而推之，及海外人之所不能睹，称引天地剖判以来，五德转移，治各有宜，而符应若兹。以为儒者所谓中国者，于天下乃八十一分居其一分耳。中国名曰赤县神州，赤县神州内自有九州，禹之序九州是也，不得为州数，中国外如赤县神州者九，乃所谓‘九州’也，于是有裨海环之，人民禽兽莫能相通者，如一区中者，乃为一州，如此者九，乃有大瀛海环其外，天地之际焉”。时间上是“称引天地剖判以来”，空间上是“及海外人之所不能睹”。司马迁批评邹子学说“宏大不经”，实际上，这是方士游说诸侯不得不用的一种方式方法。《鬼谷子·本经阴符七篇》称方士为“摄心者”，说“摄心者，谓逢好学伎术者，则为之称远。方验之，惊以奇怪，人系其心于己”，就是要用闻所未闻之事动摇君主视听，摄系君主之心，以售其私。司马迁知道，邹子“睹有国者益淫侈，不能尚德……乃深观阴阳消息，而作怪迂之变……然要其归，必止乎仁义节俭，君臣上

① 参见边家珍：《西汉经学吸纳阴阳五行说的原因及其历史意义》，载《孔子研究》2002年第6期。

下六亲之施……”（《史记·孟子荀卿列传》）一句话，由于战国诸侯傲慢淫侈，不可以儒术正面规谏，不得不借方士的手段达到儒术的目的。而司马迁又说：“《子虚》之事，《大人》赋说，靡丽多夸，然其指风谏，归于无为。”（《史记·太史公自序》）即说司马相如赋虽写得很华丽，但其旨意在于讽谏，并终于使国君归于清静无为。《盐铁论·论邹》篇大夫曰：“邹子疾晚世之儒墨，不知天地之弘，昭旷之道，将一曲而欲道九折，守一隅而欲知万方，犹无准平而欲知高下，无规矩而欲知方圆也。于是推大圣终始之运，以喻王公，先列中国名山通谷，以至海外。所谓中国者，天下八十一分之一，名曰赤县神州，而分为九州。绝陵陆不通，乃为一州，有大瀛海圜其外。此所谓八极，而天地际焉。《禹贡》亦著山川高下原隰，而不知大道之径。故秦欲达九州而方瀛海，牧胡而朝万国。”通过比较对照，我们不难看出从思想到手段上，司马相如与齐学大师确有相似之处。可以说，邹衍的时空观给司马相如相当直接的启迪影响，司马相如《上林赋》中有句曰：“流离轻禽，蹴履狡兽，轊白鹿，捷狡兔，轶赤电，遗光耀，追怪物，出宇宙，弯蕃弱，满白羽，射游枭，栎蜚遽。”又，《汉书·司马相如传》颜师古注引张揖曰：“天地四方曰宇，古往今来曰宙。”司马相如“控引天地，错综古今”，“苞括宇宙，总览人物”之论，确有齐文化的影响在。当然，这也可以视为他对自己辞赋创作的一个理论说明，扬雄说：“长卿赋不似从人间来，其神化所至邪？”（《答桓谭书》）司马相如能提出这种文艺创作观点，是极了不起的。后来陆机的“精骛八极，心游万仞”，“观古今于须臾，抚四海于一瞬”（《文赋》），刘勰所说的“古人云‘形在江海之上，心存魏阙之下’，神思之谓也。文之思也，其神远矣。故寂然凝虑，思接千载；悄焉动容，视通万里；吟咏之间，吐纳珠玉之声；眉睫之前，卷舒风云之色；其思理之致乎！”（《文心雕龙·神思》）都可视为对司马相如此论的继承与发展。

二、经学与扬雄的辞赋观

（一）扬雄的经学思想

扬雄生于西汉宣帝甘露元年（前53年），主要活动于成、哀、平之际。扬雄的青壮年时代，正是今文经学不断发展的时代，今文经学也是当时的利禄之途。然而，扬雄在学术上所受的影响不是单一的，他在经学思想上也有其多面性。据《汉书·扬雄传》说：

> 扬雄字子云……其先出自有周伯侨者，以支庶初食采于晋之扬，因氏焉……扬季官至庐江太守。汉元鼎间避仇复溯江上，处岷山之阳曰郫，有田一廛，有宅一区，世世以农桑为业。自季至雄，五世而传一子……雄少而好学，不为章句，训诂通而已，博览无所不见。为人简易佚荡，口吃不能剧谈，默而好深湛之思，清静亡为，少耆欲，不汲汲于富贵，不戚戚于贫贱，不修廉隅以徼名当世。家产不过十金，乏无儋石之储，晏如也。自有大度，非圣哲之书不好也；非其意，虽富贵不事也。……又怪屈原文过相如，至不容，作《离骚》，自投江而死，悲其文，读之未尝不流涕也。

扬雄生于一个普通的农家，“有田一廛，有宅一区，世世以农桑为业”，一廛即一百亩地，用晁错的话说，“百亩之收不过百石”，加上伐薪樵、治官府、给徭役，普通的有百亩之地的农家，“四时之间，亡日休息”（《论贵粟疏》）。扬雄在其《逐贫赋》中展示了其早年的生活情形：“徒行赁笈，出处易衣，身服百役，手足胼胝，或耘或耔，沾体露肌。”[①]

① 郑文：《扬雄文集笺注》，巴蜀书社2000年版，第145页。

扬雄把当时农民受压迫的情形概括为“三勤”：“政善而吏恶，一勤也；吏善而政恶，二勤也；政吏骈恶，三勤也。”（《法言·先知》）他还揭露当时的恶政说：“禽兽食人之食，土木衣人之帛，谷人不足于昼，丝人不足于夜之谓恶政。”（《法言·先知》）扬雄所面对的，是一个日趋没落、社会矛盾及思想文化领域均面临严重危机的时代。土地高度集中，农业人口大量流散，吏治败坏，社会矛盾不断激化。成帝阳朔三年（前22年），颍川铁官徒申屠圣等百八十人杀长吏，盗库兵，自称将军，经历九郡。鸿嘉三年（前18年）广汉男子郑躬等六十余人攻官寺、篡囚徒，盗库兵，自称山君。永始三年（前14年），山阳铁官徒苏令等二百二十八人攻杀长吏，盗库兵，自称将军，经历郡国十九……在这种情势下，扬雄所好的“圣哲之书”，当是偏于讲仁政的儒家经传。他最为服膺孔子，他说“仲尼之道犹四渎也，经营中国，终入大海；他人之道者西北之流也，纲纪夷貉，或入于沱，或沦于汉”（《法言·君子》）。扬雄还认为圣人之道的精粹集中在五经之中。他赞叹说：“大哉！天地之为万物郭，五经之为众说郛。”（《法言·问神》）就像天地包容万物一样，五经包容众说。他还具体阐述了各经的特长：“说天者莫辩乎《易》，说事者莫辩乎《书》，说体者莫辩乎《礼》，说志者莫辩乎《诗》，说理者莫辩乎《春秋》。”（《法言·寡见》）学问之博大、精深、纯正可以说非五经莫属。可见，扬雄称赞儒家经学，当是崇奉其中所包含的仁义、礼制等政治思想，他学习“圣哲之书”而不为章句之学，显然是着意于“求道”，而不是作为汲汲于仕进利禄的工具。他的崇敬屈原，大概也与屈原的政治理想有一定的关系。

西汉后期，政治日渐败坏，社会矛盾激化，农民起义接连不断，儒家今文经学在解决现实社会问题上，也显得苍白无力。因此，一些士人转而忻慕道家，清静淡泊的人生观渐趋流行。《汉书》谓“德字路叔，修黄老术”，又“德常持《老子》知足之计”（《汉书·楚元王传》）。刘德是刘向的父亲。据《汉书·艺文志》，刘向著有《说老子》四篇，可见刘向亦曾治老子。《汉书》又记疏广之言曰："吾闻知足不辱，知止不殆，功遂身退，天之道也。"（《汉书·隽疏于薛平彭传》）然而，在这类士人中间，他们又大都不愿意完全放弃社会责任，从而表现出糅合儒道的倾向。扬雄的老师严遵就是一个具有儒道兼宗倾向的人[①]，《汉书·王贡两龚鲍传》说：

> 谷口有郑子真，蜀有严君平，皆修身自保，非其服弗服，非其食弗食。……君平卜筮于成都市，以为卜筮者贱业，而可以惠众人。有邪恶非正之问，则依蓍龟为言利害。与人子言依于孝，与人弟言依于顺，与人臣言依于忠，各因势导之以善，从吾言者，已过半矣。裁日阅数人，得百钱足自养，则闭肆下帘而授《老子》。博览亡不通，依老子、严周之指著书十余万言。扬雄少时从游学，以而仕京师显名，数为朝廷在位贤者称君平德。……君平年九十余，遂以其业终，蜀人爱敬，至今称焉。

严遵的这种人生态度更为灵活也更合乎西汉后期士人的实际需要，它一方面使其保持人格的自由、精神的独立，另一方面又满足了儒家一贯倡导的刚健有为的价值理想。这种兼综儒道的思想方法与行为方式对扬雄有很大影响。扬雄早年不汲汲于仕进，取一种出世的态度，在《汉书·扬雄传》所载的《反离骚》中也有所反映，他说自己作《反离骚》以吊屈原的动机是"以为君子得时则大行，不得时则龙蛇，遇不遇命也，何必湛身哉"。他在《解嘲》中说："攫拏者亡，默默者存；位极者宗危，

① 严遵的著述，今传《道德指归》，此书《汉书·艺文志》无著录。《隋书·经籍志》著录为"《老子指归》十一卷"。此书大旨，述老子之意而屡归于自然，所谓"不生也而物自成"（《道德指归》卷七），"终始反复，万物自生"（《道德指归》卷十一）也。

自守者身全。是故知玄知默，守道之极；爰清爰静，游神之庭；惟寂惟漠，守德之宅。”但儒家“圣哲之书”的影响，又使他具有强烈而内在的社会责任感，他并不是完全不问政治的人，他的学术，无不寄寓着他影响政治的动机，他仿《论语》作《法言》，仿《周易》作《太玄》，都可以作如是理解。《法言》对《论语》的模仿，在形式上也采用问答式，然其内容，则无不立足于现实。桓谭说：“扬雄作《玄》书，以为玄者，天也，道也，言圣贤制法作事，皆引天道以为本统而因附属万类，王政、人事、法度。”(《后汉书·张衡传》注引《新论》)，他的言“天道”，目的还在于讲“人道”。

扬雄是较早对今文经学的理论提出质疑、批评的人。在扬雄看来，今文经学的讲阴阳五行，很容易流于方术迷信。他认为，当时的经学附会到“五经”上的驳杂的东西太多了，这样会湮没了原始儒家思想，也就无法完成孔子倡导的干预现实、经邦济世的使命。《法言·吾子》说：“古者杨、墨塞路，孟子辞而辟之，廓如也。后之塞路者有矣，窃自比于孟子。”他要学习孟子的批判精神，对今文经学进行批驳。以阴阳灾异解释经典是今文经学的突出特点。董仲舒“公羊学”系统地提出了一套以天人感应为核心、以阴阳五行为理论介质的天道观、政治观、道德观，不仅适应了当时社会的需要，而且也成为今文家阐释五经的基本观念，确立了今文经学的基本内涵。今文经学阴阳异灾之说的本意一是维护君权、注重教化，二是限制君权、防止腐败，客观上是有其积极意义的；然而讲究阳阳灾异的风气发展中，又夹杂着大量的神学迷信。这样，今文经学就很难以直面现实的理性精神来干预现实、指导政治。

扬雄之所以敢于以孟子自比而向今文经学挑战，是因为他在思想方法上、思维方式上，更近于注重求真求是的古文经学。首先，扬雄强调理性判断。《法言·修身》说：“修身以为弓，矫思以为矢。”他把智性活动的思比作利箭，只有诉诸智性的思索才能认识事物的本质，这一见解无疑是深刻的。《法言·问道》篇谓：“智也者，知也。夫智，用不用，益不益，则不赘亏矣。”“智也者，知也”，知识是智力运用的结果，汪荣宝《法言义疏》卷六解释说：“有所知而不用，则其知若赘；有所不知而不益，则其知必亏。能用人所不用，则知不赘；能益人所不益，则知不亏。”《法言·问明》还说：“或问哲。曰：旁明厥思。”这里的“明”，即指能分清思想上的是非而言。自尚其智，使扬雄能够既不迷信古人，又不盲从今人。其次，倡导参验的方法。《法言·问神》篇说：“君子之言，幽必有验乎明，远必有验乎近，大必有验乎小，微必有验乎著。无验而言之谓妄。君子妄乎？不妄。”扬雄的意思是，对于远离人们具体经验的事物所做的判断，必须能在人们有切身经验的事物上得到验证才行，“有验”则“不妄”。后来，王充之“效验”说即直接受到扬雄的启发，他说：“论则考之以心，效之以事，浮虚之事，辄立证验。”（《论衡·对作》）又说：“事莫明于有效，论莫定于有证”（《论衡·薄葬》）等，都是对扬雄思想的继承和发挥。再次，扬雄的“批判的武器”还包括宗圣。他极推重偏重于经验思维的孔子思想，以为仲尼之道代表了思想学术的最高真理，可以作为判断是非的最高标准。《法言·吾子》：“或曰：人各是其所是而非其所非，将谁使而正之？曰：万物纷错则悬诸天，众言淆乱则折诸圣。”“好书而不要诸仲尼，书肆也；好说而不要诸仲尼，说铃也。”《法言·学行》：“川有渎，山有岳，高而且大者，众人所不能逾也”；“视日月而知众星之蔑也，仰圣人而知众说之小也。”《法言·君子》更谓“仲尼之道犹四渎也，经营中国，终入大海；他人之道者西北之流也，纲纪夷貉，或入于沱，或沦于汉”。笔者认为，扬雄在《法言》中之所以特别强调宗圣，其意义不是在于对孔子地位的借重，而是在于以其直面社会人生、“不语怪、力、乱、神”的现实主义态度，作为自己的思想认识的出发点的。扬雄尊崇孔孟，但他并非陷入对孔孟的盲从与迷信，而是保持了应有的清醒态度。《法言·问神》说，“经可损益”，文王益《易》，仲尼益《诗》《书》《礼》《春秋》，“故夫道非天然，应时而造者，损益可知也”《法言·先知》。批评“以往圣人之法治将来，譬犹胶柱而调瑟”；“圣君少而庸君多，如独守仲尼之道，是漆也”。“是漆也”，是说那是一条黑路，行不通。扬雄还否定了孟子“五百年必有王者兴”（《孟子·公孙丑下》）的观念，《法言·五百》谓：“或问：五百岁而圣人出，有诸？曰：尧、舜、禹，君臣也，而并；文、武、周公，父子也，而处；汤、孔子，数百岁而生。因往以知来，虽千一不可知也。”扬雄依据历史事实指出，千岁出一个圣人或者一岁出一个圣人，都是可能的，这是无法预知的。扬雄自谓其著作是“其事则述，其书则作”（《法言·问神》），他对自己的理性意识与批判精神是自觉的。

（二）古文经学意识与扬雄赋观转变之关系

扬雄早年就颇钦慕司马相如“作赋甚弘丽温雅”，写过“拟之以为式”的赋作。成帝元延年间当他四十三四岁时，连续写出了著名的《甘泉赋》《羽猎赋》和《长杨赋》，成为继相如之后重要的赋家之一。他作赋，认真、卖力到极为艰苦的地步，桓谭《新论·祛蔽》篇有所谓“梦其五脏出在地”之说。但是，在写出上述代表作之后不过六七年，即哀帝建平年间，扬雄竟幡然改变了态度，对自己的赋作、对于赋的作用和价值表示了明确的否定。《汉书·扬雄传》云：

> 雄以为赋者，将以风（讽）也，必推类而言，极丽靡之辞，闳侈钜衍，竞于使人不能加也；既乃归之于正，然览者已过矣。往时武帝好神仙，相如上《大人赋》欲以风（讽），帝反缥缥有凌云之志。繇是言之，赋劝而不止，明矣……于是辍不复为。

在其晚年写成的《法言·吾子》篇中，还有一段文字：

> 或问：吾子少而好赋？曰：然。童子雕虫篆刻！俄而曰：

壮夫不为也。或曰：赋可以讽乎？曰：讽乎！讽则已；不已，吾恐不免于劝也。

为什么扬雄对赋的写作会由热切追求一变而为弃之不顾？扬雄究竟为何要急于对大赋做出这样的否定，提出如此的指责呢？有人认为，这与哀帝即位之初下诏“罢乐府”有关。然而，细检《汉书·哀帝纪》，绥和二年（前7年）之“罢乐府”，是由于“郑声淫而乱乐”，并无兼及辞赋的记载。又有人试图从哀帝之时朝政混乱黑暗寻求原因。然而，环境恶劣，“辍而不为”也就是了，何以还要痛加指斥呢？还有的研究者认为扬雄否定大赋是过度崇儒尊经的结果，对文学创作的评价是不当的，难道说扬雄对于自己呕心沥血写成的大赋，全不理解其文学价值吗？可见，上述种种分析，尽管各有其一定的道理，却也都留下一些值得怀疑、思考之处，问题似乎还有其复杂的方面。

刘勰在《文心雕龙·诠赋》篇中，曾经概括指出汉赋“分歧异派”的特点。他把汉赋略分为两类，一类是“体国经野，义尚光大”的“鸿裁”“雅文”，另一类则是“触物致情，因变取会”的“奇巧”“小制”。显然，扬雄所予贬斥的，不是“奇巧”“小制”之作，而是“鸿裁”“雅文”之大赋。在我国文学史上，大赋往往被看作是整个汉赋的主体和代表，其实，它的产生和发展，却经历了一个具体演变的过程。

西汉前期，自高、惠以迄文、景之间，辞赋之作虽已蔚然兴起，但整体看来，这时期汉赋的发展却具有如下两个基本特点：其一是体无定式，因而也还没有成熟大赋的出现。引人注目的是，多数作品依然带有“拓宇于楚辞”的痕迹。鲁迅先生称《招隐士》为“汉代楚辞之新声”（《汉文学史纲要》），其实《吊屈原赋》之似《怀沙》，《惜誓》之仿《离骚》，何尝不同样明显！《旱云赋》《鹏鸟赋》在“写物图貌”“致辨事理”上有所开拓，仍咸以抒发情怀为主；《梁王菟园赋》和《七发》约可看出一种以铺陈夸饰为基本特色的新赋体的初步发展，然而前者篇幅似嫌简短，后者用语尚属平易、层次亦多变化，与典型大赋还有不同。其二是内容不拘一格，思想较为自由而不专主儒术一家。一般说，诉一己穷通出处、抒个人襟怀者不少，却鲜有宣扬儒家说教之作。其中像《旱云赋》写久旱盼雨、灾情严重，转而“托咎于在位”，不无指责现实的成分；《鹏鸟赋》大量引述老庄之言，富于道家理趣；《七发》推重“圣人辩士”之“要言妙道”，究其所指，则不仅包括孔、孟而且兼及老、庄、杨、墨等战国诸子百家学说。凡此等等，都是其后大赋创作中所绝少见到的。然而，大体自武帝即位以后，情况便有所不同了。这种不同的突出表现，主要就是在辞赋创作进一步趋向繁荣的同时，大赋乘势崛起，雄踞赋坛；而由于王朝大力提倡尊儒崇经，大赋几乎从一开始，便同经学结下了深深的不解之缘。

大赋的崛起，无疑得益于前期文学经验的积累，也在一定程度上体现了特定的时代精神。不论是最先写下著名《子虚》《上林》赋的司马相如，还是追踪而起的扬雄、班固、张衡，他们创作中对于客观事物完全作为独立对象的精确描摹，那种宏观的审视能力，恢宏的气度，以及夸张的笔力，铺陈的手段，显然都标志着一种纯粹文学意义的表现能力的提高。不加分析地把大赋的文学成就、文学意义一笔抹杀，统视为笔墨游戏，也许是一种并不可取的简单化理解。

但是，同样毋庸回避的事实是，由汉武帝开始的崇儒尊经，对于大赋的发展及其特殊地位的形成，的确也产生过至关重要的直接影响。班固《两都赋序》说：“大汉初定，日不暇给。至于武、宣之世，乃崇礼官，考文章，内设金马石渠之署，外兴乐府协律之事，以兴废继绝，润色鸿业。”“故言语侍从之臣，若司马相如、虞丘寿王、东方朔、枚皋、王褒、刘向之属，朝夕论思，日月献纳；而公卿大臣，御史大夫倪宽、太常孔臧、太中大夫董仲舒、宗正刘德、太子太傅萧望之等，时时间作。或以抒下情而通讽谕，或以宣上德而尽忠孝，雍容揄扬，著于后嗣，抑亦雅颂之亚也。”汉武帝“卓然罢黜百家，表彰六经”（《汉书·武帝纪》)，是中国历史上的一件大事，对汉代社会的震动，尤非一般。武宣之世大力提倡写赋、献赋，不过是作为张扬儒术、倡导礼乐的一个组成部分。而文人、官吏为“润色鸿业”投合圣上，“日月献纳”“时时间作”，固然造成“大汉之文章炳焉与三代同风”的宏盛气象，但是，对于大赋创作本身来说，自觉于“通讽谕”“尽忠孝”的结果，只能是主动向儒术、经学靠拢。历史多么矛盾，表面上躬逢其时，借助于王朝提倡而得以繁盛于一时、身价倍增的大赋，到头来，却由于封建政治的干预、利禄之途的诱惑，而不得不听命于儒术，附庸于经学；这最终只能严重束缚了大赋在文学上可能获得的生动创造和自由拓展。

应当指出，大赋从一开始所听命和附庸的，主要是以公孙弘、董仲舒等为代表，以《公羊春秋》学为基本内容的今文经学。它适应了汉武帝的政治需要，在一定历史阶段高居定于一尊的地位。自司马相如起，在大赋作家笔下，不仅充满儒家仁政、德化等一般说教，而且还不同程度地触及或反映了诸如“天人应合”“大一统”、尊君抑臣、倡言改制以至侈谈祥瑞之类的内容，具体表现了所受今文经学的实际影响。更值得注意的是，经学事实上还铸造了一种正统的赋观。这就是，把大赋的作用比拟于《诗》教，按照《诗》的“美刺”价值要求大赋同样具有“劝”与“讽”的政治职能。汉宣帝说：“辞赋大者与古《诗》同义，小者辩丽可喜。”(《汉书・王褒传》）班固所谓“或以抒下情而通讽谕，或以宣上德而尽忠孝”，都是对这种赋观的明确表述。

当然，强调《诗》的“美刺”作用，是汉代儒家的一般观念，非独今文经学如此。像属于今文经学的《毛诗序》以及郑玄的《诗谱序》，也有所谓“上以风化下，下以风刺上”，“论功颂德，所以将顺其美；刺过讥失，所以匡救其恶”之类的说法。但是，今文经学神化君权的指导思想，好做微言大义的言事方式，流于烦琐的解经方法，以及经学传授中重师承、守成规的风气和传统，却使大赋的上述创作观念受到了特殊的浸淫和熏染。从作品的实际看，这主要表现在以下数端：一是所谓“颂圣”与“讽上”，一般总是以前者为主、后者为从，有的甚至是颂声多而讽意极少，因有所谓“劝百讽一”“曲终奏雅”之说。二是颂美易流于虚滥，而讽谏往往过于隐晦，或仅止于意在言外。司马相如的赋作被批评为“多虚辞滥说”(《史记・司马相如列传》)，其《大人赋》意在讽谏反使武帝“缥缥有凌云之气”，就是突出的例子。三是题材选取很难超出猎苑、京都、郊祀等既有范围。写法上则大体不外“称美之中寓风化”“夸示之后倡节俭”；或设“亡是公”以难“子虚”“乌有”二先生，或借“翰林主人”与“子墨客卿”以讽……总之，专意模仿，相沿成风，以致形成特定的程式和套数。稍加比照不难看出，扬雄急于否定大赋创作，正是不满于这类创作未能发挥正统《诗》教所要求的政治效能，不满于在今文经学浸淫、熏染下所形成的大赋创作中的积弊；矛头所向，其实是针对武帝以来所形成的特有今文经学烙印的赋观，实质上是从一个方面反映了西汉后期古文经学向居于统治地位的今文经学发起的冲击。

班固《汉书・儒林传赞》说：“自武帝立五经博士，开弟子员，设科射策，劝以官禄，讫于元始，百有余年，传业者寖盛，支叶蕃滋，一经说至百余万言，大师众至千余人，盖利禄之路然也。”这说明由于王朝的扶植、提倡，自武帝以迄两汉后期，今文经学的发展一直保持着很好的势头，始终处于官方哲学的统治地位，因而一直对两汉一代大赋创作保持着有力的制约和影响。然而，历史由武、宣之世发展到哀、平之间，由于社会矛盾的激化，王朝危机的加深，经学本身却在兴盛的表面下逐渐发生了变化。如果说谶纬的泛滥不能不使得今文经学自身变得驳杂，因而在理论和实践上更多地暴露了破绽，那么古文经学的抬头则向着占统治地位的今文经学发起了直接的挑战。哀帝建平元年，刘歆为争立《左传》等古文经，与今文经博士们展开辩论，他所写的那篇《移让太常博士书》，标志着古文经学在政治层面上的试图崛起。而与刘歆相知甚深的扬雄，在时距刘歆发难不久，公然指责带有今文经学烙印的传统辞赋观，客观上与刘歆相呼应。

扬雄放弃大赋的写作毅然转向《太玄》《法言》的编撰，这本身就是对于正统儒学决心绍继和恢复的重要姿态，其所有意与之对立的，正是盛行于当世、掺合谶纬成分的今文经学。《太玄经》貌似纬书，实大有精深寓意，书中试图构筑一个庞大的体系，阐释宇宙自然和社会人事种种理象的内在联系，其与“天人感应”之类的神学迷信观念迥然不同，是显而易见的。在《法言》中，作者以孟子自居，大声疾呼“民有三勤（劳苦）”，痛斥“恶政”（《先知》），全无颂圣谀上之意，而有为民请命之心；他又指责当世之作《传》者，多“不果（不实）”之辞，“似巫鼓”（《君子》），更直接表现了对于正在流行的解经注经内容的不满。

要之，扬雄对待大赋创作由沉溺其中到弃之不顾，转而从事《太玄》《法言》的撰著，这一幡然变化的形成，固不无个人主观方面的因素，然究其深刻原因，则仍在于客观历史发展所提供的条件，在于经学演化本身。经学发展了、兴盛了，却引起了分化。今文经学独尊地位的动摇，才使得附庸于今文经学的大赋随之受到抨击。[1]

三、今文经学的两个向度与班固辞赋观的内在矛盾

（一）从《白虎通义》看班固的经学观

班固主要生活在东汉前期。东汉前期，光武、明帝、章帝都重视经学。由于统治者的倡导，东汉经生人数众多，整个社会形成了重学的风气。皮锡瑞《经学历史》把东汉称为经学的极盛期，主要是从这个角度而言的。

---

① 这个问题上的基本观点，笔者参阅了董治安先生的《关于汉赋与经学联系的一点探索：从扬雄否定大赋谈起》一文，载《文史哲》1990 年第 5 期，特此说明。

汉章帝之时，是所谓“太平盛世”的时候，但是随着大贵族、大地主大量兼并土地，出现了相当严重的流民问题。早在建武十五年（39年），刘秀为了增加田赋算赋的征收，针对当时“天下垦田多不以实”（《后汉书·刘隆传》），“户口年纪互有增减”（《后汉书·光武帝纪》）的情况，下诏检核土地户口。可是在清查过程中，郡县守令在贵族豪强麕集的所在——河南洛阳、南阳一带，不敢清查。而这里正是“河南帝城多近臣，南阳帝乡多近亲，田宅逾制”（《后汉书·刘隆传》），土地户口最不清楚的地方。就是进行清查的地区，郡县守令亦“多为诈巧，不务实核”，同样地放过了对豪强们土地户口的清查。但是为了满足光武帝增加赋税的要求，地方官们则在农民身上打主意。他们“以度田为名”，把农民的“庐屋里落”亦在清丈之中（《后汉书·光武帝纪》建武十六年纪事注引《东观记》），由此增加垦田数字。这个“优饶豪右，侵刻羸弱”的清查激起各地农民的反抗。一些“郡国大姓及兵长群盗”亦都趁着这个机会，“处处并起，攻劫在所”，青、徐、幽、蓟一带更加严重（《后汉书·光武帝纪》建武十六年纪事）。大权贵们获得的政治权力越大，土地兼并就越猛烈，而且越不把王权放在眼里。如章帝时仗恃窦后势力的窦宪，“自王主及阴、马诸家（外戚），莫不畏惮”，“遂以贱直请夺沁水公主（明帝女）园田”，连沁水公主亦不敢计较。事情被汉章帝知道之后，都为之“惊怖”不已，称：“今贵主尚见枉夺，何况小人哉！”（《后汉书·窦融列传》）“小人”在章帝口中指一般农民。面对权豪大族日渐坐大、流民日多而危及统治基础的形势，最高统治者一方面采取一些限制措施[①]，另一方面寄希望于儒家经学的思想权威，企图使之宗教化，以强化思想统治。史载，建初四年（79年）十一月壬戌，汉章帝“诏曰：‘盖三代导人，教学为本。汉承暴秦，褒显儒术，建立五经，为置博士。

---

① 如建武二十四年（48年），刘秀下诏重申“阿附蕃王法”，凡附益诸侯王者都要受到严厉处罚。以后又曾下诏逮捕王侯宾客，牵连致死者八千人。

其后学者精进，虽曰承师，亦别名家。孝宣皇帝以为去圣久远，学不厌博，故遂立大、小夏侯尚书，后又立京氏易。至建武中，复置颜氏、严氏春秋，大、小戴礼博士。此皆所以扶进微学，尊广道艺也。中元元年诏书，五经章句烦多，议欲减省。至永平元年，长水校尉倏奏言，先帝大业，当以时施行。欲使诸儒共正经义，颇令学者得以自助。孔子曰："学之不讲，是吾忧也"，又曰："博学而笃志，切问而近思，仁在其中矣。"于戏，其勉之哉！'于是下太常，将、大夫、博士、议郎、郎官及诸生、诸儒会白虎观，讲议五经同异，使五官中郎将魏应承制问，侍中淳于恭奏，帝亲称制临决，如孝宣甘露石渠故事，作《白虎议奏》。"（《后汉书·章帝纪》）白虎观会议召开的目的，是要从总体上、根本上重构统治思想，因为虽然东汉的建立从实践上既已再一次证明了大一统政权在当时的生命力，但它还必然要顺势廓清群雄逐鹿时人们思想上的"疑惑"，利用董仲舒以来的"今文经学"、谶纬以及古文经学，重构封建统治思想，牢固树立天人合一宇宙体系中的封建秩序永恒合理观念，以更好地为巩固君权服务。此次会议的最终成果——《白虎通义》，是东汉前期统治者意志的最集中、最突出、最直截的反映，是统治者力图使儒家经学宗教化的一个重要体现。作为《白虎通义》的编撰者，班固不能不受到其基本精神的影响。

扼要地讲，《白虎通义》在推崇乃至于神化王权问题上的主要认识有以下数端：

其一，根据董仲舒今文经学特别是后来的谶纬，突显了君权神授的古老宗教神学观念，把君主抬高到神人的地位。如谓："受命之君，天之所兴，四方莫敢违，夷狄咸率服。"（《瑞贽》）"天子者，爵称也。爵所以称天子者何？王者父天母地也，为天之子也，故《援神契》曰：'天复地载，谓之天子，上法斗极'；《钩命决》曰：'天子，爵称也。'帝王之德有优劣，所以俱称天子者何？以其俱命于天，而王治五千里内也。《尚书》曰：'天子作民父母，以为天下王。'何以知帝亦称天子也？以法天下也。”(《爵》)《白虎通义》的核心问题，就是要树立君权。只有最高统治者，才被称为“天子”，因为天子“俱命于天”，是天在人间的最高代表，是天德的实现者。

其二，《白虎通义》还把《公羊传》中提出的“国、君一体”论(《公羊传·庄公四年》)做了进一步的发挥，强调“君统”不可须臾有缺。先王去世，新君即位，叫作“继体”，“王者既殡而即继体之位何?缘民臣之心不可一日无君也。故先君不可得见，则后君继体矣”(《天子即位改元》)。人民离不开君王，就像离不开国家一样，“王者，往也，天下所归往”(《号》);“君，群也，群下之所归心也”(《三纲六纪》)。

其三，与君权神授说相联系，《白虎通义》还强调了关于郊祀的观念。如谓:“王者所以祭天何? 缘事父以事天也。祭天必以祖配何? 自内出者无匹不行，自外至者无主不止，故推其始祖，配以宾主，顺天意也。”(《郊祀》)这种天子以祖宗神配享天神的祭仪，是和君父统治的权力继承关系相适应的。因为君主的主权固然来自天神的赐予，同时也是依赖于嫡长子继承制的宗法原则，只有采用这种祭仪才能更好地体现敬天尊祖的精神。

其四，《白虎通义》宣扬君权神授，天君一体，对于天子至于公卿、大夫、士等统治阶层内部，十分强调等级，反对任何形式上的僭越。《五祀》篇引《礼》:“天子祭天地，诸侯祭山川，卿大夫祭五祀，士祭其祖”;《礼乐》篇引《春秋公羊传》曰:“天子八佾，诸公六佾，诸侯四佾。”《乡射》篇引《礼纬·含文嘉》曰:“天子射熊，诸侯射麋，大夫射虎、豹，士射鹿、豕。”《白虎通义》如此大量地引用儒经中关于等级制度的论述，其目的就是为了明尊卑、分贵贱，使皇亲国戚、文武大臣各守其职，各安其位。

其五，《白虎通义》标举“三纲六纪”，作为全社会共同遵守的、不可动摇的根本大法。纲常理论是封建社会最基本的政治准则和伦理规范，集中体现了封建统治阶级的根本利益，因而也是必须加以神化的对象。《三纲六纪》篇说："三纲者，何谓也？谓君臣、父子、夫妇也。六纪者，谓诸父、兄弟、族人、诸舅、师长、朋友也。故《含文嘉》曰：'君为臣纲，父为子纲，夫为妻纲。'又曰：'敬诸父兄，六纪道行，诸舅有义，族人有序，昆弟有亲，师长有尊，朋友有旧。'何谓纲纪？纲者，张也；纪者，理也。大者为纲，小者为纪，所以张理上下，整齐人道也。人皆怀五常之性，有亲爱之心，是以纲纪为化，若罗网之有纪纲而万目张也。"

讲这么多的理论根据，目的只有一个，让全社会都服从君父之命，不犯上作乱。君权依靠天命和权势等，父权主要依据血亲恩养，二者虽然有异，但在臣对君尽忠，子对父尽孝，以下顺上这一点上又完全是一致的，所谓"臣子之于君父，其义一也"（《诛伐》），"夫臣之事君，犹子之事父。"（《朝聘》）当然，如果两者发生矛盾，则君权高于父权，"不以父命废王父命"（《五行》），子女固然是父母所生，但社会性的教化、养育则属于王，"故父不得专也"（《诛伐》）。《白虎通义》"三纲六纪"说，是对董仲舒《春秋》学的发展。

根据《白虎通义》来看，正如侯外庐先生所指出的，"班固的思想乃是董仲舒神学体系的延长和扩大。"[①] 但需要指出的一点是，董仲舒今文经学有两个向度，一是维护王权，二是制约王权，只是后者在《白虎通义》中被有意识地弱化了。比如说，在董仲舒那里，灾异是"天"谴告人君的，促其改制更化，否则便生灾变，直至"更受命"。《白虎通义》中讲祥瑞，如说："天下太平，符瑞所以来至者，以为王者承天统理，调和阴阳，阴阳和，万物序，休气充塞，故符瑞并臻，皆应德而至。"（《封禅》）《白虎通义》虽然也言及"灾异"，但是已经与董仲舒《春秋繁露》在思想倾向上有很大的不同，如《白虎通义·灾变》谓："天所以有灾变何？所以谴告人君，觉悟其行，欲令悔过修德，深思虑也。《援神契》

① 侯外庐等：《中国思想通史》（第二卷），人民出版社1957年版，第220页。

曰：'行有点缺，气逆干天，情（疑精之误）感变出，以戒人也。'"在这里，仅仅是轻描淡写地说灾异对于人君的意义是"觉悟其行"，而"谴告之而不知变，乃见怪异以惊骇之；惊骇之尚不知畏恐，其殃咎乃至"（《春秋繁露·必仁且智》）等董仲舒式的一层紧一层的警告，已经不见，更看不出有"更受命"的暗示。遇着日食月食这样的大"灾异"，皇帝也不必下罪己诏。对于日食，援救的办法是击鼓攻社，因为社是众阴之主。不过在击鼓攻社时要用牲祭祀，因为社是地之"别神"，应该尊敬，"不敢虚责"。月食也要救，办法是"夫人击镜，孺人击杖，庶人之妻楔搔"。水灾，也要"鼓，用牲用社"；大旱，则"雩祭求雨"。（《灾变》）经学中灾异谴告说的功能显然是弱化了。不过，联系班固在《汉书》中的思想表现，应当说，班固在维护王权的同时，并不缺乏"怀疑与批判的光芒"[①]，只是这两个向度之间的矛盾，似乎显示出一种折中主义倾向罢了。

（二）班固辞赋观及其内在矛盾

可以说，班固的辞赋观与其经学观的两个向度有内在的一致性。

首先，班固辞赋观最突出的内容是一切着眼于维护王权，维护既定的封建国家制度。班固以为汉赋尽管有宏丽、侈丽等外在修饰特征，但在反映大汉帝国繁荣昌盛、巩固封建统治秩序方面起着积极的作用。他在《两都赋序》中对汉赋做了总体评价：

> 或曰："赋者，古诗之流也。"昔成康没而颂声寝，王泽竭而诗不作，大汉初定，日不暇给。至于武、宣之世，乃崇礼官，考文章。内设金马、石渠之署，外兴乐府、协律之事，以兴废继绝，润色鸿业。是以众庶悦豫，福应尤盛……故言语侍从之

① 侯外庐等：《中国思想通史》（第二卷），人民出版社 1957 年版，第 222 页。

> 臣，若司马相如、虞丘寿王、东方朔、枚皋、王褒、刘向之属，朝夕论思，日月献纳，而公卿大臣御史大夫倪宽、太常孔臧、太中大夫董仲舒、宗正刘德、太子太傅萧望之等，时时间作。或以抒下情而通讽谕，或以宣上德而尽忠孝。雍容揄扬，著于后嗣，抑亦雅颂之亚也。故孝成之世，论而录之。盖奏御者千有余篇，而后大汉之文章，炳焉与三代同风。

班固为何对汉大赋全面肯定？因为在他眼里，大赋与经学所起到的作用应当是一样的。《诗经》在汉代被奉为经典，汉儒诗论持美刺两端，认为一部《诗经》就其内容而言或是赞美或是怨刺，由此汉儒认定文学的功能或是美化褒奖，或是怨刺讥讽。班固认为众多的赋家赋作就是承接了《诗经》雅颂之传统，“或以抒下情而通讽谕”，即可以对统治者发挥讽谏怨刺作用；“或以宣上德而尽忠孝”，即可以为大汉帝国歌功颂德，盛赞帝王的文治武功。所以班固肯定了汉赋“润色鸿业”的作用，认为汉赋的地位是“雅颂之亚也”，“炳焉与三代同风”。班固在《汉书·司马相如传赞》中又说：

> 司马迁称《春秋》推见至隐，《易》本隐以之显，《大雅》言王公大人，而德逮黎庶，《小雅》讥小己之得失，其流及上。所言虽殊，其合德一也。相如虽多虚辞滥说，然要其归引之于节俭。此与《诗》之风谏何异？扬雄以为靡丽之赋，劝百而讽一，犹骋郑卫之声，曲终而奏雅，不已戏乎！

可以看出，班固不同意扬雄晚年对汉赋和司马相如的否定批评，借司马迁之口说汉赋“与《诗》之风谏何异？”在《汉书·叙传》中，班固再评司马相如：“文艳用寡，子虚乌有，寓言淫丽，托风终始，多识博物，有可观采，蔚为辞宗，赋颂之首。”班固以为相如赋的重要特征是文辞赡富华美，似用处不大，但在艳丽的辞藻中仍寓有讽谕之效，而且相如赋可以增加读者的自然知识，具有值得观赏的审美价值，因而将他视为赋史上的“辞宗”。

其次，班固在现实层面赞颂“盛哉！皇家帝世，德臣列辟，功君百王，荣镜宇宙，尊亡与亢”[①]的同时，在另一个层面上却又高倡“风谏”之说，并以此作为评论作家、作品的一大重要标准。这在整体上构成了班固文学思想中讽与颂的内在矛盾。如在《两都赋序》中，他一方面将汉赋视为“《雅》《颂》之亚”，认为其功能在“润色鸿业”，同时又提出“抒下情”“宣上德”之说，从而已显示出讽与颂在理论上的不可调和性。而在《汉书·艺文志·诗赋略序》中他又称赞孙卿、屈原“作赋以风，咸有恻隐古诗之义”，并贬抑宋玉以来包括汉代赋家“竞为侈丽闳衍之词，没其讽谕之义”。对司马相如之赋，也称其“托风始终”，“虽多虚辞滥说，然其要归引之于节俭。此与《诗》之风谏何异？”而加以肯定。对屈原《离骚》“上陈尧、舜、禹、汤、文王之法，下言羿、浇、桀、纣之失，以风怀王”的讽谏精神也给予了热情的赞扬。这与他对诗歌“怨刺”精神的肯定又是极为一致的。这大约就是班固产生上述矛盾的原因。究其实质，仍是他以儒家经学社会功能为标准批评文学产生的抵牾。

再次，班固有着浓厚的儒家正统观念，以圣人之言和儒家经典为评判事物的标准，这使其文学思想和文学批评带上官方和正统的色彩，一方面使其儒家思想呈现出实用特征，另一方面这二者之间固有的冲突及它们与班固尚文的追求的相互融合或排斥，使得班固文学思想在典正、尚用的基本特征之外，又时有新见并充满了内在矛盾。比如说，班固曾指斥“相如《封禅》，靡而不典，扬雄《美新》，典而亡实”，于是“又作《典引篇》，述叙汉德”“盖自谓得其致焉”。依此，他所认可的理想的文

① 班固：《典引》，见《文选》(五)，上海古籍出版社1986年版，第2163页。

学需同时具备实、典、靡三个特点，也就是说征实、典雅和靡丽的统一构成了班固文学思想最基本的特征。

以其《两都赋》为例，《两都赋序》中有云：“臣窃见海内清平，朝廷无事，京师修宫室，浚城隍，起苑囿，以备制度。西土耆老，咸怀怨思，冀上之眷顾，而盛称长安旧制，有陋雒邑之议。故臣作《两都赋》以极众人之所眩曜，折以今之法度。”这已经表明此赋因当时“陋洛邑之议”而发，实近奏疏，同时也显示出了在赋作“或以抒下情而通讽谕，或以宣上德而尽忠孝”的两大功能中向“宣上德”的倾斜。然而，在赋中，班固又借西都宾与东都主人的对话重申自己的文学审美理想：“主人曰：‘复位，今将授子以五篇之诗。’宾既卒业，乃称曰：‘美哉乎斯诗！义正乎扬雄，事实乎相如。匪唯主人之好学，盖乃遭遇乎斯时也。小子狂简，不知所裁，既闻正道，请终身而诵之。’”不过，就《两都赋》的写作特点而论，其征实的风格实与马、扬之作的夸诞不同，如《东都赋》中盛赞“建武之理，永平之事”的一段，本为全赋重心，然其中除以“雨师泛洒，风伯清尘，千乘雷起，万骑纷纭，元戎竟野，戈鋋彗云，羽旄扫霓，旌旗拂天”等句子渲染气氛外，基本上采取了平实的叙述方式，体现了班固雅而正、丽而实的审美趣味。

四、经学与王充的辞赋观

王充字仲任，会稽上虞人，是东汉时期杰出的唯物主义思想家和文学批评家。出身细族寒门的身份以及仕途坎坷、长期闲居的经历，使他能够在一定程度上摆脱经学的束缚与官场名利的牵累，造就了他汉赋观中鲜明的个性和特异的光彩。但由于受经学观念的影响，对于文学与其他社会科学的区别认识不清，这又形成了他辞赋观中偏颇的成分。

（一）王充的经学观

王充尊崇孔子，对孔子正定五经等成就表示肯定与称赞。他说：“孔子，周世多力之人也，作《春秋》，删五经，秘书微文，无所不定。”（《论衡·效力》）他以敬佩的口吻，把孔子称为“鸿笔之人”：“问说《书》者：‘“钦明文思”以下，谁所言也？’曰：‘篇家也。’‘篇家谁也？’‘孔子也。’然则孔子鸿笔之人也。‘自卫反鲁，然后乐正，《雅》《颂》各得其所’也。鸿笔之奋，盖斯时也。”（《论衡·须颂》）对于孔子作《春秋》的现实意义，王充的看法与以董仲舒为代表的今文经学家是一致的，认为孔子是在为汉制法，在五经中是具有纲领性的[①]。他说：“《春秋》，汉之经，孔子制作，垂遗于汉。……《春秋》五经，义相关穿。”（《程材》）“孔子作《春秋》，以示王意，然则孔子之《春秋》，素王之业也；诸子之传书，素相之事也。”（《超奇》）

但另一方面，王充反对神化孔子。从董仲舒开始，汉儒们费尽心机塑孔子为至尊至上的政治和思想偶像，誉之为“素王”（《春秋繁露》），称孔子是“独见前睹”的先知（《白虎通义》）。王充通过对孔子一生行迹的客观陈述、对照，点明他绝不是什么“素王”，而是“言无定趋”“行无常务”的“佞者”（《问孔》）；而且，他也不是“独见前睹”的先知，

---

① 这里需要说明的是，我们不能就此而断定王充就是今文家，因为王充具有“通人”的特点，对于今文家说和古文家说，他一律以实诚要求之，只讲论何种经说近实，而不心存今文学或古文学的偏向。虽然他往往使用古文本，如《语增》之所谓“察《武成》之篇”，或以古文说驳今文说，如《明雩》申古《论》说，驳鲁《论》说，但是，他使用的经书及《论语》《孝经》以今文本为主，其所引用，《论衡》当中，比比皆是。一般说，其于《书》则欧阳，于《诗》则鲁，于《礼》则小戴、大戴，于《论语》则鲁，等等。而其所驳虽大抵为今文说，但亦时有古文说。据一种今文说驳另一种今文说，是《论衡》中特别常见的现象。于《春秋》三传，王充尚《左传》，《论衡》中使用了大量《左传》中的史料，这是由于他认为《左传》最近于实，不过，在《儒增》《说日》诸篇中，他对《左传》之说也是屡加批驳的。

而是“耳目闻见与人无别，遭事睹物与人无异”（《实知》）的一个凡人。缘于此，王充鼓励志在摒除谬误、探求真知的人大胆向孔子发难，说：“追难孔子，何伤于义？”“伐孔子之说，何逆于礼？”（《问孔》）

孔子之外，王充也不迷信任何“圣贤”，他认为圣贤的耳目闻见与常人并无任何差异，不具备特殊的优越性。他反对“世儒学者，好信师而是古，以为贤圣所言皆无非，专精讲习，不知难问”。王充指出：“夫贤圣下笔造文，用意详审，尚未可谓尽得实，况仓卒吐言，安能皆是？不能皆是，时人不知难；或是，而意沉难见，时人不知问。案贤圣之言，上下多相违；其文，前后多相伐者。世之学者，不能知也。”（《问孔》）因此，王充作《问孔》《刺孟》《非韩》，对当时所崇奉的圣人逐一进行了批判性分析。

在对于经书的看法上，王充反对一味守信经义，他总是以怀疑和求实的态度对待经文。例如，《尚书·泰誓》篇说武王伐纣，三军乐战，“前歌后舞”（据孙星衍《尚书今古文注疏》），王充则云：“前歌后舞，未必其实。”（《感虚》）他常用以孔明孔、以经明经的方法考论经传。例如，“仲尼祖述尧、舜”（《礼记·中庸》），极力赞美尧、舜之德，而王充却认为经书对尧、舜之德多有褒增成分，他说，孔子传扬尧舜之功，然而“世常以桀、纣与尧、舜相反，称美则说尧、舜，言恶则举纣、桀。孔子曰：‘纣之不善，不若是之甚也。’[①]则知尧、舜之德，不若是其盛也”。《书》言尧“协和万邦”（《尧典》），舜时“凤皇来仪”（《皋陶谟》），然而“尧有丹水之师，舜时有苗不服”（《齐世》《恢国》），可见，尧、舜之世并非完全一派歌舞升平的美好景象。《艺增》中谓《周易》“丰其屋，蔀其家，窥其户，阒其无人”及《尚书》“毋旷庶官”，皆过甚其词，“《诗》曰：‘济济多士，文王以宁。’此言文王得贤者多而不肖者少也。今《易》宜言‘阒其少人’，《尚书》宜言‘无少众官’。以‘少’言之，可也；言

① 此乃子贡语，见《论语·子张》。汉儒引《论语》虽孔子弟子之言亦归诸孔子。

空而无人，亦尤甚焉。”

王充不迷信经书，而且对传书类也提出质疑，说：“夫世间传书诸子之语，多欲立奇造异，作惊目之论，以骇世俗之人，为谲诡之书，以著殊异之名。”他列举了传书中所载的十余件荒诞之事给予驳斥，例如：“传书言：孔子当泗水而葬，泗水为之却流。此言孔子之德，能使水却，不湍其墓也。”泗水却流，本来是一种自然现象，与孔子之德并无任何联系，传书上的这种说法显然是一种荒唐的比附。王充说：“泗水无知，为孔子却流，天神使之。然则，孔子生时，天神不使人尊敬。”他认为：“是盖水偶自却流。江河之流，有回复之处，百川之行，或易道更路与却流无以异，则泗水却流，不为神怪也。”（上引皆见《书虚》）从而对当时儒者引以为神的现象给予了客观的解释，充分体现了王充的怀疑精神。

王充反对“守信师法，不颇博览”（《谢短》），认为“诸生能传百万言，不能览古今，守信师法，虽辞说多，终不为博”（《效力》）。他特别强调博览对治经的重要性，认为“章句之生，不览古今，论事不实”，“大人之胸怀非一，才高知大，故其于道术无所不包”。他反对以说一经为足而不求博览的治学态度，主张博览经艺传书、百家之言、古今行事，提倡“五经皆习”并在此基础上泛观博览（《别通》）。不仅能说经文，而且明白每种经书产生、流传的历史（《谢短》）。若只说一经，亦当博览传书及百家之言，“开户内日之光，日光不能照幽；凿窗启牖，以助户明也。夫一经之说，犹日明也；助以传书，犹窗牖也。百家之言，令人晓明，非徒窗牖之开，日光之照也”（《别通》）。他指出古今之事、百家之言不仅可以使人学问广博，而且可以使人学问精深。王充之泛观博览以求精深是以孔子及其弟子为榜样的。

就读经的意义而言，王充认为，明经通览不是治学的目的，治学的目的是用学，“凡贵通者，贵其能用之也。即徒诵读，读诗讽术，虽千篇以上，鹦鹉能言之类也。衍传书之意，出膏腴之辞，非俶傥之才不能任也”（《超奇》）。他反对治经书及《论语》仅限于“说文解语”（《正说》），

“滑习章句，解剥互错，分明乖异”（《谢短》）而已，而提倡将其用于指导政事。他还认为徒治经书不如造论著说，《佚文》篇列举“五文”，其中包括“五经六艺”，谓“造论著说之文尤宜劳焉。何则？发胸中之思，论世俗之事，非徒讽古经、续故文也。论发胸臆，文成手中，非说经艺之人所能为也”。这是因为“造论之人颂上恢国”，能使“国业传在千载，主德参贰日月”。王充特别崇尚能“精思著文连结篇章”者，认为“连结篇章，必大才智鸿懿之俊也”。“……诸子之传书，素相之事也。观《春秋》以见王意，读诸子以睹相指。”（《超奇》）

在治学上，王充自谓是“处逸乐而欲不放，居贫苦而志不倦，淫读古文，甘闻异言。世书俗说，多所不安，幽居独处，考论实虚”（《自纪》），并说其《论衡》之作，是要“铨轻重之言，立真伪之平”，“就世俗之书，订其真伪，辩其实虚，非造始更为，无本于前也”（《对作》），又说“《诗三百》，一言以蔽之，曰：思无邪；《论衡》篇以十数，亦一言也，曰：疾虚妄”（《佚文》）。今人徐复观在谈到王充的学术特点时说：“自汉武帝立五经博士，并开设博士弟子员后……自然形成当时最有势力的博士学术系统，及以章句为主的学术风气。但卓荦特出之士，多不以博士系统为然，要求在学术中得到更大的自由天地……对‘经’的态度，是主张通而不主张专；是主张义理而瞧不起章句；主张理性的判断，而轻视师法的传承。”[①] 徐氏认识到，在“今文经学”博士系统之外，由于一些“主张理性判断”的“卓荦特出之士”的努力，形成了一种以博通、理性为特色的学风，实际上这正是王充经学思想的渊源所在。

王充对“今文经学”的荒谬处进行了理论上的“颠覆”。董仲舒发挥了战国时代的阴阳五行家“同类相感”的思想，进而指出同类相感的媒介是阴阳之气，并引申说天与社会治乱的感应也是通过气：“人，下长万物，上参天地。故其治乱之故，动静顺逆之气，乃损益阴阳之化，而

① 徐复观：《两汉思想史》（第二卷），华东师大出版社2001年版，第359页。

摇荡四海之内”，“世治而民和，志平而气正，则天地之化精，而万物之美起。世乱而民乖，志癖而气逆，则天地之化伤，气生灾害起。”（《春秋繁露・天地阴阳》）由此出发，一方面，董仲舒提出君权天授的理论，说“王者承天意以从事”，“受命之君，天意所予也”（《春秋繁露・深察名号》）；另一方面，又提出意在限制君权的灾异谴告说，谓“灾者，天之谴也，异者，天之威也，谴之而不知，乃畏之以威，《诗》云‘畏天之威’，殆此谓也。凡灾异之本，尽生于国家之失。国家之失乃始萌芽，而天出灾害以谴告之；谴告之而不知变，乃见怪异以惊骇之；惊骇之尚不知畏恐，其殃咎乃至”（《春秋繁露・必仁且智》）。但是王充的气论与董仲舒则有相当大的不同，他认为气是“无欲”的，他说：“天自然无为者何？气也。恬淡无欲，无为无事者也。”（《自然》）也就是说，由于气的“无欲”“无为无事”，才导致了天的自然状态。同时，王充认为气是“自为”的，他指出：“天道无为，故春不为生，而夏不为长，秋不为成，冬不为藏。阳气自出，物自生长；阴气自起，物自成藏。”（《自然》）这里的“自出”“自为”就是以气自身的作为，来解释天地的运行及一年四季的变化，否认自然界有一个预定的目的，有一个最高的主宰。在王充看来，一切乃是气之自为，并且，气自为的运动过程是有规律的。他说：“运气无妄”（《顺鼓》），“运气有时”，“天之运气，时当自然，虽雩祭请求，终无补益”（《明雩》）。也就是说，气的变化发展规律是不以人的意志为转移的。他又说：“天地之动行也，施气也；体动气乃出，物乃生矣。……天动不欲以生物，而物自生，此则自然也。施气不欲为物，而物自为，此则无为也。”（《自然》）王充在这里以“施气”之自然，推出“天不欲以生物”、天道“无为”的结论，从而否定了董仲舒天道观的神学目论。

基于较为客观的认识，王充指出：“儒者说《五经》，多失其实，前儒不见本末，空生虚说；后儒信前师之言，随旧述故，滑习辞语，苟名一师之学，趋为师教授，及时蚤仕，汲汲竞进，不暇留精用心，考实根核。故虚说传而不绝，实事没而不见，《五经》并失其实。……若夫《公羊》……失平常之事，有怪异之说，径直之文有曲折之义，非孔子之心。”（《正说》）这里所引称得上是王充批评“今文经学”的纲领性文字，虽然“非孔子之心”一语不尽正确，但王充确实把今文家在理论上的主要弊端——失却真实、流于“怪异”，给揭示出来了。

（二）王充的辞赋观

王充对今文经学的批评所体现出来的一些思想认识，在他的辞赋观中亦有较充分的表现。

在汉大赋作品中，不乏王充所谓“虚妄”的成分，这既包括赋中丰富的想象以及夸张虚构的浪漫主义手法，也包括一些荒诞不经、仙怪灵异的描写，有时二者还合而为一、缠夹不清。班固的《两都赋》中就有“及至大汉受命而都之也，仰寤东井之精，俯协河图之灵，奉春建策，留侯演成，天人合应，以发皇明”一类的话，染上了谶纬神学的成分，有意神化最高统治者。而《天子游猎赋》中子虚所谓“臣闻楚有七泽，尝见其一，未睹其余也。臣之所见，盖特其小小者耳，名曰云梦。云梦者，方九百里”，乌有所谓“且齐东者钜海，南有琅邪……吞若云梦者八九于其胸中，曾不蒂芥”，尤其是亡是公“且夫齐楚之事，又乌足道乎？君未睹夫巨丽也？独不闻天子之上林乎？左苍梧，右西极……”这样连篇累牍的铺张描绘，显然是一种十分大胆的想象和夸张，任何人都不会信以为真，而只会欣赏篇中恢宏阔大的气势、艳丽华美的辞藻和颂而兼讽的用意。由于王充对于文学与其他社会科学的界限认识不清，对于文学自身的特点缺乏思考，他不能对这两种不同性质的“虚妄”加以区分，而只是混在一起，全盘否定。他在《谴告》篇中说：

> 孝武皇帝好仙，司马长卿献《大人赋》，上乃仙仙有凌云之

> 气。孝成皇帝好广宫室，扬子云上《甘泉颂》，妙称神怪，若曰非人力所能为，鬼神力乃可成，皇帝不觉，为之不止。长卿之赋，如言仙无实效；子云之颂，言奢有害。孝武岂有仙仙之气者，孝成岂有不觉之惑哉？然即天之不为他气以谴告人君，反顺人心以非应之，犹二子为赋颂，令两帝惑而不悟也。

王充的贬抑大赋，究其根本原因，是为反对“竞为侈丽闳衍之词，没其风谕之义”（《汉书·艺文志》）的不良风气而发的①。在《论衡·定贤》篇中，他对于汉赋的讲究辞藻提出了批评：

> ……以敏于赋颂，为弘丽之文为贤乎？则夫司马长卿、扬子云是也。文丽而务巨，言眇而趋深，然而不能处定是非，辩然否之实，虽文如锦绣，深如河汉，民不觉知是非之分，无益于弥为崇实之化。

汉赋尽管语言华丽，体制庞大，但用意隐晦，让人不得要领，不能明辨是非，换言之，汉赋华美的语言形式不能恰如其分地传达作者的思想感情，那么即使它“文如锦绣，深如河汉”，又有什么实际用处呢？在《超奇》篇中，王充用根株与荣叶、核实与皮壳、羽毛与肢体来做比喻，阐明了内容与形式互为表里、不可分割的关系。首先，是内容决定形式，形式离不开内容，有“实诚在胸臆”，才能有“文墨著竹帛”，先有“意奋”而后才有“笔纵”，若“有文无实”，则是“五色之禽，毛妄生也”，是靠不住的无根之谈。其次，他认为形式是内容的外在表现，内容也离不开形式，“物以文为表，人以文为基”，“人无文则为仆人”（《书解》），“无华生实，物希有之”（《超奇》）。只有“名实相副”，“文质相称”（《感

---

① 参蒋祖怡：《王充的文学观点及其文学批评》，载《浙江师院学报》1957年第1期。

类》)，内容与形式互相协调，才算是达到了最高的境界，才能起到“夺于肝心”(《超奇》)的艺术效果。

王充又说：“夫口论以分明为公，笔辩以荴露为通，吏文以昭察为良。深覆典雅，指意难睹，唯赋颂耳。”(《自纪》)无论是口头语言、论辩文字还是应用性的公文，都是以传情达意、明白晓畅为上。而只有汉代人写作的赋和颂（汉人“赋”“颂”不分），却深奥繁复、典重古雅、晦涩难懂。王充在这里既是对汉赋本身语言风格的批判，也是对汉赋作家崇尚古雅、卖弄学问、搜罗文字、故作艰深的创作思想及方法的针砭。王充具有进步语言发展观，他说“经传之文，圣贤之语”之所以难读，是由于“古今言殊，四方谈异也”，是古今语言变化、各地方言不同的结果。“当言事时，非务难知，使指闭隐也。”(《自纪》)他们当初的言论著述也是务求通俗明白，不求隐微难解。基于这种认识，王充反对厚古薄今，是古非今，提倡用口语写作。王充的观点是科学的、正确的、合理的，针对的是当时的复古倾向以及汉赋创作中搜罗古文奇字以示艰深奥博的不良风气。

从文质相称、文以载道、文从字顺等标准出发，王充的这些批评是很有道理的。但从文学语言的锤炼以及文学艺术美的发展演化来讲，汉赋的丽靡之辞又有着自己独特的贡献，王充的观点也有着一定的片面性。

王充论赋，同司马迁等人一样，是重视其讽谏作用的。他在《佚文》篇中说：“文岂徒调墨弄笔为美丽之观哉？载人之行，传人之名也。善人愿载，思勉为善；邪人恶载，力自禁裁。然则文人之笔，劝善惩恶也。”王充汉赋观与儒家经学突出政治功用的认识是分不开的。他在《谴告》篇中指责《大人赋》与《甘泉赋》过于夸张虚构，不用正确的方式来“谴告人君”，结果造成了“言仙无实效”“言奢有害”“令两帝惑而不悟”的后果，没有达到讽谏的目的。他还批判汉赋闪烁其词、含蓄暗示，以至于“指意难睹”(《自纪》)，欲讽反劝。在他看来，只有直露其文，激切刚烈，才会有实际的讽谏作用。可见，王充同样没有超越汉儒的美、刺说以及功利致用的文学观念，照例用颂美、讽谏作为标准来要求汉赋。

从另一方面讲，尽管王充对汉赋提出了种种批评，但是在“颂汉”这一点上，他又成了汉大赋的积极肯定者。王充说：

> 为世用者，百篇无害；不为用者，一章无补。(《自纪》)
>
> 唯班固之徒称颂国德，可谓誉得其实矣。颂文谲以奇，彰汉德于百代，使帝名如日月，孰与不能言，言之不美善哉？(《须颂》)
>
> 今上、上王至高祖，皆为圣帝矣。观杜抚、班固等所上《汉颂》，颂功德符瑞，汪濊深广，滂沛无量，逾唐、虞，入皇域。三代隘辟，厥深洿沮也。(《宣汉》)

王充这里表面上在论颂，其实也兼而论赋，因为汉人辞、赋、颂不分，更何况汉赋多数也是对本朝的讴歌。在我国历史上，汉代的确是一个空前统一、强大、文明、昌盛的时代，是值得讴歌与颂扬的时代。王充反对崇古非今，坚持发展进化历史观，他认为汉代帝王的功德远逾唐虞三代，进而肯定汉赋的颂美功能，这的确有一定的合理因素。但若强调过分，就会忽略甚至抹杀文学自身的独立性。

第四章 经学与汉代屈骚评论

汉儒对于屈原及其作品，对于汉赋的评价都存在着分歧，论争主要在人格精神这个层面上进行，但总体看来，他们都是从经学的基点上立论，是在依经论屈骚。尽管他们在依经立义时角度有异，各家的褒贬毁誉不同，然而，这些争论的内容并不构成“绝对的矛盾”。

一、从刘安以《诗》论骚说起

汉代第一个对屈原及其作品进行研究评价的是淮南王刘安。刘安为汉高祖刘邦之孙，淮南厉王刘长之子。生于文帝即位元年（前 179 年），死于武帝元狩元年（前 122 年），历文、景、武三代。王都治寿春（今安徽寿县）。刘安博学多才，诵诗作赋、天文历法、方术技艺等无不精通。他对屈原作品做过精深的研究。《汉书·淮南王传》载：“安入朝，献所作《内篇》，新出，上爱秘之。使为《离骚传》，旦受诏，日食时上。”这部《离骚传》今已失传，班固《离骚叙》中提到：“昔在孝武，博览古文，淮南王安叙《离骚传》，以《国风》好色而不淫，《小雅》怨诽而不乱，若《离骚》者可谓兼之。蝉蜕浊秽之中，浮游尘埃之外，皭然泥而不滓。推其志，虽与日月争光可也。”王逸也说：“至于孝武帝，恢廓道训，使淮南王安作《离骚经章句》。”南朝梁代刘勰《文心雕龙》中的

《神思》篇说“淮南终朝而赋骚”，《辨骚》篇也说“昔汉武爱《骚》而淮南作《传》”，并引用了班固《离骚序》原文。王逸所说的《离骚经章句》与班固所说的《离骚传》当是同一著作。

刘安指出了《离骚》兼有“《国风》好色”“《小雅》怨诽”的特点，这一点极具开创性意义，可以说突显了《离骚》等同于“风雅”的重要价值。从屈原的作品实际来看，刘安的这一论断是合适的。屈原生活的时期，楚国已不再是“横则秦帝，纵则楚王”的强盛期。昏庸的楚怀王听任以子兰为首的一群腐朽的楚国贵族在政治舞台上横行，尽管屈原拥有出众的治国才能和进步的政治理想，在楚国“世溷浊而不清，蝉翼为重，千钧为轻；黄钟毁弃，瓦釜雷鸣，谗人高张，贤士无名”（《卜居》）的黑暗现实中只能归于失败。政治的黑暗、外交上的摇摆不定，加之军事上的节节失利，使一度强盛的楚国兵挫地削，国事日非。为了挽救“皇舆”的“败绩”，实现效尧舜之耿介，法三王之纯粹，振兴楚国继而统一中国的政治理想，屈原满腔热忱地提出了“修明法度、举贤授能”等一系列变法图强的主张，昏庸的楚怀王却忠奸不分，“荃不察余之中情兮，反信谗而齌怒”（《离骚》）。诗人想为国效力，却横遭群小谗毁；竭尽忠王，却被君王屡次放流。“世溷浊莫吾知，人心不可谓兮。知死不可让，愿勿爱兮。”（《怀沙》）怀着理想破灭的悲哀，在秦兵攻破郢都之日自沉汨罗江，结束了他悲剧的一生。在抒写其愤时，他继承了《诗经·小雅》的传统[①]，“发愤以抒情”。无论《离骚》还是《九章》《天问》，我们都能从字里行间体会到屈原内心所郁积的自觉真挚而又强烈丰富的情感世界。

为了抒写胸中的激情，屈原继承了楚地民歌的传统，用香草美人寄托理想。因其思想归于正，故刘安评价说如同“《国风》好色而不淫”。

---

① 如《小雅·四月》谓：“君子作歌，维以告哀。”《小雅·节南山》谓：“家父作诵，以究王讻。式讹尔心，以畜万邦。”

《九歌》中的《湘君》《湘夫人》就描写了楚国境内最大的湘水河的配偶神湘君、湘夫人会合无缘的爱情故事。两首诗始终以一方等待另一方而对方不至为线索，“帝子降兮北渚，目眇眇兮愁予。袅袅兮秋风，洞庭波兮木叶下”，情景交融，缠绵悱恻。在楚地虚无缥缈的山水间，诗人表达的是爱情的无望和幻灭。这与《诗经·秦风·蒹葭》“蒹葭苍苍，白露为霜。所谓伊人，在水一方”表达的感情很相近。同样，《九歌·山鬼》描述的也是美丽的山鬼姑娘久候爱人不至而产生的深切哀怨之情。长久的期盼，虽使她产生了“岁既晏兮孰华予”的怅恨，可她仍甘愿在风雨凄凄的山间，永远等待梦中的恋人。她的周围虽然没有一个人，她的心中却时时有着一个人，“风飒飒兮木萧萧，思公子兮徒离忧”。在诗的结尾，山鬼对恋人那份不可了结的情愫升华到超越时空的精神世界。山鬼原型的背后，隐含的正是诗人对理想永无止境的追求。在追求理想爱情的过程中，诗人往往遭受种种挫折，有时甚至只是单方面无望的单恋。如《离骚》中媒人作梗和流言蜚语，“理弱而媒拙兮，恐导言之不固”，他感受不到爱情的甜蜜，感到的只是失恋的痛苦和岁月无情的流逝。爱情的无望，从侧面反映了诗人政治的失意，求美女不得也可理解为求明君不得。

刘安结合《诗经》对屈原《离骚》做出了精深的分析，可以说是第一个理解屈原并给予极高评价的人，在经学盛行的当时，给了《离骚》以很高的地位。在汉儒眼里，《诗经》作为五经之首①，是颇能表现儒家教义的经典，是儒家的“圣经”。刘安正是在这个前提下来谈《诗经》和《离骚》的关系的②。刘安是迄今所知第一位把屈原作品与儒家经典联系

① 需要说明的是，至成哀之世，刘歆重古文经，《七略》中以《易》为首。

② 刘安以《诗》论《骚》，也有学者指出与刘安和武帝的关系有关。刘安的一生一直处在西汉朝廷同诸侯国之间矛盾斗争的旋涡中。刘安的父亲刘长自为法令，拟于太子，最后走上了反叛的道路，死于流放途中。刘安同其父一样，从与西汉朝廷分庭抗礼到组织反叛，得到了同样的结局。在这种情形下，他受诏作《离骚传》，一半是奉诏，一半是迎合武帝好儒术及楚辞的心理。一方面既说《离骚》如风雅之“好色”“怨诽”，一方面又谓其“不淫”“不乱”，好使汉武帝接受。

起来的人，直接影响了司马迁对屈原的评价。在《史记·屈原贾生列传》中，司马迁引用了刘安评屈原的话：

> “离骚”者，犹离忧也。夫天者，人之始也；父母者，人之本也。人穷则反本，故劳苦倦极，未尝不呼天也；疾痛惨怛，未尝不呼父母也。屈平正道直行，竭忠尽智以事其君，谗人间之，可谓穷矣！信而见疑，忠而被谤，能无怨乎？屈平之作《离骚》，盖自怨生也。《国风》好色而不淫，《小雅》怨诽而不乱，若离骚者，可谓兼之矣。上称帝喾，下道齐桓，中述汤、武，以刺世事。明道德之广崇，治乱之条贯，靡不毕见。其文约，其辞微，其志洁，其行廉。其志洁，故其称物芳；其行廉，故死而不容自疏。濯淖污泥之中，蝉蜕于浊秽，以浮游尘埃之外，不获世之滋垢，皭然泥而不滓者也。[①] 推此志也，虽与日月争光可也。

司马迁所写屈原本传的主题，是要突出屈原的“怨诽”之情。综合来看，司马迁在对屈原及其作品的整体把握上，受刘安的影响是显著的。

二、扬雄以圣人为参照对屈原的评论

扬雄为两汉之际的大儒，他拟《论语》作《法言》，阐发孔子思想精义的意图极为明显，从各个角度论述了儒道。汉代学者以为《易大传》是孔子所作，《易》为孔子所推崇，扬雄也以为“经莫大于《易》”（《汉

① “其行廉，故死而不容自疏。濯淖污泥之中，蝉蜕于浊秽……”，或断句为：“其行廉，故死而不容。自疏濯淖污泥之中，蝉蜕于浊秽……”

书·扬雄传》），拟《易》以为《太玄》，表现出极力踵武孔子之道的热情[①]。在《法言》一书中，论及的先秦诸子有十二家之多，包括孔、墨、晏、庄、杨、申、韩、邹、孟、荀、子思、公孙龙等。在对诸子的评述中，他把孔子奉为最高。扬雄对儒家经学的强化不是神化，而是“圣化”，这直接影响了他对屈骚的理解认识。

扬雄把孔子思想视为治学的门径、判定是非正误的标准及最高的真理：“山径之蹊，不可胜由矣；向墙之户，不可胜入矣。曰：恶由入？曰：孔氏。孔氏者，户也。曰：子户乎？曰：户哉！户哉！吾独有不户者矣？”（《法言·吾子》）“或曰：人各是其所是，而非其所非，将谁使正之？曰：万物纷错则悬诸天，众言淆乱则折诸圣。或曰：恶睹乎圣而折诸？曰：在则人，亡则书，其统一也。”（《法言·吾子》）“视日月而知众星之蔑也，仰圣人而知众说之小也。”（《法言·学行》）其颂赞之情，溢于言表。扬雄把人分为三种：众人、贤人和圣人，“观乎贤人则见众人，观乎圣人则见贤人，观乎天地则见圣人”（《法言·修身》），可见唯圣人能通天地，高出于众人和贤人之上。“天下有三门：由于情欲入自禽门，由于礼义入自人门，由于独智入自圣门”（同上），唯圣人具无上智慧，超拔常人，“圣人之言远如天，贤人之言近如地……圣人矢口而成言，肆笔而成书，言可闻而不可殚，书可观而不可尽”（《法言·五百》）。

扬雄生活的时代，君主集权的专制政治关心的不是如何改革这一社会，而是如何巩固这一现有统治。经学在思想上的统治地位日益加强，士人的角色也发生了变化。一方面他们必须承认现存统治存在的不可变更，并与之适应；另一方面，作为掌握文化知识的阶层，他们又试图参与政治，对政治、君主有所助益。扬雄作为一个士人，他对于人格的自主性是极为敏感的，因为人格的自主性问题，说到底是士的独立性问题、

---

① 参见边家珍：《论扬雄对先秦儒学的继承与发展》，载《河南大学学报》2002年第3期。

尊严问题，孔子曾谓“三军可夺帅也，匹夫不可夺志也”(《论语·子罕》)，孟子也声言“威武不能屈”(《孟子·滕文公下》)，但士人遇到的情况是常处于被夺志、不得不屈身的境地，因此扬雄慨叹道：“甘饵含毒难数尝兮，麟而可羁近犬羊兮；鸾凤高翔戾青云兮，不挂网罗固足珍兮。”(《太玄赋》)士人要不为君臣父子纲常的大网所羁绊，必须坚决地拒绝禄利的诱惑，才能不失作为一个独立的个体的尊严。然而事实上扬雄又不能摆脱对于朝廷的依附性，因为对于封建专制下的士人来说，欲有所为，便不能不进入金字塔式的政治结构之中，扬雄对此十分清醒，他说：“诎身，将以信（伸）道也。”(《法言·五百》)因此，他有时不得不做些表面文章，尽管这对他是一种痛苦的事。例如，扬雄本人对于神怪迷信之类，是以“子不语怪力乱神”的理性态度视之的，曾言“邹衍迂而不信”(《法言·五百》)，甚至直接驳斥过董仲舒“象龙之致雨”(《法言·先知》)的迷信之论。然而，《汉书·五行志》载：“哀帝建平二年四月乙亥朔，御史大夫朱博为丞相，少府赵玄为御史大夫，临延登受策，有大声如钟鸣，殿中郎吏陛者皆闻焉。上以问黄门侍郎扬雄、李寻，寻对曰：‘《洪范》所谓鼓妖者也……’扬雄亦以为：‘鼓妖，听失之象也，朱博为人强毅多权谋，宜将不宜相，恐有凶恶亟疾之怒。’”扬雄本人是否定自然现象与人事之直接联系的，但作为“侍臣”的他，显然是依人而立言的。就第二点“干政”与“保身”的矛盾来看，扬雄少年时期“自有大度，非圣哲之书不好”(《汉书·扬雄传》)，有志于建功立业。其《法言·君子》有云：“或曰：子于天下则谁与？曰：与夫进者也。”扬雄认为那些进取有为之人是值得称道的。《学行》篇说：“学之为王者事，其已久矣。尧、舜、禹、汤、文、武汲汲，仲尼皇皇，其已久矣。”学习的目的，就是为了像尧舜孔子等人那样达于王事。然而，扬雄进京为郎之后，并未在仕进上取进取的姿态，他考虑到了保身。扬雄非常珍视士人个体生命，“或问活身。曰：明哲。或曰：童蒙则活，何乃明哲乎？曰：君子所贵，亦越用明保慎其身也。如庸行翳路，冲冲而活，君子不贵也”(《法言·问明》)。扬雄又说:“君子之行,独无碍乎?如何直往也!水避碍则通于海,君子避碍则通于理。”(《法言·君子》)《法言》中又云:“或问:人何尚?曰:尚智。曰:多以智杀身者,何其尚?曰:昔乎皋陶以其智为帝谟,杀身者远矣!箕子以其智为武王陈《洪范》,杀身者远矣!”这些,都可以说是封建专制社会里士人的生存之道。

正是从上述角度,扬雄对于屈原进行了审视。《法言·吾子》云:“或问:屈原智乎?曰:如玉如莹,爰变丹青,如其智!如其智!”在《反离骚》中,扬雄对屈原的以死报楚不以为然,“以为君子得时则大行,不得时则龙蛇,遇不遇,命也,何必湛身哉?”“览四荒而顾怀兮,奚必云女彼高丘”,找不到楚之贤君,又何必急于仕楚?屈原没能认识这一点,是不善于审时度势。《反离骚》中又说:“临江濒而掩涕兮,何有《九招》与《九歌》?夫圣哲之不遭兮,固时命之所有。虽增欷以于邑兮,吾恐灵修之不累改。昔仲尼之去鲁兮,斐斐迟迟而周迈。终回复于旧都兮,何必湘渊与涛濑!溷渔父之餔歠兮,洁沐浴之振衣。弃由、聃之所珍兮,蹠彭咸之所遗!”为什么屈原不像许由(尧时高士,据说尧让天下于由,由不受,隐耕箕山)、老聃那样隐归,而重蹈彭咸(殷时贤大夫,谏君不听,投水而亡)之复辙呢?

再一点,在《反离骚》中扬雄认为屈原的自沉行为徒然无益:“累既攀夫傅说兮,奚不信而遂行?”认为屈原的自沉是害怕国家的灭亡而先自陨其身。虽然自沉,但“吾恐灵修之不累改”,且于国家之复兴也无益处,因而扬雄举圣人孔子的事例来证明屈原行为的价值不大。扬雄以圣人孔子为参照评屈论屈,可以说为汉代士阶层树立起一种新的处世原则。在专制统治下,他承认士之“遇”与“不遇”的存在,认为是“命”,而在面对“不遇”这种困境时,全身自守,以等待“遇”的时机,士的人生价值终究能够得到实现。

从深层心理上讲,如果扬雄承认屈原的自沉行为有价值,则自己的人生选择就处于尴尬的境地,对君权的依赖和适应就失去了存在的理由。

而对屈原自沉行为加以否定，认为自沉不是明智的举动，那么就为士人们提供了一种新的思考自身与社会的视角。

三、经学与文学：班固评论屈骚的两个视角

班固评价屈原及其作品的《离骚序》[①]，见录于王逸《楚辞章句叙》之末，全文如下：

> 昔在孝武，博览古文，淮南王安叙《离骚传》，以《国风》好色而不淫，《小雅》怨诽而不乱，若《离骚》者，可谓兼之。蝉蜕浊秽之中，浮游尘埃之外，皭然泥而不滓。推此志，虽与日月争光可也。斯论似过其真。又说：五子以失家巷，谓五子胥也。及至羿、浇、少康、二姚、有娀佚女，皆各以所识有所

① 今人崔富章先生《班固笔下的屈原》一文（载《深圳大学学报》1998年第4期）提出，此《离骚序》当作于明帝、章帝之际。他说：班固在太学读书的八年中，在为父守丧的三年中，对屈原的《离骚》特别的喜爱，从班固的《幽通赋》《上东平王苍奏记》等作品看，他对屈原及其作品，特别是《离骚》一篇，已经读得熟透，融会贯通，模拟化用，几乎达到不露痕迹的境界。班固的《离骚经章句》(亦有人称作《离骚传》)，当撰成于这一时期或稍后，即他入狱之前的数年中。班固三十一岁（汉明帝永平五年，即62年）入狱，获释后得到汉明帝赏识，任命他为兰台会史，次年升迁为郎，“遂见亲近”。及汉章帝“雅好文章，固愈得幸”，多次入宫与帝论学，或连日继夜。章帝母马太后“好读《春秋》《楚辞》”，班固、贾逵等因此有《离骚经章句》献上。献书之时，当在汉明帝、章帝之际，班固四十岁以后。此时的班固，跟三十岁以前大不一样了。一方面，他得到皇帝的宠幸，“朝廷有大议，使难问公卿，辩论于前，赏赐恩宠甚渥”，春风得意；另一方面，郎官的侍从地位，多年的宫廷生活阅历，又使他“如履薄冰，如临深渊”，战战兢兢，谨小慎微，磨钝了棱角，跟屈原的行为方式形成巨大反差。因此，班固在献上《离骚经章句》时，又专门写了一篇文字，严厉批判刘安之论，连带批评屈原的“责数怀王，怨恶椒、兰”，其直接的用意在于自明心迹，恪遵一名郎官的行为规范。

> 增损，然犹未得其正也。故博采经书传记本文以为之解。且君子道穷，命矣。故潜龙不见是而无闷，《关雎》哀周道而不伤。蘧瑗持可怀之智，甯武保如愚之性，咸以全命避害，不受世患。故《大雅》曰："既明且哲，以保其身。"斯为贵矣。今若屈原，露才扬己，竞乎危国群小之间，以离谗贼。然责数怀王，怨恶椒、兰，愁神苦思，强非其人，忿怼不容，沉江而死，亦贬絜（洁）狂狷景行之士。多称昆仑冥婚宓妃虚无之语，皆非法度之政，经义所载，谓之兼《诗》风雅而与日月争光，过矣。然其文弘博丽雅，为辞赋宗。后世莫不斟酌其英华，则象其从容。自宋玉、唐勒、景差之徒，汉兴，枚乘、司马相如、刘向、扬雄，骋极文辞，好而悲之，自谓不能及也。虽非明智之器，可谓妙才者也。

班固这段评价屈原的话，实包含两大方面，一方面，是从屈原的处世之道、为臣之道上讲的；另一方面是从文学地位上讲的。关于屈原的处世之道、为臣之道，一则谓之"露才扬己，竞乎危国群小之间，以离谗贼"，这是说屈原骋才而不辨形势，陷己于祸；二则谓之"责数怀王，怨恶椒、兰，愁神苦思，强非其人，忿惑不容，沉江而死"，这是说屈原既不明君之不可强求，又不能自释其怨愤；他因此称屈原"亦贬絜（洁）狂狷景行之士"。很明显，班固不赞成的是屈原处浊世而自伤的行为方式，对他的才华与品格不无惋惜之意。他批评《离骚》之语有"非法度之政，经义所载"的缺欠，这也是他批评屈原的行为方式的依据。所谓明智，即他在《答宾戏》中所阐释的："一阴一阳，天地之方；乃文乃质，王道之纲；有同有异，圣哲之常。故曰：慎修所志，守尔天符，委命共己，味道之腴，神之听之，名其舍诸！"班固自言，作《答宾戏》之旨是"感东方朔、扬雄自喻以不遭苏、张、范、蔡之时，曾不折之以正道，明君子之所守"，即认为，不遇之士的自觉退避，既不必"怨刺其上”而有伤臣道，又可“密尔自娱于斯文”而坚持士道。他据此而评价屈原，既肯定其忠诚君国的感情，又批评其行为方式的不明智[①]。从班固的批评来看，统治者的忠臣标准是“事君无二”且毫无怨言。在个人与国家政治之间，不能“露才扬己”，使君王显得无能、昏庸。

班固对屈原及其作品做如此评论的深层原因，尚需我们从时代背景、从经学意识的视角来考察，才能看得更为清晰明白。班固生于世家，青少年时代，博贯载籍，九流百家之言无不穷究。光武中兴，王室力倡儒学以利王权专制，其后东汉明帝、章帝都是重视经学的君主。《后汉书》班固本传说他“自为郎后，遂见亲近（于明帝）”。章帝继位后，“固愈得幸，数入读书禁中，或连日继夜。每行巡狩，辄献上赋颂。朝廷有大议，使难问公卿，辩论于前，赏赐恩宠甚渥”；“天子会诸儒讲论五经，作《白虎通德论》，令固撰集其事”。班固整理编撰的《白虎通义》，是一部诸儒讲议五经并由章帝亲自裁定正误的经学文献，其核心问题就是要树立君权。《白虎通义》宣称，天子之所以拥有最高权力，还因为他是“有土之君”，“‘普天之下，莫非王土；率土之滨，莫非王臣。’海内之众，已尽得使之”（《封公侯》）。一切财货归天子，一切权力归天子，故天下臣民当唯命是从、唯言是听，如子之事父母者。东汉沿袭先汉实行分封，但“有分土，无分民”。其实分土，仅仅是以土代禄，最后的所有权仍归独一的皇帝。对“土”与“民”，《白虎通义》更强调君主对民的占有，“君有众民，何法？法天有众星也”（《五行》）。进而，《白虎通义》对君臣之间的人身依附关系做了理论性的规定，“君之与臣，无适无莫（慕），义之与比。为赏一善而众臣劝，罚一恶而众臣惧”（《谏诤》）；“君之威命所加，莫敢不从”（《瑞贽》）。军、政、刑、赏、礼、乐等最高权力，自

① 从创作心态上讲，班固《答宾戏》大概意欲调合扬雄等人为之困惑、为之痛苦的臣道与士道的分离。不过，一种理论上无可挑剔的处世之道，在现实中却未必真正行得通。班固本人也未能彻底消除屈原式的“不遇”哀伤，《幽通赋》之作即是证明。

然也全归皇帝一人。要之，书中以融合了自然、社会的宇宙法则为依据，确立了一个“合理”的以君主为中心的秩序：天有上下，人有尊卑，一切都简约自明。在这种思想的约束下，班固信奉的只能是“君子道穷，命矣”，称赏的是“明哲保身”(《离骚序》)，他对屈原及其作品的评价就不能不囿于这一规范。

从社会现实生活来看，明帝、章帝两代，也是宗法礼制渐趋严峻的时代，臣下愈来愈恭谨以全身免祸。《后汉书·宗室四王三侯列传》载，北海敬王刘睦，谦恭好士，名儒宿德，莫不造门，声价益广。永平中，法宪颇峻，刘睦乃谢绝宾客，放心音乐。岁终派人奉璧朝贺，刘睦不准使者向朝廷汇报自己“忠孝慈仁，敬贤乐士”，只说自己“志意衰惰，声色是娱，犬马是好”，要之不露锋芒、不显刚直、不呈智慧，以全身远祸。这是儒家经学对人格的要求，也是时代对人格的要求。班固意识到了这一时代氛围，欲保全自己，就要做到宽和容众，谨言慎行。

还有一件具体的历史事件，会影响到班固《汉书》创作并及于对屈骚的评价，那就是明帝对班固的“圣训”。班固曾有一篇重要的作品《典引》,《文选》列为“符命”，是对汉家王朝歌功颂德的作品。前面有一段引文，记述的是永平十七年汉明帝召见班固、贾逵、傅毅等人，而汉明帝专门询问班固对司马迁所作《秦始皇本纪》的观点。在《典引》这段引文中，班固记述了汉明帝与他谈话的内容，包括明帝对司马迁及司马相如的评价：

> 永平十七年，臣与贾逵、傅毅、杜矩、展隆、郗萌等，召诣云龙门，小黄门赵宣持《秦始皇帝本纪》问臣等曰：“太史迁下赞语中，宁有非耶？”臣对：“此赞贾谊《过秦篇》云，‘向使子婴有庸主之才，仅得中佐，秦之社稷未宜绝也’，此言非是。”即召臣入，问：“本闻此论非耶？将见问意开寤耶？”臣具对素闻知状。诏因曰：“司马迁著书成一家之言，扬名后世，

至以身陷刑之故，反微文刺讥，贬损当世，非谊士也。司马相如洿行无节[①]，但有浮华之辞，不周于用。至于疾病而遗忠，主上求取其书，竟得颂述功德，言封禅事，忠臣効也。至是贤迁远矣。”

对司马迁与司马相如，汉明帝何以如此抑扬过实？今本《史记·秦始皇本纪》赞语后附有“孝明皇帝十七年十月十五日乙丑曰”云云一大段文字，从中可以看出，明帝对司马迁之不满，乃在于他未能反映出君权神授的历史观，反而借贾谊之口宣扬“仁义不施，而攻守之势异也”，较之司马相如临终之际还想到以天人感应的方式肯定汉统长祚久安，当然不是“谊士”而当受到贬斥了。君王的直接表达，无疑在封建时代是应被看作最高的价值标准的，尤其是直接发表于召见班固等人的时候，对于班固的价值选择更是一种直接的干预，对于班固的评论也就必然产生强制的规范。对此，班固在《典引》中记述说：“臣固常伏刻诵圣论，昭明好恶，不遗微细，缘事断谊，动有规矩，虽仲尼之因史见意，亦无以加。臣固被学最旧，受恩浸深，诚思毕力竭情，昊天罔极！臣固顿首顿首。……臣固才朽不及前人，盖咏《云门》者难为音，观隋和者难为珍。不胜区区，窃作《典引》一篇，虽不足雍容明盛万分之一，犹启发愤满，觉悟童蒙，光扬大汉，轶声前代，然后退入沟壑，死而不朽。”可见班固是将汉明帝的评价标准奉为准则，不敢违背的，那就是评价作家的第一准则应该是创作的思想倾向，即对封建君主的态度，而不是个人的品格、才华，正是在这样的意义上说，司马相如“贤迁远矣”。

班固从经学角度、从礼制观念出发评价历史人物，在《汉书》中留下深深的烙印。如司马迁遇祸，事起李陵败降。从司马迁《报任少卿书》中可以看出，当时朝廷之中“全躯保妻子之臣随而媒蘖其短”，司马

① 洿，同“污”。

迁“见主上惨凄怛悼，诚欲效其款款之愚”，“欲以广主上之意，塞睚眦之辞”。班固对这一历史事实是十分清楚的，但他对司马迁的评价却是：“以迁之博物洽闻，而不能以知自全，既陷极刑，幽而发愤，书亦信矣。迹其所以自伤悼，《小雅》巷伯之伦。夫唯《大雅》‘既明且哲，能保其身’，难矣哉！”再如对晁错，在其本传《赞》语中，一方面说“悲夫！错虽不终，世哀其忠”，并大大扩充《史记》原传篇幅，另一方面又说他“锐于为国远虑，而不见身害”，也就是说他不善于明哲保身。同样，在班固看来，屈原不能很好地处理与国君的关系，是“强非其人”，“忿怼不容”，不善于明哲保身，自然“非明智之器”，更谈不上“与日月争光”了。当然，作为史家，从客观现实出发，班固也承认楚国其时为“浊世”，屈原是“忠臣”“贞良”。

再看班固从文学角度对屈骚的评价：“然其文弘博丽雅，为辞赋宗。后世莫不斟酌其英华，则象其从容。自宋玉、唐勒、景差之徒，汉兴，枚乘、司马相如、刘向、扬雄，骋极文辞，好而悲之，自谓不能及也。虽非明智之器，可谓妙才者也。”在班固之前，司马迁已在《史记》屈原本传中说：“屈原既死之后，楚有宋玉、唐勒、景差之徒者，皆好辞而以赋见称，然皆祖屈原从容辞令，终莫敢直谏。”他是以屈骚与“直谏”相联系，将宋玉诸人之好辞与屈原的政治品格相对照，仍然没有脱离从政治、社会角度讨论屈骚。班固则在依据儒家经典对屈骚略加贬抑后，转而赞扬屈骚为“词赋宗”，指出了其“弘博丽雅”“英华”“从容”的特质，及其在文学史上的崇高地位和影响。这可以说是班固评论的独特视角，他将屈原的历史地位放在文学领域中，将屈原的价值安放在“辞赋宗”的位置上，这是班固对辞赋文学和辞赋作家独立品格的肯定，反映了两汉时期辞赋文学创作的繁荣，逐步走向独立自觉时代的文学思潮①。

班固从文学角度对屈骚的肯定，同班固自己与时代的文学观念有关。

① 参熊良智：《楚辞研究的价值定位》，载《四川师范大学学报》1999 年第 4 期。

辞赋是两汉文学的代表。《七略》作为辨章学术的书目，已经将“诗赋”与“六艺”“诸子”分开，建立为独立的门类。而刘安的《离骚传》却将《离骚》比附《风》《雅》，作为经学的附庸，因而班固坚决反对。在班固看来，“《离骚》多称昆仑冥婚宓妃虚无之语，皆非法度之政，经义所载，谓之兼《诗》风雅而与日月争光，过矣”。班固所认识的楚辞，就是屈原、宋玉以及汉代以来一批言语侍从之臣的骚赋作品。他在《汉书·地理志》中写道：“始楚贤臣屈原被谗放流，作《离骚》诸赋以自伤悼。后有宋玉、唐勒之属慕而述之，皆以显名。汉兴，高祖王兄子濞于吴招致天下之娱游子弟，枚乘、邹阳、严夫子（忌）之徒兴于文景之际。而淮南王安亦都寿春，招宾客著书。而吴有严助、朱买臣贵显汉朝。文辞并发，故世传《楚辞》，其失巧而少信。”楚辞“失巧而少信”，这同《离骚》多“虚无”之语，并无二致，其实正是当时对文学特点的认识。班固评论司马相如的赋“文艳用寡，子虚乌有”（《汉书·叙传下》）。汉末的王符在《潜夫论·务本》也有所论：“今赋颂之徒，苟为饶辩屈蹇之辞，竞陈诬罔无然之事，以索见怪于世，愚夫戆士，从而奇之。此悖孩童之思，而长不诚之言者也。”这虽是对辞赋虚构、夸饰的批评，却不难看出当时文学的风气和特征的认识。

班固评价屈原为“辞赋宗”，也称司马相如为“辞宗”。这可以理解为班固在司马迁《史记·司马相如传》基础上做出的判断。《汉书·司马相如传》赞语几乎直录《史记》太史公的评论。而比较《太史公自序》和《汉书叙传》，写作《司马相如传》的宗旨尤为有趣。《太史公自序》说：“《子虚》之事，《大人赋》之说，靡丽多夸。然其指风谏，归于无为。作《司马相如传》。”而《汉书叙传》则说：“文艳用寡，子虚乌有，寓言淫丽，托风终始，多识博物，有可观采，蔚为辞宗，赋颂之首。述《司马相如传》。”在对司马相如的作品进行评价之后，班固多了“蔚为辞宗，赋颂之首”的判断，显然这是班固对司马相如的独特地位的肯定，也是对司马相如这样的文学作家的特殊认识。

四、王逸的依经论屈骚

王逸，字叔师，南郡宜城（今湖北江陵）人，生卒年月不详。据范晔《后汉书·文苑传》所载，王逸于汉安帝“元初中，举上计吏，为校书郎。顺帝时，为侍中”。在《楚辞章句》序中，王逸表达了完全不同于班固的对屈骚的评论：

昔者孔子睿圣明哲，天生不群，定经术，删《诗》《书》，正礼乐，制作《春秋》，以为后王法。门人三千，罔不昭达。临终之日，则大义乖而微言绝。其后周室衰微，战国并争，道德陵迟，谲诈萌生。于是杨、墨、邹、孟、孙、韩之徒，各以所知，著造传记，或以述古，或以明世。而屈原履忠贞被谮，忧悲愁思，独依诗人之义而作《离骚》，上以讽谏，下以自慰。遭时闇乱，不见省纳，不胜愤懑，遂复作《九歌》以下凡二十五篇。楚人高其行义，玮其文采，以相教传。

至于孝武帝，恢廓道训，使淮南王安作《离骚经章句》，则大义粲然。后世雄俊，莫不瞻慕，舒肆妙虑，缵述其词。逮至刘向，典校经书，分为十六卷。孝章即位，深弘道艺，而班固、贾逵复以所见改易前疑，各作《离骚经章句》。其余十五卷，阙而不说。又以“壮”为“状”，义多乖异，事不要括。今臣复以所识所知，稽之旧章，合之经传，作十六卷《章句》。虽未能究其微妙，然大旨之趣，略可见矣。

且人臣之义，以忠正为高，以伏节为贤。故有危言以存国，杀身以成仁。是以伍子胥不恨于浮江，比干不悔于剖心，然后忠立而行成，荣显而名著。若夫怀道以迷国，佯愚而不言，颠则不能扶，危则不能安，婉娩以顺上，逡巡以避患，虽保黄耇，终寿百年，盖志士之所耻，愚夫之所贱也。今若屈原，膺忠贞

> 之质，体清洁之性，直若砥矢，言若丹青，进不隐其谋，退不顾其命，此诚绝世之行，俊彦之英也。而班固谓之“露才扬己”，“竞于群小之中，怨恨怀王，讥刺椒、兰，苟欲求进，强非其人，不见容纳，忿恚自沉”，是亏其高明，而损其清洁者也。昔伯夷、叔齐让国守分，不食周粟，遂饿而死，岂可复谓有求于世而怨望哉？且诗人怨主刺上，曰：“呜呼小子，未知臧否，匪面命之，言提其耳。”讽谏之语，于斯为切。然仲尼论之，以为大雅。引此比彼，屈原之词，优游婉顺，宁以其君不智之故，欲提携其耳乎？而论者以为“露才扬己”，“怨刺其上”，“强非其人”，殆失厥中矣。
>
> 夫《离骚》之文，依托五经以立义焉，“帝高阳之苗裔”，则“厥初生民，时惟姜嫄”也；“纫秋兰以为佩”，则“将翱将翔，佩玉琼琚”也；“夕揽洲之宿莽”，则《易》“潜龙勿用”也；“驷玉虬而乘鹥”，则“时乘六龙以御天”也；“就重华而陈词”，则《尚书》咎繇之谋谟也；“登昆仑而涉流沙”，则《禹贡》之敷土也。故智弥盛者其言博，才益多者其识远。屈原之词，诚博远矣。自终没以来，名儒博达之士著造词赋，莫不拟则其仪表，祖式其模范，取其要妙，窃其华藻，所谓金相玉质，百世无匹，名垂罔极，永不刊灭者矣。

在这篇有名的序言中，王逸除了介绍屈骚的流传情况外，重点表达了两方面的意思：其一，批驳班固的所谓屈原“露才扬己”之说；其二，驳班固所谓屈骚乃“虚无之语”之论。

班固所谓屈原“露才扬己”之说，王逸颇不以为然，他说“人臣之义，以忠正为高，以伏节为贤，故有危言以存国，杀身以成仁”，一切都应以“忠”为最高准则。以此为标准，王逸对道家的怀道佯愚，甚或对儒家的明哲保身进行了尖锐的批评：“若夫怀道以迷国，佯愚而不言，颠则不能扶，危则不能安，婉娩以顺上，逡巡以避患，虽保黄耇，终寿百年，盖志士之所耻，愚夫之所贱也。”佯愚避患或婉娩顺上，或苟全性命或取宠于君，绝非忠臣所为。据此，王逸对屈原的人格给予高度的评价：“今若屈原，膺忠贞之质，体清洁之性，直若砥矢，言若丹青，进不隐其谋，退不顾其命，此诚绝世之行，俊彦之英也。”王逸从“进退”“穷达”两个方面肯定了屈原的危言危行，为后世人臣树立了“忠正伏节”的榜样，并举伯夷饿死首阳之行、孔子论“耳提命面”之语来说明屈原其言之正、其行之当、其品之洁，对屈原忠正伏节精神给予了明确的肯定、高度的赞扬。在此一认识的基础上，针对班固对屈原“露才扬己”的指责，王逸反驳道：“且诗人怨主刺上曰：‘呜呼小子，未知臧否。匪面命之，言提其耳。’风谏之语，于斯为切，然仲尼论之，以为大雅。引此比彼，屈原之词，优游婉顺，宁以其君不智之故，欲提携其耳乎？而论者以为露才扬己，怨刺其上，强非其人，殆失厥中矣。”从孔子诗教的观点肯定了屈原作品中反映出来的怨愤。

班固所谓屈骚乃“虚无之语”之论，在王逸看来也是站不住脚的。他认为，《离骚》不仅在思想上，而且在文句上也直接取自“五经”，他说《离骚》之文，“依托五经以立义焉，“帝高阳之苗裔”，则“厥初生民，时惟姜嫄”也；“纫秋兰以为佩”，则“将翱将翔，佩玉琼琚”也；“夕揽洲之宿莽”，则《易》“潜龙勿用”也；“驷玉虬而乘鷖”，则“时乘六龙以御天”也；“就重华而陈词”，则《尚书》咎繇之谋谟也；“登昆仑而涉流沙”，则《禹贡》之敷土也”。这种“言必称经”的比附，尽管有其牵强附会之处[①]，但它主要是用来反对班固《离骚序》认为屈原“多称昆仑冥婚宓妃，虚无之语，皆非法度之政，经义所载”的指责，从而确

① 由于王逸生活在东汉这样一个经学气氛弥漫的时代，在《楚辞章句》中也有了许多明显的对儒家经典著作的牵强附会之处。他甚至直称《离骚》为“离骚经”：“屈原执履忠贞而被谗邪，忧心烦乱，不知所溯，乃作《离骚经》。离，别也。骚，愁也。经，径也。言己放逐离别，中心愁思，尤依道径，以风谏君也。”

立《离骚》之文合乎“经义”的价值与地位。

为什么王逸的屈骚评论会与东汉初大儒班固的评论有如此大的不同？对此，我们有必要从东汉末年的经学思潮、士人风尚来加以分析认识。

王逸所处的东汉中后期，经学哺育下的儒士阶层不断壮大。《后汉书·儒林列传》说：“顺帝感翟酺之言，乃更修黉宇，凡所造构，二百四十房，千八百五十室。试明经下第，补弟子。增甲乙之科，员各十人。除郡国耆儒，皆补郎、舍人。本初元年（146年），梁太后诏曰：‘大将军下至六百石，悉遣子就学，每岁辄于乡射月一飨会之，以此为常。’自是游学增盛，至三万余生。”另外，东汉郡国也有学校，生徒之众，自不必说。而各地经师，私人讲学，注籍的学生，常有数百数千人之众。太学所在的首都，是政治信息灵通、学术荟萃之地，且太学教育中日常讨论经义、相互辩难也培养了他们敢想、敢说的学子特性。“通经致用”是汉代经学教育的一条重要原则，尤其京都洛阳的太学，更是通向仕途的重要桥梁。太学生受五经大义的陶养，关心时政，敢于为民请命，直言极谏。再者，由于宦官集团放恣地任用子弟宗亲以及阿从走卒，基本上无视经明行修的汉代选仕制度，再加上州郡辟召选举往往承顺风旨，结果造成了绝大多数经生在仕途上的无望。因此，当朝野怨嗟、天下扰扰之时，经生们政治进路上受到的挫折感，对王朝前途命运的忧患和对宦官的愤恨，容易聚集为一股浓烈的政治情绪，他们与朝中正直士大夫自觉不自觉地联合了起来。另外，经学文化中包蕴的忠贞为国、不惜一死的精神，也滋润了一批又一批的正直敢谏的士大夫。甚至可以说，东汉一代，直言敢谏、至死不屈的直谏精神成为正直经生、士大夫的立身准则，并形成一股“婞直之风”（《后汉书·党锢列传》）。

经学之士以道德人格的典范自居，与王权相对抗。他们通过对“不务经学之俗吏”的否定，来突显自身的价值，并推动着一种博学多识风气的形成。正如王充所说：“儒生不习于职，长于匡救，将相倾侧，谏难不惧。案世间能建蹇蹇之节，成三谏之义，令将检身自敕，不敢邪曲者，率多儒生。”(《程材》) 如经生高敏上书批评“俗吏繁炽，儒生寡少”，“不务经学，竞于人事”，还说“传曰：‘王者之臣，其实师也’，言其道德可师也”(《后汉书·党锢列传》)。汉顺帝时，名臣李固多次上书，以天意、经典、祖宗等说明不该对宦官封爵，进而提出“使权去外戚，政归国家”“罢退宦官，去其权重”的主张。(《后汉书·李固传》)

可以说，王逸《章句》的“经学”阐释是评屈致用，是屈骚的直谏精神在汉代“婞直之风”中的复现。把王逸《章句》的“经学”阐释放到汉代文化的动态建构中进行把握，我们就可以发现，它所包蕴的是一种要求新变以及关注现实的思想文化特征。王逸赞赏的人臣应该“危言以存国，杀身以成仁”，而竭力批评那种“怀道以迷国，详愚而不言，颠则不能扶，危则不能安，婉娩以顺上，逡巡以避患”的行为，这些观点虽取自经学，同时也带有更加鲜明的现实取向。因为那个时代的朝廷就表达了这种强烈的愿望。永初五年（111 年），汉安帝曾因灾祸相续、弊端横生而下诏说：“朕以不明，统理失中。亦未获忠良以毗阙政。传曰：‘颠而不扶，危而不持，则将焉用彼相矣。’公卿大夫将何以匡救，济斯艰厄，承天诫哉！盖为政之本，莫若得人，褒贤显善，圣制所先，‘济济多士，文王以宁’，思得忠良正直之臣，以辅不逮。”(《后汉书·安帝纪》) 正因如此，王逸对班固提倡的明哲保身、全身避患的人生观念坚决反对，而积极推崇屈原的人臣之义[①]。

比较而言，在忠君这一点上班固、王逸并无不同，但二人对忠君之道的理解却显然有异：班固偏于谨固中庸、循礼自律，而王逸偏于伏节死义、杀身成仁。这一分歧的本质，是儒家思想中固有的中庸之道与狂狷刚毅精神的矛盾。中庸为儒家最高人格理想，而在现实中常不免沦为

---

① 这同王逸自己的人生价值观念也是一致的。王逸不仅自己积极用仕，还对那些避隐山林、朝廷诏征不至的名士加以劝说。南阳名士樊英就是一个例子。汉安帝曾下诏征召，樊英不应，顺帝又“策书备礼”，仍然遭到樊英以病推辞。而王逸却写信劝说，最后樊英居然听从劝说，入京应征，被汉顺帝拜为五官中郎将。

“乡愿”。在王逸的时代，乡愿一类的人格在士林中正大受讥弹，这一时期受舆论普遍推重的是正色立朝、勇于面折廷争的公卿大夫和高尚其事、不仕王侯的逸民处士。因而，就现实背景而言，王逸对班固的批驳则是反映了当时士风中回归儒家推重刚毅劲健的人格精神①。

由此出发，王逸乃以“风谏”为屈骚的主要精神而加以推崇，他对屈原作品的评论，大都突出“风谏”，如谓《离骚》“犹依道经，以风谏君”，谓《九歌》“托之以风谏”等。如果说班固是主张“风谏”，而王逸则是趋向“直谏”的。班固指责屈原“竞于群小之间，怨恨怀王，讥刺椒、兰，苟欲求进，强非其人，不见容纳，忿恚自沈”，缺少“明哲保身”之智、“怨而不怒”之度、“温柔敦厚”之教，关键是因屈原过于张扬自己的个性，所谓“露才扬己”。王逸以孔子论“耳提面命”之言予以有力的反击。在《离骚经序》中，王逸提出《离骚》在艺术手法上也直接受《诗经》的影响：“《离骚》之文，依《诗》取兴，引类譬喻。故善鸟香草，以配忠贞；恶禽臭物，以比谗佞；灵修美人，以媲于君；宓妃佚女，以譬贤臣；虬龙鸾凤，以托君子；飘风云霓，以为小人。其词温而雅，其义皎而朗。凡百君子，莫不慕其清高，嘉其文采，哀其不遇，而闵其志焉。”这样一来，也就把屈骚的讽谏手法经学化、正统化了。

如果说班固对屈原的批评，体现了东汉初经学的特点以及他本人中庸谦抑、谨饬内敛的特点，那么王逸对屈原狂狷的崇尚，则体现了东汉后期的经学风尚以及经生对朝臣的普遍期望，体现了经生对于国家应有的一种责任感。

① 参蓝旭：《东汉士风与文学》，人民文学出版社 2004 年版，第 195—196 页。

主要参考文献

1.《十三经注疏》，影印清阮元校刻本，北京：中华书局，1980 年版。

2. [清] 马瑞辰:《毛诗传笺通释》，皇清经解续编本。

3. [清] 王先谦著，吴格点校:《诗三家义集疏》，北京：中华书局，1987 年版。

4. 高亨:《诗经今注》，上海：上海古籍出版社，1980 年版。

5. [清] 陈寿祺:《尚书大传》，万有文库本。

6. [清] 朱右曾:《逸周书集训校释》，万有文库本。

7. [清] 阎若璩:《古文尚书疏证》，皇清经解续编本。

8. [清] 孙诒让:《周礼正义》，北京：中华书局，1987 年版。

9. [清] 胡培翚:《仪礼正义》，万有文库本。

10. [清] 王聘珍:《大戴礼记解诂》，北京：中华书局，1983 年版。

11. [唐] 李鼎祚:《周易集解》，四库全书本。

12. [汉] 京房:《京氏易传》，见四库术数丛书（六），上海：上海古籍出版社，1991 年版。

13.[晋] 杜预:《春秋左传集解》，上海：上海人民出版社，1977 年版。

14.[清] 钟文烝:《春秋穀梁经传补注》，北京：中华书局，1996 年版。

15. 杨伯峻:《春秋左传注》，北京：中华书局，1981 年版。

16. 傅隶朴:《春秋三传比义》，北京：中国友谊出版公司，1984 年版。

17. [日] 安居香山，中村璋八辑:《纬书集成》，石家庄：河北人民出版社，1994 年版。

18. [清] 陈寿祺:《五经异义疏证》，皇清经解本。

19. [清] 王引之:《经义述闻》，南京：江苏古籍出版社影印本，1985 年版。

20. [汉] 司马迁:《史记》，北京：中华书局，1982 年版。

21. [汉] 班固:《汉书》，北京：中华书局，1962 年版。

22. [清] 王先谦:《汉书补注》，北京：中华书局影印本，1983 年版。

23. [南朝] 范晔:《后汉书》，北京：中华书局，1965 年版。

24.[清] 王先谦:《后汉书集解》，北京：中华书局影印本,1984 年版。

25. [汉] 荀悦，[晋] 袁宏著，张烈点校:《两汉纪》，北京：中华书局，2002 年版。

26. [晋] 陈寿:《三国志》，北京：中华书局，1982 年版。

27. 刘琳:《华阳国志校注》，成都：巴蜀书社，1984 年版。

28. [宋] 司马光:《资治通鉴》，北京：古籍出版社，1955 年版。

29. [清] 戴望:《管子校正》，上海：上海书店影印本，1986 年版。

30. 高亨著，华钟彦校:《老子注译》，郑州：河南人民出版社，1980 年版。

31. [宋] 朱熹:《四书集注》，长沙：岳麓书社，1985 年版。

32. 杨伯峻:《论语译注》，北京：中华书局，1980 年版。

33. [清] 孙诒让:《墨子间诂》，上海：上海书店影印本，1986 年版。

34. 高亨:《墨经校诂》，北京：科学出版社，1958 年版。

35. 杨伯峻:《孟子译注》，北京：中华书局，1960 年版。

36. [清] 王先谦:《荀子集解》，上海：上海书店影印本，1986 年版。

37. 荆门市博物馆编:《郭店楚墓竹简》，北京：文物出版社，1998 年版。

38. 陈奇猷:《吕氏春秋校释》，上海：学林出版社，1984 年版。

39. 董治安编:《两汉全书》(第一册)，济南：山东大学出版社，

1999 年版。

40. 王利器:《新语校注》，北京：中华书局，1986 年版。

41. 王洲明，徐超:《贾谊集校注》，北京：人民文学出版社，1996 年版。

42. 许维遹:《韩诗外传集释》，北京：中华书局，1980 年版。

43. 刘文典:《淮南鸿烈集解》，北京：中华书局，1989 年版。

44. [清] 苏舆撰，钟哲点校:《春秋繁露义证》，北京：中华书局，1992 年版。

45. [汉] 桓宽:《盐铁论》，上海：上海书店影印本，1986 年版。

46. 王利器:《盐铁论校注》，上海：古典文学出版社，1958 年版。

47. [清] 陈立:《白虎通疏证》，北京：中华书局，1994 年版。

48. 赵善诒:《说苑疏证》，上海：华东师范大学出版社，1985 年版。

49. 赵善诒:《新序疏证》，上海：华东师范大学出版社，1989 年版。

50. [清] 汪荣宝:《法言义疏》，北京：中华书局，1987 年版。

51. [宋] 司马光:《太玄集注》，北京：中华书局，1998 年版。

52. [汉] 桓谭:《新论》（辑本），上海：上海人民出版社，1977 年版。

53. 黄晖:《论衡校释》，北京：中华书局，1990 年版。

54. 刘盼遂:《论衡集解》，北京：古籍出版社，1957 年版。

55. [晋] 葛洪:《西京杂记》，四部丛刊本。

56. [清] 严可均校辑:《全上古三代三国六朝文》，北京：中华书局，1958 年版。

57. [梁] 萧统编，[唐] 李善注:《文选》，上海：上海古籍出版社，1986 年版。

58. 费振刚，胡双宝，宗明华辑校:《全汉赋》，北京：北京大学出版社，1993 年版。

59. 郑文:《扬雄文集笺注》，成都：巴蜀书社，2000 年版。

60. 范文澜:《文心雕龙注》，北京：人民文学出版社，1958 年版。

61.［清］永瑢：《四库全书总目》，北京：中华书局影印本,1956 年版。

62.［清］唐晏：《两汉三国学案》，北京：中华书局，1986 年版。

63. 刘汝霖：《汉晋学术编年》，北京：中华书局，1987 年版。

64. 陆侃如：《中古文学系年》，北京：人民文学出版社，1998 年版。

65. 钱穆：《两汉经学今古文平议》，北京：商务印书馆，2001 年版。

66. 王利器：《郑康成年谱》，济南：齐鲁书社，1983 年版。

67.《马克思恩格斯选集》，北京：人民出版社，1972 年版。

68.《列宁全集》，北京：人民出版社，1984 年版。

69. 杜守素，侯外庐，纪玄冰：《中国思想通史》（第一卷），上海：中国科学公司，1949 年版。

70. 侯外庐，赵纪彬，杜国庠，邱汉生：《中国思想通史》（第二卷），北京：人民出版社，1957 年版。

71. 胡适：《中国中古思想史长编》，合肥：安徽教育出版社，1999 年版。

72. 冯友兰：《中国哲学史新编》，北京：人民出版社，1998 年版。

73. 冯友兰：《中国哲学简史》，北京：北京大学出版社，1985 年版。

74. 杨向奎：《中国古代社会与古代思想研究》，上海：上海人民出版社，1962 年版。

75. 任继愈：《中国哲学发展史》（秦汉），北京：人民出版社，1985 年版。

76. 李泽厚：《中国古代思想史论》，北京：人民出版社，1986 年版。

77. 刘泽华：《中国古代政治思想史》，天津：南开大学出版社，1991 年版。

78. 徐复观：《两汉思想史》，上海：华东师大出版社，2001 年版。

79. 金春峰：《汉代思想史》，北京：中国社会科学出版社，1987 年版。

80. 祝瑞开：《两汉思想史》，上海：上海古籍出版社，1989 年版。

81. 王钧林：《中国儒学史》（先秦卷），广州：广东教育出版社，

1998年版。

82. 赵吉惠，郭厚安，赵馥洁，潘策：《中国儒学史》，郑州：中州古籍出版社，1991年版。

83. 李申：《中国儒教史》，上海：上海人民出版社，1999年版。

84. 梁启超：《论中国学术思想变迁之大势》，上海：上海古籍出版社，2001年版。

85. 范文澜：《中国通史》，北京：人民出版社，1978年版。

86. 余英时：《士与中国文化》，上海：上海人民出版社，1987年版。

87. 阎步克：《士大夫政治演生史稿》，北京：北京大学出版社，1996年版。

88. 于迎春：《秦汉士史》，北京：北京大学出版社，2000年版。

89. 蓝旭：《东汉士风与文学》，北京：人民文学出版社，2004年版。

90.《郭店楚简研究》(《中国哲学》第20辑)，沈阳：辽宁教育出版社，1999年版。

91.《郭店楚简与儒学研究》(《中国哲学》第21辑)，沈阳：辽宁教育出版社，2000年版。

92. 李学勤：《走出疑古时代》，沈阳：辽宁大学出版社，1997年版。

93. 白奚：《稷下学研究——中国古代的思想自由与百家争鸣》，北京：生活·读书·新知三联书店，1988年版。

94. 陈来：《古代宗教与伦理——儒家思想的根源》，北京：生活·读书·新知三联书店，1996年版。

95. 刘武军等编：《文物考古与齐文化》，济南：山东大学出版社，1996年版。

96. 吕思勉：《秦汉史》，上海：上海古籍出版社，1983年版。

97. 董治安：《先秦文献与先秦文学》，济南：齐鲁书社，1994年版。

98. 王洲明：《先秦两汉文化与文学》，济南：山东大学出版社，1996年版。

99. 顾颉刚：《秦汉的方士与儒生》，上海：上海古籍出版社，1978年版。

100. 葛志毅，张惟明：《先秦两汉的制度与文化》，哈尔滨：黑龙江教育出版社，1998年版。

101. 俞启定：《先秦两汉儒家教育》，济南：齐鲁书社，1987年版。

102. 黄留珠：《秦汉仕进制度》，西安：西北大学出版社，1985年版。

103. ［清］皮锡瑞：《经学历史》，北京：中华书局，1959年版。

104. ［清］皮锡瑞：《经学通论》，北京：中华书局，1954年版。

105. 徐复观：《徐复观论经学史二种》，上海：上海书店出版社2002年版。

106. 杨向奎：《两汉经学与政治》，重庆：独立出版社，1945年版。

107. 董治安：《经学要籍解题》，打印本，2002年。

108. 朱维铮编：《周予同经学史论著选集》，上海：上海人民出版社，1983年版。

109. ［日］本田成之著，江侠菴译：《经学史论》，上海：商务印书馆，1934年版。

110. 丁鼎：《孔子与六经》，济南：山东文艺出版社，2004年版。

111. 王葆玹：《今古文经学新论》，北京：中国社会科学出版社，1997年版。

112. 章权才：《两汉经学史》，广州：广东人民出版社，1991年版。

113. 张涛：《经学与汉代社会》，石家庄：河北人民出版社，2001年版。

114. 边家珍：《汉代经学发展史论》，北京：中国文史出版社，2003年版。

115. 蒋善国：《尚书综述》，上海：上海古籍出版社，1988年版。

116. 李普国：《〈周礼〉的经济制度与经济思想》，郑州：中州古籍出版社，1987年版。

117. 卢央：《京房评传》，南京：南京大学出版社，1998 年版。

118. 朱伯崑：《易学哲学史》（上册），北京：北京大学出版社，1986 年版。

119. 陈其泰：《清代公羊学》，北京：东方出版社，1997 年版。

120. 陈苏镇：《汉代政治与〈春秋〉学》，北京：中国广播电视出版社，2001 年版。

121. 马勇：《汉代春秋学研究》，成都：四川人民出版社，1990 年版。

122. 周桂钿：《董学探微》，北京：北京师范大学出版社，1989 年版。

123. 华友根：《董仲舒思想研究》，上海：上海社会科学院出版社，1992 年版。

124. 钟肇鹏：《谶纬论略》，沈阳：辽宁教育出版社，1991 年版。

125. [日]安居香山著，田人隆译：《纬书与中国神秘思想》，石家庄：河北人民出版社，1991 年版。

126. 顾颉刚：《顾颉刚古史论文集》（第三册），北京：中华书局，1996 年版。

127. 顾颉刚编：《古史辨》（第五册），上海：上海古籍出版社，1982 年版。

128. 刘梦溪主编：《中国现代学术经典·廖平蒙文通卷》，石家庄：河北教育出版社，1996 年版。

129. 杨向奎：《绎史斋学术文集》，上海：上海人民出版社，1983 年版。

130.《郭沫若全集》，北京：人民出版社，1982 年版。

131. 陈寅恪：《金明馆丛稿初编》，上海：上海古籍出版社，1980 年版。

132. 刘师培：《刘申叔遗书》，南京：江苏古籍出版社，1997 年版。

133. 吕思勉：《吕思勉读史札记》，上海：上海古籍出版社，1982 年版。

134. 王树民：《廿二史札记校正》，北京：中华书局，1984 年版。

135.《汉魏六朝名家集初刻》，宣统三年排印本。

136. 朱一清，孙以昭校注：《司马相如集校注》，北京：人民文学出版社，1996 年版。

137.《汉魏六朝百三家集》，光绪十八年长沙谢氏翰墨山房本。

138. ［宋］郭茂倩编：《乐府诗集》，北京：中华书局，1979 年版。

139. 黄节：《汉魏乐府风笺》，北京：人民文学出版社，1959 年版。

140. ［清］陈元龙等编：《历代赋汇》，四库全书本。

141. ［汉］王逸注，［宋］洪兴祖补注：《楚辞补注》，北京：中华书局，1983 年版。

142. ［宋］朱熹：《楚辞集注》，上海：上海古籍出版社，1979 年版。

143. 黄侃：《文心雕龙札记》，上海：华东师范大学出版社，1996 年版。

144. 逯钦立：《汉魏六朝文学论集》，西安：陕西人民出版社，1984 年版。

145. 龚克昌：《汉赋研究》，济南：山东文艺出版社，1990 年版。

146. 马积高：《赋史》，上海：上海古籍出版社，1987 年版。

147. 马积高：《历代辞赋研究史料概述》，北京：中华书局，2001 年版。

148. 李长之：《司马迁之人格与风格》，北京：生活·读书·新知三联书店，1984 年版。

149. 聂石樵：《司马迁论稿》，北京：北京师范大学出版社，1987 年版。

150. 张大可：《史记研究》，兰州：甘肃人民出版社，1985 年版。

151. 张强：《司马迁学术思想探源》，北京：人民出版社，2004 年版。

152. 陈其泰：《班固和〈汉书〉》，北京：生活·读书·新知三联书店，1994 年版。

153. 萧涤非：《汉魏六朝乐府文学史》，北京：人民文学出版社，1984年版。

154. 施昌东：《汉代美学思想述评》，北京：中华书局，1981年版。

155. 刘松来：《两汉经学与中国文学》，南昌：百花洲文艺出版社，2001年版。

156. 郭绍虞：《中国文学批评史》，上海：上海古籍出版社，1979年版。

157. 罗根泽：《中国文学批评史》，上海：上海古籍出版社，1984年版。

158. 顾易生，蒋凡：《先秦两汉文学批评史》，上海：上海古籍出版社，1990年版。

159. 刘跃进：《秦汉文学论丛》，南京：凤凰出版社，2008年版。

160. 郭英德等：《中国古典文学研究史》，北京：中华书局，1995年版。

161. 张伯伟：《中国古代文学批评方法研究》，北京：中华书局，2002年版。

162. 许结：《汉代文学思想史》，南京：南京大学出版社，1990年版。

163. 张峰屹：《西汉文学思想史》，天津：南开大学出版社，2001年版。

164. 张秋升：《刘向历史哲学分析》，载《北京邮电大学学报》2000年第7期。

165. 边家珍：《西汉经学吸纳阴阳五行说的原因及其历史意义》，载《孔子研究》2002年第6期。

166. 边家珍：《论扬雄对先秦儒学的继承与发展》，载《河南大学学报》2002年第3期。

167. 边家珍：《汉武帝在经学史上的作用与影响》，载《河南大学学报》2004年第3期。

168. 边家珍:《扬雄对西汉新儒学的重构及其历史意义》，载《东岳论丛》2002 年第 6 期。

169. 边家珍:《礼制的重建：刘歆争立古文经的再认识》，载《河南科技大学学报》2003 年第 1 期。

170. 边家珍:《董仲舒与汉代天道信仰的重建》，载《河南教育学院学报》2004 年第 6 期。

171. 边家珍:《两汉之际的谶纬论略》，载《辽宁师范大学学报》2004 年第 4 期。

172. 边家珍:《汉宣帝与经学》，载《理论学刊》2004 年第 10 期。

173. 边家珍:《郑玄经学的特色及评价问题》，载《理论学刊》2005 年第 8 期。

174. 边家珍:《汉代经学与文学关系的宏观考察》，载《辽宁师范大学学报》2006 年第 3 期。

175. 边家珍:《论〈韩诗外传〉的〈诗〉学性质及特点》，载《河南大学学报》2012 年第 4 期。

176. 边家珍:《“温柔敦厚”诗教观新论》，载《山东大学学报》2015 年第 1 期。

初版后记

在先秦两汉文学研究中注重文、史、哲的“打通”，一直是我努力的方向。近年来，我比较留意以经学为核心的汉代学术史的研究，并出版、发表了相关的论著、文章。本书稿可视为这一研究在文学领域的一种拓展，更确切地说是一种尝试、一种探索。

当然，文学自身有它的相对独立的品格，从研究方法上讲，我们有理由将它从它赖以获得自己存在方式的社会文化背景上剥离开来——例如，我们可以像西方现代形式主义文论家们通常所做的那样，把文学作为一种独立封闭、自在自足的符号化的客观存在物，由此将文学研究的视点限定在文学作品语言形式、内部结构的考察上，等等。然而，这只是研究者自身的一种角度选择，并不意味着文学本身可以脱离自身文化背景而存在。正如加拿大的哲人兼文学理论家诺思落普·弗莱曾说的：“文学位于人文学科的当中，它的一侧是历史，另一侧是哲学。由于文学本身不是一个系统的知识结构，于是批评家必须从历史学家的观念框架中去找事件，从哲学家的观念框架中去找思想。”经学是汉代的主流意识形态，在汉代文学研究中，我们始终有必要把它放到显要的位置上。我希望本书的经学观照方式，能使汉代文学研究在某种程度上获得一种历史意识与哲学涵摄力。

由于本人知识水平、认识能力有限，书中的不足及错误之处难免多有，尚希专家、同行及广大读者予以批评指正。

感谢山东大学的董治安先生、王洲明先生多年来在学术上对我的关心、指引。两位先生在百忙中审阅了书稿，提出了不少宝贵的意见与建议，助我实多。感谢辽宁师范大学文学院的领导、同事们对我的关心、支持。感谢《当代学者人文论丛》编辑部的诸位先生为此书所付出的辛劳。

边家珍

2005年12月记于大连

修订版后记

常有学生问，研究古代文学为什么还要涉及经学？我每以《诗经·郑风·风雨》为例加以说明。今人多视《风雨》为恋人相会之诗，而毛诗《小序》云："《风雨》，思君子也。乱世则思君子不改其度焉。"《郑笺》："君子虽居乱世，不变改其节度。……鸡不为'如晦'而止不鸣。"这一说法固然不无附会之处（当然，你也可以视之为某种"合理误读"），但亦自有积极意义在焉，并在文学与文化史上产生了不可忽视的影响。《南史·袁粲传》载："愍孙峻于仪范，废帝倮之迫使走，愍孙雅步如常，顾而言曰：'风雨如晦，鸡鸣不已。'"（袁粲，初名愍孙，后改名）南朝梁简文帝《幽縶题壁自序》云："有梁正士兰陵萧世缵，立身行道，终始如一。风雨如晦，鸡鸣不已。"（《梁书·简文帝本纪》）刘孝标《辩命论》亦云："《诗》云'风雨如晦，鸡鸣不已'，故善人为善，焉有息哉？"由此足见经学对文人士大夫为人处世、精神气象上的重要影响。

孙以昭先生在《三合斋论丛·文学和经学的关系》一文中曾讲道："说也奇怪，一提起文学，便似乎给人一种轻松活泼、富于情趣的感觉；而一谈到经学，则固然承认其中有很深的学问，但总给人以一种烦琐、沉闷甚至是畏惧的感觉。其实，文学和经学之间不但颇具渊源，而且有密切的关系。"所言甚是。从某种意义上讲，中国古代文学史是立体的，是由作家作品的历史与阐释史、接受史等诸多因素积淀而成的，经学中的一些核心观念对文学的影响尤其深广。

本书在初版《汉代经学与文学》的基础上有所校订、修改与补充。初版书稿乃是为本科生所设选修课之讲义，所参酌时贤著作、文章已注意注出，或因疏漏有未尽注出者，在此予以说明并表示衷心感谢与敬意。本书虽为修订版，但基本结构、主要内容难有大的变动，不足与错误之处，尚希博雅君子批评指正。

感谢《当代学者人文论丛》编辑部对本书的看重及大力支持，感谢人文在线刘欣、周维萍老师及责编刘旭老师为此书所付出的辛苦。感谢王英娜、梁敏娟两位同学协助校阅全稿。

边家珍

2016 年 12 月记于济南